W0182109

SOUS COUVERTURE

Mila Marelli

EDEN

© **EDEN 2020**, un département de City Éditions
Couverture : Shutterstock / Studio City

ISBN : 978-2-8246-1735-0
Code Hachette : 56 7699 8

Collection dirigée par Christian English & Frédéric Thibaud
Catalogues et manuscrits : city-editions.com/EDEN

Conformément au Code de la Propriété Intellectuelle, il est interdit
de reproduire intégralement ou partiellement le présent ouvrage, et ce,
par quelque moyen que ce soit, sans l'autorisation préalable de l'éditeur.

Dépôt légal : Octobre 2020

Prologue

Alice

New York, septembre 2013

Face au miroir, j'attache mes cheveux en queue-de-cheval et pince mes joues pour leur donner un peu de couleur. Je ressemble à un cadavre et, le pire, c'est que c'est dans tous les sens du terme. Ma taille plus que menue, mes os saillants, mon visage émacié et la balance ne me trompent pas. Heureusement que Vicente me force à manger de temps en temps, parce que je n'ai vraiment que la peau sur les os. Tout de même, je fais peur à voir... Je suis interrompue dans mon monologue intérieur super déprimant par… lui, qui blablate sans arrêt. J'écoute mon abruti de beau-frère jacasser depuis une demi-heure, ce qui me fait royalement chier. S'il savait ce que je pense de lui, de leur société, de moi… Il m'étranglerait sur place et sans remords, comme il sait si bien le faire. Je fais abstraction de mes pensées noires et prends part à cette conversation qui semble le passionner.

— Tu dis des conneries, Nicolay ! Jamais je ne te croirai sur une histoire pareille ! m'exclamé-je en m'étalant de tout mon long sur le canapé.

— Je t'assure que le flic nous a laissés repartir comme ça, alors que nous venions juste d'échanger des filles... J'avais des billets plein le coffre, c'était le moment parfait pour eux ! Et rien ! Je n'ai jamais autant flippé de toute ma vie, putain... On aurait pu se faire choper, se faire descendre ! C'était un truc de fou, t'aurais dû voir la tête de l'inspecteur Garry King. Cette image restera gravée en moi à vie !

Il me balance une capsule de bière sur la tronche et je lui fais le plus beau doigt d'honneur que j'aie en rayon. Je m'en tape de son histoire comme de mon premier string. J'attrape mon paquet de clopes et m'en allume une tout en fouillant dans mon sac à main. Je continue mon inspection puis, au bout de quelques minutes, je les trouve dans un petit sac congélation. Des cristaux brunâtres qui font battre mon cœur beaucoup plus rapidement. Mon sourire s'élargit. Je vais pouvoir m'octroyer un petit voyage hors de cette baraque de malheur. Je balance le sachet à Nicolay, qui le rattrape au vol et hausse un sourcil. Son visage est tellement expressif quand il s'agit de came. Il ne ressemble pas vraiment à Vicente, il fait plus mature, plus viril, plus méchant, avec son air diabolique et ses cheveux grisonnants. D'ailleurs, cette couleur est due à une maladie, si j'en crois son frère. Bref, il me regarde toujours avec ses yeux ébène bien écarquillés et finit par faire onduler ses sourcils. Cet abruti a toujours réussi à me faire rire avec cette particularité qu'il a.

— Un fix ? Maintenant ? T'as pas peur que le frangin rentre, ma petite princesse ?

Je regarde ma montre. Il sera là dans une heure, tout au plus. On sera déjà défoncés, c'est le moment rêvé. Je veux le faire payer, il n'y a que comme ça que je pourrai le faire souffrir.

Timing parfait.

— Aucun problème, il devrait rentrer dans quelques heures, on sera redescendus avant qu'il nous trouve.

— Ça me va, princesse ! J'aime quand tu me parles comme ça. Si jamais ils nous chopent, il va encore nous piquer une crise et nous casser les couilles pendant deux heures.

Je tire sur ma clope nerveusement. À chaque fois que je regarde Nicolay faire fondre l'héroïne, mes pupilles se dilatent et mon cœur s'emballe. À son contact, mon cœur éclate ma raison à coups de talon aiguille. Je ne peux plus supporter cet état dans lequel je me plonge. Je n'aime plus cette position dans laquelle je suis depuis maintenant trop longtemps. J'écrase ma cigarette, une fois terminée, et ouvre le tiroir du buffet. J'en sors deux seringues, des aiguilles stériles, notre cuillère fétiche et le reste de notre matos. Lorsque je relève la tête vers Nicolay, il sourit, excité à l'idée du moment de pure défonce que je lui offre.

— Tu l'as eue où ?

— T'occupe !

— Si tu as tapé dans la grande réserve de Vicente, il va te buter ! Ah, non, j'oubliais, t'es sa petite chérie d'amour, continue-t-il, la bouche en cul-de-poule.

— Coupe et fais fondre ! On n'a pas la journée devant nous !

— J'aime quand tu es en manque, t'es super agressive. Je suis sûr qu'au pieu, tu dois être terrible dans cet état...

Je lui donne un coup de pied sur la cuisse et finis par m'installer à ses côtés. Il s'active, quelques secondes plus tard, c'est prêt ! Je me frotte les mains, attrape la seringue puis serre le garrot autour de mon bras. Ma veine est peu visible, il n'y a que quelques traces rosées, témoins des précédents fix... Je n'ai pas eu ma dose aujourd'hui, en tout cas, pas assez pour supporter une journée de plus, supporter toute cette situation, supporter ma vie, tout simplement. J'attrape la bouteille d'alcool modifié que j'ai sortie et en jette une bonne quantité sur mon bras.

L'alcool attise le sang...

Et voilà le résultat ! Elle est là, bien bleue, le sillon assez large pour que je pique et m'envoie le shoot tranquillement.

— Arrête de prendre toujours la même ! Regarde Karl..., dit Nicolay en enfonçant l'aiguille dans son bras.

C'est facile pour lui ! Ses veines, ce sont de vrais boulevards ! Il n'a pas besoin de garrot, tellement elles sont visibles. Moi, je galère de plus en plus.

— Je n'en suis pas au stade de Karl, tu m'excuseras ! dis-je, vexée.

— Sa veine a cristallisé. Maintenant, il se pique entre les orteils.

Un long frisson de dégoût me traverse. Karl se shoote depuis des années, alors que moi, ça ne fait que... un an. Ce constat me dérange, encore une fois. Je renvoie ma culpabilité et ma raison au placard puis purge mon aiguille. Je l'enfonce, je me sens bien lorsque le trocart perce ma peau. Elle est là, la plénitude que je cherche. Je pousse le piston lentement, apprécie le voyage. Un peu, beaucoup, passionnément... La même chaleur se répand dans mes veines, dans mon corps, je sens les battements de mon cœur s'affoler, mon courage et mes inhibitions s'envoler et mon sourire s'accroître.

Encore un peu plus... Je n'en ai pas assez...

— Calme-toi, princesse, c'est trop là. Tu n'as pas l'habitude d'en prendre autant. Je ne veux pas qu'il t'arrive quoi que ce soit.

— T'inquiète, je gère. Je n'ai rien pris avant, contrairement à toi.

C'est faux, j'ai sniffé trois rails de coke et fumé deux joints en prenant de l'acide. Je suis au bord du précipice...

Je ne l'écoute plus quand il pouffe, je pousse le piston, encore et encore. Le liquide présent dans la seringue s'amenuise jusqu'à disparaître complètement. Je retire le garrot et la seringue vide, que je pose à mes côtés. Je m'allonge puis commence à ressentir les effets. Mon cœur ralentit, je frissonne, entends Nicolay me parler de loin. Ma tête se tourne vers mon bras, du sang coule lentement, ma salive devient abondante, je n'arrive plus à l'avaler correctement. Je fais un effort surhumain pour regarder Nicolay qui s'est levé et essaie de marcher dans ma direction.

— Je ne me sens pas bien, dit-il entre deux profondes respirations.

Tu m'étonnes, avec ce que l'on vient de prendre...

Je ferme les yeux lorsque son corps retombe mollement sur le tapis du salon, je peine à respirer. Un grand bruit vient perturber ce calme si apaisant, la voix de Vicente s'élève. Il panique, ne contrôle plus rien. Je l'entends, il est terrorisé et il a raison.

— Mais putain ! C'est quoi ce bordel ? Nicolay ! Alice ! Putain, ma chérie...

Sa voix chaude, virile, empreinte de douleur, ses mains brûlantes sur mon corps glacé... Je dépose les armes pour nous.

Au revoir, Vicente...

1

FAITH

Centre de réadaptation/rééducation de l'Oklahoma, novembre 2014

Je prends une profonde inspiration, fais le vide autour de moi. La salle de rééducation est similaire à celle de l'hôpital, sauf que celle-ci grouille de flics… Et pas en bon état, tout comme moi. Je chasse d'un revers de main les pensées qui m'assaillent puis m'accroche à la rampe pour me soulever, sans succès. Comme d'habitude depuis des mois, j'enrage en silence et maudis mes jambes qui n'en font qu'à leur tête. Mes bras ont du mal à porter le reste de mon corps, ça me met dans une colère sans nom.

Putain, ce n'est pas vrai !

— Il te faut du temps, Faith, laisse ton corps se reprendre. Tu sais, l'accident...

Je lève la main. Je ne veux pas qu'il me plaigne, je ne supporte pas ça, et puis ce ne sont pas mes jérémiades qui vont arranger les choses ou me faire retrouver mes muscles fondus pendant le coma. Déjà que la situation est pénible, si les professionnels de santé s'y mettent, je peux me tirer une balle... Je regarde ses yeux noisette et son visage angélique. Je jure intérieurement lorsque j'y décèle de la tendresse. Bryce est super gentil, mais putain, je trouve qu'il n'a pas les épaules assez larges pour gérer ce genre de situation. Pourtant, il fait 1 m 95 et doit peser presque 100 kg... Ça fait une belle bête ! Je refoule mes pensées, me concentre sur mon objectif. Bryce n'a pas à supporter ma mauvaise humeur ni mon caractère de merde. Ce n'est pas sa faute, ce qu'il m'arrive, il est là pour m'aider dans le processus de rééducation.

Je me remets en selle, prends appui sur mes bras puis me redresse fièrement tout en masquant mon gémissement de douleur. Je suis contente d'avoir réussi cet exploit surhumain. Je suis une battante, je le sais, je le sens. Cette période n'est qu'un nuage gris au-dessus de ma tête. Je me laisse trois mois pour reprendre ma vie, mes muscles en main. Après, adieu ! Le sourire de Bryce s'illumine en me voyant debout, mais il est de courte durée. Mes jambes se mettent à trembler, mes bras me brûlent, ne supportant pas la pression que je leur inflige. Je retombe d'un coup sec sur le fauteuil, le moral au fin fond des chaussettes.

Je jure et frappe l'accoudoir. Je ne veux pas le regarder, je ne veux pas voir toute l'empathie qu'il ressent à mon égard. Ce n'est pas mon ami, ni une personne de ma famille et encore moins un collègue de travail. Qu'il reste à sa putain de place ! Je souffre psychologiquement et j'en fais baver à toutes les personnes présentes autour de moi.

— Faith...

— Je sais, Bryce, j'ai très mal dormi cette nuit et je ne suis pas en forme, tout simplement.

— Tu n'es pas obligée de te justifier...

Et c'est ça le problème...

Depuis ma sortie du coma, je suis constamment en train de me dédouaner sur le moindre de mes mouvements, le moindre ratage que je peux faire, sur certaines paroles, et pourtant... je ne me souviens de rien. Heureusement que mes collègues sont là pour remédier au problème lorsque je bute sur une situation vécue ou une affaire dans laquelle j'ai pu interagir.

— Je vais aller manger un morceau, nous reprendrons après. Je suis peut-être en manque de sucre...

Tu parles ! Je n'ai jamais eu de problèmes d'hypoglycémie, c'est juste un subterfuge pour me barrer d'ici et pouvoir m'acharner sur autre chose que ce pauvre Bryce. Il hoche la tête, sans être convaincu pour autant, vu la mine renfrognée qu'il affiche.

Je recule avec le fauteuil puis avance dans le couloir afin de me retrouver dans la cafétéria. La salle commune est simple et fonctionnelle. Des tables sont disposées en plein milieu, entourées de chaises et, bien sûr, remplies de policiers, tous habillés en civil et marqués de différentes façons... Certains se retournent sur mon passage. Ils doivent me reconnaître, mais moi, je n'ai aucun souvenir.

C'est épuisant...

Et terrifiant de me retrouver devant des personnes qui en savent plus sur mon passé que moi. Je fais un signe du menton pour leur dire bonjour. Puis je me place devant le buffet de l'après-midi afin de faire mon choix, mais je suis vite interrompue dans mon action.

— Mademoiselle Faith Grahams ?

Je tourne la tête à l'évocation de mon nom et souris à demi lorsque je vois deux policiers. Ceux-là ne sont pas en civil, comme nous tous ici. Eux, ils sont en plein exercice de leurs fonctions et portent leur uniforme. Le premier est jeune, il n'a pas dix ans de plus que moi. Ses cheveux noirs sont coiffés à la militaire et ses yeux me lancent des éclairs. Son expression est loin d'être chaleureuse. Je balaye rapidement son corps du regard. C'est quelqu'un qui s'entraîne tous les jours. Ses vêtements ne laissent aucune place à l'imagination. Il est ce que l'on appelle dans mon jargon une armoire à glace, et encore, je suis sûre qu'il n'est pas au top de son développement musculaire. Son collègue est beaucoup plus âgé. Ses cheveux sont poivre et sel, et tirent même plus sur le sel... Ses yeux sont chaleureux, d'un bleu océan, et son corps semble bien conservé. Maintenant que j'ai inspecté leur tenue et leur comportement, je leur réponds simplement :

— Oui ? Vous êtes ?

— Nous pouvons discuter dans le jardin ? répond le plus vieux des deux.

Je hausse un sourcil. Il y a un problème ? Pourquoi ne pas prendre une table et discuter ici ? En plein milieu de la cafétéria, là où il y a des témoins. J'acquiesce d'un bref signe de tête et nous partons vers le fond du réfectoire. Une fois dehors, j'apprécie l'air glacial qui me fouette le visage. Je me sens toujours bien lorsqu'il y a une petite brise. La raison ? Je ne la connais pas. Pourtant, j'adore cette sensation de liberté que le vent me procure, je ne m'en lasse pas. J'avance un peu vers le jardin dédié aux rencontres familiales et me tourne vers eux. Le plus âgé s'assied sur le premier banc puis me sourit... encore. C'est que ça en devient flippant !

— Donc…, dis-je en insistant un peu.

— Tu n'as jamais été patiente..., répond le pot de sel.

Je serre les bras devant ma poitrine pour me réchauffer et pour qu'il se dépêche de répondre aux diverses interrogations que je me pose depuis qu'ils ont évoqué mon nom entier. Ici, on m'appelle Faith, on n'utilise jamais mon patronyme.

— Je m'appelle Gary King, tu ne me remets pas, je le vois dans tes yeux. Lui, c'est Flinn. Bizarre que tu ne te souviennes pas de ce con, lance-t-il.

L'autre grogne vers son coéquipier et sa boutade me tire un sourire. Ils font un drôle de duo, mais j'ai cette intuition qu'ils forment une bonne équipe… comme une situation déjà vécue…

— On se connaît ? demandé-je prudemment.

— Oui, nous avons bossé sur plusieurs affaires ensemble, notamment une sur un réseau de prostitution. Tu venais d'entrer au poste et d'être nommée agent. D'ailleurs, je ne trouve pas très prudent qu'ils te placent dans un centre de rééducation pour policiers... J'ai quelques mots à dire au capitaine.

— C'est qui, ça, le capitaine ? Je le connais ?

Son regard me transperce et je comprends immédiatement que ce... « capitaine » n'est pas appelé comme ça par hasard.

— Tu ne te souviens pas du capitaine ? De lui ?

Le dénommé Garry fronce les sourcils, pose son index sur sa lèvre inférieure. Il semble perdu dans ses pensées alors que l'autre regarde droit devant lui et n'ouvre pas une seule fois la bouche.

— Non, mais peut-être qu'avec son prénom, je…

— Son prénom, c'est Capitaine, tranche Flinn, me surprenant par son ton encore plus désagréable que sa conduite.

— Excuse Flinn, il a mauvais caractère lorsqu'il n'a pas mangé… Je pensais qu'il te restait quelques souvenirs de… notre équipe.

— Aucun. Je ne savais même pas que j'étais flic.

— Agent, pas flic.

— Quelle différence ?

— Beaucoup, répond-il en se triturant les doigts. Alors, où en es-tu de ta... rééducation ?

Je pouffe quelques secondes et balance la tête pour remettre mes cheveux en ordre.

— Eh bien... c'est la merde ! Je ne tiens pas très longtemps sur mes jambes.

— Le kinésithérapeute a l'air confiant !

— Il l'est et il a raison. Je me donne trois mois pour être de nouveau sur pieds et pour reprendre mon job. Je ne sais pas en quoi consistait mon taf, mais j'ai hâte de quitter cet endroit et de pouvoir continuer ma vie, ou plutôt la retrouver.

— Ça, dit-il en levant le doigt, c'est une très bonne nouvelle. On a une mission pour toi... Dès que tu quitteras ce centre, tu rencontreras le capitaine et tu sauras de quoi il retourne. Toujours partante ?

— C'est tout ?

— Comment ça ?

— Ben, je ne sais pas ! C'est quel type de mission, par exemple...

— Ah, ça ! Je ne peux pas t'en parler... Tu ne te souviens pas de ce genre d'exercice ?

Je réponds par la négative et tapote les doigts sur l'accoudoir du fauteuil.

— Oui, bien sûr. Excuse-moi, j'ai du mal à me dire que tu… que tout s'est effacé de ta mémoire.

— Tu ne te souviens vraiment de rien ? demande Flinn.

Sa voix me percute, je l'ai déjà entendue avant... bien avant l'accident. Je plonge mon regard dans le sien, mais il rompt immédiatement le contact visuel.

— Je sais que j'étais en pleine mission, que la voiture a fait des tonneaux et mon coéquipier est...

— Décédé sur le coup. Oui, je suis désolé, répond Garry, vraiment peiné de cette perte.

Peut-être le connaissait-il ? Certainement, vu le regard lointain qu'il affiche.

— Et encore, c'est la doctoresse qui s'est occupée de moi en réanimation qui me l'a annoncé…

— Tu ne te rappelles même pas que je suis venu te voir à l'hôpital, le soir même… ?

— Non, dis-je dans un souffle.

— Tu es et resteras notre meilleur élément, Faith. Et je compte bien te retrouver parmi nous le plus rapidement possible.

— Donc je n'en saurai pas un peu plus ? J'aimerais que l'on discute, si nous nous connaissons si…

— Si ton cerveau a effacé une partie de ta mémoire, c'est qu'il le fallait. Mais je suis sûr que tu vas nous revenir rapidement et que nous collaborerons de nouveau sur d'autres affaires.

Il se lève puis étire ses lèvres en un sourire discret.

— Je suis juste venu te rendre visite parce que je sais maintenant que tu vas te défoncer à la tâche pour réintégrer notre unité.

— Je travaillais où, avant ? Ici ? Personne ne veut rien me dire...

— À New York, dans notre QG. Ton casier t'attend, tu l'as décoré avec une licorne.

— Non, pas possible !

Il éclate de rire pendant que Flinn regarde ailleurs. Ce mec ne semble pas du tout à l'aise ici. Il fait mystérieux et, bizarrement, ce comportement m'attire et me fait me poser tout un tas de questions… Est-ce que nous aurions… eu une histoire, tous les deux ?

— Non, je plaisante bien sûr. Tu as mis ton numéro fétiche...

Je penche la tête et attends qu'il poursuive.

— Le 5, Faith. On ne t'embête pas plus, retourne à tes exercices et reviens-nous vite.

Sur ces paroles, ils me saluent puis entrent dans la cafétéria. Moi, je reste plantée là, à essayer de me souvenir de ces types qui ont fait partie de ma brigade, mais rien ne me vient. Je me frotte le front puis retourne à l'intérieur, un seul but en tête : me donner à fond et reprendre ma vie d'avant.

2

Faith

Octobre 2015, à quelques minutes de 16 heures...

Je pars enfin du centre. Un pas, puis deux et me voilà hors de ces quatre murs. Je prends une longue inspiration, me délecte de cette odeur... la liberté. Je passe les mains dans mes cheveux courts, pose mes lunettes de soleil sur mon nez et ferme ma veste. Je traîne ma petite valise cabine qui contient toute ma vie, à la recherche du policier venu exprès pour moi, car je dois me rendre au commissariat pour y rencontrer mes collègues. Je suis tellement impatiente ! Je lève les yeux et m'arrête immédiatement. Un petit pincement se fait sentir au creux de mon ventre. Mes yeux captent les siens, une chaleur se répand petit à petit en moi.

Un homme se tient debout devant une voiture noire aux vitres teintées. Il porte un bonnet et une écharpe en laine, pourtant il ne fait pas si froid... Ses lunettes de soleil de type aviateur lui mangent une bonne partie du visage, le reste étant caché par le bonnet et l'écharpe. Sa carrure ne me trompe pas, c'est un des nôtres, un des miens. Il est en civil, porte un pull camionneur beige, un jean noir et une paire de rangers. Ce n'est pas un flic ni un agent, je parierais sur un militaire. Un militaire qui est là pour moi. Mais qui est-il ? Que veut-il ? C'est un flic qui devait venir me chercher... L'inspecteur King me l'a dit il n'y a pas deux jours, et s'il y avait eu un changement, il m'en aurait informée. Mais je sais que cet homme est venu pour moi… Boulot ou non ? Je le connais, je le sens au plus profond de moi. Je reprends ma marche d'un pas décidé, arrive presque à sa hauteur et me présente.

— Faith, je suppose que tu fais partie de mon unité ?

Pas de réponse. Il reste là, debout, sans rien dire ni faire, ses lunettes de soleil vissées sur les yeux. Je lui tends la main, il ne baisse pas le visage ni ne me rend mon bonjour.

— OK, je vois, dis-je en empoignant ma valise puis en reculant de quelques pas pour retourner à l'Abribus.

Je sens un mouvement et remarque qu'il vient d'ouvrir la portière côté passager. Je hausse un sourcil. Il est peut-être muet, ou tout simplement con, sans éducation... Mon intuition féminine penche pour la deuxième option.

— Mes parents m'ont briefée sur le fait de ne jamais monter en voiture avec un inconnu, désolée...

Je vois l'ombre d'un sourire passer sur ses lèvres, qu'il fait disparaître en un clin d'œil. Je me rapproche de lui, enlève mes lunettes et le dévisage. Il lève la main puis, lentement, baisse sa monture, révélant son regard d'un vert intense, déstabilisant, glacial, à la fois intimidant et réconfortant. Il a de petites taches brunes sur les prunelles, c'est... magnifique, magique, ensorcelant. C'est le mot. Ses yeux plongent dans mon âme pour y déceler quelque chose que je ne possède plus... ma mémoire, ma vie passée. Je sais que je le connais, je le sens. Je l'ai déjà vu, déjà entendu discuter, me parler, me rassurer, mais je n'ai aucun souvenir de notre rencontre, de lui. J'ai travaillé avec cet homme sur une affaire, c'est sûr, mais je me le remémore autrement que par le boulot… Je suis tout à coup frappée d'un éclair de lucidité...

— Tu es le capitaine ! C'est ça ?

Deuxième sourire discret. J'ai raison. Alors là, je suis sur le cul. Je m'attendais à un homme plutôt vieux, pas loin de la retraite, avec un ventre bien rebondi et une belle calvitie. Lui doit avoir entre 35 et 40 ans, tout au plus. Si seulement il me laissait voir entièrement son visage… Il finit par se décaler pour me laisser monter dans sa voiture, mais je refuse catégoriquement de me retrouver dans un endroit aussi confiné avec un mec sexy qui joue aux devinettes et qui fait partie de la maison. Hors de question, ça pue les embrouilles à des kilomètres à la ronde. Je resserre la main sur ma valise et secoue la tête.

— Je suis désolée, mais non. Il me faut un minimum d'informations avant de me jeter dans la gueule du loup.

Et pour une fois, la métaphore n'est pas de trop.

Il s'approche de moi, près, tellement près que son parfum titille mes narines. Il sent la testostérone, les bois et un truc que je ne me remets pas. La peur ? Non, ça, c'est moi qui la ressens, pas lui. C'est certain, je le connais, son odeur m'est familière. Ma respiration se raréfie alors qu'il n'est qu'à quelques centimètres de mon visage. Il ouvre la bouche et cette vision me coupe le souffle, mon cœur tape contre ma poitrine, ma main serre un peu plus ma valise. Il dégage une telle sensualité... Sa voix me cloue sur place. Elle est basse, rauque, comme empreinte de désir. Pourtant, ses paroles me poignardent.

— Tu vas venir parce que, là, dit-il en posant un doigt sur mon ventre, tu ressens le besoin de savoir qui tu es, de te rappeler ta vie. En ce qui concerne tes parents, ils sont morts, assassinés par ta faute.

J'ai l'impression de tomber, de très, très haut, et de m'écraser au sol dans une mare de sang. Et encore, l'image est limite sympathique par rapport à ce que je suis en train de ressentir.

— Tu ne t'en souviens pas, j'ai tort ?

— Qui es-tu ? Comment...

— Appelle-moi Capitaine, maintenant monte !

Il fait le tour du véhicule et s'installe au volant. Le moteur rugit, mes mains tremblent ainsi que mes jambes. Si je me suis entraînée pour me remettre sur pied pendant presque un an, j'ai l'impression que je suis en train de reperdre l'usage de mes membres. Je suis déstabilisée parce que je ne sais pas si ce mec a raison ou s'il ment. Personne ne m'a raconté cela sur mes parents. À mon réveil, le médecin m'a juste dit que j'avais eu un accident et que, par chance, j'étais vivante, contrairement à mon coéquipier. J'ai su quelques jours plus tard que je n'avais plus de famille. Mes parents sont décédés dans un crash aérien. Mon père était pilote de ligne et ma mère hôtesse de l'air. Ils sont morts ensemble sur un vol privé, je devais avoir 15 ans.

Je serre les dents. Ce mec raconte de la merde, je ne le laisserai pas ternir l'image de mes parents ! J'ouvre la portière arrière, y balance ma valise puis monte dans la voiture et le fusille du regard. Il hausse un sourcil, sourit puis démarre en trombe.

— Ce n'est pas vrai ! Tu mens, je ne sais pas ce que tu cherches à faire, mais ça ne prendra pas.

Il fait craquer sa nuque, continue à rouler dans un silence de mort. Je vois les rues défiler, les commerces et, bientôt, nous sortons de la ville. Je ne sais pas où nous allons ni les projets que le capitaine a en tête, je sais juste que je peux lui faire confiance et ça, je le sens au plus profond de moi. C'est un souvenir, un souvenir bien ancré dans mon âme.

— Boîte à gants, grogne-t-il.

— Alors, tout d'abord, on dit bonjour, ensuite, on demande à son interlocuteur comment il se sent aujourd'hui, et ce n'est qu'après que l'on demande gentiment d'ouvrir la boîte à gants, tout ça avec le sourire... C'est ce qu'on appelle communément la politesse.

Il me fusille du regard puis accélère vivement, collant mon corps contre le siège.

Bon, ce n'est pas comme ça que je vais obtenir des réponses...

J'ouvre enfin la boîte à gants pour regarder ce qui l'intéresse plus que tout et trouve une belle enveloppe marron. Je sonde son visage pendant qu'il conduit.

Qu'est-ce qu'il est sexy !

— Et donc ? demandé-je d'un ton un peu acide.

— Ouvre-la ! C'est ta prochaine mission. Enfin... si tu t'en sens capable !

Je ne relève pas sa remarque désobligeante et décachette le pli. Il ne contient rien de plus qu'une photo sur laquelle se trouve un jeune homme d'une vingtaine d'années accompagné de sa petite amie, les cheveux noirs tous les deux. Je ne vois pas très bien leurs visages, mais ils s'enlacent et s'embrassent sans retenue. L'homme a une posture assez bizarre : il la domine, elle semble toute fine et frêle entre ses bras.

— Elle s'appelait Alice et tu vas prendre son identité.

— Quoi ?! Mais comment ?

— Tu ne vois pas la ressemblance avec toi ? dit-il en fronçant les sourcils.

Je regarde à nouveau la photo. Une ressemblance... euh... Facilement dix bons kilos de moins que moi, ainsi que quelques années, et...

— S'appelait ?

— Elle a fait une overdose. Je t'en dirai plus une fois que tu auras accepté... Alors ? Oui ou non ?

— Je marche.

— T'es sûre ?

Je relève un sourcil. J'ai dit OK ! Qu'est-ce qu'il lui faut de plus ? Je finis par hocher la tête pour appuyer mon accord. Un léger sourire se dessine sur ses lèvres et je commence à croire que c'est une des seules façons qu'il a pour s'exprimer.

— Bien, dit-il. Alors on va commencer l'entraînement.

***

Je me suis assoupie. Lorsque j'ouvre les yeux, le décor a changé. Il n'y a que des champs à perte de vue. La nuit est tombée et, avec l'humidité dans l'air, je frissonne un peu. Ce n'est pas la même sensation que le léger vent froid ressenti à la sortie du centre de convalescence. Je regarde le capitaine, qui est toujours concentré sur la route. L'enveloppe a disparu de mes genoux. Je me redresse difficilement, j'ai mal aux jambes et le cou endolori. Je ne sais pas combien de temps je suis restée dans la même position, mais ça ne m'a pas du tout réussi.

— Où allons-nous ?

Pas de réponse. Ce type commence sérieusement à m'agacer. Je n'ai pas le temps de poser une autre question qu'il arrête la voiture et en descend rapidement. Je m'extirpe du véhicule, sors ma valise que je traîne derrière moi et trottine pour le rattraper. Il déverrouille la porte d'entrée d'une maison, l'odeur de poussière qui s'en dégage me fait reculer de deux pas. J'ose un regard vers lui, mais il avance comme s'il connaissait les lieux. Il allume le plafonnier qui fait sérieusement la gueule et se tourne vers moi.

— Je te montre ta chambre ?

Je hoche la tête. Je pense qu'il faut que je réagisse comme lui.

Je le suis à travers les pièces, aussi sales les unes que les autres, et lorsqu'il s'arrête devant une porte fermée à clé, je marque un moment d'hésitation.

Pourquoi est-elle fermée ?

Il se décale, j'entre dans la salle entièrement plongée dans l'obscurité. Je toussote à cause de la poussière et de l'odeur d'humidité. Soudain, sa voix s'élève, bien plus grave que dans la voiture, bien plus effrayante, intimidante... Et je sais maintenant pourquoi je me sens si glacée ! Alors qu'il termine sa phrase, il détruit mon âme.

— Bienvenue, Alice.

Il referme la porte sur moi, me laissant là, dans une cave malodorante, humide et totalement dépourvue de lumière. Je pivote pour foncer derrière lui, mais je n'arrive pas à ouvrir. Je frappe de toutes mes forces contre cette porte. Je hurle à m'en déchirer les poumons. Il ne peut pas me laisser ici, pas comme ça.

Pitié ! C'est impossible !

3

Alice

Mai 2018

J'arrange ma tenue une dernière fois. Mes cheveux, que nous avons laissé pousser pour me faire de sublimes coiffures, sont noirs et bouclés. Je les ai remontés en un chignon désorganisé, quelques mèches tombent çà et là. Mon maquillage est très discret. Un coup de crayon noir sur les yeux, un peu de rose sur les joues et les lèvres, et le tour est joué. Ma tenue est assez provocante pour lui : un débardeur fin et blanc sous un combi-short noir et, pour terminer, une petite paire de chaussettes noires. Je regarde mon reflet dans le miroir puis soupire.

Je m'appelle Faith Graham, mais aujourd'hui, après trois ans d'entraînement avec le capitaine, je suis devenue Alice Degan, la petite amie ressuscitée d'un gros trafiquant new-yorkais : Vicente Mancini. Le but ultime de cette opération ? L'écraser comme une vulgaire punaise en devenant sa plus grande faiblesse. Je souris face à mon reflet, fière d'avoir supporté cet entraînement et d'être à nouveau dans la course aux méchants. J'ai repris le boulot en sortant de cette cave et je tiens à faire de ma première mission, une réussite. J'y mets un point d'honneur. Avec tout ce que j'ai subi pendant trois ans, un échec est inconcevable.

Je lève le nez, prends de grandes inspirations et souffle par la bouche. C'est aujourd'hui le grand jour. Je fais rouler ma tête pour me détendre, apprécie la vue que m'offre cet appartement. C'est le capitaine qui me l'a trouvé. Non seulement il est spacieux, mais l'ambiance y est reposante. Je ne manque de rien et, lorsque je regarde autour de moi, je vois dans tous les objets ici présents l'homme avec qui j'ai passé les trois dernières années de ma vie.

Le capitaine...

Je secoue la tête plusieurs fois afin de me remettre les idées en place. Je ne dois pas penser à lui maintenant.

Je prends le temps de faire le tour de mon nouveau lieu de vie. Une fois la porte d'entrée passée, je me retrouve dans un petit hall avec une console pour poser les clés et une petite penderie pour ranger les manteaux. De là, j'aperçois la cuisine, jonchée de cartons. Ici, tout est noir parce que j'adore cette couleur. Du noir et du blanc. Le sol est en parquet blanc et les carreaux de faïence au mur sont noirs. J'adore ce contraste. Je me déplace avec aisance jusqu'au salon, où les déménageurs ont laissé le canapé en plein milieu. C'est un joyeux bazar ! Je continue par la salle de bains qui, contrairement aux autres pièces, est bien rangée. Elle est en marbre rose, c'est magnifique. Je le touche du bout des doigts, j'adore la sensation de froid que cette matière me procure. Elle me rappelle la cave... Je fais crisser mes ongles dessus, souris, puis me tourne vers la chambre. C'est là que se trouve le plus gros des cartons et, si je veux dormir dans un lit, ce soir, j'ai intérêt à m'y mettre tout de suite ! Et puis, je n'ai que deux jours pour tout mettre en place ! Enfin... je ne suis pas si pressée que ça non plus, parce que, pour l'instant, j'ai autre chose à gérer de plus vital. Il faut quand même que je me montre à ma cible.

Je farfouille dans les grosses caisses en métal posées sur le canapé qui contiennent la nourriture et déniche une cannette de Coca-Cola.

Un peu de courage ne me ferait pas de mal non plus !

Je bois une gorgée de coca et me délecte de ce mélange de bulles et de caféine.

J'attrape un carton à peine déballé, vide son contenu dans un autre, plus grand et tout aussi rempli, juste à côté, puis fonce vers la porte d'entrée. Un petit coup d'œil à ma montre, tout est en règle. 19 h 18. Il est là, il est rentré chez lui avec son bras droit : Freddy. Une espèce de gorille qui lui colle aux basques sans arrêt. Il l'a engagé parce que, durant toutes ces années, Vicente a agrandi son business. Il a plusieurs hommes sous ses ordres pour des affaires d'ordre privé, pour assurer sa sécurité, parce qu'il a plus d'ennemis que d'amis. Et on comprend vite pourquoi quand on connaît l'énergumène qui vit à deux pas de mon nouveau chez-moi.

Je sors de l'appartement, le carton vide dans les bras, et appuie sur le bouton de l'ascenseur. Une fois au sous-sol, je le plie et le jette dans le container mis à disposition des habitants de l'immeuble. Je remonte en inspirant un grand coup. Il faut que je sois convaincante, adorable, belle et que je paraisse tête en l'air. Tout ce qu'il aimait chez Alice avant. Je rassemble tout le courage que j'ai pu réunir ces dernières années et avance d'un pas décidé quand les portes de l'ascenseur s'ouvrent sur mon étage, le dernier, où il n'y a que nos deux appartements. Les portes se font face. Le loyer est exorbitant, mais ce n'est pas moi qui le paye, c'est le capitaine. Une montée d'adrénaline me prend rien qu'à l'évocation de mon capitaine... J'attrape la poignée de la porte de mon logement, mais elle refuse de s'ouvrir.

Je me suis enfermée dehors !

Bien sûr, tout est prémédité… Je n'ai pas spécialement le choix, j'opte pour la facilité en faisant appel à mes nouveaux voisins… Je suis tête en l'air, complètement hors de la réalité de ce qui m'attend derrière cette porte. En trois ans d'entraînement, c'est la première fois que je vais le rencontrer en chair et en os... Un petit frisson dégringole le long de mon dos, c'est un grand moment !

Je fais volte-face, avance, les jambes en coton, le cœur au bord des lèvres. Je dois me ressaisir, paraître naturelle. Je frappe timidement à la porte opposée à la mienne. J'entends des pas se rapprocher. Mon cœur s'accélère vivement, alors j'affiche une expression de fille perdue dans ses pensées et complètement désespérée par la situation. La porte s'ouvre sur... Freddy, qui écarquille les yeux à ma vue. Son air ne me déstabilise pas. Lui, de son côté, ne se détend pas, bien au contraire, et plus son regard pénètre le mien, plus je commence à me sentir mal à l'aise. Ses yeux marron me transpercent, sa bouche légèrement ouverte marque son trouble. Il porte toujours un costume noir et une chemise blanche, comme sur les photos. J'affiche une moue ennuyée et me lance.

En piste !!

— Bonsoir, je suis désolée, je viens d'emménager en face et je... me suis enfermée dehors. Est-ce que je peux emprunter votre téléphone pour joindre le concierge, s'il vous plaît ? J'espère qu'il aura un double...

Il ne dit rien, me regarde, ahuri. Si je ne le connaissais pas grâce à ma formation, je serais presque gênée de le mettre dans cet état. Mais ce n'est pas le cas. En même temps, le pauvre petit est dans un état léthargique depuis qu'il a ouvert la porte.

— Monsieur, tout va bien ?

Je sais, mec, tu ne me connais qu'à travers ce que ton patron t'a dit et, pour vous, je suis décédée il y a déjà cinq ans... C'est assez compliqué et traumatisant de me voir en chair et en os au lieu de photos planquées dans un placard ou posées sur une table de nuit !

— Freddy ?!

Oh, sa voix...

Grave et autoritaire. En direct, c'est encore plus percutant. L'adrénaline pulse dans mes veines, il ne faut surtout pas que je montre ne serait-ce qu'un signe de faiblesse. Sinon je suis morte et, cette fois-ci, pour de bon !

La porte s'ouvre d'un coup, Vicente me regarde, ne lâchant pas le battant.

— Alice...

Il se tient à la porte pour s'empêcher de tomber. Il va s'écrouler, s'évanouir. Et moi, de le voir en chair et en os, ça m'excite. Je me lèche délicatement les lèvres, un geste non prémédité. Lorsque je m'en rends compte, j'arrête immédiatement. Ce n'est pas le but aujourd'hui. Il faut juste qu'il me voie et découvre que sa *« petite chérie d'amour »* est toujours en vie.

Je le détaille sous toutes les coutures, m'imprègne de sa plastique, de sa beauté. Parce qu'il l'est, beau comme un dieu ! Ses cheveux noirs sont gominés et coiffés en arrière, ses yeux verts étincellent d'une lueur que je n'ai jamais vue sur les photos, ses épaules montent et descendent à un rythme acharné. Vicente porte lui aussi un costume et il a détaché sa cravate, laissant apparaître la naissance de son torse et quelques poils. C'est tellement viril… Je ne laisse pas passer plus de temps, j'ouvre la bouche, mais pince les lèvres. Freddy se reprend enfin en se raclant la gorge, me faisant sortir de la léthargie dans laquelle je m'étais plongée pendant quelques secondes, oubliant la mission, oubliant tout sur mon passage dans cette ville. Pour moi, c'est une consécration de l'avoir enfin devant moi. Je reprends mon rôle et lance :

— Vous connaissez mon prénom ? Les nouvelles vont vite... Il n'y a que deux appartements au dernier étage, j'imagine que la femme du concierge est plutôt indiscrète...

Aucun des deux ne relève ma remarque désobligeante. Ils sont là, à me dévisager. Freddy parle enfin, coupant court à ce silence de mort.

— Comment est-ce possible ? dit-il.

Vicente ne parle pas, il est sous le choc. Le pauvre garçon ! Ça doit faire bizarre de voir les démons de son passé ressurgir comme ça. J'essaie de me justifier auprès d'eux, laissant apparaître mon trouble. Je suis censée ne pas me souvenir, alors il faut que je paraisse déstabilisée par leurs comportements.

— Je viens d'emménager, je suis juste descendue jeter un carton, mais je n'ai pas pensé que la porte se fermait automatiquement… Enfin, c'est dingue quand même ! Qui fait ça de nos jours ?

Je me mets à rire et replace une mèche de cheveux afin qu'il voie mon tatouage sur mon avant-bras. Chose qu'il ne loupe pas, bien sûr !

I'm haunted by you[1]

— Je peux emprunter votre téléphone ? S'il vous plaît ? J'aimerais vraiment rentrer chez moi et je ne sais pas à quel étage vit le concierge... Ou si vous pouvez le joindre et lui dire de...

— Bien sûr, répond Freddy.

Il se décale et me fait signe de le suivre dans leur appartement. Je trépigne intérieurement. Je vais découvrir une petite partie de leur logement autrement que sur des plans. Lorsque je passe devant Vicente, je l'entends respirer à pleins poumons.

Eh oui, mon lapin, c'est bien moi !

Je passe un corridor puis entre dans la pièce à vivre. Waouh ! c'est clairement plus grand que chez moi. Un vaste îlot central sépare la cuisine de la salle à manger d'où part un couloir qui dessert l'espace nuit. L'appartement n'est pas du tout disposé comme le mien. Il est beaucoup plus spacieux. J'avance jusqu'au téléphone et me saisis du combiné que me tend Freddy. Je compose le numéro qu'il me montre. Au bout de trois sonneries, Ramon répond d'une voix imposante et rigolote. Je profite de cette petite pause téléphonique pour reprendre mes esprits, ma respiration et un rythme cardiaque normal.

— Bonsoir, Ramon, c'est Alice Degan, du 21e étage. Je suis vraiment désolée de vous déranger...

— Oh, bonsoir mademoiselle Degan, tout se passe bien ?

— Non, je me suis enfermée dehors ! Putain, dites-moi que vous avez un double ou un pass ou, au pire, un marteau ? Je suis preneuse !

1. « Je suis hantée par toi », traduit de l'anglais.

Je l'entends rire et je souris discrètement. C'est un chouette type avec un accent mexicain et une dégaine de baroudeur. Alice était grossière et clairement chiante comme nana, mais elle était drôle aussi et aimait profiter des petits moments sympas que la vie pouvait lui offrir. Il faut donc que je colle au personnage.

— OK, je monte. J'ai un pass prévu à cet effet.

— Super ! C'est gentil ! Merci beaucoup, vous êtes mon sauveur, Ramon !

Nous raccrochons sans plus attendre, je me tourne enfin vers mes hôtes, plus dépassés par les événements que je ne m'y attendais.

— Merci, il vient m'ouvrir, je...

— Alice, c'est ça ? demande Vicente en croisant les bras devant son torse.

Enfin, il parle ; enfin, il s'intéresse à moi... La position qu'il adopte ne me convient pas. Il est clairement hostile. Bon, je ne peux pas non plus lui en vouloir... C'est à moi de lui montrer que je suis la vraie Alice, son Alice.

— C'est bien ça.

— Vous habitez à New York ? continue-t-il en fronçant les sourcils.

— Non, je viens juste de débarquer. J'habitais à Guadalajara.

— Mexique ? demande Freddy

Et là, j'ai l'impression de subir un interrogatoire et je me régale ! J'ai tellement répété ce moment avec le capitaine...

— Vous n'avez pas d'accent, me crache Vicente, sans me laisser le temps de répondre.

— Alors, oui, le Mexique, et je n'ai pas d'accent parce que je suis américaine. J'ai vécu aux États-Unis, à Middleton dans le Delaware, jusqu'à mes 19 ans. Mon père a été muté au Mexique, alors nous sommes partis là-bas jusqu'à aujourd'hui.

Vicente inspire, mais avant qu'il ne dise quoi que ce soit, j'entends le concierge m'appeler.

— Excusez-moi, je crois que je vais pouvoir rentrer chez moi. Je vais rejoindre Ramon pour qu'il ouvre ma porte. Merci encore pour votre aide.

Je passe devant Vicente qui plonge son regard dans le mien. Je fronce les sourcils et tire un peu la tête en arrière.

Sois convaincante, Alice !

Mon souffle se raréfie, mon cœur s'accélère lorsque nos yeux se connectent et ne se lâchent plus. Je lis tellement de choses dans les siens, tellement de souvenirs, même les pires. Je vois clairement la flamme de l'amour qu'il portait à Alice se rallumer instantanément. Ce feu présent dans ses prunelles provoque une douce chaleur dans mon ventre. Il est tellement convaincant, tellement vrai…

— J'ai l'impression de vous avoir déjà vu quelque part, dis-je en déglutissant difficilement. C'est très bizarre.

— Pourquoi dites-vous que c'est bizarre ? répond-il calmement, trop calmement pour une situation pareille.

Je hausse les épaules et lui souris poliment, sans rien ajouter de plus. Parce qu'il n'y a rien à dire, j'ai perdu la mémoire, alors des situations comme celle-ci arrivent constamment.

— Bonne soirée, dis-je en sortant de l'appartement.

Alors que je vois le visage souriant de Ramon, je me sens mieux immédiatement et peux enfin respirer correctement, laissant mes deux voisins dans leurs comas respectifs.

— Je vous le répète, mais vous êtes mon sauveur, Ramon !! m'exclamé-je.

Il éclate de rire en me montrant le pass qu'il tient fermement dans sa main. L'humeur est au beau fixe, et plus encore lorsqu'il se rend compte que je suis simplement en chaussettes dans cet immeuble où les habitants payent une fortune pour y résider… Ramon ouvre enfin ma porte, je me retrouve dans mon appartement, avec la certitude que Vicente ne va pas en rester là.

4

Alice

Je suis suivie depuis que j'ai posé un pied hors de mon appartement, tout à l'heure, et je parierais qu'ils sont en train de placer des micros dans toutes les pièces. C'est bien son genre, à ce connard de Vicente. J'entre dans un magasin de bricolage et déambule dans les allées, à la recherche des outils que j'ai notés sur ma liste. Je prends un panier, y dépose quelques bougies, une boîte de clous, un marteau, une perceuse puis je regarde la taille des chevilles que je dois acheter, mais ne trouve pas. Je reste bien cinq minutes devant le rayon contenant une multitude de tailles de chevilles différentes et souris intérieurement en remarquant que le gars au bout de l'allée ne doit pas connaître plus le bricolage que moi. Pour cause, c'est un des sbires de Vicente. Il porte une chemise, un pantalon à pinces et des bottines noires. On est très, très loin du bricoleur... Ses cheveux sont courts, et ses regards sont de moins en moins discrets. Je m'avance vers lui, j'y vais franco, et l'interpelle.

— Excusez-moi, vous pourriez peut-être m'aider ? Je cherche des chevilles pour monter une étagère ! Vous savez lesquelles je devrais prendre ? C'est pour des livres, du coup il faut que ce soit solide quand même...

— Euh... vous devriez demander à un vendeur... Je... euh... ne m'y connais pas trop là-dedans...

Tu m'en diras tant !

Je grimace un peu et hoche la tête avec la certitude qu'il ne devrait plus jamais m'approcher.

— Merci quand même, dis-je en partant du rayon.

Maintenant, je sais qu'il ne me suivra plus, parce qu'il s'est grillé tout seul. Je ne vais pas le retrouver dans une autre boutique, sinon ça serait trop bizarre. J'adore jouer à ce petit jeu avec des mecs qui ne sont pas aussi expérimentés que moi. Tout ce que je sais, je le dois à l'entraînement et au capitaine.

J'erre dans les rues puis entre dans une chocolaterie. Une demi-heure et un bon ballotin de chocolats dans mon sac plus tard, je me faufile à travers les boutiques, à la recherche de celle qui m'intéresse le plus. Une fois que j'ai repéré le commerce en question, j'entre et admire les jolis ensembles *Victoria's Secret*, *Aubade* et toutes ces marques qui font des plus petites choses de réels bijoux. C'est une boutique de taille modeste, il n'y a que deux vendeuses, dont une affairée derrière son comptoir. L'autre s'occupe d'une cliente qui essaie des gaines. Je passe dans le rayon des maillots de bain et atteins celui que je cherche : les dessous affriolants.

Autant se faire plaisir...

J'attrape une guêpière noire munie de porte-jarretelles et un ensemble soutien-gorge et string rouge vif. Je me dirige vers les cabines d'essayage, le sourire aux lèvres, lorsque mon regard rencontre celui de la seconde vendeuse. Je tire le rideau le plus à droite et pénètre dans le minuscule espace. Un grand miroir me fait face. Je pose les dessous sur la chaise et glisse mes doigts derrière le côté gauche du miroir. Je parcours toute la longueur, le bas, le haut, et enfin les spots. Rien.

Merde, où l'a-t-il foutue ?!

J'inspecte de plus près la cabine, m'accroupis devant le siège où j'ai posé les ensembles. Je touche encore et encore le métal, jusqu'à sentir ce petit bout de plastique sous le dernier pied de la chaise. J'extirpe la microcarte SD, attrape mon lecteur MP3 dans mon sac à main, que je repose au sol.

Mes mains tremblent légèrement. J'ai tellement hâte d'en savoir plus, de savoir si ma prestation de la veille a été un franc succès ou au contraire un méga échec. J'enfonce les écouteurs dans mes oreilles, la carte dans le lecteur et appuie sur « play », ressentant cette montée d'adrénaline que j'aime tant. Je me pose contre le mur, ferme les yeux pour apprécier les échanges que je suis sur le point d'entendre et vraiment me concentrer sur ce qu'il va se dire. Je dois tout retenir du premier coup, comme me l'a appris le capitaine.

J'entends une porte claquer, ma voix au loin et un grand silence que Freddy interrompt.

— *C'était... c'était vraiment... ?*

Le silence qui s'ensuit ne me plaît pas. Je suppose que Vicente n'est pas convaincu et ça ne me convient pas. Je ne suis pas une aussi bonne actrice que ça... Bon, il faut se mettre à sa place deux minutes... Il vient de voir la réincarnation de sa petite amie, morte il y a cinq ans, il a de quoi être secoué...

— *Patron ? demande Freddy, la voix hésitante.*

— *Je ne sais pas, Freddy, elle... Alice est...*

Je l'entends souffler et sursaute lorsqu'un truc s'éclate au sol. Il vient de briser ce que je pense être un vase. Il se déchaîne en hurlant sur son employé toute cette colère qu'il garde au fond de lui lorsqu'il ne tue pas. Sa voix n'est que haine et incompréhension.

— *C'est impossible ! Alice est morte avec mon frère ! Elle est morte ! Je l'ai vue, j'ai vu ses yeux sans vie, sa respiration absente, j'ai vu les pompiers l'emmener sans rien faire, recouverte d'une putain de couverture mortuaire. Ce n'est pas possible ! J'étais là ! Elle ne respirait plus !*

— *Mais après... ?*

— *Après quoi ?*

— *Nicolay est enterré ici, et Alice... Où est son corps ?*

Encore une grande inspiration et ce silence pesant que seuls les gens ayant du pouvoir sur les autres peuvent faire ressentir. Mes mains deviennent moites, mon pouls s'accélère et ma respiration est hachée.

— *Dans le Delaware, ses parents résidaient là-bas avant de s'installer à New York. Elle a été transférée dans le cimetière familial. Un de mes employés a réussi à soudoyer une infirmière qui le lui a dit, mais je ne l'ai jamais vérifié. Je n'ai jamais pu... Je ne me sens pas capable de voir sa tombe...*

— *Alors on va faire un tour dans le Delaware pour être sûr, répond Freddy.*

— *Je viens de te dire que je ne suis pas capable de...*

— *Mais si c'est vraiment elle ? Enfin, vous l'avez vue comme moi ! Elle lui ressemble, non ?*

— *Elle lui ressemble comme deux gouttes d'eau, à part quelques kilos en plus et le teint plus... vivant.*

Je secoue la tête, ça ne va pas marcher... Il doute trop, beaucoup trop pour que ça prenne. Si jamais il trouve la tombe d'Alice, je suis cuite.

— Mettez-la sous surveillance nuit et jour, profitez qu'elle parte au boulot pour installer des micros chez elle, je veux savoir ce qu'elle fait et où elle va toutes les putains de minutes que Dieu fait, s'exclame Vicente.

Et voilà ! Il a mordu au premier hameçon.

L'enregistrement s'arrête, mon cœur fait une méga embardée en entendant cette douce mélodie résonner à mes oreilles :

— Mets les bouchées doubles, sinon on va te retrouver dans le même sac qu'Alice.

Oh ! La voix du capitaine ! Je me mordille les lèvres et souris bêtement aux écouteurs. Dommage que je ne puisse pas entendre une seconde fois l'enregistrement. Je fouille dans mon sac, attrape le vernis à ongles, j'y insère la microcarte SD et referme le bouchon. Je remets le flacon dans la poche interne de mon sac à main, prends les deux ensembles que j'ai choisis, paye mes achats, puis sors de la boutique.

Je retourne à mon appartement tout en contemplant le décor. Arrivée en bas de mon immeuble, je hume à pleins poumons cette odeur si particulière, celle de la pollution, des embouteillages, de la ville, tout simplement. Je prends l'ascenseur et me recoiffe vite fait devant le miroir pendant la montée. Je vais me faire une petite soirée tranquille devant la télé avec plein de cochonneries à manger, sans penser à rien. Lorsque les portes s'ouvrent, ma bouche se décroche, une certaine oppression me bloque la poitrine.

Mon patron...

Putain !

Mon patron devant ma porte, dans son costume de PDG, ses cheveux bruns toujours bien coiffés, ses yeux qui me sondent et sa mine sévère.

Super...

J'avance vers lui, affichant un sourire de façade qui marche toujours avec ces hommes-là.

— Bonsoir, monsieur Piola...

— Ah ! Alice ! J'ai besoin de vous...

— Je vois ça, sinon qu'est-ce qui expliquerait votre venue ce soir à mon domicile ?

Il sourit, toutes ses dents acérées sont de sortie.

Franchement, capitaine, être le bras droit d'une société d'informatique, ce n'était pas un peu trop... hors de mes compétences ?

— Nous avons un problème de personnel et j'aimerais qu'il soit réglé avant la fin du week-end...

C'est-à-dire tout de suite, là, maintenant, sur mon tout nouveau paillasson.

— Eh bien, étudions le problème alors..., réponds-je en déverrouillant ma porte.

— En effet ! Vous avez du vin, Alice ? Pas grave, je vais demander à Gévyn d'en apporter...

Impeccable ! Je le laisse passer puis j'entre chez moi, le cœur lourd. Fini, la soirée tranquille !

5

Faith

Un sombre jour d'octobre 2015

La porte s'ouvre, mes yeux ne s'habituent pas du tout à la lumière qui en provient. Je ne sais pas depuis combien de temps je suis couchée sur le sol, mais je suis totalement gelée. Mes mains sont engourdies et je vois enfin l'espace dans lequel il m'a jetée. Cette cave pourrie, terrifiante.

Lorsque mes yeux s'attardent sur le matelas, je remarque que ce n'était pas un cadavre qui gisait près de moi, mais un mannequin désarticulé, que j'ai senti avant de m'évanouir. Mon cœur rate un battement. J'ai eu la trouille de ma vie. Je me relève difficilement, mes jambes flageolent, j'ai le cœur au bord des lèvres et l'estomac dans les talons. C'est certain, je suis couchée ici depuis déjà plusieurs heures. Le capitaine m'empoigne puis me soulève facilement pour me mettre debout sans délicatesse.

Je réagis comme toute personne saine d'esprit, je le frappe à plusieurs reprises pour m'enfuir de cet endroit, m'échapper de son emprise, de cet enfer qu'il est en train de me faire vivre. Une seconde, c'est ce qu'il lui faut pour me maintenir contre le mur, sa main plaquée contre ma gorge.

— Comment tu t'appelles ? me demande-t-il.

Mais il est fêlé, il le sait ? Pourquoi il me demande une chose pareille ? Bête et disciplinée, je réplique du mieux que je peux, luttant pour inspirer un peu d'air :

— Faith.

— Mauvaise réponse !

Sa paume écrase plus violemment ma trachée, bloquant toute entrée d'air. Mon regard dévie sur le côté, cherchant une échappatoire à tout ça, alors que ma tête ne comprend rien à ce qu'il se passe. Je commence à voir des étoiles, mes mains essaient tant bien que mal de me dégager de cette étreinte qui me bloque la respiration. J'ai l'impression d'être le prochain repas d'un boa affamé, assoiffé de vengeance, qui se serait logé autour de mon cou.

— Comment tu t'appelles ?

— Fa.... Fai....

Je n'arrive plus à parler, ma vue se brouille puis se couvre d'un voile blanc. Mes bras retombent mollement le long de mon corps, lâchant ses mains, lui offrant mon cou qu'il broie. Il est en train de m'étrangler et je baisse les armes. Je n'y arrive pas... Je ne peux pas lutter contre lui, il est beaucoup plus fort que moi !

Je n'ai pas mal, je ne perçois plus la pression de ses doigts autour de ma gorge, pourtant ils s'y trouvent encore. Je ne sens plus mes jambes ni ma tête, juste mes poumons qui s'embrasent. Et j'entends mon pouls battre contre mes tempes.

— Comment tu t'appelles ?! crie-t-il.

Avec un regain d'énergie et de courage, ou tout simplement mon instinct de survie, je lui donne ce qu'il attend.

— Alice ! dis-je dans un souffle.

Et là, il me lâche. Je tombe lourdement au sol, inspire des goulées d'air plusieurs fois d'affilée, hurlant comme un nouveau-né qui respire pour la première fois de sa vie. À chaque inhalation, je ressens une brûlure et la douleur. Des larmes coulent le long de mes joues. Un peu plus et c'était la syncope. Mes mains se placent autour de mon cou et exercent des pressions comme si, inconsciemment, j'essayais d'être sûre que ses doigts n'emprisonnaient plus ma trachée. Le capitaine me regarde et sourit discrètement.

— Bien, je te laisse manger, Alice.

Il sort puis claque la porte derrière lui en éteignant, me laissant encore une fois seule dans le noir. Je rampe jusqu'à buter sur le matelas et m'y allonge en inspirant toujours profondément pour essayer de calmer les spasmes qui ont pris possession de mon corps. J'essaie de rythmer ma respiration, tâtonne à la recherche de la bouteille d'eau qu'il a déposée au bout du matelas et que je trouve, non sans mal. Je me recroqueville contre le mannequin puis ferme les yeux sur mes larmes qui ne cessent de couler.

***

Je touche le mur, nuit et jour. Je repère la moindre inégalité dans le béton, la moindre goutte d'humidité, les infiltrations d'eau de pluie, les microfissures d'où s'échappe un peu d'air, les insectes présents dans la pièce, qu'ils rampent ou qu'ils volent. Je ne suis plus effrayée par tout ça, j'ai dépassé ce stade. Maintenant, je cohabite avec la nuit, avec la peur du noir, de l'inconnu. Je subis cette présence que le capitaine m'impose au compte-gouttes. Une à deux fois par jour, il descend m'apporter à manger et à boire et, à chaque fois, je fais semblant de dormir. Comme une malvoyante, j'ai appris à développer le sens du toucher et à voir au-delà de ce que mes yeux peuvent distinguer. Mon ouïe a décuplé, mon odorat semble s'être réveillé après un long temps d'hibernation.

Repliée dans un coin, je hume à travers la fissure l'odeur de la nuit mélangée à celle de la poussière et de la moisissure.

Quel doux parfum...

Le bruit familier de la clé qui tourne dans la serrure dérange le calme olympien de l'endroit, si lugubre soit-il. La lumière se répand dans la pièce, je peine à garder les yeux ouverts pendant qu'il dépose certainement un énième sandwich au pied du matelas.

Qu'attend-il pour me buter ? N'est-ce pas pour cela que je suis ici ?

Je n'ai aucun souvenir de ce qui constituait ma vie ou mon métier, je ne vois pas pourquoi il me garde enfermée, sans rien attendre en retour...

Ses pas se rapprochent et, lorsque je lève enfin les yeux vers lui, je le détaille de façon plus poussée que dans la voiture. Il a toujours cette petite barbe qui le rend sexy, ces yeux verts avec ce soupçon de glace à l'intérieur et ce discret sourire qui, pendant quelques secondes, fait rayonner son visage. Ce qui n'est pas cohérent quand on voit le comportement psychopathique dont il fait preuve...

Il s'accroupit, tend la main vers moi.

— Bonjour, Alice, bien dormi ?

En guise de réponse, je hoche la tête, ne lui offrant rien de plus que ce qu'il mérite, c'est-à-dire une grande indifférence. Si je dois mourir, autant que ça se passe le plus rapidement possible.

— Ne sois pas condescendante, Alice. Je te signale que tu n'es pas en position de force avec moi... Et puis, je venais juste te tenir compagnie...

Il se cale contre le mur, sourit encore plus.

Pourquoi maintenant ? Il veut me tenir compagnie alors qu'il me laisse crever de froid et de solitude dans cet endroit abject ? Qu'il aille au diable ! Je prends une profonde inspiration, mais avant de pouvoir en placer une, il me coupe dans mon élan en balançant un objet sur moi. Lorsque mes mains le touchent, je tremble encore plus et, cette fois-ci, je le sais : le cauchemar ne fait que commencer.

Cette cave est sa salle de jeux et il a décidé que j'étais son nouveau jouet.

6

Alice

Mai 2018

C'est l'heure de se bouger un peu, il faut que je me dépêche si je ne veux pas rater Vicente sur le palier. Tous les matins, il fait à peu près une heure de jogging, en fonction de son humeur, de la météo et de la période de l'année. Quelquefois, il ne sort pas, il reste dans son appartement jusqu'en début d'après-midi et je le soupçonne d'avoir bossé toute la nuit. Enfin, travailler... si on peut appeler ça comme ça.

Aujourd'hui, c'est mon jour de chance, il fait grand soleil et je sais de source sûre qu'il est déjà rentré de sa balade matinale. C'est toujours le même rituel, il prend une douche et, ensuite, monsieur part au boulot à la même heure que moi. Je l'entends claquer la porte et parler avec Freddy. C'est à ce moment que j'ouvre la mienne pour commencer ma journée au bureau.

C'est parti. Je ne me suis pas laissé abattre, il faut appâter le poisson avant de le ferrer… J'ai donc choisi une robe fourreau bleu turquoise et chocolat, ce que l'on appelle une robe sirène, qui épouse parfaitement mon corps. Vive la gym, les abdos et les séances d'entraînement dans la cave pour faire fondre toute cette graisse que ne possédait pas Alice. Et encore, j'ai beaucoup plus de formes qu'elle. Si j'en crois le capitaine, avant de mourir, elle était extrêmement maigre. Je n'ai pas réussi à atteindre son poids, même avec tout l'entraînement et les différents régimes que j'ai pu faire pendant ces trois ans. Mon maquillage est plus prononcé que d'habitude et mes cheveux sont tressés. J'ai jeté mon dévolu sur une paire de stilettos qui me rappellent à chaque pas que les hommes ont de la chance de ne pas porter ce genre d'instruments de torture. Je sors de l'appartement, entre dans l'ascenseur avant que les portes ne se referment. On est tous les trois. Je suis comme dans l'océan, entourée de beaux requins...

Vicente est nerveux. Il se dandine. C'est trop drôle et ça me réconforte un peu de savoir que je ne le laisse pas indifférent. Ses cheveux sont coiffés en arrière, comme d'habitude, et ses yeux fixent un point précis dans l'ascenseur. Il porte un costume trois-pièces gris anthracite et il a toujours sa montre au poignet. C'est un souvenir de son père. Elle ne marche plus, mais il ne s'en sépare jamais. Freddy, quant à lui, est toujours habillé pareil, un costume noir avec une chemise blanche en dessous. Le seul truc que l'on peut remarquer si l'on a un œil averti, c'est le renflement le long de la couture, sur le côté droit de son pantalon. C'est là qu'il place son flingue. *Un Sig Sauer Mosquito .22 Long Rifle muni d'un beau silencieux.* Son arme préférée ! Freddy n'aime pas le bruit ni les combats à la loyale, contrairement à Vicente, qui préfère tuer à mains nues...

Je frissonne rien qu'en pensant à toutes les vies que ce flingue a pu emporter...

— Bonjour messieurs, dis-je poliment.

Avant que l'un des deux ne réponde, mon téléphone sonne, ce qui veut dire que mon boss est réveillé... Je place mon oreillette Bluetooth tout en m'installant au fond de la cage d'acier, juste à côté de Vicente, décroche et regarde les habitants de l'immeuble entrer et sortir de l'ascenseur pendant toute la durée de la descente. Je baisse de plusieurs octaves pour rester discrète, sûre que mes chers voisins ne perdent aucune information de cet échange téléphonique.

— Bonjour monsieur.

— Alice, bonjour. Avez-vous les documents en main ?

— Signés depuis hier soir, monsieur. Votre avion décolle dans deux heures, heure locale. Vous avez une réunion avec les collaborateurs à 14 h 30, puis à 15 heures avec la nouvelle direction. Ensuite, à 17 h 30, vous avez l'inauguration de la nouvelle salle de l'atelier Conception.

— Excellent, Alice.

— Monsieur, dois-je vous rappeler vos dix ans de mariage ?

— Putain ! C'est aujourd'hui ?

— Oui, monsieur.

Je pince les lèvres pour masquer un fou rire. Mon Dieu, ces hommes... Et dire que, si j'avais tenu ma langue, je serais dans de beaux draps...

— Merde, j'ai complètement zappé...

Tu m'étonnes ! Avec deux maîtresses, une femme et une société en pleine expansion, comment ne pas oublier ?

C'est à ce moment que j'entre en scène, parce que j'aime par-dessus tout voir les affaires secondaires à la mienne traitées rapidement.

C'est peut-être pour ça que le capitaine m'a trouvé ce boulot...

— Je vous ai réservé une table au Marquiz pour 20 h 30. Le coursier vous apportera en fin de matinée une parure de chez Benson. Elle est composée de diamants montés sur de l'or blanc, c'est la pierre précieuse des noces d'étain.

— Vous êtes une femme fantastique, Alice. Merci.

— Je vous en prie, c'est mon travail, monsieur.

Tu parles !

Je suis censée gérer sa vie professionnelle et pallier les dysfonctionnements de l'entreprise, en aucun cas je ne dois m'occuper de ses problèmes de cœur ou de cul.

— Putain, si je n'avais rien fait pour cet anniversaire, je l'aurais entendue pendant des lustres !

— J'ai donc annulé votre rendez-vous avec Clarisse ce soir, monsieur.

Je pianote sur l'écran de mon téléphone et gère une énième source de conflit au sein des ressources humaines. Je souris lorsque je remarque le mail de Taylor. Le boss va piquer une crise...

— *Ouais, c'est bon. Putain, elle n'a rien dit ?*

— *J'ai évoqué une réunion barbante au sujet d'un logiciel de correction d'orthographe, certainement tardive. Je lui ai proposé de vous accompagner, elle a décliné. Je crois qu'elle n'aime pas trop les ordinateurs... J'ai précisé que vous vouliez l'emmener faire du bateau samedi matin.*

— *Excellente idée !*

— *Votre assurance a augmenté de 17 %, continué-je en pianotant de nouveau sur le téléphone.*

— *La vache ! Mais pourquoi ?*

— *Ils estiment que sauter en parachute, c'est dangereux, monsieur.*

— *Quelle bande de cons et d'escrocs !*

Sur ce, nous terminons notre entretien téléphonique et les portes de l'ascenseur s'ouvrent, laissant sortir les occupants. Je consulte mon agenda électronique tout en avançant vers l'extérieur du bâtiment. Sitôt raccroché, mon portable sonne à nouveau.

— *Alice, monsieur veut qu'on renégocie son assurance, dit Jenny.*

— *J'en étais sûre. Les négociations sont en cours depuis 5 heures ce matin. Je veux 10 % en moins, sinon ils peuvent aller gentiment se faire foutre.*

— *OK, dit-elle sans rien ajouter de plus.*

Je lève les yeux sur la rue et remarque que Freddy se tient à mes côtés. Je lui souris puis regarde Vicente qui ne prête aucune attention à mes faits et gestes. Ça commence légèrement à me titiller. Jouer à la femme fatale, OK, mais le but est de faire tomber ce connard, pas de passer toute ma vie dans cet appartement à faire ce boulot. Je me mordille les lèvres. Il faut qu'il fasse attention à moi. Il faut qu'il se souvienne d'Alice.

Alice n'avait peur de rien ni de personne, elle ne se souciait que de son allure et défiait tous ceux qui ne la remarquaient pas.

Les paroles du capitaine tournent en boucle dans ma tête et me percutent. Il a raison, Alice est de retour. Vicente doit s'en rendre compte, et le plus rapidement sera le mieux. C'est à lui de venir à moi, pas l'inverse...

Je fourre mon agenda dans mon sac à main puis place deux doigts dans ma bouche. Je siffle fort, faisant arrêter un taxi pile à ma hauteur. Les deux énergumènes ont les yeux écarquillés, je m'amuse de les voir dans cet état. Le chauffeur fait le tour du véhicule et m'ouvre la portière. Je lui indique l'adresse avec le minimum de politesse que cette peste aurait montrée.

Alice est de retour, messieurs !

— Bonne journée, leur lancé-je en entrant dans le taxi, un sourire vissé aux lèvres.

Je n'attends pas leur réponse et somme le chauffeur de foncer pour me rendre au bureau le plus rapidement possible.

***

J'arrive devant l'immeuble de mon patron et pénètre dans son antre. Le hall d'accueil est luxueux. J'aime la décoration, en adéquation avec la passion qui anime mon boss. Le sol où sont logées des LED représentant des circuits informatiques est tout en verre. C'est très brut, mais j'aime tout particulièrement, parce que son adoration est poussée jusque dans les moindres détails. Les ascenseurs sont eux aussi en verre et, lorsque l'on arrive à mon étage, celui de la direction, il est remplacé par de la moquette qui assourdit les claquements de mes talons aiguilles. Il n'y a encore personne à cette heure-ci.

Je suis toujours la première arrivée et la dernière à quitter les lieux. J'y mets un point d'honneur. J'ouvre la porte de mon bureau et pose mon sac à main sur l'étagère. Je prends place face à mon ordinateur puis cherche minutieusement le petit morceau de plastique. Je ne mets pas longtemps à la repérer, accrochée à mon stylo préféré, la microcarte SD que j'attrape sans attendre. Je sors mon lecteur MP3 pour, une fois encore, plonger dans l'intimité de mon très cher voisin.

C'est une conversation entre Vicente et un homme dont je ne reconnais pas la voix. Ce n'est pas Freddy, le timbre est beaucoup plus grave, extrêmement viril et terrifiant à la fois. J'entends une mélodie derrière eux, je crois que c'est le générique d'une émission de télévision diffusée tôt le matin. J'essaie de faire abstraction du dialogue des deux interlocuteurs afin de reconnaître cette musique. Quelques notes supplémentaires de la mélodie et je sais ce que c'est. L'enregistrement date du matin même, avant qu'il parte faire son footing. Il regarde toujours le même programme avant d'aller courir.

— *Patron, nous revenons du Delaware. Il n'y a pas d'Alice Degan dans les cimetières proches de sa résidence principale. Nous avons même un peu élargi nos recherches, vérifié toutes les tombes et le jardin des souvenirs où sont disposées les... cendres.*

— *Je ne pense pas qu'elle ait été incinérée, même si elle chérissait le feu...*

— *Nous sommes allés du côté de son ancien quartier, dans la maison de ses parents. Après une enquête de voisinage, nous avons appris qu'Alice avait eu un accident de voiture et qu'elle est restée dans le coma pendant un long moment. Elle a fini par se réveiller, mais elle a perdu la mémoire. Alors son père a demandé sa mutation à Guadalajara. Ils sont partis pour tout recommencer, en laissant leur ancienne vie derrière eux.*

— Je n'y crois pas, c'est impossible, l'infirmière a juré que...

Un silence, la mélodie s'arrête et des talons claquent au sol.

Il y a une femme dans l'appartement ? C'est quoi cette embrouille ? Il est célibataire ! Le capitaine me l'a assuré à plusieurs reprises, il m'a certifié que Vicente n'avait pas d'attaches. Ça devait être plus facile comme ça, parce que, si une femme est présente dans sa vie, ça va grandement compliquer les choses.

— Je ne peux pas y croire... Je sais qu'Alice est morte, je l'ai vue de mes propres yeux, Jones. Ça ne me suffit pas, j'ai besoin de preuves concrètes. De quelque chose qui ne me mette pas le doute. Elle lui ressemble, mais je ne sais pas... Je ne peux pas imaginer qu'elle ait oublié notre relation... enfin, tout ce que l'on a vécu tous les deux...

Donc celui-là s'appelle Jones, c'est un nouvel élément. Le capitaine n'avait pas eu vent de lui, ou alors, c'est un de ses nombreux sbires tapis dans l'ombre. D'imaginer que tout cela n'a servi à rien, que Vicente ne mordra jamais à cette histoire, je souffle et pense sérieusement à appeler ma brigade pour disparaître autrement qu'à tout jamais.

— Patron, je savais qu'il fallait plus qu'une simple tombe et, comme je ne peux pas vérifier par moi-même toutes les personnes décédées... j'ai fait faire un test ADN sur un des cheveux de la voisine.

Mon cœur rate plusieurs battements, je respire mal. Je suis en train de faire une crise de panique. Pourquoi m'a-t-il laissée tranquille, ce matin, après avoir découvert le test ADN ? Ça ne lui ressemble pas. Il est comme saint Thomas, il ne croit que ce qu'il voit. Et là, clairement, il va savoir que je ne suis pas sa défunte petite amie... S'il n'a rien tenté dans l'ascenseur, c'est qu'il me réserve autre chose à un autre moment. Mon corps tout entier se tend, mes jambes commencent à trembler.

— Comment ?

— Sa brosse à cheveux. J'ai les résultats depuis une heure, je ne sais pas comment vous le dire...

Mon sang se glace. Là, c'est foutu, je suis morte, comme Alice. Il va se rendre compte que je me joue de lui depuis le début, depuis l'emménagement, et je peux dire adieu à ma vie. S'il ne trouve pas le cadavre d'Alice, c'est parce qu'il a été inhumé et déplacé dans un endroit que même moi, je ne connais pas. Tout ça, c'est le capitaine qui s'en est chargé ! Je respire à fond plusieurs fois en attendant la sentence, qui tombe comme un couperet et me retourne l'estomac.

— Le test est positif, patron. Votre voisine est bien votre Alice.

Je sursaute comme une dingue, inspire de grandes goulées d'air. Le capitaine a fait son travail. Soit il a falsifié les résultats ADN, soit il a apporté des cheveux d'Alice sur ma brosse à cheveux. Dans les deux cas, cet homme est un géant. Il vient de m'éviter une lourde peine de tortures en tout genre. J'occulte le fait qu'il y a peut-être des cheveux d'une fille morte sur ma brosse, me promettant de la jeter lorsque je mettrai un pied chez moi.

7

Alice

La journée est passée à la vitesse de la lumière. J'éteins mon ordinateur. Il est assez tard, je pense que je suis la dernière à être encore au bureau ce soir. J'attrape mon sac à main et, au moment de partir, je m'arrête net. Je ne savais pas que j'étais observée, pourtant je devrais en avoir l'habitude.

— Je te conseille de mettre une veste...

Je souris discrètement à Taylor, le directeur des ressources humaines. Il est très grand, a les cheveux blonds et des yeux d'un bleu profond. Que fait-il ici ? Enfin, à cette heure-ci ? Je sais qu'il a dû traiter un dossier en urgence, mais il est presque 20 heures... Sa chemise blanche est déboutonnée au col, ce qui me tire un sourire. J'admire le comportement des hommes lorsqu'ils ont un petit quelque chose dans la tête et là, je sais que le petit quelque chose ne se trouve pas sous sa boîte crânienne, mais bien au sud.

— Il y a un problème, Taylor ? demandé-je prudemment.

— Aucun, répond-il en s'adossant à la porte de mon bureau.

OK, je vois... Alors là, ça va être intéressant. Je pose les fesses sur le coin de ma table de travail et le détaille plus longuement, ne perdant aucune miette du spectacle qu'il m'offre, de cette espèce de séduction que seuls les mâles peuvent comprendre et à laquelle nous, pauvres femelles que nous sommes, par la force des choses, nous succombons. On se regarde à la dérobée, je touche le bois du bout de mes doigts en faisant de petits cercles.

— Taylor, je...

Il faut faire la naïve, parce que les mecs du rang de Taylor sont friands de ce genre de comportement. Ils aiment avoir une femme forte au travail, possédant le pouvoir, qui pourrait écraser n'importe quelle personne, mais qui sait se soumettre une fois la porte de la maison passée.

J'avance vers lui et touche délicatement le bouton défait de sa chemise. Sa respiration devient plus lourde, la température de la pièce est montée d'une centaine de degrés.

— Merci pour le conseil, je vais me couvrir...

Je plonge les yeux dans les siens puis mords ma lèvre très légèrement. Sa mâchoire se crispe, son corps se tend, montrant des muscles saillants et là, j'avoue que cette vue m'émoustille un petit peu. Il attrape ma main et la pose sur son torse sans la lâcher. J'ouvre la bouche, penche bien la tête pour qu'il puisse me dominer de toute sa hauteur et lui porter le coup de grâce.

— Je suis ta supérieure hiérarchique. Si nous baisons, je serai obligée de te virer, et je pense que ce serait fort dommage, surtout que je ne suis même pas sûre de prendre mon pied avec toi.

Le jeu de la séduction vient de retomber. La pièce est devenue glaciale, ses yeux me lancent des éclairs. Avant qu'il ne parle, je tapote gentiment son torse.

— Ne perds pas ton temps avec moi. Bonne soirée, Taylor.

Je quitte mon bureau, le sourire aux lèvres, comme la femme fatale que je dois être, avec la certitude que Taylor ne craint plus rien maintenant. Il va abandonner avec moi et Vicente ne pourra pas le tuer. Je ferme les yeux, inspire fort. Des images dansent devant mes paupières. Malgré la douleur que j'ai ressentie lorsque j'ai quitté la cave, son souvenir me hante.

— Regarde-moi !

Je fixe le mur en béton de la cave et ne détourne pas les yeux. Le capitaine est préoccupé, je ne sais pas ce qu'il se passe, mais il n'est pas rentré depuis au moins deux jours.

Et là, il me fait tout un laïus sur les relations sexuelles, comme si j'étais une jeune fille de 15 ans qui écarte les cuisses pour la première fois.

Il se place devant moi, attrape mes bras, me clouant sur place. La chaleur de ses mains, son odeur qui titille mes narines et qui m'a terriblement manqué pendant ces quelques jours, sa voix qui résonne mélodieusement dans mon âme et ce regard brûlant et glacial qu'il affiche.

Putain, capitaine, tu me tues à petit feu...

— Ne refais plus jamais ça ! aboie-t-il. Tu n'as pas le droit de jouer avec les gens comme ça, putain !

J'ouvre la bouche, mais il plaque sa main dessus, me faisant taire immédiatement. Je ne lutte pas, je sais que mon comportement a laissé à désirer... On ne va pas en faire tout un plat, putain. Il s'accorde du bon temps, moi aussi !

— Je ne veux pas t'entendre... Je suis trop en colère, je suis furieux, je...

Tu ne me maîtrises pas comme tu l'aurais voulu, oui, je sais. Tu es déstabilisé, ce n'est rien, capitaine. Je vais arranger la situation et on ne...

— Regarde-moi ! Tu sais ce que j'ai fait pour réparer ta bêtise ?

Je secoue la tête. Il est clair qu'il ne veut pas que je parle et je n'ai pas spécialement envie que l'on se dispute, même si ça y ressemble...

Il s'approche encore plus de moi, retire sa main. Il m'entoure de ses bras et me bloque la respiration en me serrant fort contre lui. Mon cœur s'emballe lorsque je sens son corps chaud qui m'enveloppe. Sa bouche trouve mon oreille, sa voix n'est qu'un murmure qui finit par me glacer le sang :

— Je l'ai noyé dans le lac. Maintenant, je veux que tu me promettes de réfléchir avant de tenter quoi que ce soit. Alice, tes actes ont des conséquences... Aucune relation sexuelle !

***

Il sera dans l'ascenseur. Je parierais ma culotte – si j'en portais une. Son gorille m'a suivie toute la journée et il a passé un coup de fil au moment où j'ai pris le taxi pour rentrer chez moi. Je sais que le but de cette manœuvre était d'avertir son patron chéri.

Je pénètre dans le hall de mon immeuble et, avant que les portes de l'ascenseur ne se ferment, il y entre. Vicente est seul.

C'est bien. Enfin seuls tous les deux, sans Freddy et ses hommes de main.

Il ne dit rien, rien du tout. Je détache mes cheveux en soufflant. Il me regarde, sa respiration s'accélère. Je peux entendre son cœur battre plus vite, comme s'il venait de terminer son jogging. Quelque chose a changé dans son regard, dans son comportement.

Eh oui, mon lapin, c'est bien moi. Je suis la femme de ta vie, allez, un peu de courage. Viens à moi...

— Vous avez réussi ? dit-il doucement.

— Réussi quoi ? réponds-je en souriant.

— L'assurance...

OK, parlons de choses banales, Vicente. Je hausse une épaule, pas peu fière de moi, et laisse échapper un rire.

— Oh, et bien, les négociations ont porté leurs fruits.

— Combien avez-vous eu ? Je suis curieux... Vous aviez l'air de vouloir mordre si jamais...

— J'ai eu 15 % en moins et je les aurais mordus si je n'avais pas eu cette diminution.

— Oh... mais vous disiez 10 ?

— Hum hum, dis-je en haussant les sourcils exagérément.

Il se met à rire doucement. L'ambiance est électrique et enfantine. Il ne sait pas comment gérer, il va apprendre, je vais lui donner l'occasion de se lancer...

— Votre patron doit être content...

— Très, pour une fois !

— Il est exigeant, c’est ça ?

— C’est un connard !

Je ferme les yeux et me pince les lèvres. Merde, je suis allée trop loin. Je n’aurais pas dû parler de lui comme ça. On n’en est pas à rire de ces choses, c’est beaucoup trop tôt.

— Pardon, ce n’est pas ce que je... Enfin, je dois être fatiguée et je...

Il éclate de rire et, dans ce son, je reconnais cette mélodie qui s’appelle le bonheur. Il est heureux et ça, c’est un très bon point pour moi.

— Vous êtes son... bras droit, c’est ça ?

— En quelque sorte. Et vous ?

— Et bien, je suis un connard de patron...

Je deviens aubergine, mais je ne me retiens pas de rire un peu. Il peut être drôle de temps en temps, même si c’est le pire truand de la planète.

— Je suis désolée, je ne voulais pas dire ça. Franchement, j’ai du mal à garder ma langue dans ma poche après une longue journée de boulot.

— Non, c’est rien, dit-il en riant. On n’est pas tous pareils, vous savez.

J’admets en opinant du chef, tout en me mordant la lèvre. Vicente souffle, sous le charme. Il faut que je lui montre que je suis intéressée...

— Votre ami n’est pas avec vous ?

— Mon ami ? Vous parlez de Freddy ?

J’acquiesce d’un hochement de tête et le vois se décomposer de seconde en seconde. Je réprime un fou rire. Il est tellement expressif quand il le veut.

— Oh non... Ne me dites pas que vous pensez que lui et moi, on... Putain, non, nous ne sommes pas en couple !

— Ce n’est rien...

— Je vous dis que non !

— Très bien, très bien, capitulé-je.

— C’est mon bras droit.

— Oh, lâché-je dans un sourire. Dans quelle branche êtes-vous ?

— L'import-export.

Il n'aurait pas pu mieux trouver comme métaphore, putain. Quelle pourriture !

— Mon patron est dans les logiciels.

— Hum ! Richard Piola ?

Je fais semblant de le dévisager, mais montre que je suis agréablement surprise qu'il puisse s'intéresser à moi.

— C'est exact, c'est bien lui !

— C'est vraiment un connard, affirme-t-il.

— Ravie qu'on partage le même avis.

8

Alice

Je m'ennuie. C'est affreux. Il n'y a rien à la télé, rien à faire et je refuse de traiter des dossiers pour le boulot. Je suis assez accaparée par mon travail toute la journée, toute la semaine pour ne pas me pourrir la vie avec mon patron le week-end. Je me vautre sur le canapé et zappe. Je finis par regarder une émission culinaire sur les restaurants tendance en France. J'éteins la télé puis me dirige vers la salle de bains. Lorsque je passe devant la chambre, une idée me trotte dans la tête.

Et si je...

Bien sûr ! Les hommes en sont friands et Vicente l'est encore plus. Je me mordille les lèvres. Je me suis entraînée, je n'ai pas peur, je n'ai plus peur de ça. J'ouvre ma commode, fouille un peu, à la recherche du premier cadeau du capitaine. J'écarte les dessous chics que j'ai rangés là. Je le trouve, attrape le sac argenté dans lequel je l'ai glissé. Je plonge la main dedans et en tire cet objet qui m'a tant traumatisée à l'époque.

Ah ! Capitaine... Tu n'es jamais très loin, même lorsque des milliers de kilomètres nous séparent.

Je défais ma chemise, descends ma jupe et m'allonge à même le sol. Je pose les doigts sur ma poitrine, touche le grain de ma peau en effectuant de petites caresses. Je ferme les yeux puis me replonge dans les seuls souvenirs qui me restent. Je prends une grande inspiration et gémis lorsque je passe la barrière de mon string. Ma main évolue lentement jusqu'à toucher ce point si sensible depuis que je ne suis plus en contact avec le capitaine.

Capitaine, capitaine, capitaine...

Je l'ai tellement gémi, j'ai tellement joui de sa présence, de son corps si chaud qu'il m'a toujours refusé, de ses mains, si grandes et si rugueuses.

Je murmure quelques « *oh oui* » sans retenue lorsque mes doigts se déploient en moi et me mords férocement la lèvre pour ne pas supplier le capitaine de me donner du plaisir. Je tâtonne à mes côtés sans ouvrir les yeux et trouve l'objet, que j'allume d'une pression de la main. Mes pensées voguent hors de cette chambre, hors du temps et je me retrouve une fois de plus en sa présence, dans cette cave.

Je refuse d'être son jouet, je refuse de participer à un jeu pervers auquel il s'adonne pendant son temps libre. Il est complètement fêlé, je ne me plierai jamais à un... truc pareil. Ma respiration se coupe lorsqu'il fait un signe du menton pour me montrer l'objet qu'il vient de jeter sur moi.

— Je t'en prie, dit-il.

— Ah, non, je... hors de question que je...

— Tu veux que je t'apprenne à t'en servir ?

Ma bouche se décroche. Je ne peux pas. Il ne va pas me forcer à faire ça, si ?

Il s'avance, attrape le vibromasseur et plaque l'objet avec sa main contre ma poitrine. Il l'allume. Seul le bruit de ce truc de malheur entache le calme de cet espace contigu. Mon cœur cogne comme un forcené malgré les vibrations qui résonnent jusque dans mon âme. Ce que j'aperçois dans les yeux du capitaine ne me plaît pas. Il prend plaisir à me faire subir ça et, en même temps, je vois une lutte sans merci au fond de ses prunelles. Quelque chose d'indescriptible.

— Ne fais pas ça, murmuré-je. Ne fais pas quelque chose que tu pourrais regretter...

J'essaie de le faire revenir à la raison, de plaider ma cause, de tenter le tout pour le tout, en vain. Il se penche, je sens son odeur de mâle viril, cette fragrance un peu musquée qui lui appartient. Ça me déstabilise un peu d'être attirée par lui. Je suis en train de développer une maladie mentale. C'est certain, il n'y a pas d'autre possibilité. Je ne peux pas éprouver de désir pour un monstre pareil. Soudain, il me plaque au sol avec poigne. J'essaie de me débattre, mais il est bien plus fort que moi. Je ne crie pas, ça ne servirait à rien.

Je crois qu'il a réussi à tuer mon instinct de survie...

— Je veux que tu penses à lui lorsque tu vas jouir, Alice...

Je ne suis pas Alice... Je ne le serai jamais. Pitié, laisse-moi partir, je ne supporte plus rien. Je ne veux plus être dans cet endroit, je n'ai même plus le goût de vivre. Et si jamais tu fais ça...

— Enlève ton jean, Alice.

Je tourne la tête de l'autre côté. Je ne veux pas le voir me regarder m'ôter cette dernière barrière d'intimité que j'avais conservée jusqu'à maintenant, me prendre la seule chose qui me restait. Je défais le bouton, descends ma braguette. Je me soulève doucement puis fais glisser lentement mon pantalon jusqu'en bas de mes jambes.

Il a laissé la lumière... Il me plonge dans les ténèbres tout le temps, sauf maintenant...

Les tressautements du vibromasseur contre ma poitrine et le bruit qu'il provoque dans la pièce me donnent envie de vomir. Je lutte contre ces nausées qui me prennent aux tripes. Il s'allonge à mes côtés, je sens son souffle chaud contre mon cou. Sa main qui tient cet objet de malheur descend lentement le long de mon corps. Il ne retire pas ma culotte ni mon haut. Je ne comprends pas pourquoi il fait ça, il ne joue pas le jeu jusqu'au bout... Lorsque je sens les vibrations sur mon clitoris, j'ai un hoquet de surprise et serre les poings, me retenant de pleurer ou de vomir, ou même les deux à la fois.

— Vicente aime te regarder, t'entendre te donner du plaisir...

— Tu me dégoûtes, dis-je en souffrant.

Sa tête se tourne vers la mienne, son nez touche ma joue, il hume mon odeur puis murmure :

— Tu dois devenir Alice, à n'importe quel prix...

Son souffle chaud, sa voix empreinte de désir et de douleur, la chaleur de son corps contre le mien, son odeur, sa main s'activant sur mon entrejambe. Je me souviens de la moindre seconde de cette situation, de ce moment si... noir entre nous deux et pourtant, ce n'est pas le pire souvenir que je garde de lui. C'est celui où tout a vraiment commencé. Où j'ai compris qui était le capitaine. Où j'ai abandonné mon âme pour lui donner ce qu'il était venu chercher chez moi. Où j'ai fait un trait sur ma propre vie, sur mon identité.

Mon capitaine...

Je me cambre et pose le vibromasseur sur mon clitoris, comme j'ai pu le faire des centaines de fois en sa présence. Je gémis plus bruyamment, me caresse de mon autre main libre. Il serait si fier de moi, de savoir ce que je suis en train de faire, de savoir que Vicente est sûrement en train de m'écouter me donner du plaisir, qu'il doit se contenir comme il peut et je sais que ça va le rendre fou d'entendre Alice jouir sans la prendre ensuite, comme avant. Mon souffle est saccadé, je ne suis pas très loin de partir en vrille.

Mes pensées s'éloignent encore et, lorsque je revois le visage du capitaine juste avant de partir pour New York, l'orgasme m'emporte si haut que j'ai du mal à redescendre. Un sourire inonde mon visage, je suis contente de ma prestation, je suis dans du coton et me sens un peu plus légère, moins énervée.

Je me relève en grognant, j'avais oublié les conséquences de faire ça sur un sol, et encore, celui-là n'est pas en béton...

J'éteins le vibromasseur, prends la direction de la salle de bains. Je nettoie l'objet en pouffant comme une gamine puis me fais couler un bain.

Demain est un autre jour...

9

Vicente

Je tourne en rond, comme un lion en cage. J'ouvre mon dressing, attrape le cadre photo vieilli qu'elle m'avait offert avant l'overdose.

Elle est tellement belle...

Sur la photo, ses cheveux noirs sont lâchés et ondulent jusqu'à ses épaules dénudées. Elle porte une robe bustier bois de rose. C'était sa couleur préférée. Nous étions sur la plage et c'est ce jour-là que j'avais décidé de la demander en mariage. Mes plans étaient simples. J'aurais terminé cette affaire en cours et nous serions partis à Cancún pour nous marier sur le sable. Elle et moi... À jamais liés...

— Mon amour..., dis-je en touchant son beau visage.

Je prends une grande inspiration, repose le cadre délicatement, à côté de la photo de Nicolay. Alice est vivante ! S'il avait été encore de ce monde, il aurait halluciné... Maintenant que je pense à tout ça... Cette perte de temps, cette douleur, cette vie sans le bonheur d'être avec elle, toutes ces choses qu'on a loupées tous les deux. Je me fais la promesse que l'on va rattraper le temps perdu, je ne vais pas la lâcher.

Enfin… je ne sais pas. Pourquoi je tenterais à nouveau avec elle ? Et si le destin nous avait séparés exprès ? Je ne peux pas lui offrir une belle vie, celle qu'elle attend. Rien qu'à ces pensées, mon humeur se ternit. Je ne peux pas la laisser, je ne peux pas ne pas l'approcher, ne pas la toucher, ne pas lui faire l'amour… Je veux l'aimer, tout simplement.

— Patron ?

Je referme le dressing, fais craquer ma nuque. Je n'aime pas être pris en flagrant délit. Freddy se tient dans l'encadrement de la porte, sa mine m'indique que je ne vais pas apprécier ce qu'il est sur le point de m'annoncer. Je l'invite à poursuivre d'un signe de tête.

— Elle est revenue et elle est..., commence-t-il.

— Elle est quoi ?!

— Avec un homme. Est-ce qu'on arrête l'enregistrement si jamais ils... Enfin, vous voyez...

Mon sang ne fait qu'un tour. Alice est à moi et à personne d'autre. Qui que ce soit, c'est un homme mort ! Personne ne doit la voir nue, la toucher, la faire jouir, à part moi. Freddy remarque mon changement d'attitude. J'ouvre à nouveau le dressing d'un geste sec, en sors mon flingue que je range dans mon dos. Lorsque je referme les portes, Freddy met une main devant moi.

— Ne faites pas ça, patron !

— Je fais ce que je veux, putain ! Tu n'as pas à me dire ce que je dois faire ou non !

— Alice n'est plus la même personne qu'il y a cinq ans, elle ne vous reconnaît pas ! Elle vit sa vie sans faire attention à vous !

Je l'attrape par le col, le soulève et le plaque contre le mur. Je crois qu'il a oublié qui j'étais, l'espace d'un instant. Je plonge mes yeux dans les siens. J'aime voir la terreur se loger dans le regard de l'être dont je vais ôter la vie et là, j'ai clairement envie de sentir son dernier souffle, de voir son âme disparaître et son corps retomber sans vie sur le carrelage. Deux bras m'encerclent et me contraignent à lâcher Freddy. Je me débats, mon flingue tombe au sol, je sens le parfum de Jones. J'ai un mal de crâne intense. L'absence de sommeil, cet accès de colère et le fait qu'un fantôme du passé vient de ressurgir me font monter la pression.

— Patron, crie Jones. Il est parti, elle joue du piano maintenant.

Je me libère de son emprise et fusille du regard Freddy qui se tient encore la gorge. Je traverse la maison, avance jusqu'au mur de la cuisine, pose les mains sur le plan de travail et l'écoute. Elle, l'objet de tous mes tourments. Mes doigts jouent instinctivement sur le marbre. J'écoute sa mélodie mélancolique.

Elle est triste...

Je sens Freddy et Jones derrière moi. Je n'arrive pas à me calmer. J'ai failli tuer l'un de mes bras droits... Putain ! Je dois me ressaisir et dormir un peu. Heureusement que Jones est arrivé à temps, je n'ose pas imaginer ce que j'aurais été capable de faire.

— Merci, Jones, dis-je tout bas.

— De rien, patron.

Les notes du piano résonnent encore plus fort qu'au début. Cette mélodie me remue les tripes. Je pensais ne plus jamais l'entendre.

— Elle va chanter..., murmuré-je.

— Pourquoi vous ne..., commence Freddy.

— Elle chantait cette chanson à chaque fois qu'elle assistait à l'un de mes accès de colère...

— À chaque fois que vous..., continue Jones.

— Oui, à chaque mort, à chaque crise, à chaque fois qu'elle a été présente à une vente. Après le décès d'Alaïs, elle jouait de plus en plus. C'était un peu son exutoire, sa façon de gérer mon business, mon frère, moi.

— Donc elle était avec vous sur les ventes ? demande Freddy.

Je me retourne puis secoue la tête. J'attrape une tasse pour la remplir de café. Le breuvage brûlant et fort me fait un bien fou. Entre les souvenirs qui me hantent, le retour d'Alice, le fait de l'avoir entendue jouir hier soir... je crois que mon cerveau va exploser si je ne fais rien d'ici demain. Il faut à tout prix que je dorme. La mélodie s'arrête et je l'entends chanter un truc bien plus rythmé. Je reconnais bien son tempérament de feu. Un coup elle déprime et l'instant d'après, elle rit aux éclats. Ça me tire un sourire. Elle va me rendre fou, comme à l'époque. Alice est comme la méchante reine dans Blanche-Neige, elle peut écraser mon cœur entre ses mains. Parce qu'elle le détient encore… Mes deux bras droits me sondent, ils ne comprennent pas ce qu'il se passe en ce moment. Pourquoi je suis dans cet état. Ils ne l'ont pas connue.

— Désolé, Freddy...

— Ce n'est rien, patron.

— Elle avait une place de choix entre nous. C'était la petite princesse de Nicolay. Elle faisait ce qu'elle voulait de nous deux. Je suis toujours persuadé que mon frère était amoureux d'elle. Il ne l'a jamais avoué... mais certaines choses ne trompaient personne. La façon dont il la regardait, il la protégeait tout le temps, même de moi, et pourtant, il a levé plusieurs fois la main sur elle. Je suis même sûr que si elle ne l'a pas tué, c'est parce que c'était mon frère.

Jones hausse les sourcils. Alors j'éclate de rire, ce rire qui glace le sang de mes coéquipiers. Je me penche et murmure :

— Alice était pire que nous deux.

— Elle a l'air tellement douce, dit Freddy.

— C'est pour ça que c'était la pire...

Jones ouvre le frigo, sort du jambon, du gruyère, prend du pain et un couteau.

— T'es sérieux ? demande Freddy. Tu vas te faire un sandwich ?

— Ouais, j'ai la dalle... Vous en voulez ? ajoute-t-il.

Je lève les yeux au ciel. Ce mec est fou. J'ai failli tuer son collègue, je lui parle d'Alice et de mon frère, de nos combines, et lui, il se fait un sandwich...

— Sinon, on discute vraiment d'Alice ou on fait encore semblant qu'elle crée des problèmes ? s'exclame Jones en prenant une méga bouchée.

Je le dévisage, mais avant de dire quoi que ce soit, Freddy s'interpose.

— Je pense effectivement qu'il faut que nous en discutions, patron. Depuis qu'elle est là, vous ne dormez plus, vous êtes à fleur de peau et...

— C'est normal, bordel ! crié-je. Je vous signale qu'elle est morte, merde !

— Sauf qu'elle est bien en vie..., rétorque Jones. Alors qu'est-ce qu'on fait ? On continue de jouer les nounous ?

Je serre les mâchoires. Je dois partir d'ici, je sens la haine emplir tous les pores de ma peau. Ce n'est vraiment pas une bonne idée d'avoir cette discussion ici et maintenant, de parler d'Alice de la sorte.

— Soit on la laisse vivre sa vie tranquillement, soit vous vous remettez avec elle, conclut Freddy.

— Elle ne se souvient pas de moi, espèce d'abruti !

— Alors, que la séduction commence ! déclare Jones, un sourire en coin, en finissant son sandwich.

Je secoue la tête. Je suis plus vieux qu'elle et, franchement, elle ne sera pas intéressée par un mec comme moi. Avant, c'était avant. On était jeunes, insouciants et il y avait d'autres choses qui nous unissaient. Là…

— Vu comme elle vous bouffe du regard, je pense que ça va être rapide et on pourra reprendre notre boulot sereinement. Alors, c'est bon ? C'est réglé ? demande Jones.

— Vous m'avez fatigué, je vais me coucher..., dis-je en sortant de la cuisine.

Je n'ai certainement pas envie de parler de ma vie sentimentale avec ces deux énergumènes.

10

Alice

Je me masse les tempes. Je n'aime pas ce travail, mais vraiment pas. Je ne sais pas comment réagir face à la crise soudaine de mon patron. Et, en plus, je dois gérer sa vie privée avec sa femme, ses maîtresses et ses coups d'un soir ! Je tape frénétiquement sur le clavier de mon ordinateur dans l'espoir de dégoter un voyage de quelques jours en amoureux pour Clarisse et lui. Je tombe sous le charme d'une île près de la Grèce. C'est parfait ! Je réserve, prie pour que ça leur plaise. M. Piola va se calmer, comme ça. Ce n'est pas très fair-play pour son épouse, mais je sais que Clarisse est sa préférée et qu'il aime passer du temps avec elle parce qu'elle le... détend. Donc c'est un peu comme faire d'une pierre deux coups. Il prend du bon temps et nous lâche la grappe avec son humeur fracassante.

Mes yeux sont comme aimantés vers le guéridon à côté de mon bureau. Je constate qu'il est plein à craquer. Il est temps que je montre à cette boîte pourquoi on m'a engagée, outre le fait que ce boulot n'est qu'un leurre. J'attrape un dossier assez urgent et m'y attelle une bonne partie de la journée. Au bout de quelques heures, j'entends de petits coups portés contre le bois de ma porte et ma secrétaire, Avery, entre avec un énorme bouquet de renoncules couleur bois de rose.

C'est magnifique ! C'est décidé, elles seront mes nouvelles fleurs préférées !

Je hausse les sourcils pendant qu'Avery me scrute, un sourire en coin.

— Je ne sais pas ce que tu lui as fait, à celui-là, mais il s'est défoncé. Elles sont superbes !

Je me lève, m'approche des fleurs dont l'odeur me transporte, et j'aime ça. Je suis curieuse. J'espère que ce n'est pas Taylor, mais plutôt mon voisin, avec qui j'ai eu une jolie discussion, ce matin, alors que nous récupérions notre courrier. Je décachette la carte et souris fièrement à sa lecture. L'écriture est soignée, noire sur un fond blanc et, derrière, est accrochée sa carte professionnelle… Enfin, professionnelle...

Ces fleurs n'égaleront jamais votre beauté...

Vicente M

Mon cœur fait des bonds, il a franchi le pas ! Alors mon petit show de la semaine dernière lui a plu. M'entendre jouir a dû lui rappeler des souvenirs qu'il chérissait. Tant mieux. Je sais qu'avec Alice, ils s'essayaient à de petits jeux de rôle lorsqu'ils faisaient l'amour et celui-là en faisait partie…

Je tourne et retourne la carte entre mes doigts. Il y a son numéro de portable, je ne résiste pas. Il faut qu'il sache que je le trouve charmant et qu'il m'intéresse. Je rédige un texto rapide.

— Qu'est-ce que tu fais ? me demande Avery.

— Ben, je le remercie !

— Non, mais attends ! Tu ne peux pas faire ça ! Il faut attendre au moins deux jours avant de donner des nouvelles.

— Quoi ? Mais c'est quoi cette règle ?

— Il ne faut pas que tu lui envoies quoi que ce soit, sinon il saura que tu crèves d'envie de lui... Après, tu passes pour la fille qui attend comme une conne devant son téléphone que monsieur veuille bien appeler...

Je lève un doigt vers elle et la menace gentiment.

— Rappelle-moi pourquoi je ne te vire pas pour me parler de la sorte ?

— Parce que je suis la meilleure et que j'aime trop connaître les ragots de la boîte.

Elle me fait éclater de rire, cette nana est rafraîchissante. Elle ne peut pas s'empêcher de mettre son grain de sel partout et, Dieu seul le sait, heureusement que je l'ai dans mon équipe ! Je serais perdue depuis des lustres sans elle. Elle est pire qu'un agent de la CIA... Si j'ai besoin d'une information... elle est là ! Loin de moi l'idée de la virer… Je les apprécie, elle et son boulot exemplaire.

— Donc je ne lui réponds pas, c'est ça, ta suggestion ? Et ça m'apporte quoi ?

— Du respect, ma sœur ! dit-elle en me faisant le plus grossier des clins d'œil.

— Tu m'épuises, rétorqué-je en humant les fleurs à pleins poumons.

Je touche délicatement les boutons, elles sont vraiment splendides. Il s'est donné à fond sur ce coup-là. Je ne savais pas qu'elles étaient les fleurs préférées d'Alice et je suppose que, s'il m'a offert celles-ci, ce n'est pas pour rien.

— C'est dommage de ne pas le remercier, quand même...

— J'ai dit : tu attends, Alice !

Je râle en retournant derrière mon bureau. Le regard qu'elle me lance m'irrite. J'ai l'impression d'être complètement nulle... et puis, c'est ce que je suis. Je ne me souviens de rien, ni de mon premier baiser, ni de ma première fois, même pas de mon amour de jeunesse, si j'en ai eu un, un jour. Et le dernier homme qui a partagé ma vie, c'était... le capitaine. Niveau tendresse et séduction, on est loin du compte. Il m'a appris à être Alice et rien d'autre. Je suis formatée pour plaire à Vicente, j'ai été conditionnée afin de devenir une autre, mais pas pour retrouver ma mémoire, ou retrouver Faith et sa vie.

— Sérieusement, pourquoi dois-je attendre ?

— Putain, il faut tout t'expliquer... T'as envie qu'il croie que tu es une femme facile ? Qu'il n'a qu'à claquer des doigts pour que tu rappliques ? Tu dois le laisser te désirer, c'est à lui d'attendre ton coup de fil, ton message ou quoi que ce soit d'autre. Si tu le laisses attendre, il va te manger dans la main, crois-moi, j'ai de l'expérience en la matière...

— Pourtant, tu es célibataire, non ?

— Les mecs sont tous des porcs ! Je préfère rester seule...

— Ah, je vois..., dis-je avec un sourire dentifrice.

— En tout cas, n'oublie pas de venir en costume pour l'enterrement de vie de jeune fille de Tessa. Et quelque chose de sexy. Je serai en Catwoman !

— Oui, chaton, m'exclamé-je en riant de plus belle.

Elle me fait un doigt d'honneur et sort de mon bureau en claquant la porte. Je calme mon fou rire en quelques secondes et réfléchis à ce qu'elle m'a dit. Je suis en mission, avec Vicente, je ne cherche pas à me marier, je suis là pour lui plaire, à lui et à personne d'autre, donc bon... Je me lève, prends mon portable et fais une photo des fleurs. Je n'oublie pas qu'il y a un miroir juste à côté et que je suis un peu visible sur la photo. Je rédige un petit message de remerciements puis l'envoie.

Advienne que pourra !

***

Je me suis réfugiée dans un magasin pour respirer un peu. Un homme me suit depuis la sortie du bureau. Je me sens oppressée depuis que je l'ai vu. Ce mec me fout littéralement les jetons. Il porte une veste noire à capuche comme les serial killers. J'ai quand même remarqué qu'il avait le crâne rasé. Il est entièrement vêtu de noir. Des tatouages remontent jusqu'à son encolure et il est bâti comme un camionneur. Il me fait froid dans le dos. Après avoir remonté mes lunettes aviateur sur ma tête, j'attrape un panier puis déambule dans les rayons à la recherche des mets qui me font saliver d'avance.

Alors que je choisis mon dîner – une sauce soja qui accompagnera les nems que je vais prendre –, mon téléphone émet un son. Je fouille dans mon sac et l'en extirpe. Le nom de l'expéditeur du message me fait sourire.

Vous êtes bien plus jolie qu'en photo...

Alors là, monsieur se lâche. Je commence à pianoter une réponse lorsque le bip d'un nouveau SMS se fait entendre, me prenant de court.

Ne prenez pas cette sauce, l'autre sur votre gauche est meilleure !

Je relève la tête, un brin paniquée. Il est là, il me surveille. La boule à zéro a disparu, c'est lui qui remplace ses sbires pour ce soir. Je me tourne et le vois s'avancer vers moi, le sourire aux lèvres.

— Bonsoir, Alice, dit-il doucement.

— Bonsoir, Vicente. Alors, comme ça, on donne des conseils culinaires...

Il attrape la sauce en question et me la tend.

— Je me sers uniquement dans ce magasin quand j'ai envie de cuisiner asiatique. Donc j'ai une certaine expérience, contrairement à une demoiselle qui vient juste de débarquer ici.

— Voyez-vous ça ! Me voilà impressionnée et, en même temps, ça me laisse perplexe.

— Perplexe ? demande-t-il en se mordillant la lèvre.

— Oui, un Italien qui cuisine de la bouffe asiatique... c'est bizarre !

Il hausse un sourcil, il en est presque mignon. Mon voisin est fébrile, je le sens, il ne sait pas comment faire avec moi. Ses mains tremblent légèrement, il se dandine un peu. On dirait un adolescent, c'est trop drôle.

— Et comment savez-vous que je suis italien ?

Tout dans tes gestes, tes paroles me le crie. Sans même connaître ton nom, je l'aurais su au premier coup d'œil. Tu as cette particularité qu'ont les ritals de parler avec les mains et le cœur. Cet accent si chantant qui résonne aux oreilles comme une douce mélodie...

— Eh bien, Vicente Mancini, ça ne fait pas très scandinave...

Il rit à gorge déployée puis repose la sauce.

— Je m'avoue vaincu, mon nom ne laisse pas planer le doute. Et vous ? Vous êtes de quel côté des États-Unis ?

— Je suis...

Je baisse la tête, regarde mes escarpins pour qu'il sente ma gêne, puis je souffle un peu.

— J'ai dit quelque chose qu'il ne fallait pas ?

— Non, ce n'est rien. J'ai eu un accident de voiture à 19 ans et je n'ai plus aucun souvenir. Lorsque je suis sortie du coma, j'étais dans le Delaware, ensuite, nous sommes partis au Mexique. Donc je dirais, de là et de là-bas !

Son visage est légèrement crispé. Il acquiesce avec un haussement d'épaules en me faisant le plus joli sourire dentifrice qu'il a en rayon.

Oui mon lapin, tu as mal. Ça ne t'enchante pas que je ne me souvienne pas de toi, mais promis, tu ne le regretteras pas. Et moi, je te mettrai le coup de grâce au bon moment.

— Donc, vous alliez faire la cuisine, ce soir ? demandé-je d'une voix innocente.

— C'était normalement prévu... mais je vais changer mes plans.

— Je ne vous ai pas incité à laisser tomber la cuisine asiatique par ma blague, rassurez-moi !

— Et si je vous emmenais là où l'on mange les meilleurs nems de tout New York ?

Du pain béni...

— Je dis que je suis partante pour un concours culinaire...

11

Alice

Nous sortons du magasin en silence. Je suis gênée, lui ne pipe mot. Il va falloir qu'il se décoince, sinon nous n'arriverons à rien. Vicente s'arrête devant une voiture de sport noire flambant neuve.

Ben voyons... La prostitution et la drogue, ça paye !

Il m'ouvre la portière, je me glisse à l'intérieur. Bordel, elle est magnifique. Tout est en cuir noir, du volant aux sièges. L'écusson est un taureau, le logo des super cars Lamborghini. Il met le contact pendant que j'attache ma ceinture. La voiture ronronne sous ses doigts, ce bruit est superbe, tout comme le tableau de bord.

— Alice, avez-vous peur en voiture depuis l'accident ?

— J'essaie de me déplacer autrement, mais je ne laisse pas la peur me bouffer la vie. Lorsque l'on tombe d'un cheval, on remonte dessus, non ?

— En effet ! Et, ne vous inquiétez pas, je vais rouler tranquillement. Vous ne craignez rien avec moi.

Ou peut-être que si...

Je hoche la tête en guise de réponse, il s'insère dans la circulation. Quelques feux rouges plus tard, nous quittons les beaux quartiers et là, c'est le dépaysement total. Symboles chinois sur les panneaux, couleurs vives, dragons à taille réelle. Je colle mon visage à la vitre, comme une gamine découvrant le monde, pour admirer la vue que m'offre cette ville dans la ville.

— Où sommes-nous, Vicente ?

— À *Chinatown.*

— C'est magnifique ! C'est ici que l'on mange les meilleurs nems ? On se croirait en Chine !

— Oui, j'ai un ami qui tient un restaurant ici. Il est réputé pour être le meilleur du pays, voire du monde. Je crois qu'il a appris à faire des nems avant de savoir marcher.

Vicente se gare devant un restaurant et nous sortons de la voiture. Il donne les clés à un gars devant l'entrée et nous passons la porte.

OK, alors là, je pénètre dans une nouvelle dimension. Si l'extérieur est beau, l'intérieur est époustouflant et immense. Tous les murs sont rouges, le mobilier est un mélange de noir et de blanc. Les tableaux accrochés çà et là représentent un mets ou une ville chinoise. L'odeur des épices me transporte loin de Manhattan. J'ai l'impression d'être immergée au beau milieu de Pékin. Ce voyage n'est pas pour me déplaire, bien au contraire, j'en prends plein les yeux et espère la même chose pour mes papilles.

— Hey, Vicente !

Un homme petit, les cheveux noirs et le visage souriant, nous interpelle. Il a l'accent de son pays et la tenue qui va avec. Derrière Vicente, je ne me montre pas, tant je suis absorbée par la décoration des lieux. Je crois que je suis charmée, c'est le mot.

— Bonsoir, l'ami. Comment vas-tu ?

— Bien, merci, répond-il poliment.

Vicente fait passer son bras derrière ma taille puis me ramène devant lui. Et là, je comprends immédiatement. Cet homme me connaît, du moins il connaissait Alice. Ils se sont déjà vus, se sont parlé, j'en suis sûre. Il ouvre la bouche et reste comme ça, muet comme une carpe, en apnée. Lui aussi est en train de revoir un fantôme du passé, et ce fantôme, c'est moi ! Vicente arrête le massacre immédiatement pour ne pas laisser le secret filtrer.

— Alice, je vous présente Changpu. Changpu, voici Alice, qui vient de s'installer à New York. Elle vivait à Guadalajara avec ses parents...

Un silence gêné s'installe entre les deux hommes. Je décide donc de tendre la main.

— Enchantée, dis-je. Votre restaurant est splendide et, apparemment, nous mangeons les meilleurs nems du monde.

Il prend ma main, qu'il baise. La gêne a disparu et un je-ne-sais-quoi l'a remplacée. Je dirais un peu de curiosité. Lorsque les deux hommes se regardent, ils se parlent en silence et je comprends qu'ils discuteront une fois que je ne serai plus là.

— De même, mademoiselle Alice. Il n'y a pas que les nems qui sont les meilleurs du monde ici !

Il nous installe au fond du restaurant, juste à côté d'un gigantesque aquarium où se meuvent, dans un balai de couleurs, plusieurs espèces de poissons tropicaux. La table est noire, les sets blancs et les baguettes striées dans ces deux nuances. Le serveur enlève le carton où est inscrit « *réservé* » puis nous tend les cartes, que je m'empresse de regarder. Les deux hommes s'éloignent de notre table et nous laissent enfin seuls.

— Vous voulez un apéritif ? me demande Vicente.

— Oui, un Coca, merci.

— Un Coca ?

— Oui, un Coca-Cola, vous ne connaissez pas ?

Il serre les mâchoires, je me moque légèrement de lui. Vicente déteste les sodas, il ne supportait pas qu'Alice en consomme de façon régulière.

— Si, c'est juste que ce n'est pas bon pour la santé...

— Et vous, vous prenez quoi ?

— Je vais prendre une bière...

— C'est vrai que c'est meilleur pour la santé..., rétorqué-je, amusée.

Et voilà, Alice la peste dans toute sa splendeur !

Il se mordille la lèvre, lève les mains en signe de reddition. Vicente appelle le serveur et commande donc nos apéritifs. Je regarde le menu, mais ne sais absolument pas quoi choisir.

— J'ai besoin d'aide, vraiment, dis-je en faisant une moue que je suppose être adorable.

— Je choisis pour nous deux ?

— Oui, je veux bien, s'il te plaît.

Et voilà, il n'a pas relevé alors que je l'ai tutoyé.

Tandis que l'on vient prendre nos choix, j'admire Vicente. Ses traits, ses gestes, sa voix, son assurance, son charisme. Ses cheveux sont plaqués en arrière, ses yeux étincellent, sa bouche est légèrement rosée, quelques poils de sa barbe repoussent, çà et là. Je sais maintenant pourquoi Alice est tombée amoureuse de lui. Il est beau, viril, il fait PDG tranquille, mais il dégage aussi une part de mystère. Un cocktail explosif pour toute femme ! Il n'a aucun problème pour attirer les proies qu'il revend ensuite, j'en mettrais ma main à couper. Une fois le serveur parti, Vicente se concentre à nouveau sur moi et nous restons comme ça, à nous regarder. Je le dévisage exprès. C'est lui qui brise le silence.

— Tu as dit que tu avais l'impression de m'avoir déjà vu...

— Oui, c'est vrai. Quelquefois, j'ai cette impression devant un tableau ou un restaurant. C'est plus rare avec les personnes, comme si je n'avais jamais vécu aux États-Unis. Par exemple, la semaine dernière, j'ai déjeuné avec mon patron au Seasons. J'étais certaine d'être déjà venue là... mais je ne le saurai jamais !

— Le Seasons ? Le restaurant qui fait des plats…

— Sucrés et salés. C'est une tuerie ! Je n'ai pas goûté à beaucoup de plats, mais je sais que je vais y retourner dans la semaine pour tester d'autres trucs !

Oui, c'était le restaurant préféré d'Alice et de ton frère. Vous y mangiez deux à trois fois par semaine. Tu n'as plus jamais mis les pieds dans cet endroit à sa mort. Parce qu'il y a beaucoup trop de souvenirs.

— Qu'as-tu mangé ? J'y allais souvent avant la mort de mon frère.

— Oh, je suis désolée…

— Ce n'est rien. C'était il y a un moment maintenant. Alors, quel plat ?

— Les brochettes de poulet à la mangue avec la salade d'automne sucrée aux pommes et noisettes. Un pur régal !

— Essaie la paella ananas chorizo et fruits de mer.

Je fronce les sourcils, je n'aurais pas pris ça. Fruits de mer et ananas ? C'est un peu bizarre comme mélange…

— Mon frère prenait toujours ce plat, lui et A…, sa copine.

— Sa copine ?

—Oui. Je n'ai jamais aimé, je trouvais le mélange trop bizarre. Enfin, de l'ananas dans une paella…

— On est d'accord, c'est un peu…

Le serveur nous dépose les plats. Je pense que je ne vais pas avoir faim pendant presque deux jours avec tout ce qu'il y a sur la table. Je ne sais même pas par quoi commencer ! Vicente me montre les différents mets en m'expliquant ce que c'est. Il a tellement d'aisance avec les baguettes. Moi, au bout de la quatrième tentative et du deuxième champignon noir qui atterrit par terre dans un bruit spongieux, je lâche ces instruments de malheur à côté de mon assiette, résignée. Vicente attrape ma main et place les baguettes correctement. Avec un peu d'aide et beaucoup d'entraînement, au fur et à mesure de la soirée, j'arrive à manger un peu en buvant ses paroles.

Je suis contente de notre soirée, tout s'est très bien passé. Il a été d'excellente compagnie, j'ai essayé de lui plaire comme j'ai pu, avec la maladresse dont faisait preuve Alice. Sur le trajet du retour, nous discutons encore et encore. Vicente me raconte ses voyages à travers différents pays et, une fois dans l'ascenseur qui mène à nos appartements respectifs, l'ambiance devient électrique. Nous ne devons pas baiser aujourd'hui. C'est beaucoup trop tôt. L'appâter avec un texto, oui, mais coucher ensemble, il faut un minimum de temps. Alice n'était pas comme ça. Vicente a attendu un bon moment avant qu'elle lui offre sa virginité.

— C'était une super soirée. Merci beaucoup. Maintenant, je sais où aller quand j'aurai envie de manger asiatique.

— Je suis ravi que ça t'ait plu…

Son sourire est éclatant. Il fixe la cloison d'acier et lance tout naturellement :

— Tu crois que tu serais malheureuse de connaître réellement ton passé ?

— Je pense…

Il est interdit. Merde ! Là, je n'ai pas brillé. C'est Faith qui a répondu, pas Alice. J'ai envie de me mettre des gifles.

Mais quelle conne ! Il faut que je rattrape ma bourde, immédiatement !

— J'ai été profondément peinée lorsque je me suis réveillée à l'hôpital sans aucun souvenir. Ça m'a fait un choc de voir mes parents sans les reconnaître, alors je me dis qu'apprendre des choses déplaisantes une deuxième fois, ce n'est pas super pour le moral.

— En effet…

Merde, là, j'ai vraiment déconné. Je n'ai pas réussi à réparer les dégâts. Il me faut quelque chose qui le percute, comme un coup dans le plexus.

Les portes s'ouvrent, il avance. Je dois tenter le tout pour le tout.

— Tu sais, lorsque je suis sortie du coma, j'avais l'impression qu'il me manquait quelque chose. Je ne saurais comment le décrire, mais voilà. Pendant des mois, j'ai cherché à savoir ce qu'était ce petit truc qui me provoquait ce manque, sans succès, et je crois que ça m'a fait du mal de ne pas le trouver. Alors je me suis fait une raison, peut-être qu'un jour, j'apprendrai qui je suis réellement et là, ça sera top !

Ses yeux se rallument d'un coup. Il acquiesce et sourit enfin. Je peux souffler, j'ai réussi à rattraper ma bourde.

C'était moins une !

Nous nous souhaitons une belle nuit et chacun rentre chez soi.

12

Alice

Je suis ridicule… Si je n'appréciais pas un minimum Tessa du service comptabilité, jamais de ma vie je ne me serais déguisée de la sorte.

Et dire que je me suis foutue de la gueule d'Avery à l'évocation de son costume…

J'attrape mon képi pour le placer sur ma tête, regarde une dernière fois ma tenue et soupire. Je ressemble à… J'hésite entre une nana qui se prépare à une séance de sadomasochisme ou une strip-teaseuse avant un show… Un peu des deux, je pense.

Mes cheveux sont tressés et retombent le long de mon dos. J'ai forcé un peu sur le maquillage pour me faire un regard charbonneux et j'ai mis du rouge éclatant sur mes lèvres. Je porte un débardeur noir avec un décolleté plongeant. Le short a presque la taille d'un shorty, tellement il est court. J'ai placé l'insigne de la NYPD[1] sur mon sein gauche et accroché des menottes à ma taille. Des cuissardes noires complètent ma tenue. J'attrape la fausse matraque et éclate de rire devant mon reflet.

Je fais hyper sévère, habillée de cette façon ! Dommage que tu ne me voies pas comme ça, capitaine…

Je récupère mon sac à main et mes lunettes aviateur, que je place illico sur mon nez. Pour une fois, je suis seule sur le

1. New York Police District.

palier. Je prends l'ascenseur et me retrouve avec une bande de jeunes qui me matent tout le long de la descente.

Qu'est-ce que je suis mal à l'aise, putain !

Une fois dehors, j'aperçois Avery et éclate de rire. Elle porte un masque de chat. Du coup, on ne la reconnaît pas. Et puis, tout ce latex... Heureusement que j'ai décidé de mettre mes lunettes de soleil, je peux au moins me cacher un minimum derrière.

— T'es hyper canon, dit-elle en miaulant.

— Je suis trop, trop mal à l'aise. Si jamais Piola sait que je...

— Il est en Grèce, tu ne risques rien. Et Taylor m'a promis de se charger de quoi que ce soit le concernant pour que nous puissions enterrer la vie de jeune fille de sa sœur.

— C'est sa sœur ? Je ne savais pas...

— Oui, mais moi, je sais tout.

Elle m'exaspère, cette fille. Rien ne lui échappe ! Elle hèle un taxi et lorsque nous ouvrons la portière, je le vois. Vicente a les bras croisés et me fixe avec, à ses côtés, le mec au crâne rasé.

Dieu du ciel, il a l'air hyper énervé, bien plus que son terrifiant garde du corps.

J'entre dans le taxi et consulte mon portable. Rien ! Je pense qu'il est plus qu'en colère.

Eh bien, grand bien lui fasse !

Il ne faut pas qu'il oublie que je suis célibataire et que je ne me souviens pas de sa jalousie maladive. Nous sommes sortis quatre fois ensemble, quatre repas et rien. Il ne m'a pas embrassée ni n'a tenté quoi que ce soit. J'en suis même à douter sur le fait que je lui plaise ou non. Ça me déprime un petit peu.

— Tu sais en quoi on la déguise ?

J'arrête de penser à Vicente et regarde Avery qui rit aux éclats. Le chauffeur s'engage dans la circulation, mon humeur revient à la normale. Je dois montrer que je suis sympa, ce n'est pas parce que je suis leur supérieure hiérarchique que je ne dois pas avoir d'amies au sein de la société. Je passe le plus clair de mon temps avec elles et je les apprécie toutes à leur juste valeur. Elles m'ont accueillie comme il se doit, ont été plus que sympas les premiers temps où je pataugeais à fond dans mon boulot.

— Elle doit se déguiser en lapin !

— En lapin ? demandé-je, tout à coup intriguée.

— Ben oui ! On va faire un paintball. On va être les chasseurs et elle, le gibier ! Du coup, elle va courir comme un lapin pour éviter nos balles…

— Oh, mon Dieu, c'est horrible !

Avery rit à gorge déployée et me met une tape sur l'épaule.

— Ce qui est horrible, c'est le mariage ! Ça, ce n'est rien !

Je secoue la tête, résignée à n'entendre que des conneries toute la journée.

***

La musique bat son plein et mon verre n'est jamais vide. Je suis persuadée qu'Avery en profite pour me faire goûter à tous les alcools que cette boîte possède. À chaque fois que j'ai le dos tourné, il se remplit comme par magie ! Tessa a le sourire aux lèvres, son costume de lapin rose est parsemé de taches de peinture. Demain, elle va avoir des hématomes partout. Mais, pour l'instant, elle rit aux éclats, picole et danse. Alors je me lâche, je ne fais pas semblant d'exister, d'être une autre personne. Je suis moi, aujourd'hui, ce soir. Je suis la fille qui est sortie du coma, je ne suis pas Alice, je ne suis pas Faith, je suis celle qui a lutté pour retrouver ses muscles et ses jambes, je suis celle qui regarde devant, non derrière elle, et je ne suis pas flic. Je suis juste une fille qui profite de sa jeunesse, qui profite des joies des nuits new-yorkaises, de l'alcool et même de la séduction qu'osent certains hommes.

Je décide de profiter encore plus. Je bois mon verre cul sec avec Avery qui tient à peine sur ses jambes et nous fonçons sur la piste de danse. Nous nous déhanchons au rythme de la musique, entre les corps d'hommes et de femmes qui déconnectent de leur stress quotidien, de leur vie à cent à l'heure. L'alcool me monte à la tête, mais je continue à danser, à m'éclater avec mes nouvelles amies qui, elles aussi, s'amusent. Au bout d'une bonne demi-heure, nous retournons à notre table et Tessa me tend un verre. Le liquide ambré me fait un bien fou lorsque je le porte à mes lèvres et que j'en bois une bonne gorgée. Je suis en train de faire des mélanges et je parierais ma culotte que demain, je vais le regretter. Mais pour l'instant… place à la fiesta !

***

Il est 7 heures du matin lorsque je passe les portes de l'ascenseur. Mon cerveau est embrumé par l'alcool, mais j'ai passé la meilleure soirée de ma vie, en compagnie de filles aussi sympas que folles. Vicente est en train de sortir de chez lui avec Freddy. Ils me regardent de haut en bas. Vicente serre les dents lorsqu'il se rend compte que je suis complètement ivre.

Oups…

— Salut, dis-je pour détendre l'atmosphère devenue soudainement irrespirable.

— Alice, vous avez bu ? demande-t-il en s'approchant de moi.

Merde, il me vouvoie à nouveau. Ah non, j'avais réussi à casser la glace entre nous ! Oh, oh, ça sent pas bon du tout.

— Ben ouais, pas toi ? J'étais avec des copines pour un enterrement de fille, enfin... de truc avant le mariage...

— Non, pas moi. Je suis sobre, contrairement à vous.

J'éclate de rire et me tiens au mur pour ne pas tomber.

— Où étiez-vous ? dit-il en m'attrapant la main.

— Dans un club avec des copines de travail, elles étaient dans un état !

— Hum, proche du vôtre, à mon avis.

Il continue à me vouvoyer, encore. Freddy se racle la gorge. Ouais, je sais que lui, il me déteste. Je le sens. Il ne supporte pas que son patron soit occupé avec moi plutôt que concentré sur leurs petites affaires. C'est lui qui merde tout. C'est à cause de lui que Vicente a des doutes, qu'il prend autant de temps pour me reconquérir. Il faut que je le fasse sortir de ses gonds. Vicente est un passionné, il est jaloux et extrêmement possessif.

— T'es puceau, hein ! dis-je en riant.

Freddy est bouche bée. Ouais, je pense qu'il n'a jamais entendu quelqu'un parler de cette façon à son patron. Mais sache qu'Alice avait tous les droits sur Vicente et même sur Nicolay.

Alors il va falloir t'y habituer, mon très cher petit Freddy...

Vu le regard noir de Vicente, je comprends tout de suite qu'il est en colère. Hum, je cherche la fessée et Dieu sait qu'il sait les donner.

— Freddy, je te rejoins en bas.

— Oui, monsieur, répond l'autre, penaud.

Je profite de ce moment pour mettre les bouchées doubles.

— Waouh ! Ça, c'était le ton de l'homme d'affaires super puissant qui fait flipper tout le monde.

— Alice, ça suffit, dit-il sèchement.

— Ouais, attention ! Je vais te mettre une fessée parce que tu es une vilaine fille qui fait que des bêtises, continué-je en riant.

Il se contient. C'est trop drôle. Il bouillonne, il fulmine. Je la vois nettement dans ses yeux, cette guerre psychologique. Il a envie de me punir pour avoir osé lui parler comme ça et, d'un autre côté, il sait qu'il ne peut pas... Je sors mes clés de mon sac à main puis essaie d'ouvrir la porte. Je me casse presque la gueule lorsque le battant s'ouvre. Vicente me rattrape et me tient contre lui.

— Tu es super musclé, monsieur mystère, tu fais de la muscu ?

— Alice, stop.

— Sinon quoi ?! dis-je en le titillant plus que je ne le devrais.

— Sinon je te jure que demain, tu auras la trace de ma main sur tes fesses.

Hum, ça y est, il me tutoie enfin ! Je me mords la lèvre pour montrer que sa menace ne m'effraie pas le moins du monde.

— Non, ce ne sera pas une fessée sensuelle, crois-moi.

Je grogne et le vois froncer un peu les sourcils. J'adore le déstabiliser ! Je rentre en titubant dans mon appartement, enlève mes escarpins dans le salon. Je me dirige vers la chambre en me tenant aux meubles. Je ferme les yeux. Bordel, ça tourne, là-haut, ça me donne la nausée...

Putain, je m'en suis mis une bonne !

Je sens son parfum derrière moi et, avant d'avoir pu tourner la tête, il me presse contre lui, attrape mes genoux et me porte dans ses bras comme une mariée. Vicente me pose délicatement sur mon lit. Je ne résiste pas.

En piste, Alice ! Montre-lui qui tu es !

— Je le sais que je te plais pas.

— Quoi ?! s'exclame-t-il.

— Ben oui, on est sortis quatre fois ensemble ! Pas un bisou, rien du tout, le néant, le vide intersidéral, dis-je en me laissant tomber sur le lit.

Je me relève sur les coudes et le regarde me dévisager.

— Tu me diras, on ne peut pas plaire à tout le monde.

Il secoue la tête et la penche sur le côté. Il réfléchit. C'est bien, mon lapin, continue, on y est presque. La dernière prestation à mon show. Je me lève, retire ma tenue. Il a le souffle rauque. Et ouais, j'ai choisi un ensemble magnifique, de ta couleur préférée. C'est fait exprès. Je titube jusqu'à la salle de bains, ressors une minute plus tard en nuisette. Je râle sur mes fringues, éparpillées par terre et dans lesquelles je m'empêtre. Il me rattrape de justesse.

— Hum ! Deux fois dans tes bras ce soir, c'est un exploit.

Il me dépose sur mon lit et me borde. Ma tête tourne, c'est horrible. Je n'arrive pas à l'arrêter.

— Alice, tu me plais, ne doute pas de ça, mais ma vie est compliquée. Je ne suis pas un homme... enfin, je ne sais pas si je te mérite...

— Pourquoi ?

— Parce que ma façon de vivre ne te correspond pas, crois-moi ! Tu es trop douce, tu mérites une meilleure vie que la mienne, dit-il en me caressant le visage.

— T'es tueur à gages ?

— Non, répond-il en riant.

— Dommage, j'aurais pu te solliciter pour plusieurs contrats...

Il éclate de rire et me plante un baiser sur le front. Son odeur m'enveloppe, je me sens bien. C'est bizarre, cette sensation. C'est un gros trafiquant de femmes, de drogue, et lorsqu'il est près de moi, je me sens en sécurité. Peut-être parce qu'Alice n'a jamais vraiment eu peur de lui. Elle était protégée à chaque instant. Dès le moment où les yeux de Vicente se sont posés sur elle, elle ne craignait plus rien, à part la vie qu'il lui offrait.

— Endors-toi, on se voit demain, d'accord ?

— Reste avec moi ! J'aime quand tu es près de moi...

— Je ne peux pas...

— Putain, moi qui pensais que tu étais un étalon dans un lit et qu'on allait baiser comme des malades... me voilà frustrée...

Il se mord la lèvre, enlève ses chaussures et s'installe à mes côtés. Je me tourne vers lui puis attrape les boutons de sa chemise. C'est parti ! J'ai envie de baiser, maintenant qu'il est dans mon lit. Il pose sa main sur la mienne pour arrêter mon geste, je grogne de frustration. Il s'allonge et place ma tête sur son torse. Je respire à pleins poumons son odeur virile et ferme les yeux.

— Pas comme ça, je ne te veux pas quand tu es défoncée, ça me rappelle des mauvais souvenirs.

— Des mauvais souvenirs ? dis-je en levant les paupières difficilement.

— Dors, on discutera demain.

13

Alice

Où suis-je ?

Je suis contre un mur dans une pièce exiguë qui contient une table et deux chaises. C'est tout ce que cet endroit a à m'offrir. Et sur cette table, il y a des photos. Je ne reconnais pas le couple devant moi, ni le bébé, ni la petite fille. Il y a un énorme dossier à côté, sur lequel figure une inscription que je n'arrive pas à lire. La porte s'ouvre et un agent de police entre. Il fait gentil flic, avec son visage rond et son sourire angélique.

— Bonjour, Faith, je suis l'inspecteur King, mais appelle-moi Gary, s'il te plaît. Je préfère.

Je ne réponds pas, je ne dis rien. Je suis spectatrice de cet étrange endroit, de cette étrange situation.

— Nous... Il faut que tu comprennes que la boîte noire n'a pas été retrouvée. Nous savons juste que le jet privé devait contenir des kilos d'héroïne. Tu sais ce que c'est, l'héroïne ? Merde, je ne suis pas doué avec les gamins...

Je plisse les yeux. Vient-il de dire que je suis une gamine ?

— Malheureusement, ton père a préféré se crasher plutôt que de se poser en Colombie. Il savait que ta mère et lui étaient morts avant même d'arriver au point de rendez-vous. Je sais que, tout ça, c'est très abstrait pour toi, mais je tenais à te dire réellement ce qui leur est arrivé. Tu sais, on a tous plus ou moins fait des sacrifices en devenant agents... Un ami de tes parents, qui est aussi policier, va t'emmener dans un centre pour adolescents. Tu toucheras

une petite rente à la suite de leur décès et, à ta majorité, tu hériteras de tous leurs biens. Mais avant ça, il faudra que tu te tiennes à carreau.

Je me décolle du mur. J'en ai marre de ces conneries. Je ne comprends rien à son discours plus décousu que mon pantalon. Mes parents sont morts, je suis seule, seule au monde. Je n'ai plus rien, ni argent, ni famille, ni logement. Et maintenant, ils veulent me foutre dans un centre pour adolescents.

C'est une putain de blague !

— J'ai besoin d'air ! m'exclamé-je.

Il hoche la tête et m'emmène hors de cette pièce qui m'étouffe. J'attends dans le hall d'accueil et, finalement, sors par la porte de service que je repère juste à côté. Je vais me barrer de là, ils ne me retrouveront pas. Je ne veux pas finir en centre pour ados délaissés ou abandonnés. Je vais trouver un travail mal payé et un logement miteux. Je préfère largement ça que d'avoir des tuteurs. Et être sous la surveillance de flics, non merci !

Je passe la porte puis longe le mur, à la recherche d'une rue dans laquelle je pourrai disparaître comme par magie. Je remarque un homme adossé contre le mur, en train de fumer une cigarette. Je baisse la tête et avance, avec toute l'assurance que je peux avoir sur l'instant. Lorsque j'arrive à sa hauteur, il murmure :

— Ne pars pas, parce que je te retrouverai sans problème.

Je m'arrête et le dévisage.

— Vous avez un problème ? Parce que je vous signale que vous êtes à deux pas d'un commissariat de police.

Il se mord la lèvre. Je le détaille. Il a des cheveux noirs, des yeux verts tachetés d'éclats marron. C'est hypnotisant. Sa carrure et sa tenue me font réaliser que je m'adresse à un agent.

— C'est moi qui t'emmène au centre. Ne t'inquiète pas, je vais veiller sur toi, tes parents étaient des amis à moi et je...

— Je m'en fous, je ne veux pas y aller. Vous ne pouvez pas me forcer à faire quelque chose que je refuse de faire ! C'est illégal !

— Tu as la même répartie que ta mère...

Je recule de deux pas et pose les mains sur mes hanches.

— Elle ne m'a jamais parlé de vous !

— Peut-être, mais elle t'a appris à bien parler aux agents, et encore plus aux personnes qui sont plus vieilles que toi ! aboie-t-il.

Pour qui il se prend, lui ?! Non, mais la blague ! Il est peut-être plus vieux que moi, mais il n'a pas à m'agresser de cette façon.

— Vous vous prenez pour qui ? Un capitaine ? Je n'ai plus mes parents et personne ne me parlera comme ça à l'avenir, vu ?!

Il hoche la tête, un brin amusé. Il s'avance et me tend sa main.

— Je ne me suis pas présenté. Je m'appelle... Capitaine.

Je me relève, en nage. J'ai des haut-le-cœur. Je regarde le plafond et fais le vide dans ma tête, pour ne plus penser à rien. Mon rêve était complètement fou. Je me lève précipitamment puis m'accroupis devant les toilettes. Je vomis tout l'alcool que j'ai pu boire cette nuit. Je sens deux mains se poser sur mon dos et, une fois que les spasmes sont finis, je m'assieds par terre. Je ne me sens pas bien du tout. J'ai des sueurs froides, j'ai chaud, je suis gelée, je tremble. C'est normal, vu la quantité d'alcool que j'ai ingurgitée, je ne pouvais pas être bien cinq foutues secondes. Je m'allonge sur le sol carrelé et ferme les yeux.

— Alice ? Alice ? Tout va bien ?

Cette voix angoissée... Je laisse le sommeil me rattraper, j'ai trop mal au cœur et à la tête.

***

Je l'entends grogner et, lorsque je tourne la tête de l'autre côté du lit, Vicente a carrément pris la moitié du matelas. Il est torse et pieds nus, les cheveux un peu en bataille.

Dans ce contexte, Vicente, c'est quelque chose... Les hormones, que j'ai dû faire taire pendant des mois, commencent à se réveiller, plus vite que le reste de mes neurones. Son torse est taillé comme celui d'un dieu grec, les lignes de ses abdos ressortent, et moi, je commence à avoir un coup de chaud, rien que de le voir comme ça.

— Couche-toi, Alice, j'ai trop bien dormi, mais pas assez encore.

— Tu parles en dormant ?

— Mmm ! Allonge-toi sur moi.

Un sourire inonde mon visage, je me place à ses côtés sans attendre une seconde de plus. Je crois que j'ai passé une étape. Par quelle opération ? Je ne sais pas. Mais je suis contente et c'est le principal. Il me presse contre lui, ma joue heurte son torse et j'entends le rythme effréné de son cœur. Je ressens sa chaleur, hume son odeur, entends l'amour qu'il porte à Alice à chaque battement. Sa respiration se calme et devient régulière. Il s'est rendormi. Je reste quelques minutes entre ses bras puis me lève faire du café. Lorsque je passe devant le miroir, je prends peur. Mon mascara a coulé, mon rouge à lèvres a bavé jusqu'au menton et je porte la chemise de Vicente...

Euh... je n'avais pas mis une nuisette en rentrant ?

Est-ce qu'on aurait... bizarre, je n'ai mal nulle part et je m'en serais souvenue si on avait vraiment consommé tous les deux. Enfin j'espère, putain !

Avant d'aller dans la cuisine, je fais un détour par la salle de bains pour me doucher et être un peu plus présentable. Je revêts une robe légère puis pars perquisitionner mon frigo. Je regarde la pendule au-dessus du four. Il est 13 heures et mon ventre commence à crier famine.

Je m'affaire depuis une bonne heure lorsque je l'entends ricaner. Nos yeux se trouvent et je lis dans les siens toute la tendresse dont un trafiquant comme lui peut faire preuve. Il semble tellement parfait !

— C'est un petit-déjeuner d'excuses ? me demande-t-il.

— Quelque chose comme ça...

— Pain perdu ?

Je hoche la tête et commence à sourire, un peu gênée par la situation.

— À la vanille parce que c'est...

— Meilleur, finit-il. Je peux goûter ? Ça me donne faim...

Cette phrase remue quelque chose en moi et je suis persuadée qu'elle a une connotation sexuelle. Ce ne sont pas mes hormones qui me jouent des tours, c'est lui, son torse nu avec ses abdos qui ressortent et sa ceinture d'Adonis bien visible qui me forcent à regarder plus bas. Je me concentre à nouveau et sors une assiette. J'y dépose plusieurs morceaux de pain perdu. Vicente s'installe à table, je la dresse pour lui, comme si nous n'avions jamais été séparés... Il me regarde faire avec automatisme et se mord la lèvre plusieurs fois.

— Bon, on arrête la torture psychologique ? demandé-je en m'asseyant face à lui.

Il prend une bonne bouchée de pain perdu et gémit en commençant à mâcher. Vicente a les yeux fermés, je suis sûre qu'il se souvient, comme si c'était hier, qu'Alice lui faisait des gaufres et du pain perdu.

— Je te laisse me poser deux questions, énonce-t-il avec un méga sourire de vainqueur.

— Pourquoi tu es dans mon lit et pourquoi je portais ta chemise ?

— Alors, je suis dans ton lit parce que tu étais trop soûle pour y entrer seule et parce que tu m'as demandé de rester.

— On a... ? Enfin, tous les deux, on a eu... on a fait...

Il secoue la tête en souriant, son visage est calme. Il semble serein, reposé, et non crispé comme la première fois que je l'ai vu en chair et en os.

— Non, on n'a pas baisé. Et si tu portais ma chemise à ton réveil, c'est parce que tu t'es vomi dessus.

— Oh non ! L'angoisse !

Il continue de manger tranquillement comme si nous étions en train de parler du beau temps.

— Tu as fait un cauchemar, ensuite tu as couru vomir dans la salle de bains et, finalement, tu t'es évanouie. Je t'ai donné une douche, t'ai filé ma chemise et on s'est recouchés.

— Je suis désolée, Vicente. Je ne sais pas, je ne bois jamais, je suis sérieuse comme fille et je...

— Je pense que tu avais besoin de décompresser, ton travail est stressant et tu... Attends, tu n'as pas eu de relations sexuelles depuis... une éternité, c'est ça ?!

Son sourire moqueur va me hanter. Je me pince les lèvres. C'est la fin des haricots, putain !

— Oh non, on n'a pas discuté de ça, s'il te plaît, putain, dis-moi que non !

Il se mordille la lèvre puis prend une autre bouchée de son pain perdu pour masquer son fou rire.

— Si, on a eu une conversation assez... riche, je dirais.

— Oh, bordel...

— Attends, comment tu m'as demandé ça ?

Il réfléchit, je lui sers du café avant de m'évanouir. Parce que, là, j'ai aussi peur d'une chose, c'est de lui avoir balancé que je suis un agent sous couverture pour le foutre en taule le plus rapidement possible.

— Viens te glisser entre mes cuisses pour sentir que je...

Je lève la main et la plaque contre sa bouche pour qu'il arrête de parler. Mon Dieu, je suis morte de honte !

— Je ne préfère pas savoir ce que je t'ai dit, j'ai juste envie de me cacher.

Son téléphone sonne, rompant cette conversation surréaliste. Je retire la main de sa bouche et me ressers du café pendant qu'il répond. Vicente se balance sur sa chaise, à l'aise dans mon environnement, son corps dénudé que je scrute du coin de l'œil. Je capte quelques bribes de sa conversation, mais ne comprends pas grand-chose.

— Je suis encore occupé. Je vais venir dans vingt minutes, le temps de passer à la maison me changer. Ouais, on m'a piqué ma chemise...

Il éclate de rire et moi, je me ratatine sur ma chaise. Si je pouvais me coller du pain perdu sur le visage et que l'on m'oublie, ça ne serait pas du luxe.

— Dis à Justin que je viendrai accompagné, tout à l'heure. J'ai besoin de finir de décompresser.

Il raccroche et se lève en finissant son café.

— Tu fais du bon café, bien meilleur que celui de Freddy.

— Dois-je comprendre que je suis pardonnée ?

— Rejoins-moi en bas de l'immeuble à 17 heures. On verra si tu es pardonnée…

Mon ventre se crispe, sa voix s'est teintée de désir. Je n'ai pas rêvé ! C'est une invitation sexuelle ! Intérieurement, je sautille comme une gamine. Je le raccompagne jusqu'à la porte et mate ses fesses une fois retourné pour rentrer chez lui.

14

Alice

Il vient de sortir, je me rue sous la douche pour pouvoir pleurer à l'abri des micros. Je tremble de tous mes membres. Je me souviens de ce cauchemar. Ce n'en était pas un. C'était un souvenir. Un des seuls souvenirs de mes parents…

Mes parents.

Le capitaine.

Putain.

Donc le capitaine était un ami de mes parents, et eux-mêmes étaient des flics. Putain, la révélation de l'année ! Pourquoi je m'en suis souvenue maintenant ? Est-ce dû à l'alcool ? Ou parce que je suis si proche de Vicente que ma mémoire a été ainsi attisée ? Je reste un moment sous la douche, à essayer de me rappeler le reste, de quoi que ce soit qui pourrait revenir, même un rien. Je pose les bras contre le mur carrelé de la douche, mon tatouage est bien visible.

Qu'est-ce que tu me caches, capitaine ?

Je sais que je vais le revoir bientôt et je ne le lâcherai pas. Il a intérêt à répondre à mes questions. Je ne tolérerai pas de mensonges ou de subterfuges pour ne rien me dire. J'ai l'habitude avec lui. Je ferme les yeux et repars dans mes souvenirs, ceux que je n'ai pas oubliés.

— Tiens-toi tranquille, Alice !

— Dit-il, alors qu'à peine l'aiguille effleure mon bras, il fait un malaise…

Son copain ricane en le regardant gigoter dans tous les sens. Le capitaine se retourne et secoue la tête plusieurs fois. Il va faire un malaise, ce con ! Blanc comme un cachet d'aspirine, il essaie de calmer ses respirations... Si jamais il vomit, il se démerde !

— Il va faire un malaise, putain, déclaré-je tout haut.

— Aaron, dis-lui que je ne ferai pas un malaise..., répond-il, agacé.

Son copain tatoueur répète la phrase sans réelle conviction. Il relève sa machine à tatouer et me montre le résultat. J'adore ! Je descends de la chaise et laisse la place au capitaine. Je me moque de lui en voyant la tête qu'il fait.

— Promis, ça ne fait pas beaucoup bobo..., lancé-je sur un ton enfantin.

Le capitaine me décoche un regard de tueur. Il retire son tee-shirt, révélant son torse parfait. Et là, c'est moi qui deviens fébrile. Ce corps qu'il me refuse, cette tentation que je subis au quotidien. Si seulement il cédait au moins une fois... Il s'installe sur la chaise et souffle un grand coup.

— Aaron, vas-y ! dit-il.

— T'es sûr de l'emplacement ? demande l'autre en préparant le matériel.

Il hoche la tête et Aaron commence son travail pendant que moi, j'admire mon tatouage. Le seul que je possède. Mais une fois ma mission finie, j'en ferai un autre, un plus grand. J'ai hâte.

C'est un meilleur souvenir que les autres. J'éteins l'eau puis sors. Je m'enroule dans une grosse serviette et me pose sur le canapé. J'attrape mon portable, consulte les nombreux messages que j'ai reçus. Beaucoup de photos de la soirée d'hier, de Tessa, d'Avery et de nous toutes à la chasse au lapin. J'en fais un album photo que je ferai tirer plus tard. J'allume la télé et zappe sur une chaîne animalière. Je me laisse emporter par le sommeil.

***

Je récupère mon sac à main, mon portable et enfile une paire de talons aiguilles. Je suis habillée simplement. J'ai choisi un haut ample un peu décolleté en rose vieilli – j'adore cette couleur – et un jean noir. Je prends l'ascenseur. Au deuxième étage, il s'arrête, laissant monter un homme. Et pas n'importe qui… le crâne rasé.

— Bonsoir, Alice, dit-il.

Je hausse les sourcils et le dévisage. Sa voix est aussi grave que sa dégaine. Il est encore vêtu de noir. Cette fois-ci, le gars porte des rangers et ne cache pas son flingue. Autant, sur Freddy, on le devine si vraiment on se penche dessus, autant, chez lui, il suffit qu'il se tourne un peu pour le voir au niveau de sa ceinture. Il n'a pas de silencieux… Tiens donc ! Au final, ce mec respire le danger à des millions de kilomètres à la ronde.

— Bonsoir, mais… on se connaît ? demandé-je prudemment.

Il sourit tout en faisant craquer sa nuque.

Bordel, il reste combien d'étages à descendre encore ?

— Je travaille pour M. Mancini.

— Oh…

Je ne sais pas quoi lui dire… En même temps, il me fait flipper, je ne vais pas tailler une bavette avec lui. Les portes s'ouvrent et, avant que je ne dise quoi que ce soit, il me prend de court.

— Bon week-end avec monsieur.

Je hoche la tête. Il a dit week-end ?

Crâne rasé sort sans rien ajouter. Je reste là, comme une cruche, au milieu du hall d'entrée. Je me reprends et sors à mon tour. Il n'y a personne. Je regarde ma montre, je suis pile à l'heure. Un rugissement se fait entendre. La voiture de sport de Vicente se gare juste devant moi. La vitre descend.

— Prête ?

Je lui souris puis monte à côté de lui. Je le regarde en me mordant la lèvre, attache ma ceinture et vois son sourire s'agrandir au fur et à mesure qu'il me contemple.

— Tu m'emmènes où ? demandé-je doucement.
— À Atlantic City. Tu as déjà visité ?
— Non, dis-je en haussant les épaules.
— Alors, c'est parfait. Freddy a appelé Justin pour lui dire qu'on arrivait.
— Qui est Justin ?
Ses yeux prennent une teinte d'orage, cette vision est en train de ruiner mon string.
— Le gérant de mon hôtel.
— Tu as un hôtel ? À toi ? Genre, c'est chez toi ?
— Oui, répond-il en riant.
— Mais, comment peut-on avoir un hôtel ? Je croyais que tu étais PDG dans l'import-export de marchandises ?
Il s'arrête à un feu rouge et replace une mèche de mes cheveux derrière mon oreille.
— Mon père était le propriétaire. C'est un héritage, Alice.
— Oh, je suis désolée, Vicente. Je ne voulais pas te faire de la peine, je…
Il pose son pouce sur mes lèvres tout en plongeant son regard pénétrant dans le mien, ce geste m'électrise complètement.
— C'était il y a longtemps maintenant.
— Tu ne me parles pas beaucoup de ta famille…
— Parce que je n'en ai plus.
Je lève la tête vers le plafond et frappe le siège avec.
— Je crois que je vais arrêter de parler pour toute la durée du week-end parce que je fais gaffe sur gaffe !
Il redémarre et se lèche les lèvres.
— Mon père est mort il y a une dizaine d'années. C'était un accident. Ma mère l'a rejoint deux ans plus tard et mon frère est mort il y a cinq ans. Il ne reste plus que moi. Et toi ? Raconte-moi, s'il te plaît. Tu as fait quoi après l'accident ?
— Oh, et bien, mon père a été muté au Mexique, donc on est partis.
— Ça n'a pas été dur pour toi ?
— De... ?

— De quitter le lycée ? Tes amies ? Ton copain ?

Je souris doucement puis déglutis. Cette partie de ma vie est vraiment douloureuse pour moi, sachant que je ne me souviens de rien.

— À vrai dire, cela n'a pas été dur parce que, quand je me suis réveillée à l'hôpital, je ne me souvenais plus de rien.

— Rien ?

— Même pas de mon nom. Les médecins parlent d'amnésie due au traumatisme crânien que j'ai eu.

— Tu as une chance de retrouver la mémoire ?

— Apparemment, aucune. J'ai tapé dans une partie du cerveau que je ne retrouverai pas. Il m'a dit que je pouvais avoir des flash-back, de temps en temps, mais pas plus. Et encore, on ne peut pas parler de souvenirs lors de ces flash-back provoqués par l'inconscient. Enfin, tout ça, c'est compliqué, je m'y perds un peu lorsque le médecin me parle.

— Tu en as eu ?

— Un seul depuis quatre ans.

Et celui de ce matin, mais celui-là, je le tais. Je le réserve pour le capitaine !

— Quel est-il ? Ton premier amour ?

— Non, c'est dommage même. Je ne connais pas son nom et ne me rappelle même pas sa tête. La seule chose que je vois dans mon rêve, ce sont les lumières de l'ambulance, un mal de tête terrible et le pompier qui me dit que tout va bien et que moi, j'ai eu de la chance. Ça me perturbe parce que mon père n'a rien eu du tout.

Je fronce les sourcils pour appuyer mon incompréhension puis change de sujet. Parce que je vois que mes paroles minent le moral de Vicente et je veux qu'il s'amuse avec moi. Je veux qu'il retrouve goût à la vie.

15

Alice

Après plus de deux heures de route, j'admire la beauté de la ville. Si j'avais aimé Chinetown, là, je peux dire que c'est le plus bel endroit que je n'ai jamais vu de ma vie. Toutes ces couleurs flamboyantes, ces immeubles qui se dressent fièrement, tout le luxe qui se dégage de cette ville. Mes yeux pétillent à chaque fois que l'on avance. Les hôtels sont gigantesques, leurs formes varient en fonction du nom de ceux-ci et certainement des goûts du propriétaire. Une énorme guitare électrique fait office de devanture sur le palace que nous venons de dépasser et le suivant, c'est le Taj Mahal. C'est impressionnant. C'est sublime !

— On est arrivés, dit-il en se garant le long du trottoir.

Ma portière s'ouvre et un homme en costume me prie de descendre. Lorsque je suis sur mes pieds, je lève la tête et ma bouche se décroche.

OK, OK, OK. Les autres hôtels étaient beaux, mais celui-là… Je n'ai pas de mot. Il y a du sable et des palmiers le long de l'allée, au bout de laquelle se trouve la porte d'entrée en bois, comme sur un ponton, agrémentée de spots de lumières bleues qui indiquent le chemin vers l'accueil. La façade, faite de vitres, fait des vagues. Elle ondule sur toute sa longueur et les illuminations qui s'en dégagent font briller mes yeux.

— Il te plaît ?

Je me tourne vers Vicente qui se mordille la lèvre, un brin tendu de ma réponse.

Il est sérieux ? Comment pourrais-je ne pas aimer cet endroit ?

— Oh et bien… Je veux postuler.

Il tire sa tête en arrière. Allez Alice ! Du courage !

— Ouais, grave. Embauche-moi ! Je veux travailler ici. S'il te plaît, je suis sûre qu'en tant que propriétaire, tu aimerais savoir que tes clients sont satisfaits…

Il s'approche de mon visage en souriant. Je sens son souffle contre mon cou, son odeur vient titiller mes narines qui frémissent à son contact. Je serre les cuisses instinctivement pour essayer de réduire cette pression que je ressens dans le bas de mon ventre et me mords la lèvre. J'ai de plus en plus de mal à me contrôler en sa présence et je suis sûre de ne pas être discrète…

— Tu veux travailler pour moi, Alice ? Et quel serait ton… emploi ? Je suis curieux…

Une pointe d'adrénaline me traverse de part en part. Cette voix enjôleuse qu'il a prise, cette façon qu'il a eue de prononcer mon prénom comme s'il le gémissait… Je dois me ressaisir et de toute urgence !

— Je testerais tous les services que propose ton hôtel et je te donnerais mon avis, je serais responsable qualité !

Il rit à gorge déployée, puis finit par attraper ma main. Il entrelace nos doigts et nous avançons dans le hall. L'intérieur est encore plus beau que l'extérieur. Tout respire l'argent, mais c'est tellement magnifique. Il y a encore des palmiers ! J'ai l'impression d'être sur une île paradisiaque parce que l'endroit dépeint tellement bien la mer, la plage, le soleil. La quiétude du lieu est interrompue par le bruit régulier de pièces qui tombent. Alors je tourne la tête sur la droite et remarque l'entrée du casino… Forcément…

Comment blanchit-il l'argent ? Je crois que je viens de trouver toute seule sa petite combine.

— Monsieur Mancini !

Un homme en costume trois-pièces s'avance vers nous et lui tend la main. Il n'est pas plus grand que Vicente, a des cheveux bruns et des yeux d'un bleu électrique. Son nez est un poil recourbé et sa mâchoire se crispe à mesure qu'ils parlent ensemble. Lorsqu'il pose enfin les yeux sur moi, il me sourit, mais je vois bien qu'il y a quelque chose qui cloche. Il me tend la main que je prends sans attendre. Vicente rompt notre contact visuel en se raclant la gorge.

Oui, tu n'apprécies pas, mais j'ai une étrange impression. Je le connais et je ne parle pas d'Alice là. Je parle de moi, Faith. Je l'ai déjà vu... Est-ce pendant une mission ?

— Justin, est-ce que la suite est prête ? demande Vicente.

— Bien sûr, je vous ai fait privatiser l'espace bien-être. Vous ne serez pas dérangés.

Vicente hoche la tête, récupère une clé et nous nous élançons vers un gigantesque miroir. Je regarde l'homme qui se tient à mes côtés et voit son air déterminé.

Que caches-tu, Vicente ?

Il passe sa main sur le coquillage qu'il y a sur le côté droit de la glace et les portes s'ouvrent. C'est un ascenseur qui se fond dans le décor.

— Oh !

Il sourit et nous entrons dans la cage. Les portes se referment et Vicente insère sa carte dans la serrure, ce qui enclenche la montée vers notre suite.

— Bonsoir, monsieur Mancini. Passez un bon séjour, dit une voix féminine qui résonne dans l'ascenseur.

Je lève un sourcil et le regarde. Ses yeux plongent dans les miens.

Vicente, j'ai compris que tu avais beaucoup, beaucoup, beaucoup d'argent, mais cela ne m'intéresse pas le moins du monde. Bon, j'avoue que je vais profiter de ce petit week-end dans cet hôtel de rêve...

Je vais faire un peu d'humour pour détendre cette atmosphère devenue électrique. Je suis une petite boule de nerfs et, lorsqu'il me regarde avec ces yeux-là, je me sens tellement désirée que j'en perds mon latin.

— Alors, je dois te dire, en tant que responsable qualité, j'ai noté un truc qui ne va pas du tout…

— Voyez-vous ça… Je t'écoute !

— Eh bien, la nana là dans l'ascenseur, elle s'adresse juste à toi, et moi ? Enfin, on est deux là-dedans, ça veut dire quoi ? Je n'ai pas le droit à un *bonjour, passez un bon séjour* ? C'est de la discrimination !

— C'est vrai ! Je vais demander au service technique de régler le problème immédiatement, répond-il, amusé.

— Tu vois que ça sert d'avoir une responsable qualité...

— En effet.

Il me regarde de haut en bas et plonge ses pupilles dans les miennes.

— Je crois que j'ai oublié de te dire que tu es sublime.

Mon cœur rate plusieurs battements, ma respiration devient plus profonde. Ma bouche s'ouvre légèrement, j'humidifie mes lèvres lentement. Vicente continue à me couver du regard, la lueur imprégnée dans ses rétines change du tout au tout. J'y vois des flammes, du désir, de la passion et de l'amour.

Oh, bordel de merde !

La voix de l'ascenseur rompt le charme de cet intermède en annonçant notre arrivée à l'étage. Nous sortons et atterrissons directement dans la suite. Elle est immense.

— Je te fais visiter ?

— Je crois que ça s'impose si je ne veux pas me perdre…

Il sourit puis pose une main dans le creux de mes reins. Ce geste m'électrise encore plus que tout à l'heure. Nous sommes seuls tous les deux, sans ses gardes du corps, sans protection, sans rien du tout…

Dans l'entrée se trouve une console sur laquelle trônent une superbe composition d'orchidées blanches ainsi qu'une corbeille de fruits, avec des chocolats et des sucreries en tout genre. Après quelques pas, nous arrivons dans le salon où un canapé d'angle prend une grande partie de la pièce. La couleur dominante des murs est un bleu ciel magnifique où est dessiné au pinceau un somptueux bateau. C'est inimaginable tellement c'est beau ! Nous entrons dans une chambre peinte en bleu lagon avec un trompe-l'œil extraordinaire qui représente une plage avec des palmiers, le sable et la mer à perte de vue. Le lit est immense et paraît tellement moelleux que j'ai juste envie de m'y écrouler. Nous passons ensuite dans une deuxième, puis une troisième chambre dont le thème de décoration murale est le même que dans la première, mais avec des paysages différents. À la quatrième chambre, je m'arrête ! Des pétales de roses rouges parsèment la parure blanche du lit king size et un cœur formé par deux serviettes en éponge est disposé au milieu. Sur le pied se trouve un grand plateau avec une bouteille de champagne dans un seau avec des glaçons ainsi que deux flûtes et des petites douceurs.

— Je suis désolé, les suites sont toujours réservées pour des couples. Ce n'était pas intentionnel…

— C'est très joli et très romantique.

— En effet. Je note ton appréciation de responsable…

Je souris et me retourne. Il faut flatter un peu son ego…

— Cet endroit est sublime, Vicente…

— Pas autant que la vision que tu m'offres…

J'ouvre un peu la bouche, mais je n'ai pas le temps d'émettre une réponse que son visage s'approche lentement. Ses lèvres finissent par effleurer les miennes et, dans un geste précis, il m'entoure de ses bras puissants. Je me laisse aller et me délecte de son goût, de la passion dans laquelle il nous plonge et de me sentir en sécurité dans ses bras. Son baiser est passionné, désespéré, inespéré. On ressent toute la force de l'amour qu'il contient depuis ces années où il a été séparé d'Alice. Mes mains fourragent ses cheveux. Je suis en train de m'allumer et réponds plus férocement à son baiser. J'ai envie de lui, maintenant. Sa langue pénètre ma bouche et je goûte à lui sans retenue. Il s'agrippe à ma taille et me porte contre lui. Mes jambes entourent ses hanches et il me colle contre le mur de la chambre en pressant son bassin sur le mien. Je sens son excitation contre mon jean et je gémis lorsqu'il descend ses mains du creux de mes reins à mes fesses qu'il empoigne avec force.

Une sonnerie retentit dans la chambre et coupe tout le charme de ces retrouvailles. Il pose son front sur le mien et sourit. Je plonge les yeux dans les siens et y décèle quelque chose que j'ai déjà vu auparavant. Je ne sais pas si c'est un souvenir avec le capitaine, mais cette sensation ne s'amenuise pas, au contraire, plus il sourit et plus je sens une chaleur se diffuser dans ma poitrine. J'entends du bruit dans la pièce d'à côté et grogne de frustration lorsqu'il me repose sur mes pieds.

— J'ai envie que tu te détendes. Viens, j'ai prévu des trucs pour nous deux.

Il entrelace nos doigts et nous sortons de la chambre, certainement avec les joues rouges, les lèvres gonflées et les cheveux en bataille. Je me recoiffe vite fait avec mes doigts pour être un peu présentable et découvre Justin dans l'entrée, qui ne bouge pas, attendant que son patron se montre derrière moi.

— Monsieur Mancini ? finit-il par demander.

Ma tête se tourne vers lui et à la vue de son regard fuyant, je comprends que je le mets mal à l'aise. Vicente, lui, ne me quitte pas des yeux.

— Oui ? Je vous écoute, dit-il sans me lâcher des yeux.

Et pourquoi ai-je l'impression que c'est un test ? Ce pressentiment me prend tout à coup aux tripes.

— Freddy me dit de vous dire qu'il n'y a rien qui laisse à penser qu'il y a un souci quelconque.

— C'est parfait ! Dites-le à Freddy. Nous descendons avec Alice ! Faites apporter un plateau.

— Bien monsieur.

Il passe les portes de l'ascenseur et je ne résiste pas parce que j'ai besoin de savoir si Freddy est allé chez moi encore une fois pour fouiller…

— Tu fais travailler ton bras droit un samedi ?

— Exact. Il travaille 24 h/24, Alice. C'est une de mes règles. N'oublie pas que je suis un connard de patron !

Et, dans un éclat de rire, nous nous préparons à sortir de la suite pour découvrir ce qu'il nous a réservé.

16

Alice

Nous prenons le même chemin qu'à l'arrivée. En bas de l'hôtel, Vicente me prend la main et nous déambulons à travers les merveilleuses décorations que propose son chez lui professionnel… Il passe derrière le casino où je le suis en espérant aller y faire un tour, je suis curieuse. J'ai hâte de voir à quoi ça ressemble de plus près. Il s'avance vers un couloir et les portes s'ouvrent à son passage.

— Tu viens ? me demande-t-il en me tendant son bras.

Je prends sa main et il m'entraîne à l'intérieur. L'atmosphère devient moite, humide, chaude… Je souris lorsque je comprends où nous avons mis les pieds… L'espace bien-être dont il parlait à notre arrivée. C'est comme une grotte, tout est voûté avec des pierres apparentes. Neptune est peint sur un des murs et sur l'autre, il y a des rochers avec des jolies sirènes. Sur le coin gauche se dessinent plusieurs cabines, dont le hammam, le sauna et d'autres que je n'arrive pas à identifier. Enfin, sur notre droite se trouvent un jacuzzi, une grande piscine et un petit salon avec un grand plateau où sont disposés des fruits, des sucreries et des boissons en tout genre.

— Tu veux boire quelque chose ?

— Oui, mais pas d'alcool s'il te plaît, je crois que mon foie ne le supportera pas.

— Jus de fruits ? Coca ?

— Si tu me prends par les sentiments…

Il déglutit et je me rends compte que ce n'était pas la chose à dire surtout que nous sommes branchés sur le mode frustration… Et nous avons clairement les idées mal placées !

Il se racle la gorge et nous sert deux verres, un avec du coca et l'autre avec du vin rouge. Il me tend mon breuvage et me prend l'autre main. Il entrelace nos doigts et me montre une des cabines.

— Je te fais visiter ?

Je souris pour acquiescer. Il dépose son verre sur la table basse et prend le mien pour en faire autant. Il reprend ma main, croise de nouveau nos doigts et me fait visiter son espace bien-être. Il y a donc six cabines, une pour le hammam, une autre pour le sauna et les autres sont tous simplement réservées pour les soins corporels, massages, bain de boue et le nec plus ultra de tout ce que l'on peut désirer en thalassothérapie. On s'arrête devant la dernière cabine et il lâche ma main.

— Freddy t'a acheté plusieurs maillots de bain, je te laisse en enfiler un avec une des robes de plage qu'il a sélectionnées pour toi.

— Mais je… enfin pourquoi tu ne me l'as pas dit ? J'en ai plein des maillots !

— Ça me fait plaisir, Alice.

Je souffle, vaincue, ça l'amuse. Je me mets sur la pointe des pieds et lui dépose un léger baiser sur la joue, ses mains m'agrippent et je me retrouve dans ses bras. Vicente me caresse le visage, son souffle s'accélère, il a envie de m'embrasser, mais il ne veut pas me brusquer.

— Hum… Depuis cette nuit, tu es constamment sur mon torse, Alice.

— Je ne veux pas te..., dis-je en devenant écarlate.

— Ne sois pas gênée, au contraire, je te taquine.

— Si on pouvait oublier l'incident de cette nuit…

Son corps fait de légers soubresauts. Il est en train de se moquer de moi !

— Hum… Non, je garde en mémoire ta proposition…

— Oh non, l'angoisse, dis-je en mettant une main sur mon front.

Il me relève la tête vers lui et sourit puis pose un baiser sur mon front.

— Mais pour l'instant, on va se détendre, je t'attends.

— OK.

J'entre dans la cabine. Elle est spacieuse. Il y a un banc et en face un fauteuil où est posée une multitude de maillots et de robes d'été. Je choisis un maillot de bain noir, un bikini qui se ferme par des nœuds et une robe bustier rose, très ample. Freddy aime les choses simples, il faut croire. Je remets rapidement de l'ordre dans mes cheveux et sors de la cabine.

Vicente est dans l'eau et lorsqu'il m'aperçoit, il s'approche. Il sort du bassin et cette vision finit d'achever le peu de neurones qu'il me reste. Il est en short maillot. Putain, il a de véritables tablettes de chocolat et une carrure de sportif. Si je ne l'ai pas trop maté dans la chambre, là, c'est toute autre chose. Je le détaille encore plus qu'à mon réveil. Je n'arrive pas à quitter des yeux son corps d'Apollon. Je suis comme attirée par sa plastique… Qui me blâmerait ? Elle est divine…

— Enlève cette robe, on va à l'eau Alice.

Je secoue la tête. Elle est sûrement froide et je n'aime pas ça du tout.

— Tu ne crains rien, il n'y a pas de requins par ici.

À part toi, coco…

J'enlève la robe et la pose sur le bain-de-soleil qu'il y a à côté des fauteuils. Je me rapproche du bord et mets juste mes jambes dedans.

— Elle est fraîche quand même...

— Non, elle est excellente ! Alice, ne fais pas la frileuse.

Il se rapproche de moi et pose ses bras de part et d'autre de mon corps.

— Tu es gelé ! dis-je en le repoussant.

— À l'eau, Alice !

Et sans comprendre ce qu'il m'arrive, mon corps est projeté en avant et on est tous les deux au fond de la piscine. La fraîcheur du liquide refroidit un peu mes hormones quelques secondes. Je remonte à la surface. Je le regarde nager vers moi, il est à quelques millimètres de mon visage. Ma respiration s'accélère, je déglutis, je me sens fébrile, c'est l'adrénaline, je frôle la mort avec lui. Si jamais il découvre que je ne suis pas elle… Je préfère ne jamais savoir ce qu'il me réserverait avant de me tuer. Il est réputé pour déverser sa colère sur ses victimes. D'ailleurs, certaines photos de prostituées m'ont donné la nausée et m'ont empêché de dormir pendant des jours.

Pourtant, quand je le regarde, je suis irrésistiblement attirée par lui, par ce truand qui fait tellement PDG tranquille en ma présence. Son nez frôle le mien, mes tétons durcissent à ce simple contact. Je crois que je vais me consumer instantanément s'il continue à m'allumer sans rien faire ensuite.

— Je crève d'envie de t'embrasser…

— Je crève d'envie que tu m'embrasses, Vicente.

Sa bouche fonce sur la mienne et nous nous dévorons sans pouvoir respirer. Mes mains attrapent sa tête et je le presse contre moi. Je ne veux plus qu'il me lâche, je veux le garder près de moi. Son baiser est encore plus pressant que dans la chambre. Ses mains descendent et me soulèvent pour que je puisse sentir son excitation. Il me bloque de tout son poids contre le mur carrelé de la piscine et fait courir ses lèvres de ma bouche à mes épaules, en passant par mon cou. Je ne me retiens pas, je gémis. De m'entendre, il enfonce ses doigts dans ma chair et ce geste me fait complètement vriller. J'ouvre les yeux lorsque j'entends quelqu'un se racler la gorge.

Bordel de merde ! Nous ne sommes pas seuls !

Je me décale de Vicente et j'aperçois le regard de tueur qu'il destine à Justin qui se tient devant les portes d'entrée.

— Excusez-moi de vous déranger, votre téléphone portable sonne, Alice.

— Et alors ? dit Vicente, le ton acerbe.

— Je me permets parce qu'il y a marqué *Boss.*

— Putain ! dis-je en sortant de l'eau en trombe.

J'attrape une serviette de bain, l'enroule autour de mon corps trempé et rejoins Justin qui me tend mon portable. Il était censé être en week-end avec Clarisse et Taylor devait régler les problèmes s'il y en avait.

— Il te fait travailler le samedi, ce connard ? s'exclame Vicente en colère.

— 24 h/24, c'était une de ses conditions..., réponds-je en prenant la direction de la cabine où j'ai laissé mes affaires.

***

Je reviens tranquillement dans notre bulle qui a éclaté tout à l'heure.

— C'était urgent ?

— Pour lui, oui, c'est réglé de toute manière.

— Parfait, dit-il en se réinstallant sur son bain de soleil.

Je pose mon portable sur la table et m'installe à ses côtés. J'attrape mon coca et en bois une bonne gorgée. Le liquide froid et pétillant me requinque. J'adore ça !

— Parle-moi un peu de ton travail... Que te demande-t-il à longueur de journée ?

— Certainement la même chose que toi avec Freddy.

— Je ne pense pas, Alice, qu'il te demande pareil.

Hum, c'est sûr que tuer quelqu'un, dissimuler un corps, vendre de l'héroïne ou mettre des filles sur un trottoir, M. Piola ne me le demande pas !

— Es-tu en train d'insinuer que, parce que je suis une femme, je n'ai pas le même travail ? dis-je en me redressant et en mettant les poings sur mes hanches.

Il éclate de rire et se relève sur le bain de soleil, on se fait face.

— Non, Alice, mais je ne fais pas partie de la même branche que ton patron, donc non, je ne demande pas à Freddy la même chose que ce que te demande Piola.

— Tu vis avec lui aussi, faut dire. Putain, heureusement que moi non !

— Vivre avec moi ? C'est non, c'est ça ?

— Non, je parlais de vivre avec Piola, comme Freddy avec toi.

Il se mord la lèvre et ricane.

— Parce que moi, je suis super facile à vivre ! Allez viens, on va se détendre.

17

ALICE

Je m'installe sur la table de massage et niche ma tête dans le trou réservé à cet effet. J'écoute Vicente me raconter sa dernière transaction immobilière avec un jeune Français. J'ai du mal à me détendre, je suis sur les nerfs depuis que son employé est venu nous déranger… deux fois d'affilée. À croire que c'était fait exprès. La masseuse déplace ses mains de haut en bas en faisant des pressions par-ci par-là, ce qui n'apaise en rien mon état.

— Tu es tendue, je le sens d'ici, dit-il avec une pointe d'inquiétude dans la voix.

— Mais pas du tout !

— Éva, madame est tendue ?

— Oui, monsieur, répond-elle.

Je souffle, mais ne m'avoue pas vaincue, je n'ai pas envie qu'il pense que je n'apprécie pas tout ce qu'il me propose ce week-end. Parce que c'est super et parce que ça veut dire que j'ai de l'importance à ses yeux.

— C'est normal ! Elle ne va pas te contredire ! m'exclamé-je.

— Vous me mentiriez, Éva ?

— Non, monsieur, jamais !

— Qui a raison, Alice ?

— C'est une conspiration !

Il se met à rire, ça me tire un sourire de le voir aussi détendu, contrairement à moi. Il n'a rien à voir avec le

Vicente que le capitaine m'a appris à connaître via l'entraînement. Et ça me laisse perplexe. La masseuse appuie plus fortement sur mon dos. Ses mains exercent beaucoup plus de pression, ça décrispe un peu les points de tension que j'ai accumulés tous ces mois.

Ça me fait du bien !

— Si, tu es tendue, dit-il au creux de mon oreille.

C'est donc lui qui me malaxe maintenant ! Il a beaucoup plus de poigne que cette Éva.

— Détends-toi, je veux que tu sois bien avec moi.

— Mais je suis bien…

J'entends une porte se fermer et, une minute plus tard, je sens ses lèvres sur mon dos. Vicente remonte en traçant une ligne avec sa langue le long de ma colonne vertébrale, mais il bute sur le nœud de mon bikini et je sens ses mains s'activer à le défaire. Il continue sa lente torture et, lorsqu'il plante ses dents dans mon épaule, je gémis bruyamment. Il me retourne comme une crêpe, ses yeux s'illuminent en plongeant dans les miens. Il se penche et s'empare de mes lèvres. Vicente me serre dans ses bras, alors je place les miens autour de son cou. Notre baiser est passionné, sa langue caresse la mienne, il gémit dans ma bouche. Je m'agrippe à lui pendant qu'il m'étreint, comme si j'allais disparaître à jamais. Il part à l'aventure de mon cou puis descend plus bas, jusqu'à prendre un de mes tétons entre ses dents. Ma respiration devient plus rapide, mon cœur bat à vive allure, mes seins sont plus lourds, les pointes sont dressées et attendent la caresse de Vicente. Il rentre ses mains sous mon bikini, pose les doigts sur mes fesses et les presse tandis qu'il continue à jouer avec ma poitrine. Mes doigts fourragent ses doux cheveux, mes jambes s'enroulent automatiquement autour de ses hanches, l'empêchant de partir. Il finit par me porter et chuchote :

— On va dans la suite, je veux que ce soit parfait.

Mon cœur fait un saut périlleux. Il est tellement romantique, tellement exceptionnel. Pourquoi ai-je une vision si erronée de sa personne ?

Il relève ma tête de ses doigts et plante un bisou chaste sur mes lèvres. Mais je ne l'entends pas de cette oreille. En quelques secondes, on passe du tendre baiser au baiser le plus sensuel et le plus chaud du siècle. Il m'attrape puis me soulève.

— Viens, ma petite chérie.

Il saisit un peignoir de bain et me le tend pendant qu'il en revêt un.

Je rêve ou il s'arrête de…

— Ne me regarde pas comme ça, je te promets qu'on ne sera pas importunés.

— Tu as intérêt, parce que si tu ne tues pas la personne qui nous dérange, je le ferai, moi !

Il sourit, glisse sa main dans la mienne et nous fait traverser l'espace bien-être puis le couloir. L'ascenseur s'ouvre en moins de temps qu'il n'en faut pour le dire. Une fois les portes refermées, il me retourne et m'embrasse comme si sa vie en dépendait. Je saute dans ses bras, butine son cou et mordille son oreille. Il grogne de contentement. Nous arrivons à notre étage, tout va très vite. Vicente marche et me pose sur le lit dans la suite. Puis il s'allonge sur moi et m'embrasse de plus belle. Il me mord la lèvre, défait mon peignoir, il embrasse mon ventre, mon corps se soulève et je tremble légèrement.

— Qu'est-ce que tu es belle, Alice.

Vicente se penche sur mon corps et prend mon téton dans sa bouche pendant qu'il fait rouler l'autre entre ses doigts. Il me mordille le ventre, le plaisir monte progressivement en moi, je vais jouir s'il continue son petit manège. Il écarte mes jambes et me regarde. Le voir me dévorer des yeux de cette façon, voir la passion se déchaîner au fond de ses prunelles, le désir envahir tout son corps, c'est trop érotique. Il se penche, fait glisser mon maillot le long de mes jambes et embrasse mon pubis à plusieurs reprises. Je sens sa langue se poser enfin sur ma chair et je me cambre face à l'onde de plaisir qui me transporte. Il maintient mon corps contre le lit de ses deux bras pendant que sa langue me déguste. Vicente lape mon clitoris sans s'arrêter, comme s'il était mort de faim et que j'étais son dernier repas. C'est tellement bon, je ne me reconnais pas tellement je gémis de plaisir. Il continue sa torture, me pénètre avec deux doigts puis les recourbe vers l'intérieur. Je maltraite le coussin et jouis en le déformant. Vicente remonte vers mon visage tout en parsemant mon corps de baisers. Il m'embrasse dans le cou puis plaque sa bouche contre la mienne. Je sens mon goût mélangé au sien, c'est… Je n'ai pas de mots.

— J'ai envie de toi, Alice.

— Moi aussi, viens, dis-je en me cambrant pour l'inciter.

Il retire son peignoir et son maillot. Sa virilité est exposée et fièrement dressée. Je me lèche les lèvres tellement le spectacle qu'il m'offre est appétissant. Il rampe sur moi jusqu'à ma tête et m'embrasse pendant qu'il se fait une place entre mes cuisses. Je mets une main sur son torse pour l'arrêter.

— Le préservatif, Vicente !

— Oh, ma chérie… c'est clairement mieux sans !

— S'il te plaît, on ne se… Enfin, on n'a jamais…

Il me sourit parce qu'il sait qu'Alice ne se souvient pas de ses anciennes relations sexuelles. Il tire sur le tiroir de la commode et en sort une capote. Puis il déchire le papier avec ses dents, l'enfile et se replace comme il faut. Il caresse le côté de mes cuisses et les place autour de ses hanches. Vicente happe mes lèvres et, doucement, il entre en moi. Je lâche un hoquet de surprise face à la douleur que je ressens lorsqu'il me pénètre et gémis lorsqu'il s'enfouit entièrement en moi. Mon corps se soulève, mes mains l'attrapent et se posent sur son dos. Il a des frissons, je le sens sous mes doigts. Vicente attend avant de bouger. Il apprécie ce moment où l'on ne fait qu'un tous les deux. Ses mains serrent le drap si fort de chaque côté de ma tête que ses phalanges blanchissent. Il me regarde intensément et m'embrasse du bout des lèvres. Vicente se retire presque entièrement puis revient plus profondément, me faisant voir de petites étoiles devant les yeux.

Il bouge en moi, j'apprécie énormément ses va-et-vient. Il me fait l'amour tendrement, profite du moment à fond. Vicente entrelace nos doigts, m'embrasse encore et encore. Je n'arrête pas de gémir, c'est tellement bon entre nous. Je me l'étais imaginé pendant toutes ces années, enfermée dans la cave par le capitaine, pendant ma formation pour devenir Alice, mais là, ça dépasse tout ce que j'aurais pu penser. Il accélère un peu et je l'attrape par le cou en le serrant fort pour qu'il ne s'échappe pas.

— Je ne pars pas, Alice, je te le promets, d'accord ? me dit-il en me montrant tout l'amour qu'il me porte dans son regard.

Je hoche la tête et jouis lorsqu'il me donne des coups de reins plus puissants.

— Plus jamais on ne sera séparés, ma chérie, murmure-t-il.

Je me sens aimée et tellement à ma place dans ses bras, je me sens moins vulnérable. Il m'embrasse et prend un rythme beaucoup plus soutenu, ces coups de boutoir sont plus rapides.

— Alice, je viens, putain, c'est toi, c'est… ma chérie…

— Vas-y, viens avec moi.

— Toute ma vie avec toi, ma chérie !

Je me crispe pendant un bel orgasme que Vicente m'offre avant de se raidir en gémissant mon nom plusieurs fois. Le souffle court, nous restons là, l'un sur l'autre, nos cœurs battant à l'unisson, puis il se retire et se met sur le côté pour me faire un câlin. Je ferme les yeux en me mordillant la lèvre.

— Tu pourras dire à Éva que ce n'est pas son massage qui m'a détendue...

Je le sens sourire sur mon épaule qu'il embrasse à de nombreuses reprises avant de murmurer :

— Je te détends quand tu veux, en me glissant entre tes cuisses pour voir combien tu mouilles pour moi.

— Hum, il faut assumer quand on dit ce genre de phrase, monsieur Mancini !

Il me presse contre son torse et embrasse tendrement ma tempe.

18

Faith versus Alice

Un jour en 2017

— Regarde-moi ! Tu vas m'écouter, putain !

Je lève les yeux au ciel, je ne supporte pas lorsqu'il se comporte comme un con et, en ce moment, il n'arrête pas. Je ne sais pas ce qu'il se passe, mais, depuis des semaines, il est à la limite du supportable. Est-ce dû au fait que l'entraînement va bientôt prendre fin ? À cette pensée, une pointe d'angoisse et de peur m'entrave la gorge. Je ne veux pas le quitter, je ne suis pas encore prête. J'exécute encore ses moindres désirs, ses moindres caprices. Alors je le regarde et écoute attentivement ce qu'il veut me dire. Le capitaine me tend une enveloppe que je décachette. Je ne résiste pas...

— Tu as des actions dans ces enveloppes ? Ce sont toujours les mêmes !

Il se tend, ça fait ressortir ses muscles, surtout lorsqu'il croise les bras devant son torse, c'est... terrible ! J'adore le mettre en rogne. Le capitaine est tellement plus sexy lorsqu'il est en colère, envahi par la haine. Je me mordille les lèvres et regarde à l'intérieur. Mon sang ne fait qu'un tour, un vent glacé me traverse, je déglutis difficilement. Mes yeux font des allers-retours entre la photo et le capitaine, qui ne me lâche pas du regard. Pourquoi me montre-t-il ça ? Pourquoi autant de violence de bon matin ?

— C'est...

— Oui, sa dernière victime.

Ce sont les restes d'une femme. À vrai dire, je ne sais pas comment décrire autrement ce que je suis en train de voir. Elle est pieds et poings liés, nue, attachée par le cou et le buste à un poteau électrique. Son visage baigne dans son sang, la bouche est ouverte, il lui a coupé la langue, elle ne tient que par un minuscule morceau de chair. Son corps est mutilé et parsemé d'hématomes. Son ventre est scarifié avec le mot « *treason*[1] ». J'ai des haut-le-cœur. Je détourne la tête de la photo pour respirer un grand coup. J'étouffe, ma respiration est bloquée, je suis choquée. Les nausées sont violentes, je peine à retenir le peu que j'ai avalé ce matin. Comment ? Comment se fait-il qu'il existe des monstres pareils sur Terre ? Putain, c'est impensable d'être aussi cruel entre êtres humains. Je lui tends l'enveloppe, je ne peux pas continuer, c'est trop, beaucoup trop pour moi, mais le capitaine ne l'entend pas de cette oreille.

— Y'a d'autres photos, je t'en prie…

— Ça va aller. Je… J'ai besoin de deux minutes, de respirer, d'enlever cette image de ma tête, de mon… Je crois que je ne serai pas capable de faire cette mission… Je ne suis plus la même...

Il me pousse violemment et je tombe sur le canapé. Le capitaine m'arrache les photos des mains puis les jette derrière lui. Il s'assied à côté de moi, commence à me menacer en serrant les doigts autour de mon cou.

— Comment tu t'appelles ?! hurle-t-il.

— Arrête ! dis-je en sanglotant. Ne fais pas ça, s'il te plaît !

Je me mets à le supplier parce que je ne veux pas revoir ce capitaine-là. Je veux celui qui fait partie de ma vie depuis plus d'un an maintenant. Je n'arriverai pas à mener

1. « Trahison », traduit de l'anglais.

à bien cette mission, je ne peux pas, c'est impossible que je prenne l'identité d'une criminelle pour séduire ce monstre. Je ne peux pas, je n'en suis tout simplement pas capable.

— Tu as accepté la mission, tu m'as dit oui ! continue-t-il à hurler.

— C'était avant de savoir !

— Tu es un excellent agent, alors tu vas faire ton putain de travail !!

Il se lève, attrape les photos. Son visage devient dur, il est fermé à toute conversation. Je le déteste lorsqu'il se comporte comme ça, je déteste cet aspect-là de sa personnalité.

— Je crois que c'était prématuré de te faire sortir de la cave.

— Non, non, non, dis-je en me jetant à genoux devant lui. Je ne veux pas retourner dans la cave. Je suis restée beaucoup trop longtemps dedans, s'il te plaît, ne m'oblige pas à y dormir encore…

Je le supplie du regard, cet endroit me terrifie. Je m'accroche à ses jambes comme la petite fille apeurée que je suis. Il se penche, sa tête est à quelques millimètres de la mienne. Les tâches marron dans ses yeux pétillent d'une lueur que je ne lui connais pas. Sa bouche se rapproche de la mienne et je sens son odeur boisée qui m'enivre. Il joue à frotter son nez contre le mien.

— Comment tu t'appelles ?

— Alice… Je m'appelle Alice.

— De qui es-tu amoureuse ?

De toi…

— De Vicente Mancini.

— Bien.

Il caresse mon visage et touche mes lèvres de son pouce.

— Combien de personnes as-tu tuées pour lui ?

— Cinq.

— Et pourquoi ?

— Parce qu'ils ont osé se mettre entre nous.

— Quelle est ta dernière victime ?

— Nicolay, son frère.

— Comment s'appellent tes parents ?

— Brad et Lilly Degan.

— Quel est ton but, Alice ?

— Le séduire, intégrer son réseau et le détruire de l'intérieur.

— Pourquoi ?

— Pour qu'il n'y ait plus de victimes.

Il m'embrasse le front et pose la main sur mes cheveux. Je ferme les yeux, appréciant la moindre de ses caresses. Quand il s'éloigne, je ressens un grand vide. J'ai froid, tellement froid. Je frissonne et grelotte un peu. Ça me fait toujours cet effet lorsque l'adrénaline redescend. Mes mains tremblent. Il ramasse l'enveloppe et me la tend.

Il y a plusieurs photos de cette femme attachée au poteau, sous toutes les coutures, et la dernière me laisse sans voix.

— C'est… Non, ce n'est pas qui je crois ? Si ?

Il hoche la tête. Lorsque je touche la photo, ce que ressens va au-delà de l'entraînement. C'est quelque chose que je puise dans mes entrailles. Comment a-t-il pu toucher à cette femme ? Comment ?... Elle était tellement douce, tellement gentille, c'était un ange envoyé ici pour sauver les âmes en peine… L'humanité n'existe plus. Je viens de comprendre quelque chose que je n'avais pas réalisé avant de rentrer dans cette cave. Si Vicente Mancini est une pourriture, je dois devenir pire que lui pour pouvoir l'arrêter, et la seule qui lui tenait tête, c'était sa bien-aimée, Alice.

— C'était quand ? demandé-je en fermant mon poing.

— On l'a retrouvée il y a deux jours.

— Oh, mon Dieu…

— Alice, il va falloir que l'on accélère l'entraînement. Je ne veux pas qu'il y ait encore un dommage collatéral…

— Comment va-t-il ?

— Je ne l'ai pas vu depuis que je lui ai annoncé.

Ses mâchoires se contractent, il se frotte la tête et me prend les photos des mains pour les balancer dans la cheminée. Je regarde les flammes danser et détruire ce qu'il reste de Mary, la femme de Gary, qui s'est sacrifiée pour offrir un avenir à toutes les femmes sous le joug de cette pourriture de Vicente.

19

Alice

J'ai arrêté de crier. J'ai arrêté de taper. J'ai arrêté de pleurer, et maintenant, j'écoute le moindre de ses gestes. Les plaintes ne l'attirent pas, alors si je ne dis rien, peut-être qu'il me relâchera. Je l'entends s'activer depuis un bon moment. Je me laisse glisser le long de la porte, y colle mon oreille. J'essaie tant bien que mal de calmer ma respiration. J'hyperventile, mes mains tremblent et mes genoux s'entrechoquent. Je suis dans le noir, ne vois strictement rien, je n'entends rien, à part ce psychopathe qui s'active à nettoyer les sols. Je finis par poser la tête contre le bois dur et me concentre sur autre chose que cette crise d'angoisse qui m'envahit et bloque ma poitrine. J'inspire fort et m'étouffe littéralement avec la poussière et l'odeur qui flotte dans l'air. Je fais le vide autour de moi, j'entends quelques notes de piano. Il ne nettoie plus, il joue lentement et chante doucement. Je colle à nouveau mon oreille pour entendre les paroles.

« He is my destiny / I will follow him / Every since he touched my heart I knew / There isn't an ocean too deep / A mountain so high it can keep / Keep me away / Away from is love »[1]

---

1. « *Il est mon destin / Je le suivrai / Depuis qu'il m'a touché le cœur, j'ai su / Qu'il n'y a pas d'océan plus profond / Une montagne si haute qu'elle peut me maintenir / Qu'elle peut me maintenir / Loin de son amour* », traduit de l'anglais. *I will follow him*, Peggy March, paru en 1979 dans l'album *Electrifying*. Paroliers : Norman Gimbel / Arthur Altman / Jacques Plante / Del Roma / J. W. Stole.

Sa voix est douce, calme, elle m'apaise, et cette chanson... Je me surprends à battre la mesure sur la porte, avec les doigts, comme si c'était moi qui la jouais. Tout à coup, il accélère ses gestes, la mélodie, et il chante plus fort. On dirait une ode à... Dieu ?

Mon cerveau tourne à plein régime, des millions de questions se succèdent sans que je puisse y répondre. Je pose les mains sur le bois, les fais évoluer comme si c'était un piano. Je connais cette chanson. Je l'ai déjà interprétée, je l'ai déjà chantée. J'en suis certaine. Je ferme les yeux et essaie de puiser ce souvenir qui ne vient pas, qui reste enfoui dans cette partie de ma tête que j'ai perdue.

Je sais jouer de cet instrument, en jouer vraiment.

En deux ans, je n'ai quasiment pas eu d'évocation de mon passé. Il suffit que ce mec pianote deux notes et j'ai le ciboulot qui bouillonne. J'ouvre la bouche, inspire puis murmure en reprenant le refrain avec lui :

— « I'll follow, I'll follow / He always be my true love / My true love, my true love / From now until forever / Forever, forever »[1]

Une fois que j'ai terminé la chanson, le piano s'arrête brusquement. Il m'a entendue. Merde ! Je me relève, tâtonne la porte puis le mur, il est froid. Il faut que je trouve une sortie. Je le touche du bout des doigts, sens la rudesse et l'aspect granuleux du béton. Pas de fenêtre ni d'ouverture, pas de sensation de fraîcheur, de vent. Il n'y a aucune sortie, à part cette porte, même pas de ventilation. Je bute sur quelque chose et mon cœur fait une embardée. Du bout du pied, réunissant tout mon courage, je touche l'objet.

C'est mou et dur, environ vingt centimètres de hauteur. Je respire fort en m'accroupissant pour toucher cette chose de mes mains. C'est un matelas, il n'y a pas de draps, juste le matelas brut. Je sens mon rythme cardiaque taper contre

---

1. « *Je le suivrai / Il sera toujours mon vrai amour / Mon vrai amour, mon vrai amour / Dès maintenant pour toujours/ Pour toujours, pour toujours* », *traduit de l'anglais.*

mes tempes. J'ai tellement peur. Je continue mon exploration et tâtonne un peu plus loin. Mes poils se hérissent, je viens de toucher... une main. Froide.

J'ouvre les yeux. La chambre est dans le noir. Je l'entends, il est à mes côtés, sa respiration est profonde et régulière. Je me remémore rapidement hier, Atlantic City, Vicente et son week-end-surprise pour tous les deux. Son bras est posé sur mon ventre, sa jambe entoure les miennes. Il m'emprisonne, dans tous les sens du terme. J'ai mal partout. Entre la route, l'eau, les massages, nos trois séances de baise et notre soirée au casino, j'ai les jambes en coton. Je tâtonne sur la table de nuit à la recherche de mon portable, que je dégote sans problème. Je retire la main de Vicente et me lève. Il grogne, mais je ne fais pas cas de lui et pars dans la salle de bains. Je pianote sur mon portable. J'ai un message d'un destinataire inconnu. Un rendez-vous non programmé avec un certain « J ». Je fronce les sourcils, je ne comprends pas. Je m'asperge le visage avec de l'eau. J ? Qui est-ce ?

Le capitaine ne prendrait jamais le risque de me contacter par le biais de mon portable, comme aucun des autres agents, qu'ils soient sous couverture ou non. Je suis certaine que Vicente a fait pister mon portable depuis le début. Il doit recevoir mes messages par mail ou sur son téléphone personnel. J'envoie un message en retour.

Désolée, je crois que vous faites erreur...

Je ne crois pas, Alice...

Mon sang ne fait qu'un tour, je respire plus vite. Qui peut me...

La lumière jaillit et je crie de peur, comme prise en flagrant délit, alors que je n'ai rien fait de mal. Je me tourne et l'aperçois, dans son boxer noir, les cheveux en bataille.

— Hey, c'est moi, dit Vicente en entrant dans la pièce.

— Tu m'as foutu la trouille de ma vie !

L'adrénaline pulse dans mes veines, je respire comme une asthmatique après un marathon. Il s'avance, le front plissé et la mine grave.

— Pourquoi as-tu peur ? Je ne comprends pas… Tu es en sécurité, là…

— J'ai…

Réfléchis vite !

Il faut que je la joue fine avec lui, mais s'il a connaissance des textos et appels que j'émets ou que je reçois, je dois être transparente. Plus je serai honnête, mieux ça se passera. Parce que, dans l'histoire, je ne dois ni lui mentir ni lui cacher des choses, puisqu'il le saura quand même.

— Rien, je me suis inquiétée pour rien. C'est certainement une erreur...

Il avance encore plus près de moi et m'attrape par la taille. Je me colle contre son torse, essayant de ralentir les battements effrénés de mon cœur. J'ai peur de faire subir des dommages collatéraux à cette personne qui ose m'envoyer un message sur mon portable. Ce « J. » n'attend même pas que je sois seule. Soit ce mec est complètement abruti, soit il essaie de provoquer une crise chez Vicente, et là, c'est moi qui vais en subir les conséquences.

Vicente est jaloux, voire possessif, il est colérique, sanguin, volcanique et amoureux. Je ne dois jamais, jamais oublier ça, si je veux que tout se passe bien entre nous, j'ai intérêt à être la jolie et amoureuse Alice qu'il a connue.

Il me relève la tête de ses doigts et me regarde intensément.

— Dis-moi, Alice, je vois que ça ne va pas…

— J'ai reçu un texto d'un numéro que je ne connais pas et quand j'ai dit que c'était une erreur…

Il attrape mon portable, regarde le message. Ses mâchoires se referment instinctivement, je sens qu'il bouillonne.

— Ce n'est rien, certainement une collègue de travail qui me fait une farce.

Ses yeux passent de mon téléphone à mon visage. Il prend une grande inspiration et me serre dans ses bras.

— Tu as raison, mais si jamais tu en reçois un autre, tu me le diras ?

— Bien sûr.

Je sais qu'il a retenu le numéro, il a une excellente mémoire visuelle. J'espère juste que le capitaine fera le nécessaire avant que Vicente ne s'en mêle… J'entoure son cou de mes bras et embrasse la naissance de son épaule. Il faut que je l'occupe le plus possible, qu'il n'ait pas accès à son portable pour mettre un contrat sur la tête de l'inconnu mystère.

— J'ai faim, dis-je d'un coup.

Et c'est vrai, je crève de faim. Il me regarde et sourit de toutes ses dents.

— Ça tombe bien, le petit-déjeuner est servi !

— Top !

Je le dépasse, entre dans la suite. Je traverse la chambre puis ouvre la porte du salon. Sur la table est déposée une quantité astronomique de nourriture. Je sens de là le café noir, les pancakes aux myrtilles, les gaufres et le chocolat ! Mon péché mignon avec les fruits rouges.

J'avance et attrape une assiette.

— Qu'est-ce que je te sers ? demandé-je en me retournant.

Il est appuyé sur le chambranle de la porte et me bouffe du regard.

— Non, Vicente !

— Quoi ?

— Ne me regarde pas comme ça ! Moi aussi, j'ai envie de toi, mais d'abord, on mange !

Il hoche la tête puis s'avance vers moi, attrape une assiette et prend un peu de l'omelette que je n'avais pas vue, des pancakes et une multitude de grosses fraises bien rondes et bien juteuses. J'en salive d'avance. Il me tend l'assiette, alors je penche la tête en l'attrapant.

— Comment tu peux savoir ce que j'ai envie de manger ?

— Je ne le sais pas, j'ai fait au feeling…

Mais bien sûr ! Je le regarde, charmée par son attention. Je m'ouvre une cannette de Coca et, lorsqu'il grogne, je lui verse un peu de café dans sa tasse. On s'installe à table, je dévore mon repas.

— C'était trop, trop bon ! C'était le meilleur petit déjeuner de ma vie ! Pas toi ?

— Le meilleur, c'était hier matin, mais celui-là est excellent aussi parce que je le partage avec toi.

Je me lève, m'assieds sur ses genoux et l'embrasse comme si je n'en avais pas assez.

20

Alice

Je longe le couloir et avance vers cette pièce qui m'intrigue. Je n'ai pas le droit de m'en approcher, pas le droit d'y pénétrer. Pourtant, il est là. Je le sais, je l'entends, cette chanson qui me plaît tant. Je marche lentement, le cœur qui s'affole. Toutes les portes sont closes, sauf la sienne. Elle est rouge vif, peinte lors d'un fix qu'il s'est fait avec une de ses amies... Et quand je dis « amies », je veux dire plans cul. Je touche le mur du bout des doigts et l'écoute. Il joue de la guitare, il est défoncé, je le sais. Si jamais il est de bonne humeur, il va peut-être m'adresser la parole. J'adore entendre le son de la guitare, et encore plus lorsque c'est cette chanson-là. Elle me fait penser à... moi. Clandestine, illégale, perdue...

Nicolay...

La première fois que je l'ai vu, il était tellement en colère que Vicente m'ait ramenée ici que je ne l'ai pas recroisé pendant trois semaines. Au début, ça ne me dérangeait pas, mais maintenant, ça m'intrigue. Tout chez lui me donne envie d'apprendre à le connaître, de discuter de tout et de rien. J'aimerais qu'il s'intéresse à moi comme je m'intéresse à lui. Et pourtant, depuis que je suis arrivée ici, il m'évite, est d'humeur exécrable... Déjà qu'il ne lui en fallait pas beaucoup...

J'avance et, doucement, je regarde dans sa chambre. Il est assis sur son lit, dos à moi. Cette pièce est comme toutes les autres, dans cette maison, sans effets personnels, sans vie, à part celle de ses occupants. Un lit sans tête, qui prend quasiment toute la place, est muni d'un énorme édredon en plumes de couleur noire. En face se trouve une commode avec une télévision dessus. Il y a des étagères avec des boîtes de différentes tailles, toutes rouges, et quelques bouquins d'un autre temps. J'appuie une épaule contre l'encadrement et pose la tête sur le bois dur. Sa voix est grave, légèrement rauque. Elle ne ressemble en rien à celle de son frangin. Ils sont tellement différents ces deux-là.

— « Solo voy con mi pena / Sola va mi condena / Correr es mi destino / Para burlar la ley / Perdido en el corazon / De la grande Babylon / Me dicen el clandestino / Por no llevar papel[1] *»*

Il continue à jouer, mais ne chante plus.

— Qu'est-ce que tu fous là ?

Sa question me surprend, je sursaute légèrement, prise sur le fait. Il arrête de gratter, pose sa guitare puis se lève. Je me décolle de la porte et commence à reculer. Plus je recule, plus il avance dans ma direction. Ses yeux noirs perçants me fixent. Ils ne changent pas de trajectoire. Nicolay est grand, très grand. Il porte toujours des tee-shirts noirs, des jeans et des chaussures hautes noires, elles aussi. Ses cheveux sont coiffés sur le côté, noirs avec des reflets argentés, comme sa barbe qu'il garde. Il ne se rase pas, mais se tond. Je l'entends de temps en temps lorsqu'il veut bien rester toute la nuit ici.

Quand il est près de moi, je défaille. Il me fait tellement peur, ce mec ! Il lève la main pour me caresser la joue, tendrement. Ce geste me déconcerte, mes yeux s'écarquillent et ma bouche s'ouvre sans laisser échapper aucun son. Ses yeux deviennent moqueurs, il murmure :

— Tu ne dis rien alors qu'hier, tu criais dans son lit.

1. « Je vais seul avec ma peine / Seule va ma condamnation / Courir est mon destin / Pour me moquer de la loi / Perdu au cœur / De la grande Babylone/ On m'appelle le clandestin / Car je n'ai pas de papiers », traduit de l'espagnol. *Clandestino*, Manu Chao, 1998.

Je change de couleur, vire aubergine. Il finit par rire à gorge déployée de me voir dans l'embarras et laisse retomber sa main. Nicolay se tourne puis prend de nouveau place sur son lit. Il se cale contre le mur, me fait signe de venir vers lui. Je fronce les sourcils, alors il demande :

— Il est parti ?

Je hoche la tête, impossible de dire ou faire quoi que ce soit face à son comportement complètement ambivalent. Je sais qu'il parle de Vicente, qui a dû s'absenter pour régler un problème dans un des appartements qu'il loue pour le boulot.

— Allez, viens !

— Quoi faire ? dis-je prudemment.

— Tu viens toujours lorsque je chante Clandestino, je vais t'apprendre...

J'avance et m'assieds délicatement sur le lit. Avant que je puisse riposter, il m'attrape et me colle dos contre son torse. Je me sens mal à l'aise, un long frisson me traverse de part en part. Ses bras puissants m'empêchent de bouger et, lorsque je commence à me débattre, il resserre sa prise. Je sens son souffle contre mon oreille, son haleine chargée en marijuana me donne la nausée, que je ravale difficilement. Je commence à trembler, j'ai peur de ce que cet homme pourrait me faire parce que, clairement, ce n'est pas un tendre. J'ai entendu plusieurs fois ses partenaires, ce n'étaient pas du tout des cris de plaisir ou de joie... Je ferme les yeux, essaie de contrôler cette peur qui me tiraille les entrailles... en vain. Ce psychopathe commence à sourire et à me caresser le cou de son nez. J'en ai des haut-le-cœur. Il remonte jusqu'à mes cheveux qu'il hume à pleins poumons.

— J'ai toujours été le préféré de père, il répétait tout le temps qu'il était faible... Et il avait raison. Quand il t'a ramenée, je savais que tu allais créer des problèmes. Tu es tellement jeune !

Il resserre encore son emprise, me faisant suffoquer. S'il continue, je vais faire une syncope. Je peine à respirer. Sa voix devient douce, terrifiante et glaçante.

— Tu fais partie de la famille maintenant, alors sache que je ne m'attache pas... Je n'hésiterai pas à t'ôter la vie si jamais tu fais quelque chose d'impardonnable. C'est compris, Alice ?

Je hoche la tête péniblement et inspire une énorme goulée d'air lorsqu'il relâche la pression de ses bras, me permettant de retrouver mon souffle et mes fonctions vitales. Je me tourne lentement, me tenant les bras comme si j'étais gelée sur place. Ce fou sourit, attrape sa guitare et la pose devant moi.

J'ouvre les yeux, respire vite. Je suis dans la voiture de Vicente, seule. Il s'est arrêté pour mettre de l'essence et acheter des trucs à manger, mais...

C'était quoi, ça ?!

J'avais l'impression d'y être, d'avoir été présente dans cette pièce, d'avoir tout vu, tout entendu, et de m'en rappeler comme si c'était...

Non, impossible !

Le manque de sommeil et l'entraînement m'ont complètement retournée. J'ai tellement été conditionnée à être Alice que je rêve de sa vie passée... C'est glauque, putain ! Je ne suis pas elle, je suis Faith, une jeune orpheline accro à un mec plus vieux qui s'en tamponne de leur relation...

Je disais glauque ? Putain, je suis loin du compte ! Ah, Capitaine... Qu'est-ce que tu me manques !

La portière s'ouvre, Vicente entre dans la bagnole et sourit lorsqu'il s'aperçoit que je suis réveillée.

— Je suis désolée, j'ai dormi longtemps ?

Il m'embrasse tendrement puis met le contact. Il hausse les épaules et s'insère sur l'autoroute.

— Je t'ai fatiguée ce week-end, répond-il avec un méga sourire de fierté.

Ah, ces hommes...

— Merci, dis-je en esquissant une moue adorable.

— Pour ?

— Le week-end détente, Atlantic City, l'hôtel, le petit-déjeuner, tout... C'était super, vraiment.

— Je suis content si tu l'es... Et puis, on le refait quand tu veux.

— N'oublie pas que je suis ta responsable qualité.

— Viens dormir dans mon lit, ce soir...

— Quoi ?!

Mais il est dingue ce mec !

Ça fait, quoi, une nuit que l'on sort ensemble ? Si on peut appeler ça comme ça... On a passé tout le week-end collés et il veut encore être avec moi ? Je veux bien qu'il a retrouvé sa chérie d'avant, mais quand même...

— Vicente, je travaille demain et je...

— N'y va pas !

J'éclate de rire et remarque aussitôt que ça ne lui plaît absolument pas.

— C'était super drôle, Vicente.

— Je ne vois pas ce qui est drôle, dit-il en hachant ses mots.

— Je suis bras droit, je ne suis pas sûre que mon patron apprécie de me voir faire porter pâle parce que je me suis trop fait baiser ce week-end...

Je vois bien que ma façon de parler crûment lui rappelle Alice. Il a cette étincelle dans les yeux qui ne me trompe pas. Ce petit regard orageux qui s'allume au fond de ses prunelles. Pourtant, Dieu seul sait que je n'aime pas parler comme ça. Je trouve que c'est tellement vulgaire dans la bouche d'une fille...

Il pose la main sur mon genou et remonte lentement le long de ma cuisse. Mon corps s'enflamme à son toucher. Je serre doucement les jambes l'une contre l'autre, bloquant sa main pas très loin de mon intimité. Je ne sais pas pourquoi mon corps répond aussi facilement à ses gestes, je pensais que ces situations étaient réservées au capitaine, mais plus j'avance dans la mission et plus je m'aperçois que mon corps me joue de sacrés tours.

— Vicente…

— Tu es excitée, dit-il en se léchant les lèvres, laisse-moi régler le problème. Juste cette nuit. Tu partiras bosser demain, comme d'habitude…

J'acquiesce d'un hochement de tête. J'ai hâte d'être chez lui et de continuer ce petit jeu torride entre nous.

21

Alice

2 semaines plus tard

Pour une fois, nous avons dormi chez moi. D'habitude, on reste chez lui, et ce, depuis qu'il m'a emmenée à Atlantic City. Il ne se passe pas une nuit sans qu'il soit à mes côtés, je trouve ça étouffant. C'est clairement un pot de glu, mais je préfère qu'il réagisse comme ça. Plus il pense coller Alice, plus Faith pourra refaire surface une fois que je l'aurai fait tomber. Je suis dans ma salle de bains, termine mon maquillage par une touche de blush. Il est en train de s'habiller dans la chambre.

Je me regarde dans le miroir, je n'aime pas trop ce que j'y vois. Je me trouve pâlotte ces derniers temps. J'ai choisi une tresse africaine en guise de coiffure et je porte un ensemble de lingerie rouge vif dont raffole Vicente.

— Ma chérie ?

— Dans la salle de bains, Vicente. Je finis de me maquiller, dis-je en haussant la voix.

Je mets un peu de parfum, me regarde une dernière fois. Tout est OK. Je me tourne et le vois dans l'encadrement de la porte, les bras croisés sur son torse. Il me reluque sans discrétion. Je m'avance vers lui et remarque qu'il n'est pas totalement habillé. Vicente porte juste un pantalon et des chaussures. Il est torse nu, pour mon plus grand plaisir. Alors je le copie et le mate en me mordillant la lèvre.

— La vue te plaît ?

— Tu n'as pas idée...

Je dépose un léger baiser sur sa joue et murmure :

— Tu es beau comme ça…

Ses bras m'entourent, ses mains se posent sur mes fesses pendant qu'il m'embrasse à en perdre haleine. Je m'écarte de lui, pose les mains sur son torse magnifique, le souffle court et les jambes flageolantes. Il me retient, mais je m'échappe de son emprise et pars dans la chambre pour m'habiller.

— Allez, viens là ! dit-il en m'attrapant de nouveau par les hanches.

— Je dois partir travailler. Ça fait deux fois que j'arrive en retard cette semaine.

— Et alors ? On s'en fout !

— Pas moi ! Je te signale que ce n'est pas ma boîte, mais celle de mon patron, et je ne l'ai pas habitué à ça depuis mon embauche. Je n'ai pas envie qu'il pense que je suis une incapable. Je suis professionnelle, je ne veux plus faire d'incartade.

J'attrape ma robe noire suspendue à un cintre, ouvre la commode à la recherche de mes bas et dépose le tout sur le lit. Lorsque je me retourne pour fermer le tiroir, Vicente pose la main sur un de mes strings et froisse le tissu entre ses mains. Il a choisi le nouveau, le rose à paillettes.

— C'est nouveau ?

— Oui, je l'ai acheté en début de semaine. C'est sympa ? Je me suis dit que les paillettes et le rose, ça pourrait faire un truc…

Je m'arrête net quand je le vois se lécher les lèvres, mais finalement le reposer. Avant de refermer la commode, il attrape quelque chose et là, je me fige.

— Repose ça ! dis-je vivement, rouge de honte.

— Voyons voir... qu'est-ce que c'est que ce petit truc ?!

Je m'avance vers lui afin de reprendre ce qu'il a dérobé dans mon tiroir, mais, plus rapide que moi, Vicente m'esquive et part en courant, mon sex-toy à la main. Je n'hésite pas une seconde, je m'élance à sa poursuite à travers les pièces de l'appartement. Pris au piège dans la cuisine, je lui décoche le regard le plus noir que j'ai en ma possession et le menace gentiment de l'index pour qu'il me rende mon bien et que je le remette à sa place.

— Donne-moi ça, Vicente ! Putain, pose ce truc !

— C'est comme ça que tu l'appelles ? Oh ! Le pauvre... il n'a pas un petit nom ? Genre soirée solitaire ?

Je deviens pivoine. Il sort le sex-toy de sa boîte, cet objet qui a une connotation toute particulière pour moi. Je ferme les yeux et meurs de honte en silence. Lorsque je les ouvre à nouveau, Vicente s'approche de moi avec un air suffisant.

— Range ça de suite, putain !

— Putain ? Hum… Tu deviens agressive, ma chérie… Ça, c'est bon signe pour moi.

Il me domine de toute sa hauteur. Il ne faut pas que je plie. Je ne veux pas qu'il le touche, c'est à mon capitaine, ce n'est pas qu'une vulgaire bite en plastique, sa valeur est tout autre.

— Comment tu l'appelles quand tu jouis ? Allez, dis-moi ! Partage ça avec moi... je suis un peu vexé que tu aies ce genre de truc ici, alors que je suis là, à quelques mètres de toi...

Sa voix est plus dure qu'au début, il doute et il ne faut pas. Je ne veux pas partager ça avec lui, c'est la seule chose qu'il me reste du capitaine et l'unique objet présent dans mes souvenirs. Je dois quand même lui lâcher quelque chose, parce qu'il ne me laissera pas tranquille. Je prends une petite voix et murmure :

— Je l'appelle Capitaine, et c'était avant de te rencontrer.

— Tu t'es fait jouir avec, depuis notre rencontre ?

Oui, et il est au courant...

Je me pince les lèvres. Il grogne en réponse, alors je lui donne ce qu'il sait déjà. Je hoche la tête en faisant semblant d'être gênée et en regardant mes pieds.

— Montre-moi !

— Quoi ? Non ! Hors de question ! dis-je en relevant la tête.

— Montre-moi comment tu te fais jouir avec ton « Capitaine »...

J'en ai le souffle coupé, choquée, sur l'instant, par cette phrase qui me transperce le cœur à coups de poignard. Mon capitaine… c'est lui, l'homme que j'aime, pas ce connard qui me fait face, pas cette ordure qui tue et maltraite des gens, qui pose des filles sur un trottoir et récolte l'argent au petit matin. Je suis amoureuse d'un homme droit, sage et diablement sexy avec sa petite barbe de quelques jours, pas d'un putain de mafieux !

Et merde ! Que c'est malsain et glauque qu'il évoque le capitaine, parce que, pour lui, c'est un vulgaire sex-toy mais, pour moi, c'est ce qu'il me reste de notre relation, si intense fût-elle.

— Non, merci. Je vais travailler, dis-je en repartant dans la chambre, le plantant là, au beau milieu de la cuisine.

J'espère qu'il va arrêter le massacre et me laisser tranquille avec ça. Je peux rêver. Vicente n'est pas comme ça, depuis le début de notre soi-disant relation, il veut tout contrôler, que je lui raconte mes journées dans le détail, alors qu'il me fait suivre tous les jours. Il tient absolument à m'emmener au boulot, à me récupérer, m'expliquant que c'est sur son chemin, que c'est à la même heure qu'il finit son travail…

Je dois me concentrer, réfléchir plus vite que la lumière à la suite de ces événements. Alice adorait les jeux de rôles, elle aimait le sexe un peu… brutal, voire complètement déjanté. Elle était sexuellement libre avec lui, mais cette fille n'est plus là et moi, je la remplace. La nouvelle Alice, elle, a changé, tout ça, c'était avant son overdose et avant d'avoir perdu la mémoire.

J'entre dans la chambre, pose les mains sur mon visage. Je suis brûlante. Je suis sûre d'avoir repris des couleurs depuis sa découverte.

Moi qui me trouvais pâle tout à l'heure... Voilà qui a réglé le problème !

Je ne l'entends pas arriver derrière moi, mais je suis projetée en avant et percute le mur. Heureusement, j'ai juste le temps de mettre mes mains devant moi afin de me protéger le visage, ce qui m'évite de me faire mal. Vicente m'écrase de tout son poids. Je ne sais pas quoi faire. C'est tellement soudain et brutal... J'essaie de tourner la tête vers lui, seulement lorsque je sens sa bouche sur mon épaule, ses doigts sur mes hanches, sa virilité tendue contre mes fesses... je comprends que tout ceci est un jeu. Je le laisse faire et penche même un peu la tête sur le côté pour qu'il puisse m'embrasser dans le cou, chose qu'il s'empresse de faire. Ses mains se déplacent et remontent jusqu'à mon cou. Une vague de panique me submerge. Il est complètement fêlé, ce type, alors je n'imagine même pas ce qu'il pourrait me faire. Si ça se trouve, il veut me buter... Mon souffle se raréfie, mes muscles se tendent, il a dû le sentir, car il murmure :

— On va jouer, ma petite chérie... Donne-moi tes bras !

Je lève les mains en signe de reddition et me mets à trembler lorsque j'aperçois sa ceinture en cuir. Je sais que c'était Nicolay qui frappait Alice, pas Vicente. Pourtant, je ne peux pas empêcher cette boule d'angoisse de se coincer au fond de ma gorge. Il attrape mes poignets puis les entoure de la ceinture qu'il ferme en tirant très fort dessus. Un cri de douleur passe la barrière de mes lèvres. La lanière de cuir me brûle la peau et, plus je bouge les mains, plus je la sens me lacérer les chairs. Vicente se décolle de moi, alors j'en profite pour me retourner et remarque sa cravate dans ses mains.

Putain, qu'est-ce qu'il va me faire ?!

— Penche la tête !

Comme un robot, je m'exécute, la gorge sèche, le cœur au bord des lèvres et la trouille au plus profond de mon être.

Je ferme les yeux, je ne veux pas voir ce qu'il va me faire. Je sens sa main sur mon visage et sa bouche sur mon cou. Vicente est derrière moi. Je sursaute lorsque sa cravate passe sur mon visage et, tout d'un coup, il force la barrière de mes lèvres. Le tissu entre dans ma bouche. Il noue le bâillon derrière ma tête, j'essaie de parler, en vain. J'ouvre les yeux, au bord des larmes. Je ne veux pas… Ça ressemble trop à… la cave. Je tremble de tous mes membres et contiens le flot de larmes qui s'amoncellent derrière mes paupières.

Il vient de me bâillonner. La dernière fois, je suis restée comme ça pendant une journée entière. J'ai eu les marques pendant des semaines, et je ne parle même pas du traumatisme…

J'essaie de parler, mais je n'y arrive pas. La ceinture me blesse les poignets lorsque j'essaie de me détacher et, à cause du bâillon, j'ai une crampe dans la mâchoire. Vicente remarque l'état dans lequel je suis, mais n'intervient pas comme je le souhaiterais. Il me fait face et ouvre la bouche :

— Je vais te baiser tellement fort que tu vas oublier ton putain de capitaine...

Une montée d'adrénaline me traverse. Il me pousse et me jette sur mon lit violemment. Je ne reconnais pas la personne avec qui j'ai entamé une relation depuis deux semaines, ce n'est pas la même. Maintenant, je vois l'homme impitoyable et volcanique, l'égoïste, l'amoureux de la perversion d'Alice et le possessif.

— N'aie pas peur, ma chérie, c'est un jeu...

Je relève le buste comme je peux et le vois enlever son pantalon, son boxer, se munir d'un préservatif. Mes yeux s'écarquillent lorsque j'essaie de lui parler, de lui dire que je ne suis pas consentante pour ce genre de jeu. Je n'ai pas été assez préparée à ça…

Faux, c'était même pire, sauf que, là, ce n'est pas le capitaine, mais Vicente, et il ne s'agit pas d'un entraînement.

Il me rejoint sur le lit, m'embrasse plusieurs fois en remontant de mes chevilles à mes cuisses. Lorsque ses lèvres effleurent délicatement mon pubis, je mords la cravate. Je ne pourrais pas dire si c'est de l'appréhension, l'adrénaline, l'excitation ou tout simplement la peur, mais j'ai comme l'impression que mon cerveau se met en pause pour mieux accepter ce qui va se passer ensuite.

Ce n'est rien, si je ferme les yeux, je peux imaginer le capitaine à sa place, je peux même sentir son odeur…

Vicente retire mon string et plonge la tête entre mes cuisses pour laper ma chair. Je me tortille dans tous les sens, je ne devrais pas, pourtant je suis excitée comme jamais. Être attachée, à sa merci, c'est... le pied. Mes paupières sont closes et mes bras se relèvent au-dessus de ma tête. J'exécute à la perfection les gestes appris.

Fais taire la raison, fais taire la normalité, Alice. Tu es la seule chose qu'il n'arrive pas à posséder entièrement. Garde bien ça en tête !

Oui, je garde la phrase que le capitaine me répétait en boucle et la laisse dans un tout petit recoin de mes pensées. J'entends le bruit du sex-toy qu'il vient d'actionner. Sa bouche quitte mon entrejambe. Lorsqu'il passe l'objet de mes fantasmes sur moi, je défaille et émets un son rauque à travers le bâillon.

C'est certain, j'ai vraiment un grain !

— Qu'est-ce que tu es excitée, ma chérie... Tu aimes ce genre de petit jeu...

Il passe et repasse sur ma chair, touchant mon point sensible à plusieurs reprises, mais sans jamais vraiment s'arrêter dessus. Il sait, il connaît le corps d'Alice par cœur, il sait quand je dois jouir, quand je suis au bord du précipice… Je vois des étoiles, pourtant il arrête le vibromasseur. J'ose un regard vers lui. Son sourire suffisant me donne envie de le tuer. Vicente s'agenouille, écarte mes jambes au maximum. Il me soulève un peu et, en une poussée, me remplit entièrement. Je lâche un hoquet de surprise. Je n'ai pas le temps de m'habituer à sa présence au fond de moi qu'il me met des coups de boutoir de plus en plus forts. Ça ne m'empêche pas d'être encore plus excitée, d'apprécier la douleur de son membre en moi, de mes chairs tiraillées de la plus agréable des façons. Le plaisir monte rapidement, je vais jouir. Je sens que j'atteins le point de non-retour, même si je suis étirée de tous les côtés, je ressens un plaisir jamais égalé. Je tremble de tous mes membres et prends une grande inspiration avant de jouir. Vicente se retire à ce moment précis, me laissant sur le carreau. J'ouvre les yeux, mais je n'ai pas le temps de dire quoi que ce soit qu'il me retourne comme une crêpe et relève mes fesses. J'attrape les barreaux en fer de la tête de lit, m'y accroche de toutes mes forces. Il ne perd pas de temps et entre en moi fortement. Mes chairs sont mises à rude épreuve encore une fois. En moins de temps qu'il n'en faut pour le dire, je jouis tout en serrant les barreaux. Vicente se raidit quelques secondes après en jouissant à son tour. Ses doigts ancrés dans mes hanches relâchent leur pression et ses mains s'activent à me détacher.

Je me laisse tomber sur le lit, respirant vite. Je n'ai jamais eu aussi peur et, en même temps, pris autant de plaisir pendant une de nos parties de jambes en l'air. Tout ça en pensant à mon cher capitaine. Vicente se place à mes côtés puis retire sa ceinture. J'ai saigné.

— Putain, ma chérie, je suis désolé… Attends, je vais te faire des pansements. Putain, je pensais que ça allait te plaire et je…

— Ne t'inquiète pas, mon lapin, tout va bien. C'était… C'était trop…

Je ne finis pas ma phrase parce qu'il a l'air dans un semi-coma.

— Tout va bien ? demandé-je prudemment.

Je sais très bien pourquoi il est comme ça… *Mon lapin…* Alice l'appelait comme ça. Je m'approche de lui et l'embrasse délicatement.

— Vicente, regarde-moi ! Ça va ?

Il me sourit, caresse mon visage du bout des doigts.

— Tout va pour le mieux, appelle-moi encore comme ça, j'adore… Je vais chercher du désinfectant, j'arrive.

Il se lève, alors j'en profite pour m'enfoncer dans les draps et regarder l'heure au plafond.

Tant pis, je serai en retard une troisième fois…

22

Vicente

Je la regarde marcher puis entrer dans l'immeuble de Piola. J'attends quelques minutes et démarre. C'est au tour de Sofia de la surveiller. Je peux partir m'occuper de Justin, l'esprit tranquille. Je démarre le moteur de ma sublime voiture et m'insère dans la circulation. Je presse le bouton d'appel, n'attends pas deux sonneries avant qu'il ne décroche. Mes employés sont toujours réactifs, j'aime ça. J'aime savoir que je peux compter sur eux. Si jamais je perds confiance en eux, eux, ils perdent la tête...

— Toujours OK, patron, répond-il. Jones est avec lui.

— Parfait, j'arrive.

Je raccroche et roule à vive allure, pressé d'être là-bas, désireux d'en savoir plus, de voir le sang couler, d'entendre les cris se répercuter contre les murs et mourir dans le béton. Un sourire naît sur mes lèvres rien qu'à l'idée d'imaginer son dernier souffle. Je m'arrête à un feu rouge et fais craquer ma nuque en levant les mains pour m'étirer. Cette petite séance de baise avec Alice m'a bien détendu. Depuis qu'elle a réapparu, ma vie est bien meilleure, je suis légèrement angoissé, mais, avec le temps, ça va passer. Lorsqu'elle habitera avec moi et qu'elle refera partie de ma société, tout ira pour le mieux. Elle et moi, réunis à jamais.

Mon lapin...

J'en ai eu le souffle coupé. Qu'est-ce que j'aimerais qu'elle se souvienne de moi, de nous, de notre vie passée, et que tout redevienne comme avant !

Mon amour, j'attends le bon moment et tout recommencera.

Mon téléphone m'interrompt. Lorsque je vois l'appelant, je grogne.

Et merde !

Je décroche tout en redémarrant. Sa voix m'irrite quelque peu. J'étais sûr d'avoir cette réaction avec les femmes, après Alice. Elle m'a toujours fait cet effet-là. Impossible d'en baiser une autre après ma petite chérie. Elles ne sont pas comme elle, ne me font pas le même effet et puis, je suis tellement accro à cette nana, putain. Le même problème va se reproduire. Lorsque je couche avec une autre, je ne ressens pas le même plaisir, je suis frustré.

— Bonjour, mon chéri ! chantonne-t-elle.

— Hey ! Mon petit cœur d'amour, dis-je, faussement enjoué.

— Tu rentres bientôt ?

Je me frotte la tête. Merde ! Il faut vraiment que je trouve un truc, mais je ne peux pas me débarrasser de Polly comme ça.

— Oui, je te promets. J'ai encore quelques trucs à régler. Je dois me rendre à Pékin pour voir le cousin de Changpu, tu te joins à moi ?

— Oh, oui, mon chéri ! J'ai tellement envie de toi, tu me manques !

— Toi aussi, tu me manques.

— J'ai oublié ma plaquette de pilules chez toi, l'autre jour.

Je pile, après avoir manqué de rentrer dans la berline devant moi.

— Quoi ? Mais quand ? Où ça ?

Je panique. Si jamais Alice la trouve. Je meurs. Je vais perdre sa confiance et, la dernière fois… elle a fait une overdose deux heures après. J'ai perdu mon frère et la femme de ma vie en l'espace de quelques heures…

— Dans ta table de nuit. Ce n'est pas grave, tu sais…

Je me racle la gorge et déglutis. Heureusement qu'Alice n'est pas tombée dessus. En même temps, à chaque fois que l'on se retrouve dans ma chambre, on baise, elle ne s'occupe de rien d'autre que de son plaisir et du mien. Je vais régler le problème rapidement. Impossible que je perde à nouveau la femme que j'aime alors que je viens de la retrouver.

— Freddy est rentré hier soir, je vais lui dire de te l'apporter.

— Merci, bébé.

— Je rentre maxi dans deux semaines et je m'occupe de toi, d'accord ?

— Oui, oui, oui !

Je souris, cette nana est complètement folle. Et moi, j'adore les petits trucs qu'elle me fait.

— Je t'appelle dès que je rentre et on s'envole à Pékin tous les deux en amoureux, OK ?

— J'ai hâte !

— Je te laisse, mon client est arrivé, je dois déjeuner avec lui.

— Déjà ?

— Tu oublies le décalage horaire…

— C'est vrai, je suis idiote…

Tu n'as pas idée…

— À plus tard, mon chéri.

Je raccroche puis me gare devant le local désaffecté que j'appelle « la maison aux volets rouges ». Tout est fait de tôle rouillée. Dans ce quartier défavorisé, je sais que nous ne serons ni dérangés ni dénoncés. C'est ici qu'un nombre incalculable d'âmes s'en sont allées. De mes propres mains ou de celles de mes collaborateurs. J'éteins le contact et retire ma veste. Je n'ai pas envie de la tacher. J'ouvre la porte, respire cette odeur particulière de peur mélangée à l'urine, au sang et à l'excitation de mes congénères.

Jones est un pur génie pour ce genre de chose. Il sait ce que j'aime par-dessus tout. Et quand on parle du loup…

Mon homme de main est assis sur le canapé, en train de déguster un sandwich. Ce mec me perturbe, tellement il est naturel alors qu'il y a un homme à l'agonie dans la pièce juste à côté. Lorsqu'il m'aperçoit, il se lève et termine son sandwich dans une grosse bouchée.

— Tu lui as donné de l'eau ? demandé-je.

— Pour quoi faire ?

— Oh ! Quand même, Jones, ne sois pas si horrible avec notre invité.

Un sourire sardonique inonde son visage. Je crois qu'il passerait devant Freddy si je le connaissais depuis plus longtemps que l'autre.

— Je lui ai arraché quatre ongles, mais au bout du deuxième, il s'est évanoui.

— Bien. Ce n'est pas un dur à cuire. Vas-y mollo, parce qu'il va mourir plus vite que prévu. J'ai des questions à lui poser.

Il hoche la tête et traverse la maison. Nous descendons à la cave, l'odeur se fait plus insistante, plus prenante. Mon excitation monte en flèche, mon cœur tambourine dans ma poitrine, je commence à haleter. J'ai besoin de savoir. J'ai besoin d'éliminer toutes les personnes qui me font barrage, et encore plus lorsqu'il s'agit d'Alice. Jones pousse la lourde porte en bois, le spectacle commence.

Justin est accroché par les pieds, la tête en bas. Le sang coule sur le sol déjà bien taché par les autres qui ont osé me trahir. La dernière en date ? La femme de Gary. Qu'est-ce que j'ai pris plaisir à la buter, celle-là. Peut-être parce que c'était l'épouse d'un flic…

Je m'approche de lui et remarque qu'il a les veines du cou bien saillantes.

— Depuis combien de temps il est dans cette position ?

— Je n'ai pas compté, je ne sais pas, cinq heures, six peut-être…, répond Jones.

— Détache-le.

Il s'exécute, Justin tombe lourdement au sol avec des gémissements de douleur. Mon employé le relève puis le pose sur une chaise où il l'attache avec la même vieille corde. Je sors mon briquet et m'amuse avec. C'est un cadeau d'Alice. Je le chéris depuis toutes ces années. J'attrape la chaise posée dans un coin de la pièce et m'assieds face à lui. Jones redresse la tête de mon invité qui respire plus rapidement dès qu'il m'aperçoit.

— Bonjour Justin, dis-je poliment.

Il ne me répond pas, aussi je m'approche et sens la panique le submerger.

— Alors, raconte-moi un peu ce que tu voulais dire à Alice… Je suis curieux.

Il ouvre la bouche, mais ne parle pas. Je grimace un peu, allume le briquet. La flamme danse devant nos yeux puis je la rapproche de ses mains attachées et la passe délicatement sur les plaies encore propres. La chair de ses ongles fraîchement coupés bout sous la chaleur du feu. Justin hurle de douleur.

Oui, je me doute que ça ne doit pas faire du bien.

Lorsque l'odeur de chair calcinée titille mes narines, j'arrête et le laisse prendre une bonne goulée d'air.

— On recommence, Justin ? Qu'est-ce que tu voulais à Alice ?

— Vous allez faire ça à toutes les personnes qui vont l'approcher ? Parce que, des hommes, elle en a eu dans son lit…

Je déglutis et essaie de contenir la rage qui vient soudainement de prendre possession de mon âme. Jones l'attrape par les cheveux puis lui relève la tête pour placer un couteau sur sa gorge. Justin se met à rire, rive son regard au mien.

— Je suis mort, surtout si tu me tortures encore. Je ne vais pas tenir longtemps, je ne suis pas assez entraîné…

J'éclate de rire. Putain, celle-là, je ne m'y attendais pas !

— Alors, tu es un petit flic ?

— Détective privé.

— C'est pour qui ?

— Un homme qui a baisé Alice dans toutes les positions. Je crois même qu'il y allait plus fort que Nicolay…

Je me relève vivement pour le frapper avec violence. Une fois que mes poings sont en feu, je me reprends et l'observe. Il a toujours ce sourire, à moitié masqué par les différentes coupures et taches de sang qui maculent maintenant son visage.

— Comment oses-tu prononcer son prénom ?! vociféré-je. Comment oses-tu parler d'elle ainsi ?!

Il ouvre la bouche et murmure, assez fort pour que je l'entende :

— J'espère qu'elle va te brûler vif, parce qu'il n'y a qu'elle qui en soit capable.

Comme si j'avais reçu un coup dans le plexus, je recule de plusieurs pas. Tout un tas de souvenirs me submergent. Alice complice avec Nicolay, Alice et sa passion pour le feu, son premier meurtre et cette chanson qu'elle chantait à chaque fois, comme si elle était possédée par le diable en personne.

C'est à ce moment-là que mon portable sonne, faisant entendre cette mélodie que je lui réserve. Je ne peux pas l'ignorer, parce que c'est Alice. Je me mords la lèvre, mais ne résiste pas. Je fais un signe à Jones qui bâillonne Justin le temps que je prenne l'appel.

Voilà ce qu'il se passe quand on entame une relation avec une femme. Jones avait raison, ça commence à me créer des problèmes au boulot. Je décroche, le ton de sa voix me fait grincer des dents.

— Coucou, désolée de te déranger…

— Tu ne me déranges pas, ma chérie. Tout va bien ? J'ai l'impression que tu es bouleversée…

— Oui, non. Enfin, mon père a eu un accident sur son lieu de travail, il est à l'hôpital. Je me fais un sang d'encre. J'ai demandé à mon patron de me donner une semaine pour aller le voir.

— Au Mexique ?

Mon trouble se ressent dans ma voix. Je jure intérieurement, avant de me ressaisir et de reprendre contenance. Je ne veux pas qu'Alice comprenne que je ne peux pas vivre sans elle. Elle est mon essentiel, cette bouffée d'oxygène qu'il me faut pour respirer.

— Oui, mes parents habitent toujours à Guadalajara, Vicente.

Il n'y a plus de « *mon lapin* », maintenant c'est Vicente. Je serre les poings, respire profondément en tentant de calmer la peur soudaine qui se loge dans le creux de mon ventre et inonde mon être. Je tente le tout pour le tout.

— Tu veux que je t'accompagne ? Je décale mes rendez-vous ou je prends une semaine de vacances et je…

— Non, ne décale rien. Je ne reste pas longtemps. Trois jours, ou un peu plus, mais pas de quoi s'arrêter. Je vais essayer de le faire soigner ici. Seulement il est tellement têtu…

Je serre les mâchoires. Elle me congédie. Je suis en train de paniquer parce que je commence à me dire que notre séance de ce matin était peut-être prématurée.

— Tout va bien entre nous ? demandé-je, plus troublé, oubliant tout ce qui me fait face.

— Oui, mon lapin. Je suis désolée, je suis juste un peu stressée, j'aimerais voir de mes propres yeux que mon père va bien, c'est tout. OK ? Tu es parfait, tu le sais…

Je respire un peu mieux, mais ne suis pas totalement emballé pour autant.

— Tu veux que je t'emmène ? À quelle heure tu prends l'avion ? Je viendrai te chercher à l'aéroport à ton retour.

— À 13 heures.

— OK, je serai là.

— À tout à l'heure.

— À tout à l'heure, ma chérie.

Elle raccroche tandis que mes doigts restent crispés sur le téléphone. Jones me dévisage, Justin sourit lorsque mon fidèle compagnon lui retire le bâillon.

— C'est la seule chose que tu ne posséderas jamais, dit-il avec un air triomphant.

Un sourire carnassier étire mes lèvres. J'attrape la bouteille de naphta lourd[1] et la verse sur Justin en faisant ensuite une traînée jusqu'à la porte.

— Jones, je t'en prie, on part. J'ai d'autres choses importantes à régler.

Il acquiesce et, avant de sortir de la pièce, je lance un dernier regard à Justin qui hurle face à la brûlure du liquide inflammable.

— Dommage que je n'ai pas eu le temps de jouer avec toi. Mais je dois m'occuper de ta petite copine et de ton fils.

Il se met à brailler de plus belle. Alors j'allume le briquet puis enflamme la traînée de produit. Nous sortons à la hâte. Je démarre la voiture et, avant d'arriver au bout de la rue, l'explosion retentit. La maison est en flammes, les pompiers ne vont pas tarder à arriver sur les lieux, mais il sera déjà trop tard pour retrouver son identité. Je regarde dans le rétroviseur en me léchant les lèvres.

Au revoir, Justin.

1. Produit chimique extrêmement inflammable.

23

Alice

Je sors de l'immeuble de Piola en regardant de part et d'autre de la rue. Je ne trouve pas celui qui m'épie depuis que Vicente m'a déposée. Je hèle un taxi et entre dans le premier qui s'arrête à ma hauteur.

— Le plus rapidement possible, s'il vous plaît, dis-je en lui tendant un billet de deux cents dollars.

Je lui donne mon adresse pendant qu'il froisse les billets entre ses doigts. Lorsqu'il démarre, je suis projetée au fond du siège. Même si je sais que l'employé de Vicente qui me surveille ce matin est déjà au téléphone avec lui, j'aimerais être vite chez moi pour faire mes valises sans l'avoir dans les pattes. Je me frotte les mains. Je m'envole pour le Mexique. Je m'envole vers les miens, je quitte la peau d'Alice quelques jours. J'en ai besoin, je déprime. Faith est en train de revenir, toutes les nuits elle me hante. Mon passé et celui d'Alice s'imbriquent et, si je ne me reprends pas, je vais imploser.

J'ai besoin d'avoir des réponses, des vraies, pas des bribes de souvenirs racontées vite fait devant une tasse de café. Je veux que le capitaine s'asseye face à moi et me raconte ma vie, comme il a pu le faire pour Alice. Je touche la vitre du bout des doigts, laisse mes pensées vagabonder le temps du trajet. Ce petit flash-back de ce matin me perturbe. Je n'arrive pas à me l'enlever de la tête. Il était là... J'en suis sûre et certaine... Je passe mes mains froides sur mon front. Si je continue, je vais me déclencher une migraine de tous les diables. Le taxi pile devant ma résidence, alors, d'un geste élégant, je sors de l'habitacle en remerciant mon chauffeur et m'élance à l'intérieur. Je fouille dans mon sac, le temps que l'ascenseur entame sa montée vers mon étage. Et là, encore une fois, cette conversation me trotte dans la tête.

— On va la plonger dans le coma pour préserver son cerveau.

— Combien de temps ?

Oh ! Cette voix... Ça fait tellement longtemps que je ne l'ai pas entendue...

Je sens subtilement quelqu'un me toucher, des caresses légères sur mon bras, sur mon visage, son souffle chaud contre mon cou, son odeur de bois se dégager et se répandre tout autour de moi, comme un halo de protection.

— Reviens, Faith, j'ai besoin de toi...

Oh ! Le capitaine !

Je serre les mains sur les anses de mon sac. Cette espèce de raclure de capitaine connaissait mes parents, a bossé avec eux et, le pompon, il était présent à l'hôpital, le jour où j'ai eu l'accident. Si je laisse la partie paranoïaque de mon être prendre le pas sur le reste, je dirais que c'était lui, le collègue décédé, dans l'histoire... Il en serait capable, de déclarer sa propre mort.

Putain, j'ai tellement d'interrogations qui me parasitent la tête ! Hors de question que je parte de Guadalajara sans avoir le fin mot de l'histoire !

Comme une vilaine fille, j'ai déclenché le plan ORSEC avec mes collègues. J'ai attaché un ruban rouge à ma tresse ce matin en partant bosser. C'est un de nos signes. Si je le porte, ça veut dire qu'il faut que je m'éloigne de Vicente. Mes coéquipiers sont assez réactifs. Je n'ai pas attendu deux heures pour qu'ils me pondent une urgence familiale...

Les portes de l'ascenseur s'ouvrent, Freddy me fait face. Il a une de ces dégaines !

— Alice ?! dit-il stupéfait.

— Oui, c'est moi. Tout va bien ?

Il serre les mâchoires lorsque je sors de la cabine, ses yeux sont exorbités. Je ne l'ai jamais vu dans un état pareil. Je sais que je suis arrivée avant que tout le monde le sache, mais tout de même... Freddy a l'air décontenancé… Et, d'un coup, je comprends. Il panique parce qu'il tient quelque chose, qui me déstabilise immédiatement. Je vois nettement ce qu'il a dans la main. Je ne sais pas ce qu'il m'arrive, mais une part de ma confiance en moi se barre très loin de cet étage. Un truc dans mon estomac se retourne, me donnant la nausée, mon cœur s'arrête. Le capitaine m'a menti, Vicente aussi... Bon, j'ai du mal à le digérer, pour Vicente ça ne m'étonne pas, mais le capitaine...

Je ne suis qu'à quelques pas de lui, mais il ne bouge pas. Je dois faire ou dire quelque chose, sinon on est morts tous les deux. Alice est jalouse, extrêmement jalouse. Jamais elle ne laisserait passer un truc pareil et, en même temps, Alice n'est plus la même… Putain de dilemme !

Je fronce immédiatement les sourcils et désigne d'un regard la plaquette de pilules contraceptives qu'il tient fermement dans la main.

— Vous prenez la pilule, Freddy ?

— C'est à ma copine, elle l'a oubliée et je... ne veux pas de... enfin de...

— D'enfants ?

— Ouais, je n'ai pas envie d'avoir un morveux maintenant.

Je prie Dieu pour que ce genre de personne ne se reproduise jamais.

— Je ne savais pas que vous aviez une petite amie...

Il déglutit et moi, je me marre. Voir un molosse qui montre les dents à chaque fois qu'il le peut se ratatiner devant un moyen de contraception, c'est juste hilarant, si j'en oublie le fait que Vicente me trompe, bien évidemment.

— Parce que je n'en parle jamais.

— Quelqu'un dont on ne parle jamais ne signifie rien, n'est-ce pas ?

Oh, la belle salope que je suis ! Ça, c'était une belle pique ! Sans rancune, connard ! C'est pour toutes les fois où tu mets le doute sur moi à ton patron.

J'éclate de rire pour lui signifier que tout va bien et que je le taquine. Il se détend légèrement, je lui fais un signe de la main puis sors mes clés pour rentrer dans mon appartement. Je ne perds pas de temps et fonce dans la chambre. Je sors ma valise de mon dressing, fais l'inventaire de tout ce dont j'aurai besoin là-bas. Je récupère en premier ma trousse de toilette, dans laquelle je mets mon vernis à ongles qui contient les différentes microcartes SD.

C'est chose faite !

Je plie soigneusement mes affaires et les place délicatement une à une en attendant Vicente, qui ne devrait plus tarder.

***

Quarante-huit heures que je suis ici et rien. Pas de capitaine en vue, rien, le néant. Et en plus, ils m'ont choisi des parents qui essaient de me faire prendre quatre-vingts kilos en deux jours. Je suis en train de faire une overdose de bouffe cuite dans l'huile. Et je ne parle même pas de mon faux père qui me balance des « *ma chiquita* » à tout bout de champ. Je crois que, s'il continue comme ça, je vais l'étrangler ou le brûler vif. Je sais que nous devons faire comme si nous étions une famille soudée et aimante, mais bordel ! C'est encore plus étouffant ici ! Je suis sur les nerfs depuis que j'ai remarqué cet homme pas du tout discret à l'aéroport lors de mon arrivée. Un des putains de sbires de Vicente ! Je devais m'attendre à quoi ? Même chez mes parents, il me fait suivre.

Je suis dehors, sur la balancelle, je hume le doux parfum de la nuit. J'essaie de me calmer en faisant quelques exercices de respiration pour tenter de m'apaiser un peu, en vain. La porte du patio grince, mon regard se pose sur ma fausse mère. Une boule se forme dans ma gorge. Je crois que cette situation me perturbe parce que cette femme incarne quelqu'un qui a disparu depuis des années et dont je ne me souviens pas. Ce constat amer me fait culpabiliser. Comment ne pas se souvenir de sa propre mère ? Les larmes me montent aux yeux. Le seul véritable souvenir que j'ai, c'est cette musique douce au piano, un brin mélancolique, qui me prend aux tripes à chaque fois que j'ose l'interpréter. Et dire qu'en ce moment, je n'arrête pas de la jouer, comme lorsque j'étais dans la cave...

Elle me sourit. Lilly Degan est une jolie femme, avec des cheveux plus noirs que l'ébène, des yeux verts perçants et un teint hâlé. Elle porte une robe bleu pastel et un châle, comme dans les années 1960. Son parfum est subtil et me réconforte un peu, malgré ce stress que je ressens lorsqu'elle s'approche. Elle me tend une tasse que j'attrape et serre entre mes doigts. Le doux fumet qui s'en échappe me fait légèrement sourire. Des fruits rouges… Même maintenant, Alice est là. Je déteste cette fille, je déteste de ne plus voir le capitaine, je déteste cette vie, cette mission, cette raclure qu'est Vicente…

— Tu vas attraper froid, tu devrais rentrer. Papa est parti se coucher.

Je lui souris en réponse puis mets sur mes épaules son châle qu'elle me tend. Je sirote mon infusion, faisant semblant de ne pas avoir entendu des pas sur ma gauche. Je sors mon portable de ma poche, envoie un texto dégoulinant de romantisme à mon cher et tendre petit ami resté à

New York. Avant d'avoir sa réponse, je finis ma tasse et me lève en la déposant sur la table devant la balancelle. J'entre dans la maison, entends mon « père » ronfler à travers la porte au bout du couloir du rez-de-chaussée. L'intérieur est simple. En bas, on trouve le salon, la cuisine et une chambre, celle de mes parents. À l'étage, ma chambre, les toilettes et la salle de bains. Ils n'ont pas arrangé la décoration, à part quelques cadres photo de moi, petite, ce qui me retourne encore plus l'estomac. Je crois qu'ils ont dû faire tellement vite pour trouver où nous loger qu'ils n'ont pas pensé au reste. Mais je m'en fous, je ne suis pas venue ici pour chercher mon identité... enfin, pas vraiment. Je dépose le châle sur la rambarde de l'escalier et monte rejoindre ma chambre. Je prends mon top et mon short pour dormir puis entre dans la salle de bains. Je mets quelques secondes à m'habituer à la lumière. Rien n'est luxueux ici, ça change de chez Vicente. Et dire qu'il voulait venir... Je crois que je me serais bien marrée !

Je dépose mes affaires sur la petite commode à droite et avance vers le fond de la pièce, en direction de la grande douche à l'italienne qui peut accueillir au moins trois personnes. Sur la gauche, il y a le lavabo, avec une petite étagère où sont posés mes produits de beauté, et un grand miroir au-dessus. Je regarde mes cernes et ma mine fatiguée, puis me déshabille. J'ouvre l'eau, le jet brûlant me procure un bien fou.

Je ne suis pas à ma place ici. Je me sens mal, mais je dois rester en présence de mes faux parents pendant quelques jours encore. Entre ça, les sbires de Vicente qui me surveillent et la découverte de sa tromperie, je craque ! J'ai l'impression que cette mission ne prendra jamais fin. Je relève la tête pour laisser l'eau couler sur mon visage. Et, d'un seul coup, même avec l'odeur du savon mélangée à celle des produits de beauté, je la reconnais. Sa fragrance de bois, de mâle viril, de testostérone et de... danger. Lorsque j'ouvre les yeux, mon sourire s'agrandit jusqu'à toucher les étoiles. Deux imposantes mains sont posées sur le carrelage devant moi. Un soupir de contentement retentit, je n'ai pas le temps de me retourner que je sens son souffle contre mon cou…

— Bonjour, gamine, dit-il au creux de mon oreille.

Qu'est-ce qu'il m'a manqué !

— Bonjour, Capitaine… Tu n'as pas peur pour ta vie en venant dans ma douche ?

Ses lèvres effleurent mon épaule, je commence à fondre. L'adrénaline pulse dans mes veines, les battements de mon cœur s'accélèrent et mon âme d'amoureuse se craquelle encore plus, maintenant qu'il est là. Je pose les mains sur les siennes. Il entrelace nos doigts et ce geste me fait frissonner de la tête aux pieds.

— On ne devrait pas jouer à ce petit jeu, lâche-t-il.

— Dit-il, alors qu'il s'incruste sous ma douche et qu'il bande contre mon cul.

Je l'entends grogner, il se rapproche encore, me collant contre son superbe corps et calant son membre où il faut. Mes cuisses se contractent rien qu'à l'idée qu'il pourrait me faire l'amour contre ce mur, sous ce jet d'eau brûlante, alors que je suis encore en mission, à séduire un dangereux trafiquant...

— Tu t'en sors tellement mieux que ce que je pensais…

— Tu n'as jamais eu confiance en mon pouvoir de séduction, dis-je, amère.

— Faux, et tu le sais… Je t'ai toujours identifiée à une...

— Mante religieuse, je sais.

— Et je serai là quand tu lui assèneras le coup final. Je serai là pour fêter ta victoire !

— Il a une copine...

Il embrasse mon cou jusqu'à la naissance de mon épaule, qu'il baise à plusieurs reprises.

— Il en a plein, mais la seule qui a de l'importance, c'est Alice. Tu comprends ?

Je hoche la tête. Je suis venue ici pour obtenir des réponses, et là, tout de suite, je ne veux que son corps, ses mains, ses caresses et sa voix.

Sa main descend le long de mon visage. Je lève la tête, sentant ses doigts tracer un chemin sur mon ventre et atterrir là où je le veux tellement. Lorsqu'il me touche enfin, je gémis. Son autre main se plaque contre ma bouche.

— Sois discrète, gamine, me prévient-il. Son gorille va revenir dans deux heures à peu près.

— Que lui as-tu fait pour l'éjecter ?

— Bouffe avariée...

Je pouffe et m'interromps immédiatement lorsque son pouce touche mon clitoris, me coupant le souffle et me procurant un plaisir encore jamais égalé. Je retiens les gémissements dans ma gorge en tirant la tête en arrière, espérant sentir ses lèvres tout contre les miennes. Je sens alors sa langue jouer sur mon cou. Ses caresses sont douces, calculées pour que l'orgasme me coupe les jambes par son intensité. Sa main lâche ma bouche pour se poser sur mon sein. Ses doigts commencent à jouer avec mon téton, me provoquant des ondes électriques dans le bas du ventre. Son pouce agace mon bouton et, lorsqu'il me pénètre de ses doigts, je me contracte pour le retenir à vie et ne plus jamais le laisser partir. Je l'entends rire doucement. Ce rire discret, si chavirant, celui que j'aime par-dessus tout.

— Elle reconnaît son maître. Je n'ai pas à te toucher que tu dégoulines pour moi...

— Je ne suis pas satisfaite...

Il me mord l'épaule pour toute réponse. Je lève le bras, entoure son cou pour le rapprocher encore de moi et sentir son corps pressé contre le mien. Il serre sa prise avec sa main et, de l'autre, accélère les mouvements, me faisant voir des étoiles. Lorsque je pense qu'il va arrêter, il me pénètre encore plus profondément et recourbe les doigts. Je suis au bord du précipice, les larmes me montent aux yeux quand j'entends le murmure qui accompagne mon orgasme :

— « *I could spend my life in this sweet surrender / I could stay lost in this moment forever*[1] »

Mon cœur s'emballe, je ne respire plus, je chéris ce moment si parfait, ce moment dans ses bras, à prendre le plaisir qu'il m'offre. Je ne sais pas quand je le reverrai et même si, un jour, je le pourrai, alors je me tourne, dissimulant sous le jet d'eau les larmes qui baignent mes joues.

Je t'aime, Capitaine.

J'aimerais le lui crier, le lui prouver, pourtant, je sais qu'à cet instant, mes yeux le font à la place de ma bouche. Je me perds dans son regard émeraude, à la vitesse de la lumière, et, comme il me l'a si bien appris, j'en remarque tous les détails. Je mémorise son odeur, son visage si parfait avec cette barbe qui lui donne ce charme fou qu'il dégage. Sainte mère de Dieu ! Lorsqu'il me regarde comme ça, je pourrais lui vendre mon âme !

Ses larges épaules montent et descendent rapidement, son torse taillé comme un roc m'appelle et, lorsque je vois son tatouage, la dernière barrière de mon cœur d'amoureuse s'effondre comme un château de cartes. Il fait un pas vers moi, je recule comme une bête apeurée par des phares de bagnole. Mon dos bute contre le mur carrelé, le capitaine avance son visage vers le mien, jusqu'à ce que nos nez se frôlent, se touchent et, à cet instant, je prie de tout mon être pour qu'il m'embrasse, pour qu'il me fasse sienne, comme la toute dernière fois où nous avons fait l'amour. Ses yeux plongent en moi et, ses lèvres contre les miennes, il murmure :

— Tu me manques...

Je prends une grande inspiration. C'est bien la première fois qu'il m'avoue un tel ressenti. Je n'ai pas le temps

---

1. « *Je pourrais passer ma vie dans ce doux abandon / Je pourrais me perdre à jamais dans cet instant* », traduit de l'anglais. *I Don't Want to Miss a Thing*, Aerosmith, 1998, parolier : Diane Warren.

d'analyser quoi que ce soit que ses lèvres s'emparent des miennes, sa langue entre dans ma bouche à la recherche de la mienne et, tous les deux, nous nous serrons l'un contre l'autre. Je l'étreins aussi fort que possible afin de lui prouver que je ne peux pas vivre sans lui, qu'il est mon tout, l'élément qui manque à ma vie, ma bulle d'oxygène, mon héroïne à moi.

Il me fait sauter sur ses hanches puis me plaque contre le mur. Il me pénètre doucement, je rejette la tête en arrière en soupirant d'aise. Je retiens un hoquet de plaisir alors que son membre m'emplit entièrement, je souffle pour ne pas gémir bruyamment de le sentir encore une fois en moi. Et je réalise tout d'un coup... J'ouvre les yeux, en proie à une guerre psychologique, et l'observe. Il a toujours voulu résister à la tentation, mais quelquefois, il faut savoir baisser les armes et succomber.

— Sans capote, Capitaine ?

— Après trois ans de vie commune…

— Moi, j'appelle plutôt ça de la captivité !

L'ombre d'un sourire passe sur sa belle bouche, je jurerais qu'il s'est mordu la lèvre.

— J'ai récupéré tes tests au laboratoire avant Freddy et tu as déjà vu les miens… Mais si tu préfères, je m'en vais..., me répond-il d'un air malicieux.

Mes bras entourent son cou et mes jambes enserrent sa taille, le retenant prisonnier. Il rit contre mon épaule. Lorsqu'il se retire et revient en force en moi, j'oublie tout, mon nom, ma vie, mon boulot, le danger, ne retenant que l'essentiel : l'amour que je ressens pour lui. Nous ne nous lâchons pas du regard, nous luttons tous les deux contre le monde qui nous entoure, contre ce danger omniprésent, toute cette folie que nous nous autorisons ce soir. Son membre va et vient en moi, me provoquant des ondes de choc dans tout le corps. Je serre les lèvres pour ne pas me laisser aller au plaisir et gémir comme j'aimerais tant. Sa bouche capture la mienne, elles jouent ensemble pendant que ses coups de reins s'intensifient. Je ne vais pas pouvoir me retenir longtemps. Le capitaine le sent et, alors que la friction qu'il exerce sur mon bouton avec ses coups de boutoir est trop intense, il étouffe le cri que j'émets lors de cet incroyable orgasme. Dans le même temps, je le sens se raidir de tous ses muscles et se déverser en moi. Il penche la tête, embrasse le dessous de mon avant-bras, là où mon tatouage se dessine.

I'm haunted by you.

Toi aussi, tu me hantes, mon Capitaine.

24

Alice

Ce câlin était court, trop court pour mon petit cœur. Le capitaine se retire sans une once de délicatesse et me dépose sur mes pieds. J'essaie de cacher au mieux la peine que je ressens parce que je sais que, dans quelques minutes, il ne sera plus qu'un souvenir parmi tous ceux que je chéris, alors que je ne devrais pas. Je reprendrai ma vie où elle s'est arrêtée : je continuerai à être en mission, à séduire Vicente Mancini. Mais avant qu'il ne disparaisse, j'ai besoin de temps avec lui, encore un petit peu du capitaine, de son odeur, de ses caresses, de sa voix… de tout ce qu'il est, de tout ce qui le fait, lui. Mais je ne dois pas oublier aussi que je suis venue dans un but bien précis...

— J'ai besoin de réponses, tu sais...

— Sur quoi ? demande-t-il en mettant son magnifique visage sous le jet d'eau.

— Ma famille, toi, Vicente, moi et mes souvenirs… Il y a tellement de choses à évoquer…

— Tes souvenirs ? C'est-à-dire ? Tu te souviens de quoi ? demande-t-il, soudainement intéressé.

Je ferme les yeux puis crache mes paroles comme si c'était un pansement à retirer. J'ai dépassé la peur, la honte et la culpabilité avec lui.

— C'est moi qui t'ai donné ce surnom ridicule ?

Ses mains arrêtent de frotter sa tête, il reste debout, nu comme un ver, à me regarder. Putain, ce qu'il est beau comme ça ! L'eau dégouline le long de son corps d'apollon, je bats des paupières pour éviter de trop apprécier le spectacle et me concentre sur les souvenirs qu'il pourrait m'apporter sur un plateau. J'ai besoin de savoir si ce sont des rêves purement factices ou des situations réellement vécues.

Il pince les lèvres, se rince, éteint l'eau et s'approche de moi. Son regard est vissé au mien.

— C'est ça, la question qui te brûle les lèvres ? C'est pour ça que tu as déclenché un plan de secours extrême ?

— Non, tu n'as pas le droit de faire ça ! dis-je en m'avançant vers lui.

Il attrape une serviette, l'enroule autour de ses hanches, me bloquant la vue de son meilleur profil.

— Le droit de quoi ?

— Comment tu t'appelles ?

— Capitaine… Contente, gamine ?

Le regard noir que je lui lance ne l'atteint même pas. Il ne partagera rien avec moi, alors que je suis venue exprès au Mexique pour obtenir des réponses. Je tente la menace, parce qu'avec ce genre d'individu, je n'ai pas spécialement le choix...

— Je te jure qu'il va s'en passer du temps avant que je le fasse tomber si tu veux jouer à ce jeu-là…

Ses yeux me transpercent. Je ne me laisse pas intimider pour autant. J'ai l'habitude avec lui et, même si mon cœur rate des battements en sa présence, je ne peux pas laisser cette oppression sur ma poitrine gagner du terrain, surtout depuis que des souvenirs viennent me hanter, la nuit. Il attrape mon poignet fermement, je lâche un cri de douleur. Il baisse les yeux et découvre les plaies que Vicente m'a faites. Je m'arrache à son emprise, attrape une serviette moelleuse dans laquelle je m'enroule puis reviens vers son visage. Je ne vois dans son regard que de l'admiration. Ça me… dégoûte.

— Jeu ?

— Ce surnom vient de moi ?

Il ouvre un tiroir, en sort des compresses, du désinfectant et des bandes. Il étudie mon poignet puis attrape l'autre et continue son inspection. Pas la peine de lui cacher quoi que ce soit, il va deviner. Il est très fort à ce petit jeu, ou alors, il connaît le couple Alice/Vicente bien plus qu'il ne le laisse penser. Et ça m'a toujours démangée d'en savoir plus sur ce qu'il sait, lui. Parce que je pense que c'est l'un des seuls d'entre nous qui connaisse ces deux personnes comme s'ils faisaient partie de sa propre famille…

— Ceinture en cuir. Pourquoi tu t'es débattue ? Pour l'exciter ou tu avais peur ?

— Je ne suis jamais allée dans ce centre pour adolescents...

— C'est une question ?

— Non, une affirmation. Je sais que tu ne m'as jamais emmenée là-bas. Regarde-moi ! J'ai besoin de savoir, tout se mélange dans ma tête et je...

— Qu'est-ce qui se mélange ?

Il ferme plusieurs fois son poing, mais dès qu'il s'aperçoit que je le regarde, il s'arrête immédiatement. Il a oublié que c'est lui qui m'a entraînée. Je suis sa réplique exacte. Je vois et entends tout, je capte tout parce que j'ai subi plus qu'un être humain lambda peut supporter.

— Le passé d'Alice, le mien et le présent. Je n'arrive pas à faire la part des choses, je commence à m'inquiéter.

D'un signe du menton, il m'incite à développer pendant qu'il désinfecte mes plaies. Je grimace face à la brûlure du produit sur ma peau, mais ne gâche en rien cette petite conversation. Elle est devenue vitale lorsque j'ai vu le trouble du capitaine. Il me cache bien plus de choses que je ne le pensais.

— Nicolay m'apprenait à jouer de la guitare, j'avais… enfin, j'étais Alice, la vraie Alice.

— Tu as été conditionnée à devenir cette femme. C'est normal que tu rêves de ces choses-là, et puis, n'oublie pas que tu as lu son journal intime plus de fois qu'il n'en faut pour le dire. Je suis certain que tu connais même l'emplacement des virgules…

— C'était tellement réel…

— Pour moi, il n'y a rien à craindre à l'horizon. Tout baigne.

Il place les bandes, faisant disparaître mes plaies. Je l'observe, il semble tellement concentré sur sa tâche… Je me pince les lèvres et tente encore.

— C'était toi dans l'accident ? Mon collègue de travail... je veux dire, je n'ai eu aucun contact avec sa famille… Je n'ai jamais demandé une photo ou quelque chose lui appartenant…

— Il n'en avait pas et ce n'est pas moi. Je te signale qu'il est mort.

Il finit et inspecte son travail encore une fois pour masquer ses mimiques. J'ai appris toute seule à détecter ses façons de faire pendant notre… vie commune. Et je sais qu'il est mal à l'aise, comme la première fois dans la cave. Il garde son apparence brute, froide, alors que ses yeux me montrent toute la culpabilité qu'il éprouve.

Capitaine, dis-moi !

Il attrape ses fringues qu'il remet à la hâte. Nos regards finissent par se croiser et je ressens la même chose qu'une balle tirée en pleine tête.

— Je pars...

Deux petits mots et mon cœur est réduit en un tas de cendres. Qu'est-ce que ça me fait mal, bordel ! Encore une fois, je n'étais pas préparée. Le capitaine est un fantôme, un coup il est là et l'instant d'après, je pleure son absence. J'essaie le tout pour le tout, ne sachant pas comment réagir face à cette frustration qu'il m'impose à nouveau, face à ce manque qui me détruit petit à petit ainsi que cet amour à sens unique de notre relation, si tordue soit-elle.

— Tu l'as aimée.

— C'est une question ?

— Non ! Voilà pourquoi tu la connais autant. C'était avant Vicente, après ou peut-être pendant ?

Il hausse un sourcil, se tourne et ouvre la porte de la salle de bains.

— La fuite…, murmuré-je.

Il s'arrête, la main toujours sur la poignée, son dos en guise d'interlocuteur. Le silence est interrompu par nos deux souffles.

— Lorsque tu auras compris pourquoi c'est toi qui as été choisie pour cette mission, nous pourrons avoir cette conversation.

— Tu pourrais me faire comprendre ! Ça irait plus vite, merde !

Il me fait enfin face, un sourire aux lèvres en guise de réponse. Je l'attaque à nouveau.

— Je n'ai aucun souvenir de mes parents, mais je suis sûre qu'ils auraient été ravis que je sois le jouet sexuel d'un de leurs vieux camarades de brigade.

Il s'avance, l'œil mauvais. Eh oui ! Là, j'ai tapé où ça fait mal. Il se penche jusqu'à ce que sa bouche effleure mon oreille. C'est toujours la même sensation, ce long frisson qui s'accompagne du son de sa voix. Si je ferme les yeux, je me retrouve dans la cave ou dans cette maison, à ses côtés. Et je me déteste, je déteste mon corps lorsqu'il réagit au sien, je me déteste de ne rien pouvoir faire en sa présence, si ce n'est l'aimer.

— Donne-lui ce qu'il veut, c'est tout ce que je te demande. Et pour ta gouverne, je n'ai pas encore 40 ans.

— Je ne lui donnerai rien de plus. Il m'étouffe ! Je n'en peux plus ! Je crois que je vais reprendre ma vie comme elle était et courir après mes souvenirs...

— Ne m'énerve pas...

— J'en ai rien à foutre ! C'est moi qui suis là-bas, qui supporte de baiser avec lui, qui ai pris l'identité d'une morte ! Tu ne te rends même pas compte comment il me colle, putain ! C'est limite il vient avec moi quand j'ai envie de pisser !

Il se mordille la lèvre et finit par rire à gorge déployée. Je croise les bras devant ma poitrine, attends que ce connard ait l'obligeance de me prendre au sérieux et arrête de se foutre de moi.

— Ça, c'est une super nouvelle !

— T'as vraiment un grain, dis-je sur un ton acide.

— Tu n'as toujours pas compris ce que tu représentais pour lui...

— Il est amoureux de moi, je sais.

— Non, il te vénère. Il fera tout pour te garder auprès de lui, tout, tout, tout. D'ailleurs, votre petit week-end romantique à Atlantic City…

Mon cœur a plusieurs ratés parce que je me rends compte que le capitaine est toujours à mes côtés, même à des milliers de kilomètres. Cette pensée réchauffe un peu mon âme et me met du baume au cœur.

— Franchement, il fait le petit ami idéal…

— Tellement idéal que l'on a retrouvé Justin, son gérant, brûlé dans une maison désaffectée…

Ma tête me tourne, je m'appuie contre le mur en me tapotant les joues à présent chaudes comme l'enfer.

Impossible ! Comment ? Pourquoi ? Je l'aurais vu… su… Je refoule cette culpabilité parce que ça n'amènera rien de bon.

— C'était un détective privé envoyé par Flinn, qui devait surveiller tes faits et gestes.

Je mets une main sur ma bouche pour éviter de vomir les enchiladas de ma fausse mère. Je n'ai rien fait de particulier là-bas…

Le capitaine pose ses mains de part et d'autre de ma tête et love la sienne dans mon cou.

— Le texto ? demandé-je en sachant très bien la réponse.

Il hoche lentement la tête et je comprends. Justin a voulu discuter avec moi de Vicente. Sauf qu'il est tombé sur plus fort que lui… Le capitaine inspire fort tout en me pressant contre lui, sa bouche trouve mon oreille et il murmure :

— Tu te prends pour un capitaine ?

Ce sont mes mots, ceux que j'ai utilisés lors de notre toute première rencontre… Ma respiration se coupe. Mes mains tremblent. Donc c'est vrai, c'est bien vrai. Mon rêve est un souvenir réel…

— Ne pense pas à moi, je n'existe pas, et toi non plus. Tu es Alice Degan, la petite amie d'un dangereux trafiquant.

Je ferme les yeux et la bouche pour contenir ce flot de paroles qui me brûle les lèvres, pour contenir cette rage au fond de moi. De ses lèvres, il effleure les miennes et mon cœur chavire un peu plus pour cet homme.

— Garde cette haine que tu ressens à l'instant et transfère-la sur ta mission... ça sera plus rapide.

Sa bouche s'empare de la mienne, je ne me retiens pas de gémir lorsque mes doigts entrent dans ses cheveux encore un peu humides. Sa langue, son goût, lui, tout simplement… lui. Il se retire et, avant d'avoir eu le temps d'ouvrir les yeux, il disparaît, emportant mon cœur avec lui.

25

ALICE

Pendant les deux premières heures de vol, j'ai repensé à cet intermède entre le capitaine et moi. Je n'ai pas eu les réponses que j'attendais, juste quelques éclaircissements. Et je dois m'en contenter parce que, maintenant, il va s'en passer du temps avant que je le revoie. La prochaine fois, ce sera lorsque Vicente sera derrière les barreaux. Un long frisson de dégoût me traverse le corps de part en part. Je ne saurais dire si c'est le fait de l'envoyer en prison ou si c'est parce que, dans quelques heures, je serai de nouveau Alice, sa petite copine. Cette pensée me dérange encore plus que la dernière fois. Si je devais analyser tout ça, je dirais que c'est assez bénéfique pour moi. Outre le fait qu'il y ait des morts sur notre passage, les nuits avec Vicente se remplissent de rêves qui m'ouvrent des chemins vers les réponses que j'attends tellement.

Je regarde par le hublot. L'homme à mes côtés s'est endormi et ronfle légèrement. Il a les bras croisés sur son ventre rebondi et garde un air hyper sérieux… Je secoue la tête. Je vais finir par suspecter tout le monde alors qu'il n'y a pas forcément de lien avec Vicente. Une hôtesse de l'air s'arrête à notre hauteur et jauge quelques secondes mon voisin de siège. Voyant qu'il ne bouge pas, elle se penche légèrement et murmure :

— Vous voulez manger quelque chose ?

— Vous avez du chocolat ?

— Noir, au lait ou blanc ?

— Les trois ! Je prendrai aussi une cannette de Coca, s'il vous plaît.

Mea culpa, j'en ai besoin !

Elle sourit, attrape plusieurs sachets et une bouteille de Coca qu'elle me tend.

— Vous voulez écouter un peu de musique ?

— Oh, eh bien… Je n'ai pas…

Lorsque mon regard rencontre le sien, je comprends immédiatement.

— Si vous avez ce qu'il faut, je suis preneuse. Je ne dors jamais dans les avions…

Je saisis le lecteur MP3, avec un sourire discret, elle continue son travail auprès des autres clients du vol. J'enfonce les écouteurs dans mes oreilles puis ouvre ma cannette. Le breuvage pétillant va me rebooster le moral. Il n'y a rien de mieux pour les peines de cœur que le Coca ou les mojitos, mais là, je vais me contenter d'une boisson soft. Je déchire l'emballage du premier chocolat et l'enfourne. Ce goût amer et fort du chocolat noir réveille mes papilles et mes sens. Je crois qu'il va me falloir une bonne dose de cacao pour écouter ça… J'actionne le lecteur, la musique qui emplit mes oreilles me fait limite avaler de travers.

Clandestino…

Je bats la mesure, les doigts sur ma cuisse et, lorsque je m'y attends le moins, la musique s'interrompt puis une voix féminine résonne. Elle rit aux éclats, ce n'est pas un rire naturel. Un mélange de frustration et d'excitation. Je continue de battre la mesure, je ne veux pas que mon voisin s'aperçoive de quelque chose, même s'il semble dormir à poings fermés.

— Freddy m'a amené ma pilule la semaine dernière. Merci, mon chéri !

Je n'entends aucune réponse. Il n'y a aucun bruit derrière sa voix, comme si elle était dans une pièce insonorisée. Donc c'est sa… petite amie. Enfin, une de ses copines… Si j'en crois le capitaine, il en a toute une tripotée. Je n'arrive pas à faire taire ce sentiment de jalousie qui me bouffe tout à coup les neurones. Alice était extrêmement jalouse, moi, je suis juste… peureuse. Oui, j'ai peur qu'il préfère une de ces greluches, parce que, dans ce cas, ma mission prendrait fin avant même qu'il soit derrière les barreaux.

— *Tu sembles dans la lune… Tout va bien, Vicente ?*

— *Oui, j'ai beaucoup de boulot, rien de plus.*

— *Je n'ai plus rien depuis hier soir… Est-ce que Freddy pourrait m'apporter quelques grammes ?*

— *Polly, tu devrais réduire ta consommation.*

— *Mais je n'en prends pas autant que ce que tu penses !*

— *Et les commandes que tu fais à Jones toutes les semaines ?*

Je l'entends grogner puis une porte claque. La voix qui vient perturber ce silence tout à coup devenu pesant me fait enrager plus vite que ce à quoi je m'attendais. Jones.

— *Patron, Radley a eu un léger souci au Mexique…*

— *De quel type ?*

Oh là là, sa voix se fait plus grave, plus tendue. Il a l'air tellement en colère.

— *Il a été malade pendant plus de deux heures. Mais la cible était dans la maison et n'est pas ressortie.*

— *Bien. Tu diras à Radley de venir me voir lorsqu'il sera revenu. Autre chose ?*

— *Demain vous devez partir pour être à JFK à 15 heures. L'avion atterrit à la demie.*

— *Je sais tout ça… Combien…*

— *Deux gars à bord et deux sur le tarmac.*

— *Bien, très bien.*

Je me concentre sur les bruits que j'entends derrière leur conversation. Du papier que l'on froisse, de l'aluminium, pour être exacte. Un sachet refermable à bandes thermocollées que l'on ouvre, la pierre du briquet qui grésille et le bruit de l'ébullition.

Elle est en train de se préparer un fix pendant que Vicente et Jones discutent d'Alice. Elle a peut-être l'habitude…

— *C'est qui ? demande-t-elle finalement.*

— *Personne qui t'intéresse ! aboie Vicente.*

— *Tu fais suivre cette personne comme si c'était la reine d'Angleterre...*

— *Tu as un problème avec mes affaires maintenant ?*

Son ton est mauvais, agressif, incisif. Un silence inonde la pièce et, finalement, Vicente se met à rire lorsqu'elle se confond en excuses. Cet homme est fou…

— *D'ailleurs, ma petite chérie..., dit-il sur un ton ironique, tu savais que ton frangin s'attaque à mon business ?*

— *Flinn ? Comment ça ?*

Je tourne la tête vers le hublot pour cacher mon trouble. Parce qu'il est évident que je suis déconcertée par ce que je viens d'entendre. L'inspecteur Flinn… Sa sœur, Polly. Bordel. Voilà pourquoi il est tellement hostile, tellement sur la défensive lorsque l'on aborde le sujet Mancini. C'est tout simplement parce que sa sœur fait partie du réseau…

Oh, le scoop de malade ! Si je m'attendais à ça. Je maudis le capitaine de m'avoir caché cette information.

— *Il ne ferait pas de mal à une mouche...*

— *Et tu devais le surveiller, putain ! beugle-t-il.*

— *Je vais m'en occuper.*

— *Trop tard, je l'ai fait !*

— *Je te promets que je vais me rattraper, je ne veux pas qu'il t'arrive quoi que ce soit. Tu le sais, hein, mon chéri ?*

Le portable de Vicente sonne. C'est la mélodie que je joue au piano lorsque je pense à ma vie d'avant, à mes parents, à tout ce dont je ne me souviens pas… Un long frisson me traverse et je m'agrippe à l'accoudoir pour transférer rapidement mon trouble sur ce pauvre morceau de siège qui n'a rien demandé.

— *Dernière soirée avec toi, ma chérie. Demain, je pars en déplacement, dit-il.*

— *Déjà ? Ça ne fait qu'une semaine que tu es revenu...*

— *Promis, on partira tous les deux en Chine bientôt...*

La musique emplit de nouveau mes oreilles, je tourne la tête vers mon voisin, bien réveillé, qui me sourit avec un regard de rapace. Pas de doute, c'est un des hommes de Vicente.

***

Je sors de la zone de débarquement, récupère ma valise sur le tapis roulant dans le hall d'arrivée, prête à reprendre ma vie new-yorkaise. J'ai malencontreusement jeté le MP3 dans les toilettes de l'avion… Vu le regard approbateur de l'hôtesse de l'air, je sais que j'ai bien fait, et puis, à des centaines de kilomètres de hauteur, je suis tranquille… Je passe les portes et le remarque instantanément. Seul, dans son costume beige qui lui va comme un gant. Je ne peux pas lui enlever ça, Vicente est un très bel homme, sexy, avec une prestance qui ne me laisse pas indifférente. Lorsque j'aperçois le bouquet de roses rouges qu'il tient à la main, je fonds. Alors je reprends mon rôle à la perfection et m'élance vers lui.

Ses yeux me trouvent, ils me crient tout l'amour qu'il me porte. Je saute sur ses hanches, l'entoure de mes bras. Je l'embrasse profondément, déplace mes baisers sur sa joue, dans son cou et le serre encore plus contre moi. Je l'entends rire, ses mains se déplacent de mes fesses à mon dos, qu'il caresse en faisant quelques pressions, par-ci par-là.

— Toi aussi, tu m'as manqué…

Mon regard plonge dans le sien, ma main fourrage ses cheveux et je colle mes lèvres sur les siennes. Je me perds dans ce baiser. Je ne veux pas analyser ce qui est en train de se passer parce que je sais que tout vient de l'abandon du capitaine. Je me retire, le souffle court.

— Tu m'as manqué, mon lapin.

26

ALICE

Je m'installe à l'arrière de la voiture, c'est Jones qui conduit. Je le gratifie d'un sourire qu'il me rend en hochant la tête. C'est le seul signe qu'il s'autorise avec moi. Vicente prend place puis me pose plein de questions sur mes parents, l'état de santé de mon père et mon séjour.

— Ma mère a cuisiné gras toute la semaine. Je rêve d'une salade verte, je t'assure. Tout ça parce que, pour elle, j'ai perdu trois kilos. Non, mais sérieusement ! Elle a un pèse-personne à la place des yeux ?

— C'est vrai, elle a raison. Tu as perdu du poids…

— Quoi ? Je n'ai pas remarqué…

— C'est parce que moi, je regarde ton corps…, dit-il en baissant sa voix de quelques octaves.

Je rougis et place la main devant mon visage pour masquer ma gêne. Il a oublié que Jones était dans la voiture et entendait toute notre conversation. Je n'ai pas spécialement envie qu'il partage… ce genre d'information. Vicente bouge, extirpe son téléphone de sa poche. Il regarde Jones puis fait un léger signe de tête en sa direction. Puis il se tourne vers moi et sourit.

— Désolé, je dois prendre l'appel. C'est un client. Je ne serai pas long, promis.

— Ce n'est rien…

Je n'ai pas le temps de terminer ma phrase qu'il a décroché et parle dans sa langue maternelle. L'entendre s'exprimer en italien me provoque une espèce de chaleur dans la poitrine. Il a cet accent chantant et terriblement sexy.

— Non posso parlare ora, non sono solo. Ci vediamo ad Orlando appena ho il pacco. La scadenza sarà rispettata, ho già trovato alcuni dei prodotti.[1]

Que m'arrive-t-il ? Je comprends tout ce qu'il est en train de dire. Je ne parle pas italien, ne l'ai jamais appris ni écrit, je n'ai jamais vu ou entendu quelqu'un s'exprimer aussi longtemps et aussi vite dans cette langue. Le capitaine n'a pas voulu m'apprendre, disant que ça ne servait à rien parce que ce n'était pas l'italien littéraire que Vicente connaissait, mais un dialecte venant du village natal de la mère de celui-ci. Le capitaine ne connaît pas ce dialecte, moi, si. Je suis perturbée. Mais je me reconnecte immédiatement lorsque je comprends qu'il parle d'un contrat. Un contrat ! La marchandise, c'est soit des femmes, soit des substances illicites et, vu comme il en parle, pour moi, c'est de la chair humaine. Un haut-le-cœur me prend, que je ravale vite fait. Je pose une main sur la sienne et mes yeux croisent ses prunelles. Je passe sensuellement ma langue sur ma lèvre. Il raccroche, détache sa ceinture de sécurité et s'approche de moi. De son index, Vicente soulève mon menton et emprisonne mon regard. Je ne dois pas oublier que je suis en mission. Il vient de me donner quelques informations, je les garde enregistrées dans un coin de ma tête et oublie la vie de Faith.

— Je ne pensais pas que tu pouvais être encore plus sexy en parlant italien…

Il éclate de rire, je vois l'insouciance prendre possession de son visage. Il est détendu, ça semble l'amuser.

— Tu n'as pas appris ? me demande-t-il.

— Quoi, l'italien ? Non, l'espagnol, oui. Mais, à vrai dire, je connais quelques mots, des rudiments.

---

1. « *Je ne peux pas parler maintenant, je ne suis pas seul. On prend rendez-vous à Orlando dès que j'ai ton colis. Le délai sera respecté, j'ai déjà trouvé une partie de la marchandise.* », *traduit de l'italien.*

— Vas-y, je t'écoute.

— Oh, non, mon Dieu, Vicente. Je n'ai pas ton intonation et ton accent. Ça va être une boucherie.

Son nez frôle mon cou, il chuchote tout près de mon oreille :

— S'il te plaît, j'aimerais vraiment entendre ta belle voix dans ma langue.

Je déglutis, cet abruti est en train de m'exciter. Le rouge me monte aux joues, je le regarde et murmure à mon tour :

— À condition que l'on s'amuse en arrivant...

Il se lèche les lèvres et hoche la tête.

— C'était prévu, que le jeu commence alors...

Je lui souris tendrement puis me love tout contre lui.

— Tu fais la traduction et tu me corriges si ce n'est pas bon, d'accord ?

Il acquiesce d'un signe de tête, aussi je me lance, avec les seuls mots que je connais...

— Grazie mille. Arrivederci. Buena serra. Stronzo. Funcia 'i minkia. Alors ?

Il pince les lèvres puis éclate de rire. Je lui donne un coup dans les côtes, alors il se redresse et prend tout son sérieux pour entamer une traduction de ce que je viens de lui dire.

— Donc tu m'as remercié avec un *« merci beaucoup »*, dit « *au revoir »*, tu m'as souhaité une « *bonne soirée »* puis t'as dit que j'étais un « *con »* et une *« tête de bite »*.

— Oh, mon Dieu, ça veut vraiment dire ça ?

— Oui, répond-il, secoué de spasmes.

Je me joins à lui. Heureusement que je n'ai jamais utilisé ce genre de mots en dehors d'aujourd'hui.

— Attends ! Comment as-tu appris à dire « tête de bite » ?

— À Guadalajara, avec une copine, j'avais rencontré des Italiens en vacances et, un jour, il a dit ça à son pote. J'ai trouvé la phrase jolie alors je l'ai retenue... J'en connais quelques-uns à travers des chansons, mais ceux-là, c'est tiré de mon expérience. Tu voudras m'apprendre ?

— Tu veux parler italien ?

— Pourquoi pas ? C'est une belle langue…

Son regard se teinte de désir et d'amour. Il penche la tête et murmure à mon oreille :

— *Tu sei il mio ossigeno anche se mi togli il respiro.*

— Ce qui veut dire ?

Il sourit tendrement et m'embrasse doucement tout d'abord, puis approfondit son baiser. Sa main tient ma joue, glisse ensuite dans mes cheveux, me provoquant une multitude de frissons. Je me sens comme dans du coton. Il rompt notre étreinte, mais continue à tracer une pluie de bisous sur ma joue et descend dans mon cou.

— *Tu sei il mio ossigeno anche se mi togli il respiro,* murmure-t-il.

Mon cœur s'accélère parce que je sais ce que ça veut dire. Vicente me serre dans ses bras et moi, je pars, je pars tellement loin d'ici. À des années-lumière de ma vie, avec cette peur qui tiraille mes entrailles et, pourtant, qui me réconforte encore plus qu'elle ne me terrifie.

— Arrête de râler, Alice.

— Eh ben voyons ! C'est toujours moi qui range ici ! J'ai l'impression de ne faire que ça tout le temps !

Je suis assise dans la salle de bains, entre le lavabo et la baignoire, et je lessive les murs avec une vieille éponge et du produit pour les sols. La musique qui s'élève provient de la pièce d'à côté. Je tourne la tête pour croiser le regard de Vicente. Il est tellement jeune et a pris un peu de muscles ces derniers temps… Pourtant, il a toujours ce charme fou qui le caractérise.

— Allez, ma chérie, viens, dit-il en me tendant la main.

— Non ! Je dois nettoyer parce que personne ne va le faire à ma place.

Ma voix a pris quelques octaves, je ne décolère pas alors que j'enlève des poils de barbe et du dentifrice du mur.

J'entends siffler dans le couloir. Vicente serre les mâchoires tandis que je me mets à sourire. En quelques secondes, la salle de bains devient la salle de réunion des frères Mancini. Nicolay entre à son tour, un sourire inonde son visage dès qu'il croise mon regard.

— Salut, ma princesse ! Pourquoi t'es assise par terre ?

— Parce que vous êtes des porcs qui ne nettoient jamais ! dis-je en jetant l'éponge sur lui, qu'il esquive d'un coup de bassin.

— Allez, viens, j'ai ramené un peu de came de mon voyage, directe de Colombie. On se fait un petit fix together ? répond-il, la bouche en cul-de-poule.

Je glousse et commence à me lever. Nicolay regarde son frère et quitte la salle de bains, sans rien dire de plus. Vicente se mord la lèvre. Je sais qu'il n'apprécie pas particulièrement le ton détaché et le surnom que me donne Nicolay, mais ce n'est qu'un jeu entre nous. Sauf qu'il ne le sait pas. Je m'approche de Vicente, lui caresse la joue et l'embrasse tendrement.

— Tu sei il mio ossigeno anche se mi togli il respiro, dis-je avec un accent que j'espère être bon.

Ses yeux s'illuminent et il m'embrasse en répétant cette phrase en boucle, ponctuée par des « je t'aime » en italien.

— Tu t'améliores, ma chérie.

— J'ai un très bon professeur. Je t'aime, monsieur Mancini.

— Je t'aime, future madame Mancini.

J'ouvre les yeux et essaie tant bien que mal de garder une respiration régulière. Je plonge mon regard dans le sien, y vois bien plus qu'une mission. J'y vois des souvenirs que je partage maintenant avec lui. Quoi qu'en dise le capitaine, ce n'est pas un souvenir forgé par le conditionnement, je le sens au plus profond de moi. Cette phrase tourne en boucle dans ma tête et je déglutis de plus en plus, cherchant une échappatoire que je ne trouve pas, autre que dans le regard de Vicente.

Tu es mon oxygène même si tu me coupes le souffle.

— Je me suis arrêté à la chocolaterie te prendre quelques douceurs…

— Tu es parfait…

— C'est toi qui me rends comme ça.

Mon ventre se vrille et une douce chaleur l'envahit. Il prend ma main dans la sienne, entrelace nos doigts. J'apprécie ce geste protecteur, réconfortant dans ce moment de doute où je ne sais plus qui je suis ni qui elle est… elle. Cette femme que je remplace, cette femme à qui j'ai usurpé l'identité. Celle qui fait battre le cœur de Vicente. Pourtant, lorsque je le contemple, j'ai l'impression que son regard est vraiment pour moi. Je le lui rends, tout en contenant mes émotions qui me jouent certainement des tours, mais une chose est sûre maintenant : Vicente m'a vraiment manqué et je ne parle pas en tant que Faith…

Putain, mais qu'est-ce qu'il m'arrive ?!

27

Vicente

Elle est enfin là ! Je vais pouvoir dormir sur mes deux oreilles ce soir, elle à mes côtés. Elle gigote dans l'ascenseur et ça me donne le sourire. Alice est assez insatiable en matière de sexe. Une semaine sans faire l'amour, ça annonce une très belle nuit. Je descends la main sur ses belles fesses et les caresse. Je croise son regard, me perds dans cette beauté qui se dégage d'elle, dans le désir que je vois au plus profond de son âme. C'est la plus belle femme qui ait foulé cette terre et, cerise sur le gâteau, elle est à moi. Je me penche légèrement pour embrasser sa tempe.

— Tu es fatiguée ?

— Oui, j'ai hâte de rentrer chez moi pour me détendre un peu...

Je serre les dents. Ce n'est absolument pas ce que j'ai prévu de faire ce soir. Et puis, chez elle ?? Elle a bien dit chez elle ?? Ces deux petits mots augmentent de façon considérable ma rage, qui vient de pointer le bout de son nez. Ça fait une semaine que l'on ne s'est pas vus et elle veut se détendre sans moi ? Hors de question !

— J'avais prévu autre chose..., dis-je en contrôlant l'intonation de ma voix.

— Oh, non, s'il te plaît, Vicente ! Je viens de passer une semaine avec mes parents, ils étaient constamment sur mon dos. Mon père s'est bien remis de son accident, du coup, ils ont profité de moi, depuis le temps qu'ils ne m'avaient pas vue. Alors, pour la soirée, je voulais juste me détendre avec une cannette de Coca, des chocolats et un film à l'eau de rose. Rien de plus...

— Je pensais faire partie de ton programme, réponds-je, acide.

Elle se mordille la lèvre et, finalement, claque la langue en haussant exagérément les sourcils. Je n'arrive pas à garder ma colère et mon sérieux plus de trois foutues secondes lorsqu'elle fait ça. Cinq ans qu'elle ne m'a pas fait cette mimique et pourtant, ça marche toujours autant. Heureusement qu'elle ne s'est pas encore rendu compte que cette grimace m'attendrit, sinon je suis foutu pour de bon.

— Mon lapin, tu étais compris dans mon planning !

Jones tourne la tête vers moi avec un sourcil relevé.

Oui, quoi ? Elle m'a toujours donné ce petit surnom, je ne vois pas pourquoi il me regarde comme ça, celui-là ! Au cas où il ne s'en souviendrait pas, je suis son patron, et ma copine a le droit de me donner les petits noms qu'elle veut.

— Qu'est-ce que tu avais prévu, Vicente ? dit-elle avec une voix suave.

Les portes de l'ascenseur s'ouvrent, Jones s'élance avec aisance jusqu'à la porte de mon appartement en traînant la valise d'Alice. Il le traverse sans un regard en arrière. Je me tourne vers ma belle et plonge mon âme entière en elle.

— Je voulais que l'on aille chez moi, que tu prennes un bain pendant que moi, j'aurais fait à manger. Nous aurions pu passer ta dernière journée de congés enlacés devant un film, à faire l'amour jusqu'à épuisement.

Elle se lèche les lèvres, s'avance et m'entoure de ses bras.

— Et bien, c'est un très bon programme…

— Mais pas de film à l'eau de rose, s'il te plaît ! Ma virilité ne le supportera pas toute une soirée.

— Et que dis-tu de *Ça* ?

— Une aussi belle femme, fan de Stephen King… j'avoue être perplexe.

Elle m'embrasse et je me laisse aller à ce sentiment qui inonde ma poitrine, cette chaleur qui réchauffe mon cœur, autrefois glacé par la mort, sa mort à elle. Je l'aime tellement, cette nana.

— Je suis une très grande fan de Stephen King, que ce soient ses romans ou les films, j'ai tout vu et tout lu…

— Voyez-vous ça… Mademoiselle qui n'a pas peur…

— Oh, mais, je n'ai pas dit que je n'avais pas peur, j'ai juste dit que j'adorais. Et pour tout t'avouer, le clown me terrorise, mais comme tu seras à mes côtés, j'aurai une excuse pour me coller à toi…

Je m'amuse avec une mèche de ses cheveux puis la replace derrière son oreille que j'effleure du bout des doigts.

— Une tarte aux noix de pécan ? demandé-je.

Sa bouche s'ouvre, un sourire diabolique envahit son visage angélique. Elle pince les lèvres et se colle contre moi, réduisant à néant l'espace entre nous. Alice pose les doigts sur ma cravate et tapote dessus.

— Ne prononce plus jamais ces mots sans qu'elle soit déjà prête…

— On dirait des menaces…

— C'en est… Je serais capable de n'importe quoi pour des noix de pécan.

Je sais…

Je me lèche les lèvres, elle est en train de m'exciter. Si elle se souvenait de ce que l'on a pu faire avec… Elle rougirait de honte. Son péché mignon… Un voile d'ombre estompe la flamme de son retour. Lorsqu'elle était enceinte, elle en consommait des kilos par jour. Elle adorait tellement les noix de pécan que j'ai fait de nombreuses épiceries de nuit pour lui en trouver. Ce souvenir me fait grincer des dents, une pointe de culpabilité m'entrave le ventre.

— Vicente, je plaisantais… Tu as l'air mal à l'aise. Tout va bien ?

— Oui, excuse-moi. Tout va bien, ne t'inquiète pas. On rentre ?

— Hey… ça va ?

Sa main est sur ma joue et elle me caresse tendrement. Je ferme les yeux, appréciant son geste.

— Oui, je me sens mieux, maintenant que tu es là…

***

Je coupe une belle part de tarte, la place dans une assiette, badigeonne de sirop d'érable et attrape une cuillère.

— Ça a l'air bon !

Je sursaute légèrement. J'étais trop concentré, ce con de Freddy m'a fait flipper. Il s'approche et voit l'assiette que je réserve à Alice.

— Ne touche pas, dis-je en poussant le moule à tarte. Ce sont des noix de pécan.

— OK, répond-il en levant les bras en l'air.

Je continue à préparer le plateau pour Alice en sortant une cannette de Coca du frigo et regarde l'heure. Je dois me dépêcher, la scène de Georgie va commencer et je sais combien ma petite fan de Stephen King la redoute.

— Oh, bordel, une *Pecan Pie* !

Cette voix de crécelle m'a effrayé sur le coup. Je secoue la tête lorsque je vois le regard émerveillé de Jones devant l'assiette que j'ai préparée.

— Non, c'est pour Alice, rétorque Freddy.

— Sans déconner ! Je ne peux pas en avoir un morceau ?

Je hausse un sourcil, ce mec me tue. Il place son estomac sur la première marche du podium.

— Est-ce qu'il y a quelque chose de plus précieux que la nourriture chez toi ? demandé-je en souriant de plus belle.

— Le sexe et la torture !

Je lève un doigt pour qu'il se taise. Alice n'est pas très loin, je n'ai pas envie qu'elle surprenne ce genre de conversation. Il attrape le moule à tarte et me fait un clin d'œil.

— Pas de panique, dit-il. Elle est au téléphone avec une collègue de travail. Elle écoute les ragots de la boîte. C'est qu'il y a eu du mouvement pendant son absence…

Son ton ironique me tire un sourire. Jones n'aura jamais assez de patience pour avoir une petite copine, à part si elle lui ressemble…

— Sinon, Sophia a trouvé…, commence Freddy.

— Pas maintenant. Aujourd'hui, je m'occupe d'Alice. On verra ça demain…

— Sauf que, demain, elle sera encore là…

Je tire la tête en arrière en le dévisageant, croise les bras sur mon torse et attends ses explications. Je commence à m'énerver, j'ai bien senti qu'il n'était pas à l'aise avec Alice, mais de là à employer un ton aussi incisif…

— Tu as un problème avec elle ? dis-je en hachant chaque mot.

Il serre les mâchoires puis secoue la tête et finalement lance les bras en l'air.

— Franchement, oui ! On ne bosse pas comme d'habitude, et pourquoi ? Parce qu'elle est là ! J'en ai marre de jouer à la nounou et de faire le pied de grue devant l'immeuble de son abruti de patron !

Jones met son bras entre nous. Mes mains s'agrippent au plan de travail de la cuisine pour que je me contrôle un minimum.

Alice est là, Alice ne doit pas assister à ce que ma cervelle imagine depuis une minute, Alice ne doit plus jamais me voir en colère.

— On se calme, commence Jones. Alice te met dans cet état parce que tu as peur, mais franchement, elle ne ferait pas de mal à une mouche, alors détends ton string. Sophia a trouvé une fille de plus, on a largement le temps avant qu'elle en piège une autre, donc on peut s'octroyer une journée de repos après les dernières que nous venons de passer.

— Je ne suis pas tendu ! éructe-t-il.

— Si, et tu fais chier tout le monde ! Alors arrête de foutre ta mauvaise humeur partout. Alice n'a rien fait de mal. Depuis tout ce temps où on la traque, on aurait vu quelque chose de particulier, tu ne crois pas ?

Je dévisage Jones. Il défend Alice comme si elle était importante à ses yeux… Je secoue la tête, je me fais des films. Jones n'est pas intéressé par elle, même si c'est la plus belle femme du monde. Il ne tenterait rien, il sait qu'elle m'appartient, j'ai confiance en lui.

— Qu'est-ce qu'il t'arrive ? demandé-je à Freddy.

— Rien, je… J'ai des doutes sur elle. J'ai une espèce de mauvaise intuition…

J'avance de quelques pas et le toise de toute ma hauteur.

— Elle ne se souvient pas de notre vie d'avant, elle est douce, comme une gentille fifille toute sage, tu ne crains rien pour l'instant. Ne doute pas d'elle parce que, le jour où elle intégrera la société, tu auras plus confiance en elle qu'en moi.

— Pourquoi dites-vous ça ? rétorque-t-il avec une pointe d'angoisse.

— Parce que je ferais n'importe quoi pour elle, y compris te buter si elle me le demandait.

Ses yeux écarquillés me réjouissent. Même lui a peur de moi et c'est tant mieux. Il faut qu'il vive dans la crainte de ce que je pourrais lui faire, c'est pour ça que je suis leur patron et pas l'inverse.

— Allez, on se détend tous, là ! crie Jones. On n'a pas prévu de tuer quelqu'un aujourd'hui, sinon, ça veut dire que je n'ai pas été convié et là, c'est moi qui ne vais pas être content ! Alors, Freddy, je t'en prie, coupe-toi un morceau de cette merveille culinaire, que je puisse me servir à mon tour…

— Je ne peux pas ! répond-il en grognant.

— Pourquoi ? Qu'est-ce que cette magnifique tarte a pu te faire ?

— Je suis allergique aux arachides…

Jones éclate de rire et le frappe un grand coup dans le dos du plat de la main.

— Mais c'est une excellente nouvelle ! Je vais pouvoir prendre ta part !

— Vous me fatiguez ! Dégagez d'ici et ne touchez pas à cette tarte !

— Ah, non ! Vous ne pouvez pas nous faire ça !

J'ouvre la bouche, mais il lève le doigt et enfonce un peu plus son oreillette. Il hausse plusieurs fois les sourcils et referme la bouche d'un coup sec.

Merde ! C'est mauvais signe venant de Jones.

— Elle a raccroché, dit-il.

— Donc je retourne à ses côtés mater un film, tranquille, pendant que vous vaquerez à vos occupations.

— Elle a prévu une soirée, samedi…

Je dépose le plateau que je tenais, humidifie mes lèvres. Je suis un brin agacé et je pense que cette discussion va me mettre sur les nerfs.

— Oh… Quel type de soirée ? Un restaurant ?

— Non, une soirée en boîte de nuit, rien qu'entre filles, pour bouger leur corps sur la piste de danse…

J'attrape de nouveau le plateau puis souris à Jones qui commence à perdre ses couleurs.

— Ça, c'est ce qu'elle croit… Elle ne sortira pas sans moi.

28

Alice

Je pose mon téléphone sur la table basse, attrape la télécommande et remets mon film. Je prends le coussin à côté de moi pour le serrer fort entre mes bras.

Mais bordel, qu'est-ce qu'il fout ?!

Je vois Georgie chanter dans la rue en suivant son bateau. Putain, le clown va arriver et il va… il va le tuer dans cet immonde égout… Mes poils commencent à se dresser, je déteste cette scène, elle me terrifie, il a des dents acérées et il…

— La tarte de mademoiselle est servie.

Je hurle comme une malade en me cachant le visage. Mon cœur bat à tout rompre. Je jure que Vicente a de la chance que je sois en mission – il doit être vivant pour purger sa peine –, parce que, là, je l'aurais bien envoyé en enfer ! Je l'entends rire comme un débile. Il m'enveloppe de ses bras et me presse contre lui.

— Désolé, je ne voulais pas te faire peur. Tu sais, si tu crains ce film, on peut regarder autre chose.

— Non, je l'adore, mais je n'aime pas cette scène.

— Et pourquoi ?

— Parce que…

J'enlève mes mains encore tremblantes de mes yeux puis le repousse légèrement pour reprendre mon souffle.

— Je la trouve ignoble, c'est tout. Je n'ai pas plus d'explications…

— Oh, ma chérie… Est-ce que tu veux un ballon ?

Je le frappe violemment sur l'épaule pendant qu'il s'époumone tellement il s'esclaffe. Je le déteste, pourtant il me fait rire avec sa fausse voix de clown sanguinaire tueur de petits enfants. J'attrape la cannette de Coca, l'ouvre et en bois une gorgée, puis je lorgne la part de tarte qu'il a faite tout à l'heure. Je m'en lèche les babines. Elle a l'air… terrible.

— Goûte-la, j'aimerais avoir ton avis.

Je ne résiste pas. Je prends une bonne bouchée et me délecte de sa saveur, des morceaux de noix qui craquent sous la dent, de leur goût bien particulier et de la douceur du sirop d'érable. Je gémis, c'est la meilleure tarte que j'aie mangée de toute ma vie.

— Alors ? demande-t-il, pressé d'avoir mon ressenti.

— Ça passe…

— Menteuse ! s'offusque-t-il.

— J'avoue ! C'est une tuerie, dis-je en me levant.

— Tu vas où ?

— Dans la cuisine. Hors de question que les garçons en mangent !

Il éclate de rire en secouant la tête.

— Je suis désolé, ils se sont déjà servis… Enfin, Jones, parce que Freddy est allergique.

— Oh, ça, c'est la poisse ! Dommage, il ne sait pas ce qu'il rate.

Il se lève et me prend dans ses bras.

— Qu'est-ce que je suis détendu quand tu es près de moi…

Sa bouche butine mon cou, répand sa chaleur sur ma peau, alors je m'embrase tout entière. Ma main remonte dans ses cheveux, je serre les cuisses lorsque je sens ses doigts en caresser l'intérieur.

— On n'est pas seuls…, dis-je en le repoussant doucement.

— Si tu savais comme je me fous d'eux…

— Eh bien, pas moi ! Je n'ai pas envie que tes gorilles nous entendent baiser !

— J'ai l'impression que tu ne les apprécies pas trop… Ai-je raison ?

— C'est Freddy…

— Il t'embête ?

Il se tend et scrute le moindre de mes gestes.

Pas de faux pas, Alice, surtout pas, ça risquerait d'être fatal à Freddy. Je ne veux pas être responsable de dommages collatéraux, encore une fois…

— Non, il m'emmerde, c'est différent.

Vicente hausse les sourcils, fait craquer sa nuque puis ouvre la bouche.

— Pourquoi ?

— Parce qu'il est constamment avec nous. Je n'ai même pas deux minutes de tranquillité avec toi sans qu'il soit là. À part, bien sûr, quand on baise !

— C'est mon bras droit, Alice, pas un vulgaire employé !

— J'ai exactement le même métier, je te rappelle, et heureusement que je ne suis pas H 24 sur le cul de mon boss !

— Et qu'est-ce que tu veux ? Que je le vire ?

Comprendre : le buter. Parce que, concrètement, ses gardes du corps, comme tous ses employés, en savent plus qu'ils ne le devraient. La seule issue pour eux est la mort, avec ou sans acte de torture. Vicente est sans pitié, il exécutera tous ceux qui se mettront sur son chemin. Si, avant, Alice disait qu'il était un gentil garçon, maintenant, je vois dans ses yeux que tout ceci a bien changé…

— Non, non, bien sûr que non ! C'est juste que j'ai l'impression d'être chez mes parents à chaque fois qu'on est chez toi.

Il lève les yeux au ciel et ce geste m'étonne. Vicente ne montre jamais son agacement, comme un enfant. Il s'améliore avec le temps…

— OK, je vais leur dire qu'ils sont en congés jusqu'à demain matin. Ça te va ?

Je hoche la tête, m'agenouille devant lui et attrape sa chemise. Je fais sauter deux boutons, me léchant les lèvres.

— Attends-moi deux secondes, je vais les voir et je les fous dehors !

Je me mets à glousser lorsque je le vois passer l'encadrement de la porte, il s'arrête, me regarde avec ses yeux d'homme amoureux. Le long frisson que je ressens est loin de me déplaire.

***

Je finis de m'apprêter pour ma sortie entre filles. Je crains tellement la réaction de Vicente… Il ne m'a posé aucune question pour ce soir et je n'ai pas voulu lui dire vraiment ce qu'avait prévu Avery. Et quand on parle du loup…

Ne t'habille pas en bonne sœur !

Je ne vais pas non plus arborer une tenue de strip-teaseuse !

Pour que Vicente m'égorge ? Non, merci !

C'est une mauvaise idée d'aller à cette soirée, une mauvaise idée de laisser Vicente tout seul. Je sais déjà que les ennuis vont commencer dès qu'il va voir ma tenue. La semaine est passée à toute vitesse. Notre nuit, lors de mon retour de Guadalajara, a été merveilleuse, mais le lendemain a été brutal. Vicente a été appelé par Freddy et je ne l'ai revu qu'hier soir. Il m'a donné des nouvelles au compte-gouttes pendant ces cinq jours, aussi, la peureuse en moi craint énormément pour la mission. Parce qu'il n'y a que deux options à ce genre de comportement : soit c'est une vente, soit un échec, et, quand je parle d'échec, je veux dire quelque chose qui se termine dans un bain de sang. Un long frisson de dégoût me traverse. Si seulement ça pouvait aller plus vite… Je pourrais arrêter ce trafic, ces ventes ignobles, ces mecs pour qui tuer est facile comme bonjour, et je pourrais retrouver le capitaine…

Je finis de tresser mes cheveux. Mon portable vibre de nouveau. Le message qui s'affiche me donne le sourire.

Poule mouillée !

Je réponds aussitôt.

Je croyais que tu étais dans ta phase « je déteste les mecs » ?

Oh, mais je les déteste toujours. Je veux juste une queue, ce soir, et comme l'un ne va pas sans l'autre…

Pour ton anniversaire, je t'achèterai un homme gonflable !

C'est quand même mieux la chair fraîche !

Je n'ai pas le temps de répondre que mon portable affiche la photo de Vicente.

Merde, il m'appelle !

Je décroche d'une main tremblante et entends sa délicieuse voix de dangereux trafiquant.

Enfin, dangereux… pas pour moi.

— Coucou, ma chérie !

— Bonsoir, mon lapin, ça va ?

— Ça ira mieux quand je serai à la maison tout contre toi…

Aïe.

— Je ne sais pas à quelle heure je vais rentrer, Vicente. Ne m'attends pas. On se verra demain.

— Pardon ?

Double aïe.

— Ah, oui, je n'ai pas eu le temps de t'en parler. Avery a organisé une soirée avec des filles du bureau. Du coup, on sort toutes ensemble.

— Dans un restaurant ?

— Oui, et après, on va en boîte de nuit.

— Ce n'est pas une bonne idée, Alice.

Son ton est loin d'être agréable. Même au téléphone, on sent la colère qui se diffuse dans tous les pores de sa peau. Ça me glace les os parce qu'il ne parle plus, et lorsqu'il fait ça, c'est une très, très, très mauvaise chose. Pourtant, la femme sûre d'elle en moi prend position sur tout le reste.

— Pourquoi donc ? Je sors avec mes copines, c'est une très bonne idée.

— Et moi dans tout ça ? répond-il, agacé.

Ne crois pas, Vicente, que ce genre de phrase d'égoïste à deux balles va prendre avec moi. Parce que tu peux te mettre le doigt profondément enfoncé dans l'œil.

— On se verra demain. On ne va pas mourir parce que l'on ne se voit pas une soirée.

— C'est toi qui décides pour nous, c'est ça ?

— Je suis majeure et libre, alors je décide pour moi dans un premier temps.

Et je suis aussi sur le point de me faire buter par un parrain de la mafia, mais ça, ce n'est qu'un détail...

Le silence qui s'ensuit me file le vertige. Je préférerais qu'il explose, qu'il me dise qu'il ne veut pas que j'y aille, mais il reste silencieux. J'ai presque l'impression qu'il va raccrocher et détruire son portable en le jetant contre un mur pour maîtriser sa colère.

Et là, à cet instant, il me fait péter les plombs avec une simple phrase…

— Bien ! Si tu préfères tes potes de bureau, pas de souci !

Il cherche une dispute ? Il va avoir la guerre ! Hors de question qu'il prenne le pas sur un tel truc. Je ne veux pas qu'il m'enferme, je l'ai assez vécu avec le capitaine pendant ce putain d'entraînement. Je goûte enfin à la liberté depuis que j'ai posé le pied sur le sol new-yorkais, il ne va pas me l'enlever. Tant que notre histoire n'est pas claire pour le monde entier, je ne ferai rien qui m'empêchera de vivre.

— Tu vas te comporter comme un gosse à qui on confisque son jouet ? Parce que je ne veux pas perdre mon temps avec des conneries pareilles !

— Je te demande pardon ?

Sa voix est montée de plusieurs octaves, me faisant immédiatement frissonner. Je flippe, réellement. Mais je n'ai plus le choix. Vicente est trop choupinou avec moi, j'ai besoin de voir le tueur, le dealer de grande envergure, le truand qui se remplit les poches en vendant des jeunes filles à des pervers qui vont abuser d'elles jusqu'à leur dernier souffle. J'ai besoin qu'il sorte de ses gonds, qu'il me montre son vrai visage pour que la mission prenne tout son sens et que nous arrêtions ce petit jeu des amoureux transis qui se bécotent dès qu'ils en ont l'occasion. Soit il m'aime, soit il dégage et je trouverai une autre solution pour le faire tomber.

— Pourquoi tu me fais répéter alors que tu as très bien entendu ?

— Si tu essaies de m'énerver, tu y arrives sans trop forcer…

— Je raccroche, je dois finir de me préparer. Reviens lorsque tu ne te comporteras plus comme un gamin.

— Je t'interdis de raccrocher, Alice, tonne-t-il.

Je ne réponds rien et raccroche. J'inspire un grand coup pour calmer ma respiration devenue sifflante. Mon cœur est prêt à sortir de ma cage thoracique. Je ravale la bile qui tente de s'échapper. J'ai fait le bon choix, il va me manger dans la main maintenant. Il fallait que nous nous disputions une première fois, c'est chose faite. Je me regarde une dernière fois et passe mon bâton de rouge sur mes lèvres.

Ça va être une excellente soirée !

29

Alice

Je bouge doucement, mais mon corps entier me fait souffrir le martyre. D'affreuses remontées acides me retournent l'estomac, et le seul fait de plaquer mes bras dessus me tire un gémissement de douleur. J'ai la tête qui tourne et qui m'élance, la bouche pâteuse, avec un fort goût métallique, et un brouillard devant les yeux. Je dois faire un effort surhumain pour les ouvrir. C'est impossible que je sois dans cet état. J'ai bu, mais je ne peux pas ressentir ça simplement avec quatre verres. Je ne suis pas franchement portée sur la boisson, seulement, là, j'ai clairement l'impression d'avoir fait un coma éthylique. De plus, je n'ai rien consommé d'illégal, je n'aime pas la drogue, depuis toujours. Je suis littéralement en train de crever. À chaque respiration, mes poumons me brûlent, à chacun de mes mouvements, la nausée est plus violente. Je ravale de justesse cette bile acide qui remonte le long de mon œsophage. Je ferme les paupières et essaie de contrôler l'état dans lequel je me trouve après notre soirée filles. J'expire et inspire par la bouche plusieurs fois en comptant jusqu'à cinq, ce qui semble apaiser légèrement mes nausées. Mes mains se promènent sur mon corps, entièrement nu. Mes cheveux sont en bataille alors que je me les étais tressés. Je passe ensuite à mon visage et grimace lorsque j'arrive au niveau de mon œil gauche, ma joue et ma mâchoire.

Un hématome…

Et pas un petit, si j'en crois la douleur que je m'inflige en essayant d'en deviner le dessin.

Qu'est-ce qu'il s'est passé hier soir ?

Mes yeux s'ouvrent et le monde s'écroule à nouveau. Je suis dans la chambre de Vicente, dans son lit, et je ne comprends pas ce que j'y fais. Nous nous sommes disputés hier soir, avant que je ne parte. Je suis sortie de l'appartement, j'ai pris l'ascenseur et rejoint mes copines au bar. J'ai bu deux Cosmo, discuté, dansé et ensuite…

Cet homme... Un Russe...

Je me souviens des traits de son visage et de la cicatrice qui lui striait la joue droite. Et puis il y avait Jones. Jones et Freddy, tapis dans l'ombre du bar. Ils étaient là pour me surveiller. J'ai fait comme d'habitude, comme si je ne les voyais pas.

Mon estomac se révulse. Je me lève et me dirige non sans mal vers la salle de bains où je vomis toute cette bile. Les spasmes ne se calment pas, au contraire, plus mon diaphragme se contracte, plus le liquide me brûle les lèvres. Je transpire, j'ai chaud, j'ai froid. J'ai l'impression que je suis en train de faire un *bad trip*, un mauvais, mais mauvais truc, comme si…

Je ferme les yeux, pas besoin d'être devin pour savoir ce qu'il m'est arrivé ni de me souvenir de la soirée. J'analyse immédiatement : la dispute avec Vicente, la colère dans sa voix, ma soudaine prise de courage, son comportement à lui, son activité, ses perversions…

Le Rohypnol[1]. Dans un flacon, dans mon verre, dans mon estomac et c'est le trou noir.

Vicente, c'est lui ! Qui d'autre aurait pu me faire une chose pareille ?

Je commence à trembler. Je ne pensais pas qu'il pourrait utiliser ce genre de chose contre moi. Je claque des dents. Je me croyais invincible face à lui parce qu'il m'aime plus

1. Retiré du marché, ce médicament est appelé « la drogue du violeur ».

que sa propre vie. Pourtant, ce constat me laisse dubitative. Vicente aime Alice, je ne comprends pas le but de sa manœuvre, à part… Je pose une main sur mon front qui dégouline, m'essuie la bouche et entre sous la douche, où je laisse s'exprimer mon désarroi en même temps que le jet d'eau me lave de tout ça.

Mes jambes sont couvertes d'hématomes, j'ai des traces de doigts bien visibles sur les hanches. Je commence à paniquer, je me touche plus bas, mais ne ressens aucune douleur au niveau de mon intimité, donc je n'ai pas été… violentée à cet endroit. Une fois lavée, je sors de la douche et m'enroule dans une serviette épaisse. Je m'approche du miroir pour constater les dégâts. Cette vision renforce mes nausées toujours présentes. Je touche mon visage. Un énorme bleu recouvre le côté gauche, de mon œil à ma lèvre. J'ai saigné du nez, mes yeux sont injectés de sang, mes cernes sont noirs et j'ai des coupures sur l'autre partie de mon visage. Je suis défigurée.

Putain, qu'est-ce qu'il m'a fait ?

— Comment vous sentez-vous ?

— Jones ! dis-je en me retournant brusquement, me faisant légèrement vaciller.

Je me rattrape au lavabo, mais avant de m'écrouler, je sens ses deux bras puissants me retenir. Mes yeux croisent les siens et là, je comprends. Je comprends tout ce qu'il s'est passé cette nuit.

C'est lui... Lui qui m'a fait ça...

Chaque parcelle de son être et l'éclat de ses yeux me prouvent toute la culpabilité qu'il ressent à cet instant. Il souffre d'un mal que j'ai connu maintes et maintes fois, à chaque dommage collatéral auquel j'ai dû faire face. Parce que, là, c'est moi, son dommage collatéral, et tout est ma faute. Je n'aurais pas dû croire que tout m'était acquis, j'aurais dû me méfier. Je ne pensais pas que Vicente serait aussi violent avec moi. J'ai cru être immunisée contre lui et j'avais tort. Je suis la femme de sa vie, mais c'est lui le patron et il vient de me faire passer le message. Je le prenais pour un gentil petit ami, j'ai juste été prise dans cette illusion. Vicente n'est pas gentil, n'est pas un petit ami ordinaire, c'est un tueur, un dealer doublé d'un mafieux. L'histoire s'arrête là. Je déglutis, mes yeux se recouvrent d'un voile, je retiens les larmes qui affluent à mes paupières. Je ne veux pas me lâcher, pas maintenant, pas encore. C'est ma faute, droguée ou non, flic ou non, petite amie ou non. Le capitaine m'avait prévenue, je n'en ai fait qu'à ma tête. Et voilà le résultat, il s'observe sur mon corps tout entier.

Ses mains remontent sur mon visage, son pouce effleure l'hématome et ses yeux ne me quittent pas.

— Tu as mal ?

Il m'a tutoyée, c'est quelque chose d'anormal, il n'a pas le droit, Vicente le tuerait s'il l'entendait, et son regard me fait flipper. C'est un mélange d'admiration et de… douleur. Je réponds d'un signe de tête.

— Tu te souviens ?

— Non, murmuré-je.

— Le patron va arriver. Il a dû se charger d'une affaire urgente hier soir. Tu l'as appelé dans la nuit, alcoolisée et droguée…

— Je n'ai jamais… jamais, jamais pris de drogue.

— Je sais. C'est pour ça que je suis venu te chercher.

Il ment, il était là avec Freddy. Je m'en souviens parfaitement, c'est le reste de l'histoire qui est encore flou, mais je vais le retrouver, je m'en fais la promesse. Si mes souvenirs sont erronés ou quasi inexistants, ceux de cette soirée, je ne veux pas qu'ils m'échappent. Ma tête me tourne, ma respiration devient anarchique. Je ne comprends pas et j'ai chaud.

— Alice ?

— Je ne me sens pas bien, dis-je en retirant ma serviette qui tombe au sol. J'ai chaud, je…

Avant de réaliser ce qu'il m'arrive, il me bascule, je me retrouve dans ses bras. Ma tête effleure son torse tatoué, il porte un simple débardeur noir avec son sempiternel jean et ses rangers. Je hume son odeur : la menthe, les fruits et le soleil. Si je devais décrire Jones à travers son parfum, ça serait celui d'un cocktail au bord de la plage. Je m'agrippe à son tee-shirt lorsque je sens le frais des couvertures. J'entre dans le lit, laisse ma tête reposer sur le coussin de Vicente, rompant la fragrance de Jones et la sécurité dans laquelle il m'a enveloppée. Il me couvre, je ferme les yeux, le cœur meurtri et la raison au placard. Je dois d'abord me reposer, ensuite, je me reprendrai et agirai comme il faut. Je sens le matelas s'enfoncer, son souffle contre ma joue endolorie, et mon cœur s'affole. Je ne sais pas ce qu'il va faire et j'avoue être terrorisée maintenant.

— Je suis désolé, Alice, tellement désolé…

Je sais, Jones, et je ne t'en veux pas.

***

Lorsque je me réveille, il est là. Ses yeux me lancent des éclairs, ses narines sont dilatées et je ne parle même pas de son langage corporel. Tout son être respire la colère, la haine. Vicente est droit comme un piquet en face de moi, au bout du lit. Il porte une chemise bleu magnétique et un pantalon gris foncé. Il est beau à couper le souffle, malgré son regard de tueur et la fureur qui l'habite. Je me redresse en calant le drap sur ma poitrine. J'ai besoin de me protéger un minimum, même s'il m'a vue des centaines de fois nue. J'ai l'impression qu'une bataille se livre à l'intérieur de sa tête et j'ai intérêt à rattraper tout ça avant de me retrouver dans une poubelle, sans vie… Parce que c'est comme ça qu'il opère avec les femmes. Il les dépose dans un vulgaire container, exposées à la vue de tous, en laissant bien passer le message qu'elles ne valent rien du tout à ses yeux. Rien qu'à cette idée, je suis prise d'une nouvelle vague de nausée, pourtant elles s'étaient calmées après avoir dormi un peu.

— Vicente…, murmuré-je, peu sûre de moi.

Là, vraiment, je ne sais pas quoi dire ni quoi faire. Il se mord la lèvre et serre les mâchoires. Puis il se retourne, avance vers la salle de bains et disparaît. Moi, je ne bouge pas, je reste statique, les yeux aussi écarquillés que des billes. Au bout de quelques minutes, il revient, des plaquettes dans les mains.

— Tu as pris quelque chose ? dit-il d'une voix neutre.

Je secoue la tête, parce que c'est vrai, que ce soit maintenant ou hier soir, je n'ai rien pris.

— Vicente, tenté-je à nouveau.

— Quoi ? aboie-t-il en se retournant.

— Je… je suis…

— Quoi ? Désolée ? C'est ça ? Tu es désolée de m'avoir traité comme un chien et d'être partie avec tes copines ? De t'être mise dans une situation dangereuse toute seule ? D'avoir consommé de l'alcool et d'avoir branché un mec hyper louche qui a fini par mettre de la drogue dans ton verre ? De m'avoir appelé à plus de 2 heures du matin ?

Plus il parle et plus je me ratatine sur le lit. Il a raison, à une exception près, je n'ai pas branché de type louche, je n'ai rien fait de tel. Ce Russe… Mes souvenirs sont encore vagues, mais je sais très bien que toute cette histoire n'est pas une coïncidence. Pourtant c'est à moi de ramper vers lui si je ne veux pas griller les maigres chances de redevenir sa petite chérie d'amour.

— Excuse-moi, je ne voulais pas tout ça. J'étais en colère contre toi et je…

— En colère contre moi ? Putain, c'est une blague ! lâche-t-il d'un ton empli de dégoût.

— Tu… enfin, merde, Vicente ! Tu m'étouffes ! Je n'ai pas

le temps de dire ou faire quoi que ce soit que tu es derrière moi à anticiper le moindre de mes besoins. Hier, j'avais envie de passer une soirée avec des copines, rien n'était fait pour que nous nous disputions. Je voulais juste manger au restaurant avec elles et profiter de ma soirée. Ta poussée de testostérone m'a énervée, je ne suis pas un objet dont tu peux disposer à ta guise.

— Je t'étouffe ? dit-il en s'avançant vers moi comme un félin prêt à bondir sur sa proie.

— C'est pas ce que…

Je tremble et essaie de le cacher au mieux. Je ne reconnais pas Vicente, le Vicente qui me prépare de la tarte, qui m'emmène au restaurant, qui me fait l'amour et me chuchote des mots doux au creux de l'oreille. Ses yeux sont noirs, il se contient encore plus que tout à l'heure. Je pense que ma dernière heure a sonné. Je n'ai aucun témoin ici et je ne sais pas quelles salades il a fait avaler à mes copines. Il est près, tout près de moi, je serre mes doigts entre eux. J'ai tellement peur de lui maintenant, tellement peur de ce qu'il pourrait me faire à cet instant, il a fini par me terroriser.

— Je…, commencé-je.

Vicente me domine de toute sa hauteur et croise les bras sur son torse. Les veines de son cou sont saillantes, sa bouche est fermée, alors je fais une dernière tentative, rassemblant tout mon courage.

— Écoute, ça me fait peur. Je n'ai pas eu de relation comme la nôtre…

Il fronce légèrement les sourcils, ce qui est bon signe parce que j'ai réussi à capter son attention, dans le bon sens du terme.

— J'adore passer mon temps avec toi, être à tes côtés, je me sens bien depuis que l'on est ensemble, mais c'est vrai que, de temps en temps… Enfin, j'estime que manger avec des copines, ça n'est pas la mort non plus !

— Pourtant, je suis un gosse ! finit-il par beugler.

— Non, tu as eu un comportement de gosse, nuance.

Mais je suis dingue en plus ! Je continue de lui parler comme ça ! J'ai vraiment, mais vraiment un grain.

— Alice, tu n'es pas en mesure de…

— Je sais, excuse-moi. Je suis chamboulée, j'ai mal partout, des hématomes sur l'ensemble du corps et je ne me rappelle plus ce qu'il s'est passé hier soir. Ajoute à ça la culpabilité qui me ronge depuis notre dispute au téléphone et tu auras un aperçu de mon état actuel.

J'essuie les larmes qui m'ont échappé d'un revers de main. Sa lèvre tressaute, ma respiration se bloque lorsqu'il s'approche de mon visage et touche du bout des doigts la coupure sur ma joue. Vicente efface une larme puis se penche vers ma bouche.

— J'ai eu très peur pour toi, hier soir. J'ai retrouvé celui qui t'a fait ça et je t'assure qu'il ne le fera plus jamais.

Menteur, c'était Jones… sur tes ordres.

Je déglutis et continue à déverser mes larmes pour l'adoucir. Je sais qu'il ne supportait pas quand Alice était malheureuse.

— Personne ne doit te faire du mal. Tu n'es pas mon objet et je ne veux pas t'étouffer, mais je ne sais pas comment faire, parce que c'est nouveau pour moi aussi.

— Ne m'enferme pas, s'il te plaît.

— Promis, si tu viens vivre avec moi.

— Quoi ?! dis-je, ahurie.

Moi qui pensais qu'il allait me tuer… Je déglutis encore une fois. Toute cette mise en scène, c'était pour m'avoir encore plus près de lui. Maintenant, je ne suis plus en mesure de dire non et toute cette histoire m'a montré à quel point Vicente est impitoyable, même envers moi. Il caresse mes lèvres puis sourit de plus belle.

— Viens t'installer ici, avec moi. Tous les deux, ensemble. Je ne me ferai plus de souci, tu seras aussi libre que le vent et, surtout, en sécurité. Je te promets que tu ne craindras plus rien en vivant avec moi. Qu'en dis-tu, ma chérie ?

Il effleure mes lèvres et je souris devant son regard empreint de désir.

— OK, je viens m'installer chez toi.

— Chez nous.

— Chez nous, rectifié-je.

30

Alice

Cette odeur de cigarette et d'alcool m'entête. Je ne suis pas dans mon assiette aujourd'hui. Je n'ai fait que vomir depuis que je suis levée, je déteste ça, je déteste cette sensation, ces nausées perpétuelles. Je respire à fond, me concentre pour calmer cette envie de vomir qui ne s'estompe pas depuis plus d'un mois.

J'ouvre les yeux lorsque je sens une main empoigner mon bras. Son sourire est tellement expressif. Elle respire la joie de vivre, et pourtant...

Alaïs.

Elle est ce qui s'apparente le plus à une amie. Très grande, blonde, maigre, elle n'a que la peau sur les os. Je ne suis pas mieux, ces derniers temps... Passons... Ses yeux de biche et ses lèvres légèrement rosées ont fait craquer Nicolay, si bien qu'elle a emménagé chez nous il y a deux mois. Qui eût cru que Nicolay se caserait ? Pas moi, c'est certain. Ce mec est tellement instable...

Je lève les yeux, profite d'un moment de liberté pour observer les lieux. On est dans un club, un club privé, où la crème de la crème se retrouve. Lorsque j'y regarde de plus près, ils sont tous jeunes, tous friqués et tous... fragiles. Je suis là sur les ordres de Nicolay, je dois m'investir dans la société maintenant que je suis fiancée à Vicente... J'admire la décoration de l'endroit que je trouve majestueux. De grands rideaux en velours pendent aux fenêtres, la piste de danse est en marbre et le bar installé dans le fond est gigantesque.

Il est fait de bois brut, de l'ébène. Ça pue le fric, la luxure et la drogue. Parce que, si l'on a une raison d'être ici, c'est bien celle-là : vendre en quantité astronomique et appâter le plus de nouveaux clients possible. Plus ils seront jeunes et mieux ce sera...

Rien qu'à l'évocation de cette phrase, mon ventre se retourne et une nouvelle remontée acide me brûle le fond de la gorge.

— Allez, viens, Alice ! dit-elle avec son accent russe.

Mais qu'est-ce qu'ils ont tous avec les Russes ? Nicolay ne jure que par eux et, parmi tous les amis que possède Vicente, c'est cette nationalité qui règne en maître. Moi, je ne les aime pas, ils me regardent toujours d'un œil mauvais. J'ai essayé plusieurs fois d'en toucher un mot à Vicente, mais je ne le supporte plus, lui non plus, donc... Depuis que j'ai été forcée d'arrêter ma consommation de cocaïne, je suis légèrement agacée par le monde entier. Vicente m'a mise au pied du mur et, franchement, je n'attends que ça de reprendre !

Je laisse Alaïs m'entraîner sur la piste de danse, recherche automatiquement le regard de mon futur mari. Je ne me sens pas à l'aise, ici, dans cet endroit luxueux, avec toutes ces personnes malsaines. J'aimerais rentrer à la maison avec lui, regarder la télé et le laisser me caresser le ventre jusqu'à m'endormir d'épuisement ou de sexe. Nos regards se captent, je pince un peu les lèvres, il me répond avec ce fameux sourire de séducteur qui fait rater plusieurs battements à mon petit cœur de femme amoureuse. Je lui envoie un baiser, il fait mine de l'attraper et de le poser sur ses lèvres. Il est trop chou quand il s'y met celui-là.

J'observe les personnes qui l'entourent. Ils sont quatre, ce soir. Nicolay boit encore avec cet homme. Il est très grand, les cheveux grisonnants et un air terrifiant. Il a vraiment une bonne tête de mafieux. À vrai dire, ce type me fait peur, me terrorise même. Ce n'est pas la première fois que je le vois et, quand cela se produit, des frissons dégringolent le long de ma colonne vertébrale.

— Allez, Alice, danse avec moi ! ajoute-t-elle.

Je la regarde. Qui est-elle réellement ? N'est-elle pas incommodée par ce que nous devons faire ? Rien que d'y penser, je me sens mal ! Mais elle ? Elle a l'air dans son élément, comme eux tous... Depuis que je suis au courant de cette grossesse, mes émotions prennent le pas sur le reste et tout se mélange dans ma tête. Je ne sais plus qui je suis, qui je veux être... Tellement de sang, de sueur, d'urine et de pleurs ont coulé, pourtant... Je serre la mâchoire et la laisse m'entraîner dans ce rythme d'électro, à la fois sensuel et percutant. Elle commence à se déhancher, je fais de même, recopiant sa cadence. Je me laisse porter par la musique et oublie toute cette vie de dépravation ponctuée de crimes, de drogue et de sexe.

Lorsque j'ouvre à nouveau les yeux, un jeune homme s'approche de nous. Alaïs lui fait son plus beau sourire. Elle est en train de le charmer et moi, je tourne la tête. Je n'ai pas envie de jouer la comédie, ce soir, je n'ai pas envie de piéger ce garçon qui semble bien sous tous rapports. Son copain nous rejoint, il avance vers moi et pose les mains sur mes hanches. Ce geste, si simple soit-il, me déclenche une autre vague de nausées. C'est certain, je ne suis pas faite pour ce... travail. Je ne suis pas comme ça, je ne tiendrai pas le coup. Je devrais en discuter avec Vicente. Lui me comprendra, Nicolay fera barrage, mais je ne peux plus.

— Pars, dis-je, assez fort pour qu'il m'entende.

— Si tu danses comme ça, c'est que tu cherches quelque chose...

— Je ne cherche rien du tout !

Il me contourne et se presse contre mes fesses, me faisant sentir son érection. Je me retourne puis le repousse, mes deux mains sur son torse. Il sourit timidement, sentant le malaise s'intensifier.

— Allez, je suis là juste pour décompresser et sortir la tête de mes cours de médecine, aide-moi à me relaxer.

— Casse-toi, je ne suis pas une fille pour toi, crois-moi, c'est un service que je te rends.

Il grommelle un juron que je ne manque pas d'entendre et se tire plus loin. Ce jeune fait médecine, il ne doit jamais s'approcher d'une fille comme moi. Il va prendre soin des gens toute sa vie, l'histoire s'arrête là et tant mieux pour lui. Je regarde à la table de Vicente, ils n'ont rien remarqué. Je souffle, soulagée. Ils veulent que je les attire pour les rendre accro à leur drogue et en faire des clients potentiels ou de futurs dealers. Je ne peux pas, c'est plus fort que moi. Je sens une main autour de mon poignet, me faisant faire volte-face. Lorsque mes yeux croisent son regard de psychopathe, je me décompose. C'est l'homme, le grand, le Russe. Celui qui me terrifie. Il serre de plus en plus fort mon bras. Il va me briser tous les os, ce connard. J'essaie d'échapper à son emprise, en vain. Plus je tente de me libérer, plus il force sur mon frêle poignet.

— Viens là, toi, dit-il en sifflant entre ses dents.

Sa voix me glace le sang. Il me pousse contre le mur de la boîte, en direction d'un lieu où il vaut mieux ne pas entrer à cette heure-ci. Il me fait peur. Je respire de plus en plus anarchiquement. Je vais suffoquer. La porte claque et les filles présentes dans les toilettes partent en courant. Je me retrouve seule avec lui. Je lui fais face et soutiens son regard. Je ne veux pas lui montrer qu'il m'impressionne. S'il y a bien une chose que Vicente m'a apprise, c'est de ne jamais leur montrer nos faiblesses, parce qu'un jour, ça se retourne contre nous.

— C'est quoi ton putain de boulot ?! Hein, salope !

Il pose une main sur mon épaule et serre fort. Je vais avoir la trace pendant des semaines. Je suis quelqu'un qui marque très vite, un bleu se dessine en quelques secondes sur ma peau diaphane. J'ai mal, très mal, mais je ne lui montre pas.

— Je crois que tu n'as pas compris que tu n'avais pas le choix ! Tu n'es pas immunisée parce que tu es la petite putain personnelle de Vicente.

Je m'apprête à ouvrir la bouche pour appeler mon futur mari à la rescousse, mais le Russe me pousse fortement contre le mur. Je ressens une douleur fulgurante dans le dos quand je percute la faïence. Je jurerais qu'il m'a cassé une ou deux côtes. Seulement, Vicente ne viendra pas, il doit être avec un client. Je suis seule. Je respire un grand coup malgré ma souffrance et, dans son regard, je vois ce qu'il s'apprête à faire. Cet homme est violent et il va me donner la raclée du siècle, voilà ce que je lis dans ses yeux.

— Tourne-toi, dit-il en enlevant sa ceinture.

Je reste plantée là ! Non, il ne va pas oser faire ça ?! Je suis tétanisée.

— Tu peux hurler autant que tu veux, personne ne t'entendra...

Et il a raison ! La musique qui sort des enceintes du DJ résonne même dans les toilettes. Le son couvrira mes cris. Personne ne s'imagine ce qu'il se trame ici...

— J'ai une petite confidence à te faire, j'aime entendre mes partenaires crier de douleur...

Je déglutis, je vais mourir, crever là, maintenant. Le Russe a ce regard qui ne trompe pas. Il va me battre jusqu'à mon dernier souffle et, vu l'état dans lequel je me trouve, ça ne prendra pas longtemps.

Grâce à Dieu.

— Tourne-toi, Alice. Je ne vais pas te frapper sur le ventre, manquerait plus que je frappe le bébé de mon copain. D'ailleurs, c'est qui le père, hein ? Vicente ou Nicolay ? Je pencherais pour le grand frangin, à tous les coups. Retourne-toi ! aboie-t-il.

Il m'attrape par les cheveux puis me jette à terre. Ma tête frappe le carrelage, un goût métallique vient emplir ma bouche.

Du sang... Mon sang...

Je me crispe et pose instinctivement les mains sur mon ventre afin de protéger ce que je chéris le plus en ce moment, ce qui constitue mon monde. La boucle de la ceinture s'abat sur ma hanche violemment. Le hurlement qui sort de ma bouche ressemble à celui d'une bête qu'on extermine, et c'est ce qu'il se passe, je suis en train de crever comme un vulgaire chien qu'on abat de sang-froid.

— Alice !!

Je me réveille, j'ai hurlé... enfin, je crois. Je suis trempée de sueur, mon front dégouline et ce cauchemar ne me quitte pas. Je suis tétanisée. Je ressens encore la morsure de la ceinture sur ma peau. Il me faut du temps pour me remettre. Le nuage de ce cauchemar ne se dissipe pas, bien au contraire, il est profondément ancré dans mes entrailles.

— Alice, mon amour, ça va ?

Je le regarde, je suis dans notre chambre. La chambre de Vicente, le Vicente adulte.

— C'était un cauchemar, ma chérie, je suis là, avec toi. Tu veux m'en parler ?

Freddy et Jones sont postés dans l'encadrement de la porte et Vicente me dévisage. Je n'arrive pas à me défaire de cette sensation. C'est un affreux souvenir. Ma respiration ne se calme pas.

C'est ce jour-là qu'elle a perdu leur bébé...

Il lève la main vers mon visage pour me rassurer, mais j'ai l'esprit embrumé, je me protège comme je peux et m'extirpe du lit aussi rapidement qu'un éclair, la peur au ventre.

— Ne me touche pas ! crié-je en courant jusqu'à la salle de bains.

J'ai à peine le temps de m'accroupir devant les toilettes que je vomis toute la bile contenue dans mon estomac. Plus je vomis, plus je m'étouffe. Je me mets à pleurer à gros sanglots. C'est affreux. Je ne veux plus revivre un souvenir comme celui-là !

Putain. C'était tellement réel... Je l'ai lu des milliards de fois dans son journal, mais là... c'était... Je n'ai pas de mots.

Vicente me caresse le dos pendant que les spasmes se calment. Mon cerveau est imprégné de cet affreux souvenir. Le journal intime d'Alice, cette scène qu'elle a décrite était juste trop... réaliste. Son bébé... La douleur de la perte de son enfant, elle n'a pas dit un mot pendant des semaines. Je cherche dans mes souvenirs pour retrouver ce passage dans son journal où elle explique ce qu'il s'est passé ensuite.

Au bout du sixième coup de ceinture donné par le Russe, Alice s'est retrouvée sur le dos. Son agresseur, allongé sur elle, avait son poing profondément enfoncé dans son bas-ventre. Elle était sur le point de s'évanouir lorsque Nicolay l'a libérée, éclatant la tête du Russe contre le carrelage des toilettes, juste à côté d'elle. Mais le mal était fait... Lorsqu'elle s'est relevée, aidée par son futur beau-frère, le sang coulait déjà le long de ses jambes.

— Ce n'est rien, ma chérie, c'était un cauchemar. Je suis là, ne pense plus à lui...

Oui, pour Vicente, je suis censée être traumatisée par ma pseudo agression d'hier soir. Rien à voir avec le souvenir de la perte de leur bébé à tous les deux.

— Je suis désolée, murmuré-je.

— Tu n'as pas à t'excuser ! Je ne peux pas rester, mais Jones sera là aujourd'hui.

— Je travaille, Vicente.

— Non, j'ai appelé ton patron pour lui dire que tu...

— Je ne peux pas prendre encore des congés, je viens de rentrer d'une semaine à Guadalajara.

Il me caresse la joue, me soulève dans ses bras et traverse la salle de bains pour me déposer sur le lit.

— Je lui ai expliqué que tu avais été agressée et que tu avais besoin de te reposer après cette soirée.

Super, il me cloître à la maison et, en plus, avec mon agresseur ! Ma vie est tellement belle ! Tout est réglé comme du papier à musique.

— Mais j'aime mon travail et Avery va se poser des questions et je dois...

Il pose son index sur ma bouche puis m'embrasse le front tendrement.

— Ce n'est l'affaire que de quelques jours, Alice. Dès que tu n'auras plus de marques visibles, tu pourras retourner bosser. Je sais que ce travail te plaît énormément, mais j'ai envie de te savoir en sécurité pour l'instant.

— Tu as dit que celui qui m'avait fait ça... d'ailleurs, tu as appelé la police ?

Il ricane et m'embrasse dans le cou en humant mon parfum.

— Je n'ai pas besoin de police, et il a eu de la chance que Freddy m'arrête parce que j'aurais été capable de le tuer...

Sa menace plane au-dessus de ma tête, je ne me sens plus du tout bien dans mes baskets, au contraire, je saisis toute sa dangerosité, maintenant que le mal est fait.

31

Alice

Trois mois plus tard

Je sors le gâteau du four et le place à côté des quatre tartes, trois gâteaux et pancakes que j'ai faits plus tôt. Je n'ai pas vu Jones et Freddy de la journée, et c'est tant mieux. Je les fuis comme la peste. Je pense que Vicente a parlé avec eux car je les croise de moins en moins. Je regarde le plan de travail et gémis à la vue de toute cette nourriture qui finira dans l'estomac de Jones. Autant je ne le vois pas, autant toute la bouffe que je fais nuit et jour disparaît en un temps record…

Si je cuisine autant, c'est parce que je déprime totalement. Ça fait trois mois que j'habite avec Vicente et que je n'ai pas eu un moment à moi, que je n'ai pas pris de vacances. Donc pas de vacances signifie trois mois sans voir mes faux parents et le capitaine. Il me manque tellement, j'ai énormément de questions à lui poser, tant de choses à partager avec lui… Je suis en train de faire une chute libre vers la dépression. Je vais du lit au canapé, du canapé au lit, lorsque je ne cuisine pas. Vicente remarque que je ne vais pas bien. La vie de Faith est en train de bouffer celle d'Alice en ce moment, ce n'est pas bien, ni pour la mission ni pour moi. Je l'entends arriver du salon et me blottis contre lui pour lui faire un câlin. Il me serre dans ses bras puis me soulève doucement.

— Hey ! Ma chérie, ça va ?

Je hoche la tête, cache mon visage contre son torse. Il m'emmène sur le canapé et me serre encore plus contre lui.

— Ça ne va pas. Dis-moi ce qu'il se passe en ce moment…

— Rien, tout va bien, soufflé-je en haussant les épaules.

— Alice, confie-toi à moi, s'il te plaît…

Autant lui parler un peu de mes émotions, on est ensemble, en couple. Il faut que ce malaise, qui commence à durer dans le temps, passe, et très vite même. Je ne peux pas me permettre d'avoir un coup de mou dans cette mission.

— Ça fait trois mois que je n'ai pas vu mes parents, ils me manquent, c'est tout…

— Tu veux aller au Mexique ? C'est ça ? Et me laisser seul ?

— C'était une fausse bonne idée, laisse tomber…

Il m'embrasse puis allume la télé. Freddy nous interrompt.

— Monsieur, j'ai besoin de vous parler.

— Je reviens, ma chérie.

Je lui souris puis me repositionne sur le canapé. Ils s'éloignent et vont dans la chambre. Je ne résiste pas à l'idée d'écouter leur conversation. Ils font vraiment attention à ce qu'ils disent à la maison. Ils ont une peur bleue de ce que je pourrais entendre.

— Il faut éloigner Alice d'ici, patron.

— Et pourquoi ?

— Gary et Flinn s'intéressent un peu trop à elle, ces derniers temps. J'ai peur qu'ils se mettent à lui parler de vous…

— Dans deux semaines, je dois me rendre en Chine pour affaires, Alice pourrait aller au Mexique voir ses parents. Elle déprime en ce moment, ça fait trois mois qu'elle ne les a pas vus. Ce serait l'occasion de l'éloigner d'ici et de ces deux pourritures de flics.

— Je mets quelqu'un sur le coup pour la suivre là-bas si vous voulez.

Je n'entends pas sa réponse, mais je sais qu'il a dû acquiescer. Vicente ne me laisserait jamais partir seule sans un de ses sbires collé à mes basques.

— Réserve-nous une suite en Floride, à Orlando, je vais essayer de lui redonner un peu le sourire.

— Il suffit que vous soyez avec elle, patron…

Je pars à la cuisine chercher un Coca puis reviens dans le salon. Il est debout en train de m'attendre. Vicente me serre dans ses bras.

— On part en week-end.

Je lui souris puis m'abandonne contre son torse. J'adore qu'il ait ce genre d'attention. Je sais qu'il va décaler certaines obligations pour que nous profitions tous les deux de notre séjour en amoureux. Il fait ça pour me changer les idées et que je ne déprime plus. Il en serait presque charmant si je ne savais pas tout ce qu'il trafique derrière mon dos, sans compter son petit show avec Jones pour que je ne sorte plus sans lui. Disons qu'il a gagné, je ne fais plus de soirées avec les copines du bureau ni rien. J'ai tellement peur qu'il renouvelle son expérience sur moi… Et je sais qu'il en est capable, rien ne l'arrête, même pas Alice…

— Tu ne me demandes pas où nous allons ?

— Tu ne vas pas me le dire et ça va me frustrer, alors autant ne pas te demander…

Il éclate de rire, ce qui me tire un léger sourire. Il est rafraîchissant lorsqu'il veut être charmant.

— En Floride, à Orlando plus précisément.

— Je n'ai jamais vu la Floride…

Son sourire s'agrandit. C'est faux, lui et Alice avaient l'habitude d'y aller au moins quatre fois par an. C'étaient un peu des vacances pour décompresser de leurs vies de merde.

— On ne reste que le week-end. Et il est déjà chargé, crois-moi.

***

La Floride, c'est magnifique. Avec Vicente, ça ne rime qu'avec luxe. Il est là pour affaires, je le sens, ça n'a rien à voir avec un week-end en amoureux basique. Il oscille entre moi et son téléphone. Il a un rendez-vous important, j'en suis sûre. À 4 heures du matin, il était debout et chuchotait dans son portable. Il parlait à moitié en italien et très vite. Je n'ai pas réussi à tout capter, juste l'essentiel. Je sais que, demain, il verra un type pour le fameux contrat qu'il a évoqué lorsque je suis revenue du Mexique.

Le jour a pointé le bout de son nez. À peine réveillée, je regarde l'heure. Il est encore très tôt, mais Vicente n'est déjà plus dans le lit. La chambre est magnifique, d'un blanc immaculé. Dans le coin, entre la fenêtre et la porte de la salle de bains, se trouve une jolie coiffeuse, aux pieds de laquelle est disposé un banc dans les tons marron. Le linge de lit est en coton égyptien, ce qu'apprécie énormément Vicente. Je me lève en m'enroulant dans le drap afin de m'approcher lentement et discrètement de la porte qui mène au salon, d'où j'entends des voix.

— J'ai besoin de quatre filles et il faut qu'elles aient moins de 20 ans, dit un homme avec un fort accent italien.

— T'as une préférence ?

— Pas trop camées, s'il te plaît. Les dernières m'ont presque fait une overdose dans le bateau... Mon client était furax...

— Je dirai à Freddy d'y aller moins fort, cette fois-ci. Dans combien de temps tu les veux ?

— Maximum trois mois. L'acquéreur que j'ai trouvé ne veut pas attendre.

Mon cœur s'accélère, c'est le moment. Il va essayer de vendre des filles. Je suis là pour l'en empêcher et ruiner sa vie. Il faut que tout ceci prenne fin. J'humidifie mes lèvres, la flic en moi est aux aguets.

— Lorsque je les trouve, il me faut à peu près quarante-huit heures pour les rendre accro, puis le temps de faire les papiers… Ça va être chaud trois mois. J'ai des contacts, mais en ce moment, on est pas mal surveillés. Je manque de nouvelles têtes dans ma société, ajoute-t-il en riant. Les flics commencent à être lourds, mais on va dire que ça va le faire et que tu les auras dans les délais.

— Fais un élagage, dit l'homme.

— Je ne peux pas, ce n'est pas si facile.

Je remets le drap grossièrement sur le lit et me retrouve totalement nue. J'attrape la chemise de Vicente, que je passe sans la boutonner, et pousse la porte de la chambre. Je veux voir à quoi ressemble ce type. Il me faut des visages, des détails pour trouver des noms à donner à Gary, à Flinn et au capitaine.

J'observe l'homme assis en face de Vicente. Je n'ai pas beaucoup de temps, mais je remercie le capitaine de m'avoir assez entraînée pour tout mémoriser dans les moindres détails. Il est grand, brun, rasé de près et porte un costume. Un superbe tatouage dans le cou sort de sa chemise dont le col est déboutonné. Ses yeux balayent mon corps, sa pomme d'Adam monte et descend plusieurs fois. Sa bouche fait une petite mimique de gêne qu'il fait mourir sur ses lèvres en moins de temps qu'il n'en faut pour le dire. Il a un verre à la main, du whisky certainement, vu la couleur ambrée du liquide. Je fais mine d'être surprise et sursaute légèrement en refermant ma chemise d'un coup sec. Vicente se lève d'un bond puis s'avance vers moi. Il ne s'attendait pas à me voir débouler dans le salon et semble légèrement irrité que, non seulement je sois vêtue de la sorte, mais en plus que je les dérange dans un moment… particulier.

Eh oui, mec, Alice ne se drogue plus donc elle voit beaucoup plus de choses.

— Ça va ? me demande-t-il.

— Oui… désolée, je ne savais pas que tu étais avec quelqu'un…

— Ce n'est rien, va t'habiller. On sort aujourd'hui, OK ?

Je hoche la tête. Il ne me présente pas, merde ! Il me caresse le visage puis la lèvre et me donne un baiser tendre. Je lui souris.

— Va, dit-il.

Je ferme la porte et écoute. Rien pour le moment, il attend que je bouge. J'ouvre la valise et cherche mes affaires. Un jean, un dos nu puis ma paire de Converse. Parfait.

— C'était ? demande l'homme.

— Laisse tomber…

— Une nouvelle ?

— Non.

— Une de passage ?

— C'est ma future femme, personne ne la touche !

Je déglutis. Putain. Il nous imagine mariés… Oh, le con ! L'homme se met à rire doucement.

— Pourquoi ris-tu, Sam ?

Donc, son prénom, c'est Sam. Samuel ? Je m'habille comme je peux en écoutant leur conversation.

— Tu l'as trouvée où, celle-là ? Je suis curieux…

— Pas très loin de moi, tout simplement.

— Une camée, comme Polly ?

— Non, pas du tout, et puis, elle n'est pas au courant pour ma… société.

Un ange passe, j'entends un verre tinter. J'enfile mes chaussettes et attends encore un peu. J'aimerais qu'ils parlent encore pour que j'en sache le plus possible.

— Tu es amoureux, mec ?!

— Trop, j'ai besoin d'elle dans ma vie. Je me sens bien que depuis qu'elle est là.

— Hum !! Polly doit être verte.

— Je l'ai envoyée dans un centre pour toxico à San Diego…

— Pour quoi faire ?

— Pour qu'elle me lâche, avant de se rendre compte que tous les deux, y'a plus rien du tout !

Putain, il faut à tout prix que je le dise à Flinn, il pourra la récupérer plus facilement là-bas.

— Pas mal ! Comment se fait-il que tu sois tombé amoureux, toi ?

— Regarde-la, mec ! Elle est belle, elle est intéressante, drôle, sexy, attentionnée…

— Qu'est-ce qui te fait penser qu'elle va rester ?

— Elle faisait partie de ma vie avant.

— C'est la fille de l'overdose de Nicolay ? dit-il en s'exclamant.

— La ferme, putain !

— Mais elle est morte !

— C'est ce que je croyais. Elle n'a plus aucun souvenir de nous deux, ses parents ont tout reprogrammé à leur façon.

J'attache mes cheveux avec un élastique que je trouve près du lit et reviens vers la porte.

— Non, elle fait quelques cauchemars, mais je ne suis pas sûr que ce soit ça…

— Tu vas réussir à gérer ?

— Ouais, c'était il y a cinq ans maintenant. Nicolay était un enculé, il la voulait.

— Tu n'as jamais su si elle avait couché avec lui ?

— Non, et j'espère que c'était juste une supposition. Ils passaient beaucoup de temps ensemble, mais je ne pense pas qu'elle m'aurait fait ça…

— Tu sais pourquoi ils ont déconné ce jour-là ?

— Elle n'a jamais supporté d'avoir perdu le bébé. Elle a repris sa consommation et elle augmentait la dose chaque jour. Je pense qu'elle s'est suicidée à petit feu.

Mon cœur rate un battement. C'est exactement ce qu'Alice a marqué dans son journal. Sur les dernières pages, elle mentionne des grammes d'héroïne qu'elle lui volait chaque jour sans qu'il s'en aperçoive. Elle les planquait pour « le bon moment », comme elle le répétait sur des lignes et des lignes. Et lorsque j'ai tourné la dernière page pour la première fois, mon cœur s'est serré. Il n'y avait que cette petite phrase : « *I'm haunted by you* ». Son histoire s'est arrêtée là, avec ces mots que le capitaine répétait dans son sommeil, comme un dément en pleine crise.

— Bon, elle va revenir, donc on dit trois mois ?

— Impeccable !

— Toujours au studio, les échanges ?

— On ne change pas nos habitudes pour l'instant…

32

Alice

Je me maquille un peu pour rendre mon teint acceptable dans le reflet que me renvoie le miroir. Du mascara, un peu de rouge à lèvres et du parfum hors de prix que Vicente m'a acheté hier lorsque nous sommes arrivés. Je traverse la chambre, ouvre la porte pour le retrouver au salon. Son contact, Sam, est toujours là, assis en face de lui. Tant mieux, ça veut dire qu'il va me le présenter. Mon cher et tendre petit ami se lève, m'attrape par les hanches et finit par me basculer sur ses genoux.

— Je te présente Samuel, ma chérie. C'est un ami de longue date. Je l'ai rencontré quelque temps après le décès de mon frère.

— Enchantée, dis-je, polie.

— De même. Alors, il n'est pas trop pénible ? me demande--t-il en riant.

— Non, pas du tout, il est un peu...

Je me fais couper par la sonnerie de mon portable. Je me lève et regarde le destinataire.

Merde. Mauvais timing !

Je réponds vite fait, je ne peux pas les ignorer. C'est ce que j'ai fait la semaine dernière et, avant qu'ils ne déploient le SWAT, je préfère les rassurer. J'ai toujours réussi à les avoir lorsque j'étais au boulot, mais là, je vais faire avec. Je décroche devant les mines déconfites de Vicente et son ami.

— Comment ça va, maman ? lancé-je.

— Bien, et toi ? Je n'ai pas de nouvelles depuis plus d'une semaine…

— Pardon, maman, je suis assez occupée en ce moment.

Vicente sourit, se lève puis se rapproche de moi et m'enlace. Je suis sûre que c'est pour écouter ma conversation.

— Tu me dis toujours ça et je ne sais toujours pas pourquoi !

— Eh bien, mon boulot me prend beaucoup de temps, mon patron est assez exigeant, tu sais.

— Envoie-le sur les roses, tu n'es pas son esclave !

Même Vicente rit face à sa réplique. Lily Degan peut être très drôle lorsqu'elle s'y met. J'ai pu l'observer pendant mon séjour chez eux.

— Tu as rencontré quelqu'un, ma puce ?

— Non, dis-je vite.

Sa question m'a prise de court. Je ne m'attendais pas à ça venant d'elle. Vicente se raidit, je le sens nettement contre mon dos.

— Je n'ai pas le temps pour ça, maman.

Il me lâche et s'installe à nouveau sur sa chaise. Je pense qu'il n'a pas apprécié…

— Tu viens quand ?

— Je ne sais pas encore si je peux avoir des vacances. Il faut que je voie avec mon patron.

— Ça fait trois mois, Alice.

— Je sais, maman, je sais…

— Sinon, avec ton père, on s'est dit qu'on pourrait venir à New York…

— Non, non, pas besoin de vous déplacer ! Je vais voir si je peux venir bientôt, d'accord ?

— Oui, tu as sûrement plein de choses à me raconter…

— C'est un euphémisme…

— C'est bien. J'espère que ta vie à New York te plaît.

— Bien sûr, ne t'inquiète pas, maman, tout va bien, j'ai juste beaucoup de boulot, c'est tout.

— OK, je te laisse. Ne mets pas autant de temps à m'appeler, d'accord ?

— Oui, promis.

Je termine la conversation avec ma fausse mère et raccroche enfin, sous le regard mortifié des deux asticots que j'ai en face de moi. Samuel n'en mène pas large et, lorsque je croise le regard de Vicente, je comprends pourquoi. Il est énervé. Je pose les mains sur mon visage et fais quelques pressions sur mes tempes.

— Quoi ? dis-je.

— Tes parents ne sont pas au courant que j'existe ? C'est quoi ce plan ?

J'éclate de rire et me reprends quand je le vois serrer les dents. Sa question me surprend, ce n'est pas très grave, si ? J'essaie de faire passer cette situation avec de l'humour.

— Crois-moi, un jour, tu voudras revenir au moment où tu ne les connaissais pas !

— Et pourquoi ?

— Parce qu'ils sont beaucoup trop protecteurs envers moi, c'est limite maladif.

— Ça ne me fait pas peur !

— Tu devrais, répliqué-je finalement en haussant les épaules.

— Tu n'as jamais ramené de garçons à la maison ? demande Samuel.

Hum… Une conversation que Vicente ne va pas forcément apprécier. Il serre la mâchoire et dévisage son pote.

— Un seul, à 18 ans, et il n'a même pas terminé son repas. Je n'ai plus jamais ramené de petit copain chez moi.

— Que s'est-il passé ? continue-t-il.

— Mon papa lui a expliqué que faire disparaître un corps au Mexique, c'était plus facile que dans n'importe quel autre pays…

Samuel éclate de rire puis regarde Vicente qui secoue la tête.

Oui, un gangster comme toi n'a pas peur de ça, hein, mon lapin !

— C'est une confiance à avoir, c'est tout, répond Vicente.

— Oh, non, merci ! S'ils t'apprécient, ils vont me prendre la tête à vie sur des gosses et compagnie. Non merci quoi !

— Tu ne veux pas d'enfants ? rétorque Samuel, amusé.

— Certainement pas maintenant. Je n'ai pas envie de ressembler à un zombie. C'est vrai, merde ! Vous avez vu la tête des jeunes mamans ? Entre les nuits à ne pas dormir, les biberons, les couches, les dents, les maladies, etc. Sans compter qu'il n'y a plus d'intimité ni de vie sexuelle ! Pitié, j'en ferai un pour que ma mère me lâche, un jour.

Vicente ouvre la bouche, mais il est contré par Samuel.

— Tu es tranquille pour un moment avec un discours comme ça ! lance-t-il à son pote.

— Je veux des enfants, et pas dans quarante ans.

— Pas moi ! dis-je vivement.

Et certainement pas avec une raclure dans ton genre, Vicente ! Hors de question que j'enfante le bébé d'un gangster.

— Trouve-lui une super nounou, c'est un bon compromis, non ?

— Si y'a que ça qui peut la faire changer d'avis..., lâche Vicente en buvant une gorgée de son breuvage.

Hum ! Ça m'énerve, c'est plus fort que moi, il n'a pas à décider pour moi, putain !

— Ça ne se passe pas comme ça dans ma famille, de toute manière ! Il faut d'abord être marié avant de faire des gosses !

Vicente sourit discrètement puis se mord la lèvre. J'écarquille les yeux et jure intérieurement.

Oh, non ! Merde, surtout pas, surtout pas quoi !

— Hum... mec, un mariage. Ne les rencontre pas pour l'instant, un conseil, reprend Sam en riant.

— Ce n'est pas au programme, de toute manière, rétorqué-je.

Je ne tourne même pas la tête vers Vicente, parce que je sais qu'il me fusille du regard. Je me sers à boire tranquillement.

— Vous en voulez ? proposé-je en pivotant enfin vers eux.

— Ce n'est pas au programme ? Et c'est quoi ton programme ? Je suis curieux, tiens !

Il ne se calmera pas. On n'est pas tout seuls donc je ne peux même pas l'entraîner dans du sexe réconciliateur.

— Le programme, c'est d'avoir la paix avec toi avant que mes parents nous pourrissent la vie, tout simplement. Je veux apprendre à te connaître. J'ai envie de profiter de toi avant qu'on soit obligés de faire des mômes et de se marier !

— C'est la suite logique dans un couple, je te signale ! s'emporte-t-il.

— Oui, je sais, mais…

— Eh bien, fais-moi un bébé alors !

Samuel est aussi choqué que moi. Je rêve, il ne m'a pas réellement demandé ça ? Nous ne sommes ensemble que depuis quelques mois. Si lui se souvient de sa vie avec Alice, moi, en revanche, je suis dans les tout premiers temps de la relation. Je ne vais pas lui faire un môme maintenant. Il a pété une durite !

— Tu n'auras plus besoin de travailler, je gagne largement bien ma vie pour que tu restes à la maison avec les petits, on trouvera une nounou si tu veux...

— Ah, non, mais je t'arrête tout de suite ! J'aime mon taf et je n'arrêterai pas de bosser pour rester à la maison. Oh non, putain, moi vivante, jamais !

— C'est un super boulot d'être maman !

Il hausse le ton, merde, ça ne va pas le faire. La dernière fois que l'on s'est disputés, je me suis fait tabasser sur ses ordres parce que je n'ai pas accédé à sa demande… Il ne faut pas que je prenne Vicente de front, je n'arriverai à rien comme ça avec lui. Je dois y aller plus en douceur, tout en étant ferme. Je secoue la tête en réponse à sa phrase plus que débile.

— C'est moi qui décide, merde ! lâche-t-il en criant.

— Dans tes rêves, mon pote !

Oh, oh, c'est sorti tout seul ! Même Samuel me dévisage. Putain, je suis morte. Je me suis enterrée toute seule. Je respire vite, je commence à paniquer parce qu'il est horriblement silencieux après ma phrase.

— Mon pote ? répète-t-il plusieurs fois.

— C'est une expression, tenté-je.

— Intéressant. Ton pote ? Je croyais que j'étais plus que ça, beaucoup plus que ça…

— Arrête ta parano, tu sais très bien ce que tu représentes pour moi ! Tu m'as énervée, c'est tout.

Hum ! bien rattrapé, Faith !

Il se mord la langue nerveusement. Il va dire une connerie et Samuel le remarque.

— Arrêtez de vous prendre la tête là-dessus ! Il y a des solutions à vos problèmes, merde ! Vicente, regarde-la, elle n'attend que ça de se marier avec toi. Mais pour l'instant, laisse-la, elle a le droit de profiter de toi un maximum avant d'avoir des enfants et de te partager. Après, elle ne sera plus aussi dispo que maintenant. Si elle ne veut pas arrêter son travail, elle peut bosser à la maison jusqu'à ce qu'ils aillent à l'école, c'est simple.

Putain. Vicente se radoucit. Seigneur, que je le vénère pour le coup, celui-là.

— Je t'en prie, ne me mets pas plus la pression que je ne l'ai déjà…

Hum… Bien joué, ma fille.

Lorsqu'il se lève et s'avance vers moi, je me ferais bien un *give me five*.

— La pression de quoi ?

Je baisse la tête pour exprimer ma gêne, je suis parfaite dans mon rôle, il va me manger dans la main.

— Regarde-toi et regarde-moi, enfin voilà…

Il me relève le menton de deux doigts vers son visage qui s'est considérablement radouci. Il m'embrasse doucement et je le serre contre moi.

— Hey, n'oubliez pas que je suis là, dit Samuel en finissant son verre.

— Ta gueule, Sam, répond Vicente en continuant à m'embrasser.

***

— À bientôt, Alice ! À plus, mec, dit-il en partant.

Vicente ferme la porte sur Samuel et se tourne vers moi. Je me sens mal, il le remarque. Il s'approche et m'enlace. J'ai frôlé la crise cardiaque à plusieurs reprises en l'espace d'une heure. Mon rythme cardiaque est saccadé, sous la pression et le stress, je le sens battre la mesure contre mes tempes. J'ai du mal à me calmer. Maintenant que je sais que je ne suis plus intouchable, je flippe plus rapidement.

— On est venus ici pour que tu ailles mieux et, au final, tu es encore mal.

— Non, ça va...

Il pose le front contre le mien, sa bouche effleure mes lèvres. Ses baisers se déplacent vers mon cou, il passe ses mains sous mon haut. Lorsque Vicente presse ma poitrine, je gémis et mes doigts farfouillent ses cheveux. Il fait voler mon dos nu à travers le salon, déboutonne mon jean et le descend sur mes jambes. Il remonte à mon visage qu'il caresse tendrement.

— Tourne-toi, Alice.

Je m'exécute sans rien dire. *Putain, qu'est-ce qu'il va encore m'inventer, celui-là ?* Il me fait avancer à travers la pièce jusqu'à la chambre et me plante devant le miroir. Il retire sa chemise et son pantalon. Nous sommes presque nus devant la glace et nous nous regardons en chiens de faïence.

— Qu'est-ce que tu vois ? me demande-t-il.

— Toi et moi, quasiment à poil.

— Non ! Moi je vois une jeune femme extrêmement belle, désirable, un canon, une bombe sexuelle hyper bandante, qui plairait à n'importe quel homme sur cette planète. Je suis sûr qu'il y a des tonnes de mecs qui se branlent juste en s'imaginant te toucher.

Je baisse la tête ! *Super, s'il croit me séduire comme ça, il est loin du compte...*

— Regarde-moi, Alice !

Je remonte le visage vers le miroir et croise ses yeux qui pétillent d'amour. Mon corps se recouvre entièrement de chair de poule. Son regard est pénétrant, intense, il me cloue sur place.

— Lorsque l'on apprend à te connaître, on s'aperçoit que tu es intelligente, drôle, passionnée, attentionnée, câline et attachante. Attachante comme je t'aime. Ne me quitte jamais.

Mon cœur manque des battements, ma bouche s'ouvre, mais aucun son n'en sort. Je suis estomaquée, il vient de m'avouer ses sentiments, de dire qu'il m'aime. Jamais je n'aurais pensé qu'il irait aussi vite. Je sais qu'il nourrissait un très profond attachement pour Alice, mais je m'imaginais qu'il serait un peu plus sur la réserve. Il vient de retrouver son amour de jeunesse alors qu'il pensait qu'elle était morte... Enfin, à sa place, j'aurais eu besoin de plus de temps pour digérer tout ça... Et puis, maintenant, je fais quoi ? Je ne peux pas lui dire que je l'aime, parce que ce n'est pas vrai... L'homme qui détient mon cœur est quelque part sur cette terre. Il porte un bonnet, une écharpe, une barbe de quelques jours et sent les bois.

Je me tourne vers Vicente et l'embrasse passionnément pour sceller quelque chose qui n'existe que dans ses rêves les plus fous. Il me soulève puis me porte en m'embrassant vers le lit. Sa langue joue avec la mienne pendant qu'il me dépose. Mes lèvres effleurent son oreille, je la mordille. Je griffe son dos sur toute sa longueur, il se cambre et gémit.

Je ne lui réponds pas, mais lui montre ce que je ressens pour lui à travers la chambre à coucher. Il me serre dans ses bras, chuchote quelques mots doux à mon oreille pendant que sa main se glisse dans mon string. Lorsque je sens son pouce exercer une pression contre ma chair, je me tortille pour qu'il continue son petit manège. Le plaisir grandit de plus en plus dans mon ventre et je jette la tête en arrière lorsque je le sens ralentir la cadence.

— Vicente, Vicente, le supplié-je.

Son sourire va me hanter des années après l'avoir fait tomber.

— Je t'aime, Alice.

Je gémis en attrapant sa tête que je rapproche de ma bouche. Notre baiser est passionné, désespéré, il happe mon souffle. S'il pouvait le retenir à jamais, il le ferait. Sa main quitte mon string et dégrafe mon soutien-gorge qu'il balance derrière lui. Je fais descendre son boxer comme je peux, il se recule puis l'enlève et fait glisser mon string le long de mes jambes. Vicente se pose sur moi et me dévore complètement. Il m'embrasse encore et encore, ne quitte pas mes lèvres. Mes mains partent à la recherche de son membre que je fais coulisser maladroitement. La position n'est pas spécialement favorable et conçue pour. La tension dans la pièce est montée d'un cran, son souffle chaud s'écrase sur ma nuque et je me mords la lèvre lorsque je croise son regard empli de désir. Il est tellement beau lorsqu'il prend son pied, c'est un autre homme, vulnérable, amoureux et tendre. Vicente m'embrasse puis me mord fortement. Un petit cri s'échappe de mes lèvres. Aussi, il passe délicatement sa langue à l'endroit de la morsure.

— Je vais te baiser comme un malade, j'ai tellement envie de toi.

Il s'installe confortablement entre mes cuisses et me pénètre jusqu'à la garde. Nos gémissements s'accordent parfaitement, Vicente est un excellent amant. Il sait ce que j'aime, sait faire ce qu'il faut au moment où j'en ressens le besoin. Il s'insinue dans ma tête, c'est ce qui me terrifie le plus. Tout se mélange dans ma mémoire entre Alice et Faith. J'ai tellement été préparée à être son double que j'arrive à avoir des doutes sur mes propres souvenirs. Ses mouvements de bassin sont lents, il ne me quitte pas des yeux puis accélère. La tête de lit tape contre le mur en faisant un boucan de tous les diables. On va réveiller tout l'hôtel. Je me tends en arrière, au bord du précipice, pourtant, il s'arrête lorsqu'il sent que je vais sombrer.

— Non, tu ne jouis pas !

J'ouvre la bouche, il pose la main dessus et mon angoisse remonte en flèche. Pourquoi fait-il ça maintenant ? J'ai l'impression de revenir dans la cave… Vicente attend quelques secondes puis reprend ses assauts lentement. J'ai mal, bon sang, j'ai besoin de jouir. Je tremble comme une feuille lorsque le plaisir s'insinue dans tous les pores de ma peau. Je m'accroche à lui et le serre fort, à lui meurtrir le dos de mes ongles. Je me pince les lèvres, j'ai besoin d'un orgasme, et vite, avant de me consumer tout entière. Au moment où je commence à perdre pied, il se retire. Je gémis de frustration. J'ouvre les yeux et le regarde faire. Il s'installe en position demi-assise contre le lit et me fait un geste pour que je le chevauche.

Je hausse un sourcil, c'est la première fois qu'il me le demande depuis qu'on est ensemble. Il n'aime pas cette position à cause de la relation dominant-dominé. Vicente n'a jamais voulu être dominé par Alice ni par une autre femme, j'en mettrais ma main à couper. Alors, s'il fait ça, c'est qu'il cache quelque chose… Je laisse mes réflexions au placard et lui grimpe dessus, impatiente de me libérer de cette frustration. Il attrape ma tête de ses deux mains pour me rapprocher de ses lèvres. Je le dévore complètement. Ma langue s'insère dans sa bouche et caresse la sienne. Il attrape mon bassin, le colle au sien et je descends lentement le long de son membre.

Il arrête de m'embrasser et reste là, à savourer, la bouche à demi-ouverte, le souffle court. Vicente a l'air perdu. Il garde ses mains sur mes hanches en me souriant bêtement, avec ce regard empreint de désir. Je ne bouge pas, j'attends qu'il fasse le premier geste, qu'il me donne son accord.

— Je t'aime, Alice. Fais-moi un bébé, ma chérie.

— *Quoi* ?!

Mais il est complètement dingue !

Ma voix est montée dans les aigus, le plaisir que je ressentais jusque-là vient de s'évaporer comme par magie à l'entente de sa supplique. Je reste statique, ne bouge plus. Je suis hébétée. Son sourire d'amoureux me file la gerbe ! Il veut un môme… maintenant.

— Je ferai ce que tu veux, tout ce que tu veux si tu me fais un bébé…

Voilà pourquoi il a choisi cette position, c'était pour me montrer que c'est moi qui ai le monopole sur la situation, que c'est moi qui prends la décision.

Espèce de raclure !

Il est doué, très doué pour manipuler les gens. Le truc qu'il ne sait pas, c'est que je le suis autant que lui. Je l'entoure de mes bras.

— Vicente, je ne suis pas prête à être maman pour l'instant. Je t'assure, il ne vaut mieux pas.

— Je veux un bébé de toi, Alice.

— C'est un peu tôt, je trouve, pour que l'on parle de ça. On n'est ensemble que depuis quelques mois…

— Je ne trouve pas. Pour moi, tu es la femme de ma vie, celle avec qui je veux mourir, donc ça ne l'est pas.

— Oh, mon lapin…, dis-je en l'embrassant.

— Ne doute pas de mes sentiments pour toi, ma chérie. S'il te plaît, tu seras une maman exceptionnelle.

Je ferme les yeux et l'embrasse de plus belle. Je ne sais pas comment me sortir de cette situation… Il fait bouger mes hanches avec ses mains, je le laisse faire.

— Allez, mon amour, continue-t-il, fais-moi un petit bébé. Un mélange de nous deux, le mélange de notre amour.

Putain.

C'est un sujet que nous n'avons pas abordé avec le capitaine, mais il est hors de question que je porte son gosse. Je ne peux pas, je ne veux pas ! Mes pensées deviennent incohérentes lorsqu'il décrit des cercles avec son bassin. Je tire la tête en arrière, je suis presque arrivée au point de non-retour. S'il ne me laisse pas jouir maintenant, je meurs.

— Je ne peux pas réfléchir, là…

— Justement, tu réfléchis trop ! Laisse faire la nature, ma chérie, c'est elle qui décide.

— Dans ma famille…

Il se met à sourire et me serre dans ses bras.

— Ce n'est pas un problème pour moi, je t'aime et j'ai envie de finir ma vie avec toi. Tu seras une maman formidable.

Mon cœur se serre, je commence à hoqueter. Mes yeux se remplissent de larmes et je ne me retiens plus. Je n'ai aucun souvenir de mes parents, je suis tellement à fleur de peau en ce moment, je ne fais que penser à ma vie d'avant, celle que je ne retrouve plus, dont je ne me rappelle pas, même leurs visages... Et lui me demande d'avoir un enfant alors que… Je n'ai certainement pas accepté cette mission pour me retrouver mariée et enceinte d'un dangereux trafiquant. En rassemblant mes pensées et en réfléchissant deux secondes, je me dis que, si un jour j'ai une fille, une fois adolescente, je ne veux pas qu'elle tombe sur un type comme lui. En aucun cas ! Je suis plus déterminée que jamais à le faire tomber. Même si je dois passer dix ans dans la peau d'Alice. Alors, malgré tout, je préfère encore me marier avec Vicente et l'empêcher de continuer à vendre de la chair humaine que laisser des dizaines et des dizaines de filles dans l'oubli et la peur.

— Hey ! Ma chérie, qu'est-ce qu'il y a ?

— Rien, je pense à ma mère, c'est tout…

Il souffle puis m'embrasse. Vicente me prend par les hanches et me recouche sur le lit. Il me bloque de tout son poids et cale ma tête avec ses mains.

— Écoute-moi ! La semaine prochaine, je pars en Chine pour affaires. Tu pourrais prendre un avion pour le Mexique et aller dire à tes parents que tu as rencontré quelqu'un ? On pourrait commencer par ça ?

— Oui, mon lapin !

Il se met à sourire puis me serre dans ses bras.

— Je t'aime tellement, ma chérie…

Il essuie mes larmes et se replace entre mes cuisses en se mordant les lèvres. Je respire un peu plus vite.

— Et si on finissait ce qu'on était en train de faire ?

Je hoche la tête et profite de mon reste. Il me pénètre de toute sa longueur, ses coups de reins sont puissants, ils me font voir des étoiles.

— Vicente, je viens, je viens…

On s'embrasse, il se retire et revient avec force. Je me crispe et crie à en perdre la raison. Je le sens se contracter en moi et il termine dans un son guttural.

33

ALICE

J'ouvre un œil et émerge comme je peux. Je déteste les décalages horaires, la température qui avoisine les 1 000 °C et les réveils en fanfare. Parce que c'est le cas, j'ai entendu du bruit, celui d'un verre qui se casse, précurseur d'une bagarre entre mecs alcoolisés. La musique bat son plein au cœur de la ville et, avec le vent, les sons sont amplifiés. Je m'allonge sur le dos, dans mon lit. Cette chaleur m'étouffe. Voilà deux jours que je suis sur le sol mexicain et je n'ai pas obtenu ce pour quoi j'ai fait tout ce trajet. Vicente me téléphone quatre fois par jour, sans compter les hommes qu'il a postés à tous les coins de rue. Je ne serais pas étonnée que le capitaine ne puisse pas venir jusqu'à moi. Plus les semaines passent et plus je deviens la propriété de Mancini. Je me sens piégée, cloîtrée dans une prison dorée dont seul Vicente a les clés. Si jamais je n'arrive pas à le faire tomber, je vais être obligée de me marier. À cette simple pensée, une décharge d'adrénaline me traverse le ventre. Le problème, à l'heure actuelle, c'est que je ne sais pas quel sentiment je ressens à l'idée de m'unir à Vicente. Je ne saurais dire si c'est du dégoût, de partager ma vie avec un mafieux de la pire espèce. En même temps, j'ai ce petit quelque chose en moi qui me plaît et me déplaît à la fois. Un je-ne-sais-quoi de pas du tout logique ni sain. Parce que Vicente me montre une autre facette de sa personnalité en fonction de mon comportement. Si je fais tout ce qu'il désire, il est un gentil et aimant petit ami. Par contre, si je le pousse dans ses retranchements, je deviens une cible. Ce constat amer me glace le sang et me prouve qu'il n'a pas 100 % confiance en moi et ça, ça ne va pas du tout. Il faut qu'il compte sur moi, comme à l'époque sur Alice. Le jour où il m'avouera ce que sont réellement ses affaires, de quoi il retourne dans sa société, je sais que tout commencera pour de bon, ma mission prendra une tout autre tournure et ce sera à moi de prouver à tout le monde ce que je vaux. Je n'oublie pas que j'évolue, professionnellement parlant, dans un univers d'hommes et que si je dois me faire une place parmi eux, je dois taper fort. Quoi de mieux que de piéger leur truand numéro un ? Il ne faut pas que je pense au reste, je dois me concentrer sur la mission et occulter tout ce qui m'entoure : le capitaine, les agents, les filles… Si je veux le faire tomber avec le moins de dommages collatéraux possible, il faut que je me plie à ses quatre volontés, c'est la seule solution que j'ai trouvée.

Et pourtant, lorsque j'y regarde de plus près, je me sens bien avec Vicente, il est câlin, attentionné, tendre, à l'écoute de tous mes besoins, il sait exactement ce dont j'ai envie au moment où j'en ai envie. Ça me perturbe. Je pose une main sur mon front. La chaleur du Mexique me monte à la tête. Je ne peux pas tomber amoureuse d'un homme comme lui, je ne suis tout simplement pas là pour ça. Et puis, l'homme que j'aime, ce n'est pas Vicente, mais mon bon vieux capitaine. Capitaine qui devrait ramener son cul illico presto ! Je suis sur la corde raide en passant autant de temps à faire semblant avec Vicente. Je suis en train de me rendre compte que, quelquefois, ce n'est pas un simple jeu d'actrice, mais des sentiments bien réels, nichés au creux de mon ventre, qui m'emportent.

Je fais le vide dans ma tête et respire lentement pour retrouver le sommeil. Je suis fatiguée, l'avion m'a achevée et le nuage de cette dépression qui plane au-dessus de ma tête embrouille le peu d'idées claires qu'il me reste.

Lorsque j'ouvre à nouveau les yeux, je regarde le réveil et constate que je me suis endormie quelques heures. Je me sens un peu mieux, le manque de sommeil est quelque chose qui me tue à petit feu. Si j'ajoute à cela les cauchemars de la vie d'Alice et les scènes rêvées ou les souvenirs que j'ai dans la tête, je peux clairement me tirer une balle pour arrêter de subir tout ça. Je me lève, entre dans la salle de bains et prends une douche glacée pour refroidir mon corps en surchauffe. J'attrape une serviette, frotte énergiquement mes cheveux et retourne me coucher, encore mouillée. J'arriverai à supporter cette atmosphère. Lorsque j'entre dans la chambre, un détail attire mon attention.

La porte était entrouverte, elle est maintenant fermée. Mon oreiller n'était pas dans cette position et les rideaux n'étaient pas baissés à leur maximum. Il y a quelqu'un dans la pièce. Je ferme les yeux et apprécie cette montée d'adrénaline qui pulse dans mes veines.

Il est là... Quelque part dans cette chambre, tapi dans l'ombre, il observe, il m'observe.

— Je sais que tu es là ! Par pitié, épargne-moi ton jeu du chat et de la souris, il est 4 heures du matin, je suis fatiguée.

Je reste debout en plein milieu de la pièce, j'attends qu'il daigne se montrer. Un pas, deux... Derrière moi, son souffle contre les gouttelettes d'eau qui dégoulinent le long de mon dos, il me provoque des frissons. Comme à chaque fois qu'il est près de moi.

— Bonjour, gamine...

Oh ! Cette intonation grave et chaude !

Ça fait tellement longtemps que je ne l'ai pas entendu me parler. Au timbre de sa voix, mon cœur s'accélère vivement, ma respiration se hache.

Qu'est-ce que je l'aime !

— Bonjour, capitaine, ça fait un bail...

Ses doigts effleurent ma nuque et descendent le long de ma colonne vertébrale pour se retrouver sur mes fesses.

— Tu es encore toute mouillée…

— Toujours lorsque tu es là…

Je l'entends grogner, alors je souris, fière de lui faire de l'effet et de jouer à ce jeu plus que dangereux. Sa main attrape mes cheveux qu'il tient fermement et met de côté pour pouvoir embrasser mon cou délicatement. Si je me plaignais de la chaleur il y a quelques minutes, je peux dire que, maintenant, nous sommes près des flammes de l'enfer, mais ça ne me gêne en rien, bien au contraire. Le capitaine est là et plus rien n'existe autour de nous.

— Tu me manques, gamine…

Je me retourne, me serre contre lui et murmure :

— Toi aussi. Je n'y arrive pas…

— J'ai su que tu avais été agressée par un de ses employés.

Je hoche la tête, sans rien ajouter de plus. Je n'ai pas spécialement envie de parler de mes erreurs. Me confier à lui équivaut à toutes les thérapies du monde.

— Fais attention, s'il te plaît, ne te mets pas en danger sans raison. OK ?

Je me recule et m'installe sur le lit, recouvrant mon corps du drap. Je ne veux pas me montrer nue pendant ce genre de discussion. Je suis avec lui et non avec Vicente, je ne veux pas que Mancini s'immisce dans notre intimité, dans ce que j'appelle notre bulle d'amour.

— Tu m'avais dit qu'Alice était toute sa vie !

— Alice a toujours su qu'elle ne devait pas lui échapper ! gronde-t-il. Combien de fois je vais devoir te le répéter ? Putain, tu n'as donc rien retenu de cet entraînement ?

J'ouvre la bouche, mais la ferme dans un claquement. Je suis en train de me faire passer un savon alors que je n'ai vraiment pas besoin de ça maintenant.

Il s'approche du lit et se jette dessus en soupirant.

— Il l'aime à en crever, serait capable de tout pour la protéger, pour la garder avec lui, quoi qu'il lui en coûte.

Ordonner à un de ses hommes de main de te tabasser a dû être émotionnellement difficile pour lui, mais il l'a fait, parce qu'il n'avait pas le choix. Tu dois réfléchir comme lui, comme je t'ai appris à le faire, et non réfléchir comme une gamine qui sort du cocon familial pour tenter son rêve américain. Vu ?

— Arrête de m'engueuler, je te signale que mon père est mort, tu ne le remplaceras pas, et Dieu merci !

— Ce n'est absolument pas drôle, tu ne te rends pas compte qu'il y a des centaines, voire des milliers, de vies en jeu. Toi, tu prends ça à la rigolade ! Bordel, Alice, grandis un peu !

Sa voix monte *crescendo*, exprimant toute sa colère, mais aussi cette inquiétude que je ressens dans son timbre, avec ce petit tremblement qui ne me trompe pas. Il a eu peur pour moi et je comprends, parce que moi, j'ai eu plus que la trouille, j'étais terrifiée, sauf que je ne peux pas le lui avouer. Ce serait dire que j'ai échoué et que je ne m'investis pas à 1000 % dans cette mission.

— Arrête de me parler comme si j'étais une gosse, merde ! Tu ne sais pas ce qu'il se passe entre ces quatre murs. Je te rappelle qu'il m'a droguée et tabassée devant mes collègues de travail, tout ça pour me demander de vivre avec lui, une fois que j'étais assez terrorisée pour ne plus rien tenter à l'avenir !

Ses yeux s'adoucissent, il lève la main et caresse mon visage. Je le repousse d'un revers de main. Si j'étais contente de le retrouver, maintenant, je suis en colère contre lui.

Que m'arrive-t-il ? Je suis ambivalente, à fleur de peau et toujours furax...

— Écoute, lorsque j'ai su que tu avais été agressée, j'ai... flippé, OK ?

— Pourquoi ? Tu sais très bien ce que je risque en vivant à ses côtés ! C'est toi qui m'as jetée dans la gueule du loup, alors ne viens pas avec tes pseudo remords. Ça ne prendra pas avec moi. Regarde-moi et dis-moi que tu regrettes de m'avoir entraînée, de m'avoir envoyée à New York, de me savoir aux côtés de Vicente, en danger à chaque foutue seconde de ma vie !

Il me dévisage quelques secondes puis s'allonge à mes côtés.

— Pourquoi tu l'appelles par son prénom ?

— Quoi ?

Sa question me prend de court et, connaissant le capitaine, ce n'est pas anodin.

— Il te tient presque… Tu parles de lui avec douceur alors que c'est quelqu'un de brut, de violent, de…

— Tu délires, capitaine ! Arrête de vouloir changer de sujet, tu sais très bien pourquoi tu es là aujourd'hui.

Il se tourne et caresse mon bras sensuellement.

— Ce n'est pas de ça dont je parlais…, commencé-je.

— C'est de quoi alors ? demande-t-il en s'approchant et en embrassant mon épaule.

Ses baisers remontent dans mon cou et, sans préméditation, le drap tombe, laissant apparaître mes seins gonflés par l'excitation de revoir le capitaine, de le sentir près de moi, de voir que je lui fais toujours de l'effet après autant de mois passés sans se voir, sans se toucher… Sa barbe râpe ma poitrine et, lorsque ses dents se referment sur un de mes tétons, je gémis bruyamment. Je sens son sourire contre mon buste, sa main partir à l'aventure entre mes cuisses, que j'ouvre sans hésitation. Je m'enivre de son odeur, de sa chaleur, de son corps contre le mien. Je chéris ce moment comme si c'était le dernier. Ses doigts trouvent mon intimité et s'amusent avec pendant que je halète comme une perdue jusqu'à ce qu'il m'autorise cette délivrance dont j'ai besoin au plus profond de mon être.

— Capitaine…

Il m'allonge tout en continuant de me torturer, en me caressant lentement. Je retire son tee-shirt et m'attaque à son pantalon, qu'il fait glisser le long de ses jambes en même temps que son boxer. De mes mains, je redécouvre son corps qui m'a tant manqué, j'enfonce mes ongles dans sa peau, y creusant des sillons qui, je l'espère, resteront un moment avant de disparaître, tout comme cet intermède.

— J'aime quand tu gémis mon nom...

— Je ne dois pas être la seule, dis-je en ramenant son corps contre le mien.

Il se pose de tout son poids sur moi, m'embrasse passionnément puis passe la main dans mes cheveux, qu'il tire pour basculer ma tête. Une fois que mes lèvres lui sont offertes, il passe la langue plusieurs fois sur ma bouche, créant des ondes de choc dans mon bas-ventre.

— Personne n'a le droit de m'appeler Capitaine, au lit. Il n'y a que toi...

— C'est parce que je ne connais pas ton vrai prénom.

Son discret sourire me hurle au visage que je ne le saurai jamais, alors je refoule cette pensée amère dans un coin reculé de mon cerveau. Il prend place entre mes cuisses et m'embrasse encore, comme un condamné, ce qui m'embrase tout entière. Mes mains fourragent ses cheveux, descendent vers son dos et tracent un chemin jusqu'à ses fesses que j'empoigne avec force.

Pour une fois qu'il est à moi dans cette position...

Il entre lentement en moi jusqu'à la garde. J'émets un hoquet de plaisir lorsqu'il est au plus profond de mon être et qu'il se retire presque entièrement. Je ne ressens pas les mêmes sensations lorsque c'est lui qui me fait l'amour. La tendresse dont il fait preuve à cet instant me transporte dans une autre vie, celle où l'on pourrait s'aimer sans barrières, sans mission, sans parrain de la mafia... Lui et moi, tous les deux, seuls au monde dans cette chambre, dans ce moment si intense, ce moment qui comptera plus que n'importe quel souvenir. Je l'embrasse tendrement, remonte les mains dans ses cheveux et jouis en le serrant fort contre moi. Lorsqu'il gémit, je me mords les lèvres pour ne pas hurler tout l'amour que je ressens pour lui.

— Tu me manques tellement…, dis-je dans un souffle.

Il happe mon oreille qu'il mordille plusieurs fois puis attrape mes mains dans la sienne et les relève au-dessus de ma tête. Je place mes jambes sur ses épaules et le vois sourire. Il revient avec force en moi, je crispe un peu le ventre face à la douleur de son membre qui étire mes chairs dans cette position. Je gémis à chacun de ses coups de boutoir, mais apprécie cette brutalité dont il fait preuve, cette force qu'il affiche lorsqu'il me fait l'amour, cette colère qu'il ressent et qu'il déverse lorsque nous sommes enfin ensemble tous les deux, sans que personne puisse s'immiscer entre nous. À chaque poussée, il touche un point ultra sensible en moi, titille mon bouton de rose qui se gonfle de plus en plus, jusqu'à ce que j'explose de plaisir. Je force sur sa main qui maintient les miennes et jouis encore une fois sous lui sans me retenir. J'ouvre les yeux pour l'observer, il m'embrasse et continue ses va-et-vient, plus fort, plus loin, me faisant voir à nouveau des étoiles. Il ferme les paupières et se mord la lèvre en se raidissant. Sa main broie littéralement les miennes et je l'entends murmurer tout contre mon oreille :

— Tu me hantes, Alice…

Je déglutis pendant qu'il reprend son souffle. Il ne m'a pas fait l'amour à moi, mais à elle. Alice. C'est à elle qu'appartient son cœur. Je ferme les yeux et refoule cette émotion que j'éprouve sur l'instant. Il aurait fallu que j'érige une cage d'acier tout autour de mon cœur pour ne ressentir aucune douleur. Mais lorsque je rencontre ses beaux yeux, je sais que toutes les cages du monde auraient été balayées d'un souffle face à mon cher capitaine.

***

Ça fait quatre jours qu'il est avec moi, dans ma chambre. J'ai l'impression qu'il est en vacances. Il se laisse vivre, pendant que moi, je m'évertue à le planquer comme il se doit. Il ne sort pas, c'est moi qui lui apporte ses repas, que l'on partage entre deux parties de jambes en l'air. Moi qui pensais qu'il allait partir juste après nos retrouvailles… me voilà comblée ! Mais pour combien de temps ? Je ne veux pas y penser pour l'instant. Son corps retombe mollement à côté du mien, sa respiration tranche avec le calme de la pièce. Même si nous avons joui plusieurs fois, je n'en ai pas encore assez. Jamais. Je me tourne vers lui, embrasse son flanc, son torse et trace une ligne avec ma langue. Je récolte le fruit de nos sueurs qui se sont mélangées pendant notre séance de baise. Contre toute attente, il se lève et enfile ses vêtements. Je reste là, hébétée, ahurie par ce qu'il est en train de faire. Le capitaine secoue la tête lorsqu'il voit mon expression. Il se rapproche du lit en enfilant son tee-shirt et caresse ma lèvre de son pouce.

— Tu sais très bien que je dois repartir…

— Déjà ? Tu pourrais…

— Quoi ? Prendre sa place ?

Son ton ironique et sa question me font l'effet d'une gifle. J'ouvre la bouche pour pouvoir me justifier, mais il se met à ricaner. Je me ravise en m'enroulant dans le drap.

— Pourquoi je ne me souviens pas de mes parents ?

Ma question le prend au dépourvu. Il s'arrête au milieu de la pièce, sa chaussure dans la main, et me dévisage.

— Ça sort d'où cette question ?

— Depuis quatre jours, je veux qu'on ait cette discussion et toi, tu la fuis comme la peste !

Il souffle et s'assied pour se chausser.

— Réponds-moi ! Pourquoi ?!

— Tu as des souvenirs d'eux ! La preuve, la dernière fois que l'on s'est vus, tu…

— C'était un souvenir, mais mes parents n'étaient pas dedans ! Je fais des rêves d'Alice tout le temps, de Vicente, de Nicolay, mais jamais de mes parents, comme s'ils n'avaient jamais existé…

— Arrête de courir après ta vie d'avant ! aboie-t-il.

Je me relève et le menace gentiment du doigt.

— Donne-moi quelque chose avant de partir, j'en ai besoin et je sais que tu connais mon passé… S'il te plaît, capitaine, donne-moi une bribe de la vie que j'ai perdue…

— Ça ne sert à rien et ce n'est pas à moi de te raconter ta vie, éructe-t-il. Alice, tu…

— Je ne suis pas TA Alice ! crié-je. C'est ça, hein ? Tu es amoureux d'elle depuis tout ce temps, tu l'as perdue et tu crois qu'en me façonnant à ta manière, tu vas la retrouver ?! Avoue que tu l'ai…

— Oui.

Je me rassieds brutalement, le souffle court, l'estomac au bord des lèvres et le cœur en miettes.

Il vient de me confirmer cette crainte que je ressens depuis quatre années…

— Tu…

Son regard ne dévie pas, il ne cligne même pas des yeux. Son visage respire la vérité. Je retiens *in extremis* les larmes qui menacent.

— Bien sûr. Alice était et restera la femme de ma vie. C'est ça que tu voulais entendre ? Voilà, je te l'ai dit. Maintenant, je dois m'en aller ! N'oublie pas que ton avion décolle demain matin.

Je ne parle plus, je n'en ai plus l'usage ni la force. Je suis en état de choc. Donc, si je résume bien les choses, je suis juste son jouet, son exutoire. Lorsque je pensais qu'il me faisait l'amour, à moi, il pensait à sa copine… Non, je rectifie, à la femme de sa vie. La première fois que nous avons été ensemble, je me suis convaincue qu'il ne parlait pas d'elle, mais de moi, parce qu'il est resté à mes côtés… et bien, je me suis réellement fait avoir.

Il s'approche, baise mon front et me glisse ces quelques mots :

— Ta mère te chantait une berceuse en boucle, celle que tu joues constamment au piano, et ton père t'apprenait à être une jeune fille forte. Ne gâche pas la mission pour des souvenirs que tu ne retrouveras plus.

— Je ne la gâcherai pas…

Et je me déteste, je me donne envie de vomir d'être aussi douce avec lui après sa révélation, après m'avoir fait comprendre qu'il ne m'aimerait jamais, alors que je suis follement amoureuse de lui. Il vient de me briser le cœur et, vu la tête qu'il affiche, ça ne le touche même pas. En même temps, je m'attendais à quoi ? Une déclaration d'amour ? Une demande en mariage ? Non, je dois redescendre sur terre et ne plus lui prêter autant d'attention. Je n'ai jamais été importante à ses yeux et, pour en être sûre, je vais lui donner une dernière chose. Je me lève pour partir dans la salle de bains et, à mi-chemin, je lance :

— Il m'a demandé de venir ici pour que j'annonce à mes parents qu'il fait partie de ma vie, parce qu'il veut que nous nous mariions et que je lui offre la chance d'être père. Au revoir, capitaine.

Un sourire discret naît et meurt rapidement sur ses lèvres. Il est ravi, donc l'idée que je m'unisse à Vicente ne le contrarie pas, pas de jalousie, pas d'inquiétude dans son regard. Alors ça veut tout simplement dire qu'il a eu peur pour la mission, pas pour moi. Je détourne le regard et entre dans la salle de bains en contenant, comme je peux, mes soubresauts et les larmes qui dévalent le long de mes joues. La porte d'entrée se referme en emportant le capitaine à des milliers de kilomètres de moi. Je recule, bute contre le mur, le long duquel je me laisse glisser pour me retrouver assise par terre. Je remonte mes genoux contre ma poitrine et ferme la bouche pour éviter à ces hoquets, ces lamentations de sortir et de perturber le calme qui règne dans la pièce. Si je pensais que cette dépression était un poids sur mon cœur, je ne veux même pas décrire cette sensation que je ressens sur l'instant. J'ai l'impression d'être une photo déchirée en milliers de morceaux. J'attrape une serviette de toilette, la mords pour ne pas avertir tout le monde de mon désespoir, et je pleure en me cachant le visage.

34

Alice

Je suis coincée à l'aéroport depuis quatre heures et je patiente en lisant un magazine de mode. Il y a eu un problème sur un des avions alors ils les contrôlent tous. Y compris le mien. J'extirpe mon téléphone de mon sac et remarque que mon dernier texto envoyé à Vicente est resté sans réponse. C'est bizarre, il me répond toujours dans la minute. Je souffle et redirige mon attention vers le panneau qui affiche les départs et les arrivées. Tout est en stand-by. Je me lève, traîne ma valise derrière moi et passe une demi-heure dans la boutique de l'aéroport. Après avoir acheté un magazine sur la décoration d'intérieur, un autre sur les crimes en série et une revue sur les comportements masculins, avec des tests à la clé, je prends deux cannettes de Coca et m'installe sur le même banc que j'ai quitté plus tôt. Trois hommes sont en face de moi et sirotent un café, c'est le sixième depuis l'annonce du retard de notre avion et je sais qu'ils font partie de l'équipe de Vicente.

Je suis plongée dans un article traitant de la vie de Ted Bundy lorsque mon portable se met à sonner, me faisant légèrement sursauter. Je l'attrape et le nom de l'appelant me tire un sourire et un grand soulagement.

— Coucou, mon lapin !

— Bonjour, ma chérie. Si tu réponds, j'en conclus que tu n'es pas encore en vol…

— Exact, ça ne devrait plus tarder maintenant. Tu étais occupé ?

Le silence se fait et j'entends bien distinctement des talons claquer sur le carrelage. Mon angoisse remonte en flèche, il est avec une fille ! Alors que je suis sur le point de rentrer, que je devrais déjà être à la maison !

— Je dormais, excuse-moi ! J'ai travaillé toute la nuit pour être rien qu'à toi à ton retour.

— Oh, mon lapin…

Menteur ! Enfin, juste la partie précisant qu'il a bossé toute la nuit pour moi, parce que je suis sûre que ce n'est absolument pas vrai.

— Tu me manques, murmuré-je.

— Toi aussi, mon amour, j'ai hâte que tu rentres. Si dans une heure tu n'es pas dans l'avion, je viens te chercher !

Je pouffe, car le pire dans tout ça, c'est qu'il en est capable. Mon souffle se coupe lorsque j'entends les talons se rapprocher du combiné, je m'accroche au téléphone pour mieux entendre ce qu'il se passe au bout du fil.

— Tu m'envoies un message avant de décoller ?

— Oui, sans faute. Tu viens me chercher ?

— Je ne raterais ça pour rien au monde… À tout à l'heure, ma chérie.

Je raccroche, le cœur lourd, avec une irrésistible envie de pleurer comme une gamine. Je ne sais plus où j'en suis à cet instant. Entre le capitaine qui me brise le cœur en me balançant tout ça au visage et Vicente qui se tape un nombre incalculable de filles… j'ai de quoi douter de moi. Je relève la tête et balance mon portable dans mon sac lorsque j'entends l'hôtesse appeler les passagers de mon avion.

***

Mes vacances sont finies, je redeviens Alice. Enfin, c'est comme si je n'étais jamais partie… Je le vois de loin, il m'attend, un bouquet de roses rouges à la main. Il est vêtu de son pantalon de costume couleur crème et de sa chemise blanche impeccable. Je vais lui montrer que je suis impulsive et en manque de lui, même si l'envie n'y est pas. Je m'élance vers Vicente et lui saute dessus en l'embrassant. Il me serre fort dans ses bras.

— Tu m'as manqué, mon lapin !

— Toi aussi, ma chérie, tu m'as horriblement manqué…

Il m'embrasse passionnément, entoure une mèche de mes cheveux entre ses doigts puis me presse contre lui. Vicente pose ensuite une main dans le creux de mes reins et empoigne ma valise. On avance jusqu'à la voiture, garée devant l'aéroport. Freddy lui ouvre la portière en souriant. Ils ont bossé cette nuit, voilà pourquoi il affiche un sourire béat. Une fois installée à l'arrière, je sens mon bouquet et hume son parfum délicat.

— Tu as de nouveau ton joli sourire… Comment se sont passées tes vacances ?

— Bien, mes parents étaient ravis que j'aie pu me libérer, mais j'avais hâte de te retrouver.

Il sourit discrètement et moi, j'angoisse encore plus. Vicente semble fatigué, il a des cernes aussi grands que le Texas, et tapote plusieurs fois sur sa cuisse durant le trajet. Il est préoccupé. Après ces quelques phrases banales, il ne parle plus… J'inspire un grand coup et tourne la tête vers les rues qui défilent. Il se passe quelque chose, je suis mise à l'écart parce que ça vient de son boulot, de sa société. Lorsque la voiture s'arrête devant notre immeuble, c'est Freddy qui m'ouvre la portière. Mon visage se ferme, j'ai l'impression d'entrer dans une cage remplie de serpents. Vu le comportement de Vicente, je commence à avoir peur. Dans l'ascenseur, la tension en moi monte d'un cran lorsque j'essaie de capter son regard et qu'il n'y prête aucune attention. Il discute avec Freddy d'une réunion demain matin très tôt. Je suis carrément éjectée de leur bulle. Freddy met ma valise dans la chambre. J'enlève ma veste et l'accroche pendant que Vicente me sourit enfin.

— Tu as faim ? me demande-t-il.

Je secoue la tête. Avec toutes les cochonneries que j'ai mangées dans l'avion et cette ambiance pesante depuis que je suis arrivée, ça m'a littéralement coupé l'appétit. Je n'avalerai rien jusqu'à demain matin ! Freddy revient vers nous, un peu gêné. Je fronce les sourcils, je ne comprends pas trop ce qu'il se passe et ça commence à m'énerver.

— Patron, Sofia vous attend au Marquiz dans trente minutes.

— Merci, Freddy, c'est parfait.

Je hausse un sourcil. Sofia ? C'est qui celle-là ? Et puis, c'est balancé comme ça ! ET MOI ? Enfin, je veux dire, normal ! Monsieur se casse au restaurant avec une nana, et moi, tout le monde s'en cogne !

— Tu m'expliques ? dis-je, un peu irritée.

Freddy se volatilise en desserrant sa cravate.

— Non, rien d'important, c'est pour le boulot.

— Parfait !!

Je tourne les talons sans rien dire, me casse dans notre chambre puis bifurque vers la salle de bains dont je ferme la porte à clé. Alice est jalouse, extrêmement jalouse. Et c'est une emmerdeuse finie, têtue et capricieuse. Nicolay le répétait sans cesse et ça exaspérait les deux Mancini. J'enrage toute seule en posant les mains sur le lavabo. J'adore cet endroit, je le trouve apaisant, même s'il respire le luxe. Je peux me regarder dans n'importe quelle glace de cette pièce, elles ne me renvoient que le reflet de la tristesse ancrée sur mon visage. J'ai beau afficher un sourire, il n'est pas très convaincant. Quelques coups sont donnés sur le bois de la porte, mais je n'en ai que faire. Il n'a qu'à se torturer, ce connard fini !

Je reste ici. La salle de bains est magnifique, tout en noir et blanc, et j'aime m'y retrouver, au calme. Il y a de très grands miroirs accrochés aux murs, des vasques sont posées sur des plans en marbre. De l'autre côté se trouve une estrade où, au milieu d'orchidées blanches, est installée une gigantesque baignoire rectangulaire à deux places, le long d'une baie vitrée qui offre une vue exceptionnelle sur Manhattan. La nuit, c'est quelque chose, avec toutes ces lumières ! Je pourrais rester des heures dans le bain à admirer la ville vue d'en haut...

— Alice, ma chérie ?

Qui c'est, cette pute ? Putain, deux semaines que je ne suis pas avec lui et il en trouve une autre. Une parmi celles qu'il côtoie ? Une des filles qu'il doit vendre ? Non, ça avait l'air d'être plus professionnel que ça. Il frappe encore à la porte. Pas de réponse. Je souris même un peu, je ne crains rien ici, Jones n'est pas là et Freddy ne me touchera pas. Si j'ai peur de Jones, je sais que Freddy ne lèvera jamais la main sur moi. Il n'a pas les couilles pour le faire, enfin… c'est ce que je pense, je peux me tromper.

— Alice, arrête de faire ta muette, s'il te plaît. C'est pour le boulot, rien de plus. Ne t'imagine rien de mal. Tu ne veux pas m'ouvrir ?

— Hors de question !

— Je n'en ai pas pour longtemps, je serai là avant minuit.

— Je m'en tape !

— Alice, tu es en train de m'énerver…

— Toutes mes excuses, dis-je, ironique.

Je l'entends souffler et moi, je me marre. La jalousie d'Alice, je dois la reproduire, même si je ne suis pas comme ça, je dois me calquer sur elle. Bien qu'elle ne soit plus de ce monde, Vicente, lui, croit que c'est elle qui vit avec lui, et avec ou sans amnésie, elle a toujours le même caractère.

— Ce n'est rien de ce que tu penses, ma chérie, je t'assure.

— Pourquoi je ne viens pas avec toi, alors ?

Le silence se fait entendre. Ce serait une opportunité pour moi ! Allez, il faut qu'il plie, qu'il me prenne avec lui… Je serre les mains entre elles, priant silencieusement pour qu'il m'emmène.

— Avec le décalage horaire… Et puis, tu vas t'ennuyer, ma chérie…

Et merde ! Je secoue la tête. C'est foutu, il va partir en rendez-vous et me planter là. Je n'ai pas sa confiance à 100 %, il ne me veut pas dans son boulot ! Je n'arriverai pas à le faire tomber si je ne suis pas un minimum dans la confidence.

— Mon cul !! Tu ne me veux pas avec toi, c'est tout !

— Non, ma chérie, mais ça va être barbant pour toi. Freddy est allé te chercher exprès du Coca et du pop-corn pour que tu regardes les nouvelles séries que j'ai mises sur le disque dur pour ta soirée.

— Tu veux juste te retrouver seul avec elle et son nom de strip-teaseuse de merde, ouais !

— Alice !

— C'est vrai !

— C'est une collègue de travail !

— Oui, moi aussi je suis allée au Marquiz avec mes collègues de travail ! Et dire que j'étais contente de rentrer pour te retrouver…

Oh, le coup de grâce.

— Mais moi aussi, bébé, je suis heureux que tu sois rentrée ! Ma chérie, s'il te plaît. Je...

— Bien sûr ! Et c'est pour ça que tu te casses manger avec ta pétasse, le soir où je rentre à la maison, alors que tu m'as dit avoir bossé toute la nuit pour rester avec moi…

Je l'entends souffler, il n'aime pas du tout comment les choses se déroulent.

— Ouvre-moi la porte !

— Dans tes rêves !

— Alice, arrête de faire ta gamine capricieuse et ouvre cette putain de porte !

Je prends mon escarpin et le balance contre le bois. Mon cœur rate des battements à l'évocation du mot « gamine ». Ça me rappelle le capitaine, ça me rappelle cette affreuse conversation que nous avons eue juste après avoir fait l'amour. Ça me rappelle qu'il m'a broyé le cœur sans une once de culpabilité ni de regrets.

— Je rêve où tu viens de jeter ta chaussure ?

— Ouais, mes Louboutin, que tu m'as payées d'ailleurs ! Et tu as de la chance que ce n'était pas ouvert, la gamine sait bien viser.

— On n'est pas du tout constructifs, là. Ma chérie, je te promets qu'il n'y a pas besoin de t'énerver.

— Patron, la voiture est garée devant, dit Freddy.

Vicente le remercie, l'adrénaline remonte en flèche dans mes veines. Il va le faire, il va partir sans moi, même après cette pseudo crise de jalousie. J'entends un bruit de clés, il joue avec quand il est contrarié.

— Je vais être en retard, ma chérie, je dois y aller…

— Bonne soirée, réponds-je sur un ton ironique.

— Elle ne va pas être bonne sachant que tu es fâchée contre moi ! Je suppose que je n'ai même pas le droit de t'embrasser.

— Tu n'auras qu'à embrasser ta pétasse quand tu auras fini de manger la maman de Bambi !

— Comment tu sais qu'ils servent de la biche ?

— C'est un super restaurant pour emmener sa maîtresse, mon patron emmène toutes les siennes là-bas, et c'est moi qui prends les réservations.

— Merde à la fin ! Sofia est une collègue de travail ! C'est tout, rien à voir avec du cul. Tu le sais, y'a que toi qui me fais de l'effet, ma chérie.

Hum ! Connard de manipulateur de merde.

— Je t'en fais tellement que tu sors sans moi le jour où je reviens près de toi, après deux semaines sans se voir…

Vu qu'il ne va pas lâcher le morceau, autant le faire culpabiliser un peu.

— Je vais me rattraper en rentrant, je t'aime, ma chérie.

35

Vicente

Je me gare devant le Marquiz, sors de la voiture et donne mes clés au voiturier. J'entre dans le restaurant, le nuage Alice toujours au-dessus de ma tête. Je ne ferai rien de bon ce soir, je ne vais penser qu'à elle, elle qui boude, enfermée dans la salle de bains à ruminer. Le maître d'hôtel me salue d'un signe de tête en me reconnaissant. C'est toujours le même depuis que je viens. Il est vêtu d'un costume noir, d'un nœud papillon rouge vif et d'une chemise blanche.

— Bonsoir, monsieur Mancini, c'est un plaisir de vous revoir.

— De même. Pouvez-vous ajouter un autre couvert à ma table, s'il vous plaît ?

— Je fais ça immédiatement, monsieur Mancini.

— C'est très aimable de votre part.

Il s'exécute sans rien ajouter puis un serveur habillé de la même façon se matérialise devant moi.

— Bonsoir, monsieur Mancini, veuillez me suivre, s'il vous plaît.

Je hoche la tête et pénètre dans ce lieu somptueux qu'est le Marquiz, table la plus huppée de New York. La décoration me coupe le souffle, même si je la connais déjà. Le restaurant est illuminé comme un palais, les plafonniers sont ornés de feuilles d'or qui pendent tout autour des ampoules. Le sol est en marbre de Carrare, réputé pour sa blancheur veinée de gris. Des tables d'époque, entourées de fauteuils cabriolet de style Louis XV, sont éparpillées dans la pièce, ce qui rend les échanges entre les convives très confidentiels. Et si, comme moi, on ne veut pas être vu, on peut réserver un espace à l'écart de cette salle, un endroit clos, plus discret, mais seule une poignée de personnes peut se le permettre. Alors que je me dirige vers notre table, je passe devant les portes de la cuisine et le fumet des plats titille mes narines. Puis le serveur s'efface, me laissant découvrir l'alcôve dans laquelle une table pour trois est dressée. À la vue du nombre de couverts, je souris devant la réactivité du personnel de ce restaurant. Question discrétion et confidentialité, on ne peut pas faire mieux. Je m'installe et donne un généreux pourboire au serveur en lui demandant un verre de leur meilleur cognac.

J'ai bien besoin de ça à cet instant !

Une mélodie au piano s'élève et je reconnais *Clair de lune* de Debussy. Celui ou celle qui joue est un virtuose, les notes résonnent à la perfection et me font oublier quelques instants pourquoi je suis ici. J'imagine Alice jouer sur notre vieux piano que je garde dans notre ancienne maison. J'aimerais vraiment remonter le temps, qu'elle se souvienne de nous, de notre famille, de tout l'amour qu'elle me portait ainsi que le mien. Le serveur revient, dépose mon verre. J'en bois une bonne gorgée, mais la brûlure du breuvage ne calme en rien cette tension qui m'habite depuis qu'Alice a décidé de me faire une crise de jalousie.

J'avais oublié combien elle était pénible avec ça...

— Bonsoir, patron.

Sa voix douce et mélodieuse fait fuir ce nuage noir qui plane au-dessus de ma tête depuis que j'ai récupéré Alice à l'aéroport.

— Bonsoir, Sofia, installe-toi.

Je la regarde prendre place en face de moi. Cette femme est sublime, divine et vulgaire. Le genre de nanas que j'aime baiser et jeter comme une malpropre une fois que mon désir est assouvi. Ses longs cheveux blonds sont lâchés et raides comme la justice. Ses yeux couleur noisette sont tellement expressifs que je sais que je lui plais, pas la peine qu'elle le cache. Et puis, nous avons baisé plusieurs fois ensemble… Je sais ce qu'elle ressent pour moi, je n'ai pas besoin d'épiloguer là-dessus. Sa bouche est peinte en rouge vif et son sourire montre des dents plus acérées que celles de Jones. Si lui est un maître en art de la torture et du crime, la manipulation n'a aucun secret pour elle. Sa robe colle son corps et son décolleté laisse entrevoir plus qu'il ne le faudrait. Si jamais elle se penche, je pourrais voir la couleur de son string… si elle en porte un, bien entendu. Ce qui m'étonnerait vraiment… Bref.

— Je ne connaissais pas ce restaurant, dit-elle en battant des cils.

— Le chef est français, il aime la culture de ce pays, que ce soit d'un point de vue culinaire ou historique. C'est un lieu très réputé…

— Alice nous rejoint ?

Sa question me déconcerte. Pourquoi me parle-t-elle d'Alice ? Elle ne la connaît qu'à travers ce que nous avons pu lui en dire ou les différentes filatures qu'elle a faites pour moi… Lorsque je suis son regard, je comprends son questionnement, c'est à cause du troisième couvert qui est dressé sur notre table.

— Non, c'est Jones qui ne va pas tarder à arriver. J'avais besoin de lui pour… la logistique. Alice est à la maison avec Freddy, elle est fatiguée du voyage et elle va se… reposer.

Elle hoche la tête, attrape le menu et le consulte pendant que je fais tournoyer le liquide dans mon verre en me demandant pourquoi je me justifie autant. Est-ce parce que je sais qu'Alice m'en veut à mort ? Pourquoi je me sens si coupable ? Cette position ne me convient pas, Jones a raison, Alice s'immisce dans la moindre parcelle de ma tête et m'empêche de bosser correctement. Je fais craquer ma nuque pendant que

Jones s'installe enfin à mes côtés. Il s'empare du menu et sifflote tranquillement.

Ce mec m'épuise...

— Alors, on commence ? dit-il en masquant un sourire derrière le papier glacé.

Je hoche la tête et ouvre les hostilités.

— L'échange se fera au studio d'Alice. Pour le prochain, on changera d'endroit, ça fait quatre fois qu'on s'en sert, je veux que nous restions discrets. On en est où avec la marchandise ?

— Trois filles sur quatre sont accros. La quatrième fait de la résistance, mais avec ce que je lui ai donné tout à l'heure, on ne risque plus rien, c'est dans la poche, continue Sofia.

— Parfait, j'ai déjà acheté le matériel pour les transporter et j'ai réceptionné les exigences du client. Freddy s'est chargé de l'achat des tenues des filles. J'ai soudoyé un hacker, leurs données sont en train d'être supprimées des fichiers internationaux. D'ici deux ou trois clics, ces filles n'auront jamais existé, disparues comme par magie..., poursuit Jones.

— Ça, ça me plaît, dis-je en souriant à mes deux complices.

Je consulte les mets délicieux qui figurent sur la carte et me mordille la lèvre lorsque je remarque qu'il y a de la biche...

Tu n'auras qu'à embrasser ta pétasse quand tu auras fini de manger la maman de Bambi !

La phrase d'Alice me revient en pensée et j'esquisse un sourire. Je devrais peut-être lui envoyer un texto pour lui dire que Jones nous accompagne... Elle sera probablement de meilleure humeur lorsque je rentrerai à la maison, je pourrais lui faire l'amour plusieurs fois et...

— Je vais prendre le truc, là... de l'oursin, annonce Jones en fronçant les sourcils.

Je regarde ce qu'il me montre et éclate de rire.

— C'est un crustacé ! Je pensais que tu prendrais de la viande, de la bonne viande bien rouge !

Il souffle comme un bœuf et me supplie du regard.

— OK, dis-je en lui montrant du doigt sur la carte. Là, tu as de la gardiane, c'est un plat en sauce avec du taureau, sinon tu peux prendre la côte de bœuf, le bœuf bourguignon, le tartare…

Plus je parle des plats, plus je le vois hausser un sourcil. Alors je lui conseille ce que je trouve le plus adapté pour lui.

— Franchement, pour toi, soit le tartare, parce que c'est cru, soit la côte de bœuf, parce que c'est énorme.

— Alors je prends le cru, le tartare. Ça me tente bien ! Et toi, Sofia ?

— Hum… J'hésite entre la biche et la poule au pot…

— Du gibier, Sofia ? demandé-je. Je te verrais plus avec de la volaille… Dans les deux cas, c'est très fin. Pour ma part, je vais prendre la gardiane de taureau, mon incontournable.

Le serveur choisit ce moment pour prendre notre commande. Je demande un second apéritif pendant que Sofia et Jones demandent leur premier. Nous revenons rapidement au sujet du jour : la vente de notre marchandise.

— J'ai eu un contact pour une commande un peu plus… onéreuse, dit Sofia en touchant du bout des doigts le cristal de son verre.

Ce geste déconnecte le peu de neurones qu'il me reste. C'était quand la dernière fois que l'on a baisé ensemble ? Une semaine ? Les insomnies que je me paye me perturbent plus que je veux bien l'admettre.

— Quelle commande ? Quel contact ? demandé-je en fronçant les sourcils.

Elle lève son doigt et masque un sourire, ce qui a le don de m'agacer.

— Un de mes cousins basés en Russie va ouvrir un club. Il aimerait diversifier les filles…

— Je ne traite plus avec des Russes, réponds-je d'un ton dur.

Sa bouche forme un O parfait et je la revois à quatre pattes, prête à m'accueillir.

— Mais pourquoi ? Enfin… là, je le connais, je sais qu'il est sérieux et il a un paquet de fric…

Je me penche vers elle et dis distinctement :

— Je. Ne. Veux. Pas. Travailler. Avec. Des. Russes ! C'est clair ?

— OK, OK, je lui dirai que nous ne…

Le serveur dépose nos plats devant nous. Jones sourit comme un enfant devant un paquet cadeau alors que moi… Putain, elle vient de me couper l'appétit ! Me faire penser à ce Russe, à Alice et au bébé… Je pose ma serviette sur la table et sors mon portable.

Aucun message.

Elle s'améliore avec le temps…

Toujours dans la salle de bains ?

Oui, patron. Je rentre ?

Non, Freddy, hors de question ! T'es dingue !

OK.

Propose-lui le chocolat que je lui ai acheté…

Lorsque je relève la tête, je remarque avec étonnement que Jones a fini son repas.

— Mais comment tu fais ? dis-je, abasourdi.

— Quoi ? J'avais faim et c'était super bon ! répond-il, penaud.

Mon portable vibre à nouveau et, lorsque je vois le message de Freddy, je serre le poing.

Elle refuse.

Insiste, elle adore le chocolat.

Elle m'a dit d'aller me faire foutre.

J'éclate de rire.

Ah, ma petite Alice chérie… Moi qui pensais qu'elle s'était améliorée, me voilà rassuré.

— Tout va bien ? me demande Sofia.

— Oui ! Jones, appelle Gidéon, j'ai besoin de le voir ce soir.

— Ce soir ? me questionne-t-il.

— Oui, ce soir. Chez moi et avec sa mallette.

Il hoche la tête et dégaine son portable pour prévenir mon cousin pendant que je commande nos desserts.

— Patron, qu'est-ce qu'on fait de Polly ?

Je lève les yeux vers Sofia qui me sourit de toutes ses dents.

— Pourquoi ? Il y a un problème ?

— Elle a vu une des filles entrer dans le studio…

Je grogne, comment je vais lui expliquer à celle-là ?

— Pas la peine, répond Jones. Je lui ai dit que j'avais engagé une prostituée…

— Pour ? demande Sofia.

— La baiser ! Quelle question !

Je secoue la tête, j'apprécie de plus en plus ce Jones. Mon portable vibre de plus belle. Ce doit être Gidéon, à tous les coups. Il attend ça comme le messie… Lorsque je déverrouille mon téléphone, mon sang ne fait qu'un tour et la rage s'empare de tout mon être.

Elle est partie chez elle, je n'ai pas pu la retenir…

J'appelle le serveur, signe le reçu et me lève précipitamment. Je regarde mes deux employés qui ont les yeux plus écarquillés que des balles de golf.

— Alice s'est barrée.

— Où ? demande Jones en se levant.

— Chez elle. Que Gidéon se dépêche. Fais livrer des fleurs à Alice. Une centaine de roses rouges.

Il acquiesce et je pars du restaurant. Je dois voir Gidéon rapidement. Il n'y a que lui qui puisse m'arranger le coup avec Alice !

36

ALICE

J'ouvre mon dressing en grand, en sors un jogging, un débardeur et ma brassière de sport. Il faut que j'évacue tout ça. Il faut que je me vide l'esprit de tous les menteurs qui occupent ma vie. Tous autant qu'ils sont.

Vicente.

Le capitaine.

Les deux connards que j'ai eu le malheur de rencontrer. Le capitaine me brise le cœur et maintenant, Vicente qui…

Je crois qu'il faut vraiment que je me calme parce que là… Avoir fui son appartement, ce n'était pas un bon plan… du tout. J'en subirai les conséquences, mais j'ai vraiment besoin de faire le vide autour de moi et de me recentrer sur Alice, la mission.

C'est ça !

Je vais me focaliser sur ma mission.

Vicente Mancini. Le séduire. Intégrer le réseau. Le détruire de l'intérieur.

Je dois agir comme un piège à fourmis. La fourmi mange le poison, rentre dans la fourmilière, meurt, se fait dévorer par les autres puis les empoisonne, et le processus se répète jusqu'à l'extinction de la colonie…

Je dois être la fourmi. Je suis la fourmi. Je m'habille et attrape mon lecteur MP3. Je laisse délibérément mon téléphone dans l'appartement et entre dans l'ascenseur. Le reflet de la psyché me déplaît, je suis en train de perdre le contrôle. Enfin… L'ai-je eu un jour ? Je ne pense pas, ces deux hommes ont toujours eu un pouvoir sur moi et je me déteste d'aimer encore le capitaine. Il a beau m'avoir brisé le cœur, je ne suis pas guérie… pas encore. Mais cette plaie, je vais la refermer le plus rapidement possible.

Les portes s'ouvrent sur Jones, un énorme bouquet de roses rouges dans les bras, accompagné d'un homme qui a une mallette à la main. Je hausse un sourcil et remarque le moindre détail de la scène.

Jones mortifié, la bouche semi-ouverte. L'homme à ses côtés a les cheveux lissés, des yeux bleu cristallin et un sourire sur les lèvres. Il est habillé d'un costume noir et d'une chemise blanche et semble sortir tout droit de sa douche. Il porte la même montre que Vicente, et cette mallette… en cuir noir, attachée à son poignet par une chaînette, comme dans les films. Il lève la main dans ma direction alors j'aperçois enfin la marque avec un écusson gravé dessus : une perle…

Perfect Pearl - Benson

Qu'est-ce donc ? Que contient cette mallette ? De l'argent ?

— Madame ? prononce-t-il.

— Est pressée ! réponds-je en sortant de l'habitacle.

— Alice, vous…, commence Jones.

— Il vous envoie vous excuser à sa place…

Je secoue la tête, encore une fois déçue. Je crois que je n'en supporterai pas plus ce soir. Je les dépasse puis hume l'air de la nuit une fois dehors.

— Alice ! Je devais juste prendre des fleurs, le temps qu'il…

Je m'approche de Jones, le toise et me penche vers lui. Je respire profondément son parfum qui me fait penser à une plage ensoleillée, du sable et des cocktails. Sa fragrance m'enveloppe et je me sens tellement mieux, réconfortée…

— Un conseil, Jones, foutez-moi la paix ! Si monsieur n'a pas de temps pour s'excuser, ou tout simplement pour moi, eh bien, tant pis pour lui, mais ne vous tuez pas à faire son putain de job !

Je me retourne et commence à partir à petites foulées. Au bout de la rue, je m'arrête, enfonce les écouteurs dans mes oreilles et reprends ma course. De temps en temps, je regarde derrière moi, je ne suis pas suivie.

***

— Alice, arrête, merde !! crie-t-il.

Je jette mes affaires dans un sac avec violence. Vicente s'approche de moi.

— Je te laisse deux secondes pour reculer, sinon je te castre !

Il souffle, fait quelque pas en arrière et gigote dans tous les sens.

— Ça ne veut rien dire, merde !

— MENTEUR, TU AVAIS TES PUTAINS DE LÈVRES SUR LES SIENNES !!!!

— Elle était malheureuse, je ne savais pas quoi faire !

— Ah, non, pitié ! Ne me fais surtout pas le coup de la victime. Sois adulte et assume tes actes, putain de merde !

— Oh ! C'est quoi ce bordel, là ?! demande Nicolay en arrivant.

Super, maintenant j'ai les deux frères sur le dos. De mieux en mieux.

— Rien qui te regarde, répond méchamment Vicente.

Nicolay lui fait un doigt d'honneur, je ne rétorque rien parce que, là, je m'en tape de leur guéguerre perpétuelle. Je suis tellement furieuse contre lui.

— Tu fais quoi, princesse ? dit Nicolay.

— Je me casse !

— Tu ne peux pas, répond-il.

— Je vais me gêner !

Il se tourne vers son frangin et le sonde pendant que je continue à remplir mon sac.

— Qu'est-ce que tu lui as fait ?

— Rien. Elle s'emballe pour un truc de rien du tout...

Je me pince les lèvres, m'arrête juste pour lui lancer le regard le plus noir du siècle.

— Viens avec moi, princesse, murmure-t-il.

— Non, Nicolay, elle est en couple avec moi, pas avec toi !

— On est en couple ? Pourtant tu me trompes !

— C'était juste un baiser de rien du tout, merde à la fin !

— Oh... Eh bien, tu ne m'en voudras pas si j'embrasse Nicolay ? C'est juste un baiser de rien du tout, hein ?!

— Ne t'avise pas de faire ça, Alice ! aboie-t-il.

— Viens là, ma princesse, j'attends que ça ! dit Nicolay en souriant.

Il attrape mon sac et me tend sa main, que je prends.

— Ma chérie, s'il te plaît, non, je t'aime trop.

— Si tu l'aimais, tu ne l'aurais pas trompée, lâche Nicolay.

Mon réveil sonne. Encore un rêve, encore des souvenirs de la vie d'Alice, de ceux qui n'existent pas dans son journal intime. Une fois de plus, je me retrouve avec des pensées, des stigmates du passé qui ne m'appartiennent pas... ou peut-être que si ?

Je divague !

Je regarde mon téléphone à nouveau, il est l'heure de me lever pour partir au bureau. Pas de traces de Vicente. Parfait. Il est mort ou quoi ?! Je me douche, prends un peu mon temps puis m'habille d'une robe assez sexy. Elle est bleu foncé à petites bretelles, le bustier est ajusté, mettant en valeur ma poitrine et ma taille fine, et la jupe est plus longue derrière que devant. Si jamais Vicente me voit comme ça... Je coiffe mes cheveux d'une tresse, mon maquillage est discret, j'ajoute une touche de parfum, c'est parfait. Au bord du lit, j'enfile les nu-pieds à talons bleu foncé que j'adore, ils ne m'ont jamais trompée, eux ! J'attrape mon sac à main et sors de l'appartement. Le couloir est désert, tant mieux.

J'appelle l'ascenseur, les portes s'ouvrent sur une femme ! Je me mets sur le côté pour la laisser sortir, sachant très bien qu'elle doit se rendre chez Vicente, car moi, je ne la connais pas. Mais non, elle ne bouge pas et reste appuyée sur le mur près des boutons d'étages. Qu'est-ce qu'elle fiche enfermée là ? Qui est-elle ? C'est moi qu'elle attendait ? Mais pourquoi ? J'entre dans la cage et me dirige vers la cloison du fond. Cette femme, à l'apparence vulgaire, blond platine, a la bouche peinte d'un rouge à lèvres plus rouge que le sang. Elle porte une robe encore plus moulante que la mienne et, de là où je suis, je peux voir qu'elle n'a aucun sous-vêtement. Eh bien, la descente vers le rez-de-chaussée va être longue ! Lascivement, elle se tourne vers moi et me toise !

— Bonjour, Alice !

Comment connaît-elle mon prénom ? Je hoche la tête en signe de bonne éducation.

— On n'a pas été présentées, continue-t-elle.

Je hausse les épaules, je n'ai aucune envie de la connaître, même si je suis curieuse de savoir pourquoi elle m'appelle par mon prénom alors que je ne l'ai jamais vue. Je fixe le cadran sur lequel les étages défilent. L'ascenseur s'arrête au quatrième, où deux hommes montent et la reluquent des pieds à la tête. Forcément ! Cette situation commence à me titiller, moi qui avais réussi à me calmer un peu…

— Je m'appelle Sofia. Il m'a beaucoup parlé de vous, on va se croiser souvent, j'ai intégré leur équipe récemment.

C'est donc la pétasse de Vicente !

Putain, là, je vois très rouge. Je me pince les lèvres. Surtout, ne dis rien, Alice, ne dis rien que tu pourrais regretter ! Tu ne connais pas cette pimbêche, tu ne sais pas de quoi elle est capable. Motus et bouche cousue !

— Vous êtes toujours fâchée contre lui ? Il était très malheureux hier soir…

Je n'en peux plus. J'attrape mon téléphone et pianote dessus pour occulter cette femme. Les portes s'ouvrent enfin, laissant sortir les deux hommes. Freddy se matérialise devant moi.

— Bonjour, Alice.

— Bonjour, Freddy.

— Vous pouvez utiliser la salle de sport de monsieur, vous savez. C'est plus sûr pour une jeune femme, le soir…

Je penche la tête sur le côté et lui fais une superbe grimace :

— Je préfère le footing de nuit.

— Bien, dit-il finalement, sans insister.

Il aperçoit Sofia, ce qui le fait hésiter à continuer cette conversation. De mon côté, je ne lui en laisse pas le temps !

— Bonne journée, Freddy.

Je m'élance vers la sortie en débloquant ma respiration.

— Ce n'était pas le bon moment, dit-il dans mon dos.

Je sais qu'il parle à l'autre de notre rencontre. Connard !

Je hèle un taxi afin de me rendre au bureau. Toujours pas de nouvelles de Vicente ! La journée va être longue, mais je serai mieux à travailler que de rester seule chez moi à gamberger. Et puis, ce soir, réunion de travail au restaurant avec tout le staff ! Enfin un peu de bon temps, ça va faire du bien !

37

Alice

Lorsque je pénètre dans le restaurant, l'ambiance change, permettant à ma tension de se relâcher. Une femme parée d'une longue robe dorée et possédant une voix grave chante *When a Man Loves a Woman.* Alors, je prends quelques minutes pour l'écouter avant de rejoindre mes collègues de travail. Je suis tellement perdue dans ma vie, tellement déçue… Je la regarde évoluer sur scène avec une facilité qui me met mal à l'aise, elle a l'air tellement épanouie…

Serai-je comme ça un jour ? Aussi rayonnante que cette femme semble l'être ? Aussi bien dans ma peau ? Pour l'instant, je ne sais même pas qui je suis...

Ce constat me laisse un goût amer. Je ferme les yeux, essayant d'évacuer cette boule d'angoisse qui vient subitement de m'obstruer la gorge.

— Madame ?

Je souris au serveur et lui indique le nom de la réservation. Alors que nous avançons dans la salle, je repère mes homologues qui rient aux éclats : Taylor, Gwen, Barney, Gaylord et mon patron. Tous les directeurs de l'entreprise ont été conviés à un repas pour pallier les problèmes de la boîte, sauf que, vu leurs comportements, je pense que ça va tourner à l'amusement. J'arrive derrière le dernier siège libre, les messieurs se lèvent pour m'accueillir. Je secoue la tête face à leurs bonnes manières et m'installe entre Taylor et Gwen, la directrice du service juridique.

— Tu es sublime…, me chuchote Taylor.

Lui, il n'a toujours pas compris !

— Il a raison, renchérit Gwen.

Je lève les yeux au ciel pendant que mes collègues s'esclaffent en buvant leur apéritif. Je ne me suis pas forcée pour m'habiller… Je porte une robe bustier noire avec une ligne de strass sur le décolleté, elle est cintrée jusqu'à mi-cuisse. Si Vicente me voit comme ça, il meurt. Il ne le supportera pas. Mes cheveux sont relevés en chignon coiffé décoiffé. Mon maquillage est un peu plus prononcé qu'en journée et j'ai mis mes escarpins noirs, mes nouveaux, ceux qui me font prendre une dizaine de centimètres. J'enlève mon étole et la pose sur le dossier de la chaise. La table est ronde et décorée dans des tons blanc et argenté. Taylor lève la main pour appeler un serveur puis me fait un clin d'œil.

— Tu as besoin d'un verre !

— En effet ! réponds-je.

Mon patron se racle la gorge et entame un discours plus que soporifique sur les nouveaux logiciels et leurs coûts de production. Au bout de dix minutes, je perds le fil de la conversation, partie dans mes pensées, mais alors qu'une main dépose mon apéritif devant moi, je me connecte à nouveau au monde qui m'entoure. Mon cœur a plusieurs ratés, une douce chaleur m'envahit. Le serveur…

Ce n'en est pas un… C'est lui…

Je déglutis difficilement et essaie de cacher mon trouble à mes collègues de travail, pourtant lorsque mes yeux rencontrent ceux du capitaine, je me liquéfie.

— Votre mojito fraise, mademoiselle, dit-il en souriant.

— Merci, réponds-je, polie.

Il y a un je-ne-sais-quoi dans son regard qui me donne envie de le brûler vif. Il semble s'amuser à me torturer, à me faire perdre mes moyens, et en plus, en public ! Je me tourne délibérément, de façon à ne plus l'avoir dans mon champ de vision.

S'il est là, c'est qu'il a besoin de communiquer avec moi…

Et puis non ! Il y a d'autres façons d'entrer en contact : via le travail, les différentes boutiques, etc. Peut-être qu'il est venu voir comment j'allais. Il a compris qu'il m'avait fait du mal la dernière fois que nous nous sommes vus… Pourtant, le capitaine ne fait pas dans la dentelle ni dans les sentiments. Non, on ne me fera pas gober qu'il est là pour autre chose que la mission… Surtout lui. De toute manière, je n'ai rien à lui dire, je suis déçue d'avoir mis mon cœur entre ses mains, mais maintenant, on ne m'y reprendra plus. J'ai fait une croix sur lui depuis le jour où il m'a avoué qu'il était amoureux d'Alice… En plus, la mission est en stand-by depuis hier, depuis que Vicente est parti comme un voleur à mon retour de vacances. Je suis trop en colère contre lui, même si je ne m'explique pas cet accès de jalousie que je ressens au plus profond de moi. Au début de cette mission, je me suis dit que me mettre dans la peau d'Alice, c'était la bonne façon pour réagir comme elle. D'ailleurs, la lecture de son journal m'a beaucoup aidée… Mais, plus le temps passe, plus j'ai l'impression de ressentir réellement ces émotions, comme si j'étais vraiment Alice. Je pourrais me laisser aller à penser que c'est la faute du capitaine et de son cruel aveu, que j'essaie de panser les blessures qu'il m'a causées avec Vicente. Mais non ! Je crois que je tiens à Vicente plus que je veux bien me l'avouer et, surtout, plus qu'il ne le faut ! Et savoir qu'une autre femme pourrait me remplacer auprès de lui me file le tournis, la gerbe et la frousse. Ces émotions-là, je les ressens, et pas du tout parce que c'est mon rôle dans cette mission, je le sais, je le perçois au plus profond de mon cœur, ce n'est pas du cinéma… Alors, pour vraiment faire passer le message au capitaine, je reste assise toute la soirée, sans décoller mes fesses de la chaise. Je ne prends même pas la peine de le suivre lorsqu'il me fait un signe de tête vers les toilettes. Je vais continuer seule, sans lui, le cœur en miettes.

***

À peine les portes de l'ascenseur s'ouvrent-elles qu'il apparaît, assis sur le seuil de mon appartement, à m'attendre.

— Vicente ?

Il se relève d'un coup et me regarde de la tête aux pieds.

Aïe, la tenue...

— Tu es exceptionnelle, Alice.

— Il est 2 heures du matin, qu'est-ce que tu fais là ?

— J'ai attendu que tu rentres pour te parler.

— Et si j'étais rentrée au petit matin ou à midi ?

— Je t'aurais attendue aussi.

Menteur ! Trois personnes me suivaient depuis le restaurant, donc tu savais exactement à quelle heure je me retrouverais devant ma porte. Je baisse les épaules en soufflant et me pose contre le mur.

— S'il te plaît, Alice, tu m'as assez puni... Une nuit sans toi, une indifférence totale, tu as même refusé mes roses...

— J'ai refusé les roses de Jones...

— J'ai une chance de partager mon lit avec toi cette nuit ?

— Aucune.

Il lève la tête en prenant une grande inspiration. Mon cœur fait une embardée lorsque je vois sa pomme d'Adam monter et descendre. Son odeur qui me chatouille les narines, sa prestance, son être tout entier me manque... Je ferme les yeux et déglutis.

C'est la jalousie qui me fait parler comme ça... C'est ce que je ressens, je le sais maintenant, ce n'est plus un jeu... Je suis foutue. Et il n'y a pas que ça... Cette petite décharge d'adrénaline qu'il me provoque à chaque fois qu'il est dans la même pièce que moi, cette délicieuse douleur au creux de mon ventre à son approche, le désir que j'éprouve pour lui quand il me regarde comme si j'étais son monde... Je ne peux pas être éprise de deux hommes à la fois !

— Je suis incapable de vivre sans toi, Alice.

J'ouvre la bouche, surprise, mais heureuse !! J'y suis arrivée ! Je ne le crois pas !

— Pas une seule seconde depuis hier je n'ai pu me concentrer sur autre chose que toi. Je suis complètement fou amoureux de toi.

Putain, j'ai réussi !! Enfin, je veux dire, vraiment réussi. La première partie de la mission, faire tomber Vicente amoureux de moi, ça, c'est fait ! Alice 1 – Vicente 0.

Je n'ai plus aucun doute à avoir. J'ai envie de sautiller comme une gamine tellement je suis fière de moi. Je déglutis, encore un peu abasourdie par cette révélation…

— Vicente, je…

Il se rapproche et caresse ma joue du bout des doigts.

— Tu es ma bulle d'oxygène, même si tu me coupes le souffle.

— Oh, mon lapin…

Il m'entoure de ses bras et, lorsque ses lèvres se collent aux miennes, j'en oublierais tout ce qu'il y a autour de nous. Les morts, les trafics, le mal et la jalousie… Je le serre encore plus fort contre moi pour qu'il ne s'échappe pas. Mon cœur est sur le point d'exploser sous la pression que je lui inflige.

Oh, putain ! Je suis en train de tomber… de tomber amoureuse de lui. De Vicente Mancini, et pour de vrai.

Mes mains entrent dans ses cheveux et je freine mes pulsions comme je peux. Mes jambes flageolent, je sens mon cœur battre dans chaque millimètre carré de ma peau. Lorsque sa langue rencontre la mienne, je gémis de contentement.

Il m'a manqué… Trop manqué pour que ce soit une simple mission…

Ses mains se baladent sur mon corps jusqu'à se poser sur mes fesses, qu'il presse contre lui. Le couloir a pris une centaine de degrés en l'espace d'un instant. Je ne tiens plus, j'ai besoin de sa chaleur contre la mienne, de sentir son poids sur moi…

— On rentre ? murmuré-je.

— Mauvaise fille…

Son sourire contre mon cou me fait glousser comme une étudiante devant son premier béguin. Il se recule, attrape ma main et me lance un regard dégoulinant d'amour.

— Viens, je vais te montrer comment j'accueille ma petite chérie…

Nous franchissons les quelques mètres qui nous séparent de son appartement et, lorsqu'il ouvre la porte, ma mâchoire se décroche. Je fais quelques pas pour me retrouver dans la pièce principale. Elle est remplie de fleurs… Des renoncules couleur bois de rose. Il y en a dans d'énormes vases, mais aussi par terre, à même le sol, sur le canapé, le bar… J'avance et j'en prends plein les yeux.

Comment il a pu faire ça ? Quand ? Et surtout sans que je le voie ?

Je suis subjuguée par tant de parfum, par cette couleur que je chéris, par ce geste si délicat, si fou… Lorsque je me retourne vers lui, mon cœur s'arrête.

Il a un genou à terre et tient dans ses mains un écrin avec une bague d'une beauté féerique. Je n'ai jamais vu de diamant aussi gros que celui-là. On se regarde, j'ai la bouche ouverte, mais je ne sais pas quoi faire ni quoi dire…

— Je suis tombé si facilement amoureux de toi, c'était comme une évidence. Je t'aime, Alice. Est-ce que tu veux devenir ma femme ?

— Oui ! Bien sûr que oui !

Et je le pense ! Et je n'ai pas peur ! Je n'ai plus peur parce que je ressens ce truc au fond de mes entrailles…

Vicente se relève, me prend dans ses bras et m'embrasse pour sceller cette union. Je laisse tomber ma pochette pour maltraiter ses cheveux.

— Je ne te l'ai même pas mise au doigt que tu t'enflammes, ma chérie.

— Ça fait plus de deux semaines que j'ai extrêmement envie de toi et là… tu t'es surpassé !

— J'aime quand on est sur la même longueur d'onde, dit-il en se léchant les lèvres. Maintenant, je vais te faire l'amour…

— Je t'arrête tout de suite, tu vas faire l'amour à une future femme mariée !

— Hum, oui, c'est vrai, à ma future femme.

— Ici, sur le sol, dis-je en déboutonnant sa chemise.

— Là ? répond-il, étonné.

Je hoche la tête, avec la ferme intention de concrétiser tout ça !

38

Alice

Je m'avance vers la cuisine, mon livre à la main. Freddy, Jones et Vicente sont en pleine conversation sur un tournoi de golf… Ce doit être un code ou autre, parce que je ne les vois franchement pas y jouer… Enfin, surtout Jones ! Je pose mon livre sur le bar et me dirige vers Vicente. Il me sourit, mais je sens que quelque chose cloche.

— Bonne lecture ? demande Freddy.

— Je viens juste de le commencer…

— C'est quoi, ma chérie ?

— *Les Hauts de Hurlevent*. C'est Avery qui me l'a prêté.

— De Brontë, ajoute Vicente.

— Un homme qui lit des romans d'amour, ça me laisse perplexe, dis-je en riant.

— C'est un classique, Alice, je ne suis pas fan des romans d'amour.

— Oh, mais ce n'est rien. Tu as le droit d'aimer la romance. Je peux même te prêter A*utant en emporte le vent*.

Freddy et Jones pincent les lèvres, certainement pour éviter un fou rire. Vicente me dévisage puis se radoucit en me couvant du regard.

— Déjà lu, dit-il en riant finalement.

— Eh bien, messieurs, je dois vous prévenir que votre patron regardera *Ghost* ce soir avec un pot de crème glacée, enchaîné-je en haussant les sourcils. Promis, mon lapin, je te ramènerai des mouchoirs si c'est trop intense pour toi !

C'est dans un concert de rires que Vicente m'attrape et me pose contre son torse.

— Vilaine fille, tu te moques de moi !

— Moi ?! Je n'oserais jamais, voyons !

— Je dois trouver une punition adéquate à ton cas, dit-il avec son air coquin.

— Pas de shopping pendant une semaine, suggère Freddy.

Je le dévisage. Il est dingue celui-là ! Et comment je vais faire pour m'acheter de nouvelles chaussures ?

— Hum, pas suffisant, ça, Freddy, répond Vicente.

— Pas de Coca pendant une semaine !

— Oh non, ça, Jones, c'est dégueulasse ! rétorqué-je, scandalisée qu'il puisse penser à cela.

J'entends des talons claquer malgré le rire gras de Freddy, qui commence à me taper sur le système, et je sais bien ce qu'il va se jouer dans les minutes qui suivent. J'espère juste une intervention divine...

— Pas de sexe pendant une semaine, dit-elle en appuyant sa hanche contre le bar.

Hum, super, Sofia la pétasse est là. Putain, ça ne va pas le faire, surtout si je l'appelle comme ça, un jour ou l'autre, ça va bien finir par m'échapper...

Si, la dernière fois, j'avais pensé que sa robe était courte et moulante... là, je peux clairement dire qu'elle porte atteinte à la pudeur. C'est un énorme euphémisme. J'ai l'impression qu'elle a piqué le tee-shirt du gamin de 3 ans du cinquième étage et qu'elle a oublié de mettre son pantalon...

— Ça, non, Sofia, je n'ai pas envie de me punir, moi aussi, répond Vicente le plus sérieusement du monde.

Freddy et Jones haussent les sourcils pendant que je secoue plusieurs fois la tête de gauche à droite. Mon lapin m'embrasse tendrement puis il me regarde en me caressant la joue.

— Ma chérie, je te présente Sofia, c'est mon nouveau bras droit.

Je suis choquée. Un nouveau bras droit ? Mais pourquoi ? Je croyais qu'elle… Je tourne la tête vers Freddy, sans me préoccuper d'elle.

— Vous partez, Freddy ?

— Non, Alice, je reste ici, ne vous inquiétez pas…

— Pourquoi un deuxième alors ? questionné-je Vicente.

— J'en ai besoin et je veux que Freddy et Jones se reposent un peu.

Je me fends d'un sourire monstrueux, mais le fais mourir rapidement.

Tiens, on dirait le capitaine.

Je ferme les yeux et refoule cette pensée qui vient de germer dans un coin reculé et complètement aride de mon cerveau.

— Oh, je vois ! Freddy a besoin de repos pour lire des romans d'amour, c'est ça ?!

— Ce n'est pas trop mon truc, lâche-t-il.

— Mouais ! Et après, ça pleure devant *Ghost*, dis-je en riant. Et vous, Jones ?

— Moi quoi ?

— C'est quoi votre boulot ? Parce que je ne vous ai jamais vu bosser…

Vicente rit à gorge déployée pendant que Jones me fusille du regard.

C'est de bonne guerre, mec ! Je te signale que tu as fait beaucoup de mauvaises choses dans ta vie…

— Je suis consultant pour le patron, répond-il, un brin irrité.

— Un consultant ? Tu sais que je n'ai jamais vu ton bureau ? lancé-je à Vicente.

Celle-là, il ne l'a pas vue venir… vu la tête de merlan frit qu'il se paye…

— Mon bureau ?

— Euh, oui, tous les PDG en ont un… Je suppose que tu ne travailles pas sur une échelle, donc tu as bien un bureau et tu ne m'y as jamais emmenée, pourquoi ? Tu ne veux pas que je voie ton lieu de travail, que je rencontre les personnes qui bossent pour toi ?

Je l'assomme de questions, et plus j'en pose, plus il se décompose. Il ne s'attendait vraiment, mais vraiment pas à une situation pareille.

— Je…, commence-t-il.

— Vous pourrez venir un jour, intervient Jones. Comme ça, vous verrez mon bureau et ce que j'y fais.

Je hoche la tête, contente du résultat. Sofia profite de ce moment de calme pour continuer son approche, ce que je ne souhaite absolument pas.

— Je suis heureuse de vous rencontrer, madame. Félicitations pour vos fiançailles, dit-elle en regardant ma bague.

Je triture ladite bague et essaie de trouver quelque chose à lui dire, sans que ce soit trop insultant, qui plaise à Vicente.

— Merci, je…

La sonnerie de mon portable se fait entendre – *Clandestino*, de Manu Chao –, ce sont donc mes faux parents. Vicente se raidit. Je le sens nettement, alors je le regarde et engage une conversation sur son malaise, dont je connais déjà l'origine…

— Tu n'aimes pas ma sonnerie ? demandé-je en me détachant de lui.

— Euh, non, je… Je...

— Tu devrais, elle est magnifique cette chanson…

Il déglutit, ça doit lui faire penser à son défunt frère. Ce bon et magnifique Nicolay. J'attrape mon portable et décroche.

Que les hostilités commencent !

— Je suis toujours en vie, m'man !

— Ha ha, très drôle, Alice. Je te signale que tu ne m'as pas appelée en arrivant !

Vicente me montre le téléphone puis s'approche de moi.

— Mets le haut-parleur, j'ai envie d'entendre sa voix, dit-il doucement.

Je m'exécute, je sens qu'on va bien rire. Il m'enlace tendrement.

— J'ai travaillé, tu sais…

— Rappelle à ton patron que l'esclavagisme, c'est terminé ! Sinon, la voisine a accouché.

Je lève les yeux au ciel, Vicente me serre encore plus fort contre lui.

— Tu lui diras que je la félicite pour son quatrième, cinquième gosse ? J'ai perdu le compte…

— Alice ! C'est le sixième !

— Au temps pour moi. Comment elle l'a appelé ?

— Pablo.

— Classique. Elle est au courant qu'elle en a déjà quatre dans sa famille ?!

Je me tords la bouche pour ne pas éclater de rire et secoue la tête en attendant la suite.

— Elle, au moins, elle a un bébé !

— Hum hum.

— Comment s'appelle déjà ton… enfin, celui que tu veux qu'on rencontre ?

Sa question me déstabilise. Je ne m'attendais pas à ce qu'elle soit si directe. Je pense que le fait de ne pas avoir répondu au capitaine, au restaurant est pour beaucoup dans son appel.

— Vicente ! Il est italien, souviens-toi. Maman, j'ai un double appel…

— Ah, non ! Je n'ai pas fini de te parler !

— Attends deux minutes alors, je te reprends après, il faut que je réponde.

Je prends la communication – mon patron – et sens que cette conversation ne va pas être de tout repos.

— Bonjour, monsieur Piola.

— Alice, la société annexe de Enjoyen est en pleine crise, ils sont en train de parler de vendre leurs actions et peut-être leurs...

— Achetées ce matin, je les ai divisées et elles sont déjà cédées à M. Yamato. J'ai laissé le mot sur votre bureau en partant tout à l'heure…

— Vous êtes une femme fantastique, Alice. Je serai avec Mélissa ce soir.

— Une nouvelle ?

— C'est l'amour de ma vie, Alice. À demain.

Vicente me dévisage quelques secondes. *Qu'est-ce qu'il lui arrive ?*

— Tu gères sa vie perso, en plus ?

— Oui, c'est une nouvelle maîtresse. Putain, heureusement qu'elles ne lui font pas signer une clause de non-concurrence, sinon, il serait franchement dans la merde !

Je reprends ma mère et souffle deux secondes pour reprendre mon sérieux.

— C'était qui ? Vicente ?

— Non, mon patron.

— Qu'est-ce qu'il fait dans la vie ?

— Qui, mon patron ?

— Non, Vicente, cruche !

— Eh bien, c'est un connard de patron, m'exclamé-je en riant de plus belle.

Je suis suivie par Freddy et Jones qui ne se gênent pas pour s'esclaffer.

— Vous avez vu pour venir à New York afin de le rencontrer ?

— Dans un bon mois et demi à peu près, j'attends la confirmation de papa. Allez, je vais finir de préparer le repas, il ne va pas tarder à rentrer.

Je raccroche, le cœur lourd. Je ne sais pas comment gérer la situation, mais j'ai le temps de voir venir avant qu'ils débarquent à New York.

— Elle me déteste, dit Vicente en allant au frigo.

Ils se retournent tous vers moi. Je lève les yeux au ciel.

— Elle ne te déteste pas… pour l'instant. Elle ne t'a pas encore vu, c'est pour ça. Tu peux m'apporter une cannette de Coca, s'il te plaît ?

— Super rassurante, ma future femme !

— Ce n'est pas d'elle dont tu dois t'inquiéter, marmonné-je en attrapant la cannette.

— Ton père ?

Je hoche la tête. Il grogne pendant que je prends une gorgée.

— Pourquoi tu ne lui as pas parlé du mariage ?

— Parce que c'est à toi de le leur demander…

— Oh, non…

— Mais tout va bien se passer. Ce n'est pas un peu vieux jeu ? intervient Sofia. Alice n'a qu'à le faire pour vous.

Même Freddy et Jones la dévisagent. *De quoi je me mêle ? Elle n'a pas peur pour sa vie, elle…*

— Ce qui veut dire ? dis-je, cinglante. Que c'est à moi de demander ma main à mon père parce que vous trouvez que c'est vieux jeu ? Sinon, je vais tout simplement lui dire que Vicente ne souhaite pas le faire ! Je suis sûre qu'il sera enchanté, ravi que son futur gendre suive les conseils d'une femme extérieure à sa vie, qui ne se soucie pas des valeurs et traditions de notre famille…

Waouh ! Ça, c'était plutôt bien envoyé ! Hum, je me ferais bien un *give me five* à moi-même. Les quatre ne pipent mot. La pétasse regarde par terre. *Oui, je crois que tu n'as pas encore compris que je ne t'aime pas, mais ne t'inquiète pas, je m'y emploie !* Je récupère mon livre et m'élance vers le salon, les nerfs en pelote.

— Je suis désolé, Sofia, Alice est très jalouse et elle respecte les principes des personnes qui l'entourent.

— C'est moi, je ne pensais pas qu'elle le prendrait aussi mal…

— Je te l'ai déjà répété plusieurs fois, ne va pas vers elle, la sermonne Freddy. Mets-toi dans la tête qu'elle ne t'apprécie pas pour l'instant et laisse-la faire. Elle est difficile à apprivoiser. Moi, avant, elle me détestait.

— C'est vrai ? demande-t-elle, pleine d'espoir.

— Oui, tranche Vicente. Alice a du mal à faire confiance, mais ne t'inquiète pas, c'est à moi de lui montrer qu'elle peut te l'accorder.

— Et toi, Jones ? dit-elle.

— Moi ? Elle s'en fout complet de ma gueule !

Je retiens un fou rire. Vicente, lui, ne se prive pas.

— Il ne la voit pas aussi souvent que nous, donc elle s'en fout. Là, tu rentres chez elle, dans son intimité, ne l'oublie pas, c'est toi l'intruse qui s'incruste.

— Tu l'as bien cernée, Freddy, finalement. Je pensais qu'elle te prendrait comme amie, peut-être qu'avec le temps, ça ira mieux, ajoute Vicente.

— Au final, je suis sa rivale…

Oh, la salope ! Elle n'a pas osé ? Putain ! Je ne le crois pas qu'elle ait dit ça ! Donc elle cherche bien un truc avec Vicente.

— Ne redis plus jamais ça, lâche Freddy. Si jamais elle t'entend dire une chose pareille, elle n'aura jamais, mais jamais confiance en toi.

Un silence se fait, je tends un peu plus l'oreille. Je n'ai pas envie de me faire prendre à écouter aux portes, mais je suis curieuse !

— Sinon, c'est bon pour la quatrième, patron, reprend-elle en optant pour un ton aguicheur.

— Pas maintenant, répond Vicente. Alice est là.

— On fait comment pour le boulot ? demande Jones. Parce qu'elle veut…

— Non, ce n'est pas une bonne idée pour l'instant.

39

Alice

Deux mois plus tard

Je me réveille doucement au son des vagues s'écrasant sur les rochers. Vicente programme toujours son alarme sur une musique d'ambiance. Je fixe le plafond et attends qu'il veuille bien ouvrir les yeux. Je suis assez fatiguée en ce moment. Je rêve du capitaine pratiquement toutes les nuits. Je revois tous les moments forts de notre soi-disant relation et notre pseudo rupture. Mais aujourd'hui, je suis encore plus stressée que d'habitude et je sais que je n'obtiendrai pas de réconfort auprès de Vicente parce qu'il l'est tout autant que moi, si ce n'est plus. Bien sûr, ce n'est pas pour les mêmes raisons… Je souffle, me lève et entre dans la salle de bains. Les lumières m'aveuglent quelques instants. Je pose les mains sur la vasque et tente de calmer les nausées qui me prennent depuis plus d'une semaine, depuis que je connais la date exacte à laquelle mes faux parents débarquent chez nous pour rencontrer leur futur gendre. Je stresse encore plus depuis que le capitaine a essayé par trois fois de me voir, de me parler et que je me suis cachée ou m'y suis opposée. J'ai tellement peur qu'il se montre…

Je suis dans la merde jusqu'au cou !

Je n'ai pas le temps de me retourner que la bile me monte à la gorge. Je regarde le plafond, inspirant très fort par la bouche pour empêcher cette substance de m'irriter encore une fois l'œsophage. Je fais le vide autour de moi et compte les pas qu'il fait vers la salle de bains. Dans quelques secondes, Vicente va tendrement me saluer, comme tous les matins depuis que j'ai accepté sa demande en mariage. Nous vivons dans notre petit cocon, dans notre bulle que personne n'éclate, à part l'autre connasse, de temps en temps.

Bref. Je n'ai pas envie de me polluer l'esprit avec cette nana. Je préfère me concentrer sur lui et notre planning du jour.

— Bonjour, ma chérie d'amour…

— Bonjour, mon lapin, réponds-je en le reluquant.

Au saut du lit, il est… appétissant. Ma libido se réveille comme par enchantement à sa vue et le désir qui naît au creux de mon ventre s'intensifie à chaque pas dans ma direction. Lorsqu'il me prend dans ses bras, je ne résiste pas, je plaque mon corps au sien et l'embrasse avec passion. On le fait constamment depuis plus de quatre jours. Moi, j'en ai envie et lui ne peut rien me refuser. Et même avec ça, je suis en manque, j'ai toujours besoin que nous consommions notre relation. Je ne sais pas si c'est pour apaiser tout ce stress ou parce que j'en ai plus qu'envie… Ses lèvres descendent dans mon cou et tracent une pluie de baisers jusqu'à la naissance de mon épaule. Je gémis lorsque sa main retire ma culotte et qu'il vient toucher mon intimité.

— On se met la pression tous les deux, ma chérie. Je pense qu'il nous faut quelque chose pour faire redescendre tout ça…

— Je suis d'accord avec toi…, dis-je en retirant son boxer.

— Douche ?

Je hausse les sourcils exagérément puis ôte mon débardeur pour entrer dans la cabine. Aujourd'hui, j'ai envie d'avoir mal, j'ai envie de m'infliger tout ça, de repenser à lui, de me connecter au capitaine. Alors j'ouvre l'eau qui tombe en cascade sur mon dos et plaque les mains contre le carrelage. Je ferme les yeux, me revois au Mexique, chez mes faux parents, lorsque le capitaine est venu me sauter dans la douche et qu'il est parti comme un voleur, comme à chaque fois. J'ai besoin de voir ces images, de ressentir une dernière fois cette douleur que je fais taire depuis des mois, j'ai besoin de tirer un trait sur lui et de profiter de Vicente et de l'amour qu'il me porte. Lorsqu'il entrelace nos doigts, je retiens mes sanglots. La douleur s'immisce lentement en moi, je la ressens dans chaque pore de ma peau. Les frissons s'emparent de mon corps. Quand Vicente me pénètre, je ne peux plus me contenir, les larmes dévalent mes joues. Je revois cette horrible scène du vibromasseur dans la cave, la première fois où le capitaine m'a touchée, m'a attachée, bâillonnée, entravée, entraînée. Je retire les mains des siennes et, en moins de temps qu'il n'en faut pour le dire, il me retourne. Lorsqu'il voit que je pleure, Vicente prend mon visage en coupe et me sonde, à la recherche d'une explication.

— Ma chérie ? Alice ? Qu'est-ce que tu…

Je tremble de tous mes membres, je suis chamboulée, stressée, je ne suis pas dans mon état normal et pourtant, je suis sûre à 1 000 %.

— Pourquoi tu pleures ? Je t'ai fait mal ? Dis-moi, ma chérie…

— Tu sais que tu es le bon pour moi ?

Son torse s'affaisse d'un coup, il se lèche les lèvres puis sourit en coin.

— T'es vraiment frappée, ma chérie. Tu m'as fait flipper ! Je pensais que je… Bien sûr que je sais ce que tu ressens pour moi, je n'ai pas besoin que tu me le dises, OK ? Ne te mets pas la pression avec moi, s'il te plaît. Je ne veux plus te voir pleurer pour ça, d'accord ?

Le truc que tu ne comprends pas, c'est que ce n'est pas bien, ce n'est pas sain cette situation. Tu es un grand mafieux qui tue, brûle des gens, drogue et vend des jeunes filles. Je ne peux pas ressentir de l'amour pour un être comme toi, et pourtant…

Les étoiles qui illuminent ses yeux me font fondre encore plus que d'habitude. Il me serre dans ses bras et je me laisse aller contre son torse où je sens son cœur cogner et me crier tout l'amour qu'il ressent pour moi. Il me fait sauter sur ses hanches et sort de la salle de bains.

— Qu'est-ce que…

— Je te veux dans notre lit. Maintenant et dans notre lit !

— On va tout tremper, Vicente !

— J'espère bien !

Sa phrase envoie une décharge électrique dans mon bas-ventre. Mon désir revient au galop et lorsqu'il monte sur le lit à mes côtés, je l'attrape pour le forcer à s'allonger sur moi. Je n'ai plus envie de penser au capitaine, plus envie de me faire du mal, j'ai envie d'être Alice, la Alice de Vicente, celle qu'il aime de tout son être, sa future femme.

— Alors, qu'est-ce que tu attends ?!

Le sourire qui inonde son visage va me poursuivre toute la journée. J'emprisonne ses hanches de mes jambes. Il ne lui faut pas deux secondes pour entrer en moi. Aussitôt, je laisse mes gémissements et mon plaisir prendre le pas sur tout le reste, occultant tout ce qui pourrait se passer dans ce bas monde, dans nos vies, dans cette maison… Ses coups de reins ne sont pas tendres, bien au contraire, et je me délecte de sa force, de son endurance, du plaisir qu'il m'offre tous les jours que Dieu fait. Je plante mes ongles dans son dos lorsque le premier orgasme m'emporte et que je crie tout le bien qu'il me donne. Ses lèvres écrasent les miennes pendant qu'il prend un rythme bien plus soutenu qu'au début, ses mains se baladent sur mon corps, ses doigts pincent un de mes tétons, me faisant voir des étoiles. Vicente butine mon cou puis mord très fort ma lèvre, alors je jouis encore une fois en me cambrant et en le griffant sur toute la longueur du dos. Je le sens accélérer le rythme encore un peu, puis il se raidit et se déverse en moi dans un râle à peine audible. Il m'embrasse à plusieurs reprises et finit par sourire.

— Tu es en forme en ce moment…

— Je te retourne le compliment.

— Tu sais que je ne vais pas pouvoir me mettre torse nu pendant au moins six mois ?

Je glousse comme une lycéenne et caresse délicatement son dos.

— N'exagère pas, Mancini !

Il se met à rire puis me câline. Mon regard est attiré par le réveil posé sur la table de nuit.

— Il faut qu'on y aille, Vicente.

Il hoche la tête et se retire. Je n'aime pas lorsqu'il part si vite de notre étreinte, j'aimerais le garder un peu avec moi, mais aujourd'hui, on doit se bouger !

J'entre dans la douche pendant qu'il se rase puis j'entame le sujet de conversation qui me titille depuis une semaine.

— Ça ne me plaît pas de savoir que tu vas dormir avec elle et moi non…

— Je ne vais pas dormir avec elle, ma chérie ! dit-il sur un ton exaspéré.

— C'est pareil, elle sera là, et moi, dans l'appartement d'en face !

— Dis à tes parents qu'on habite ensemble, et puis voilà.

— Non ! Tu es malade ? Tu n'as qu'à l'envoyer autre part pendant le séjour de mes parents !

— Alice !

— Quoi ?! répliqué-je, feignant l'innocence.

Je la déteste toujours autant, si ce n'est plus.

Je sors de la douche, il me regarde m'enrouler dans un drap de bain et me sécher les cheveux avec une petite serviette.

— Je t'aime, tu le sais ?

— Oui, acquiescé-je. Mais je…

— Tu as raison, je vais leur dire de partir de la maison pendant le séjour de tes parents.

— Mais tu disais que…, rétorqué-je, un brin choquée par son changement d'idée.

Il s'approche, pose ses lèvres sur les miennes et m'embrasse à en perdre la raison. Puis il retourne devant le lavabo pendant que je me remets de son assaut complètement insensé. Lorsque je passe la porte de la chambre, je l'entends dire distinctement :

— On vient de terminer une affaire importante, donc ils peuvent prendre quelques jours de vacances.

Je m'accroche à la commode et serre le bois de toutes mes forces. Je retiens *in extremis* la bile qui fait son grand retour.

J'ai échoué.

Il les a vendues.

Et moi, j'ai continué ma petite vie tranquille sans me soucier de ces jeunes femmes qu'il allait mettre sur le trottoir. Je me dégoûte. Putain.

Je m'habille par automatisme et pense au capitaine. Voilà pourquoi il a essayé de me contacter, voilà pourquoi il a insisté… parce qu'il savait quand Vicente allait vendre les filles. Je cherche dans ma tête le moment où il a pu finaliser cette affaire, et ne peine pas à le trouver. Il y a quatre jours, je me suis endormie sur le canapé, il a prétexté une réunion un peu tardive à l'autre bout de la ville. Jamais je n'aurais cru que cela irait aussi vite… Il est arrivé une heure plus tard que d'habitude. Putain, je n'ai pas voulu ouvrir les yeux sur l'instant. J'ai laissé mes sentiments et mon bien-être prendre le pas sur ma mission. Je finis de m'habiller en enfilant mon jean et un haut rose pâle. Je récupère mes escarpins, les derniers qu'il m'a achetés, et les mets.

— Tout va bien ?

Je crie. Il m'a fait peur, ce con ! J'étais perdue dans mes pensées, ailleurs que dans cette chambre, en compagnie d'autres personnes telles que le capitaine, Flinn ou encore Gary King.

— Ma chérie ?

— Désolée, tu m'as effrayée. J'ai juste eu peur pour rien.

— C'était une mauvaise idée de regarder Chucky hier soir…

— Non, rétorqué-je en lui souriant. C'est juste que je suis un peu sur les nerfs aujourd'hui, ça ira mieux tout à l'heure quand je verrai mes parents. Ça fait un moment que je ne les ai pas vus.

Une fois prêts, nous quittons la chambre et entrons dans la cuisine, où une odeur de brûlé m'agresse les narines. Lorsque je remarque que Sofia fait à manger, ça ne m'étonne pas franchement. Cette femme est un aimant à intoxication alimentaire. Elle passe à mes côtés en chantonnant, ce qui a le don de m'exaspérer. Et là, maintenant, tout de suite, je ne vais pas être sympa avec elle parce qu'elle vient de vendre des filles, parce qu'elle cherche à se taper mon futur mari, parce qu'elle me sort par les yeux, tout simplement.

— Vous voulez des pancakes, Alice ? Je viens d'en faire, minaude-t-elle.

— Non, ça fait grossir. Je n'ai pas envie d'avoir les mêmes fesses que vous.

Ça, c'est fait ! Putain, je me sens mieux.

Elle est bouche bée et aucun son n'en sort. Lorsque je vois le regard de Vicente, je réalise. *Aïe*. J'y suis allée un peu fort, là, il semble enragé. Il attrape mon poignet et m'entraîne en dehors de l'appartement.

— Lâche-moi ! crié-je.

Il desserre la pression qu'il exerçait sur mon bras et, par réflexe, je me masse un peu. Une légère trace violacée de ses doigts commence à apparaître, alors je me sens plus qu'en colère.

— Tu as vu ce que tu m'as fait ?! lui hurlé-je dessus.

— Et toi, tu as vu ce que tu viens de lui dire ?!

Ça commence à me chauffer qu'il prenne tout le temps sa défense, qu'elle passe avant tout le monde dans cette baraque, et surtout avant moi !

— Et alors ? Ça te gêne ? Tu préfères son cul ? Alors va les bouffer ses pancakes de merde, moi, j'en veux pas ! Tu me fais chier, merde à la fin, je la supporte pas, ne m'oblige pas à l'aimer, bordel !

Il écarquille les yeux et recule d'un pas, estomaqué. Jamais de sa vie, on ne lui a parlé comme ça. Mais là, tout de suite, je m'en veux parce que j'ai clairement oublié le patron trafiquant qu'il est. Putain, il va me pulvériser.

— Je crois que l'on va se calmer un moment, Alice, tu as trop changé ces derniers temps, je ne te reconnais plus. Qu'est-ce que tu…

J'ai le souffle court. Lui maîtrise parfaitement la situation. Je crois que je viens de tout plomber. Son visage exprime un sentiment que je n'aime pas, surtout venant de lui : l'indifférence. Son regard d'amoureux vient de s'éteindre. Je suis allée trop loin avec Sofia, sachant que c'est sa petite protégée… Je peine à respirer, oppressée. J'éclate en sanglots, je vais tenter le tout pour le tout.

— Tu te préoccupes plus d'elle que de moi. Tout le temps, j'essaie de te faire plaisir, et toi, tu fais que prendre sa défense à elle, on dirait que tu t'en fiches de moi. Je t'ai acheté plein de myrtilles hier pour qu'on prenne le petit-déjeuner au lit, tous les deux, ce matin, et là encore, tu ne vois que ses pancakes de merde. Tu es constamment en train de me parler d'elle. La preuve encore tout à l'heure, à peine on venait de faire l'amour que c'était Sofia par-ci, Sofia par-là.

— Alice, merde… C'est toi qui as commencé à parler d'elle ce matin, et puis je…, commence-t-il doucement. Je suis désolé, ma chérie, je ne veux pas que tu te sentes abandonnée, mise à l'écart, d'accord ?

Putain. Je n'ai pas de mots. J'aurais dû être actrice. Il me prend dans ses bras et me serre fort. Il relève ma tête vers la sienne et m'embrasse du bout des lèvres.

— Oh, je t'aime, Alice, je suis désolé, j'ai tellement envie que tu t'entendes bien avec elle… Je ne pensais pas que tu le vivais aussi mal…

Il m'embrasse de plus belle. Où est passé le mafieux ? Où est passé Vicente Mancini, tueur sanguinaire ?

— Je vais la virer, comme ça, on ne se disputera plus à cause d'elle, d'accord ? Je veux faire ma vie avec toi et si tu ne t'entends pas avec mes employés, eh bien, ils prendront la porte. Tu passeras toujours en premier, mon amour, n'en doute jamais.

Putain, il va la faire tuer. Elle sait beaucoup trop de choses pour qu'il la laisse partir tranquille. Chez Vicente, virer, c'est buter.

Son regard est redevenu comme avant, il est tendre et me serre encore contre lui. La colère est passée. Je ne peux plus me permettre de jouer avec le feu comme ça, c'est beaucoup trop risqué. Je suis dans ses bras et je m'y love complètement.

— Je ne veux pas que tu la vires, mais ne me force pas à l'aimer, s'il te plaît.

Il hoche la tête puis me serre fort.

— Tu vas t'excuser ?

Je grogne dans sa direction et, lorsque je sens les spasmes dans sa poitrine, je la déteste encore plus qu'il rit de ça.

— Obligée ?

— Oh que oui ! Tu ne te défileras pas…

Alors que l'on entend des pas se rapprocher, Vicente me lâche dès que la porte s'ouvre sur Sofia.

— Vite, ma chérie, on va arriver en retard pour tes parents. J'ai oublié un truc, j'arrive.

Super, je vais me retrouver toute seule avec elle. Bon, je dois faire en sorte que Vicente ne la tue pas. Il faut donc que je m'exécute !

Putain, ça me coûte… Je dois de ce fait lancer la conversation… Fait chier !

— Sofia, je suis désolée pour tout à l'heure. J'étais vraiment énervée et vous étiez là, donc c'est vous qui avez pris. Je n'avais pas à vous dire ça, surtout que ce n'est pas vrai…

Si, elle a un gros cul. Mais je dois me rattraper, donc...

— Ce n'est rien, vous êtes stressée en ce moment.

— Ouais, je ne sais pas ce que j'ai. Enfin, si, je suis fatiguée, je n'arrive pas à me reposer convenablement parce que, le peu que je dors, je fais beaucoup de cauchemars. Du coup, un rien m'énerve.

— Vous êtes à fleur de peau, je comprends.

Je la dévisage. Putain, ce n'est pas possible !!

— Tout va bien ? Qu'est-ce qu'il vous arrive ? Vous êtes toute pâle tout à coup !

— Si, si, ça va, lui assuré-je, ce qui est un mensonge.

Vicente se matérialise à mes côtés et m'embrasse tendrement pendant que Sofia appelle l'ascenseur. Il se tourne vers moi, lui tournant le dos.

— C'est bien quand tu ne te transformes pas en dragon…

— J'ai envie de te castrer, maintenant…

— OK, on s'en va !

Nous entrons dans l'ascenseur et je souffle. Il y a juste un bémol dans cette histoire, c'est l'état dans lequel je suis. Je passe du rire aux larmes, je suis exténuée, j'ai la nausée depuis quelque temps, c'est bizarre…

Dans la voiture, je sors mon portable et consulte mon agenda. Je compte. Putain, pas de doute. Ce n'est pas possible. Je compte et recompte. Je n'ai jamais de retard, je suis réglée comme du papier à musique. Vingt-huit jours et mon cycle recommence. Le retard, ça veut dire grossesse. Ça veut dire bébé. Ça veut dire que je porte le bébé d'un gangster. Putain, je suis enceinte !

— Tout va bien, ma chérie ? Tu es toute blanche…

Ah bon ? Pourtant, tout le monde dit que les femmes enceintes ont bonne mine...

Mais à quoi je pense ? Je suis sous le choc…

— Oui, oui, j'ai hâte de voir mes parents.

— Je stresse à mort.

— Ne t'inquiète pas, ça va bien se passer, tu verras…

Je pose la tête contre son épaule. Je suis terrorisée, mais j'essaie de calmer ma respiration pour qu'il ne se doute de rien. Je dois garder le secret, faire un truc, arrêter d'y penser, me concentrer sur autre chose, les filles, Sofia, Vicente… Le bébé de Vicente, le bébé d'un gangster. Non, je n'y arrive pas…

Comment j'ai pu tomber enceinte ? Je prends la pilule à heure régulière, j'ai réussi à repousser l'échéance de sa demande de lui faire un enfant grâce au mariage, mais… Je ne comprends pas.

— On va se faire défoncer, lâché-je tout fort, encore dans mes réflexions.

— Putain, ne me dis pas ça, ma chérie !

Freddy éclate de rire et Jones ne se prive pas non plus.

— Ça vous fait rire ? demande Vicente.

— Non, patron, répondent-ils en chœur.

Moi, ça ne me fait pas rire, bien au contraire !

40

ALICE

On arrive à l'aéroport, où Jones et Freddy nous déposent. Ils ont quartier libre pendant tout le séjour de mes parents. Je suis ravie que Vicente ait pris cette décision. Mon stress retombe un peu. J'occulte complètement le fait qu'il ait vendu les quatre filles, tant que je n'ai pas la confirmation de ma fausse mère… Nous avançons main dans la main et arrivons devant le terminal. Plusieurs avions viennent d'atterrir, une foule se presse à nos côtés. Je les vois enfin et m'élance vers eux. Je serre ma mère dans mes bras pendant que mon père embrasse mes tempes.

— On ne peut pas rester toute la semaine, dit-elle.

— Oh, mince, je pensais que vous vous étiez arrangés…

— Ils ont besoin de moi au boulot… On ne reste que trois jours, ajoute mon père.

Vicente s'avance vers nous, complètement angoissé. Je lui prends la main et l'entraîne vers mes parents.

— Papa, maman, je vous présente Vicente.

Ma mère lui sourit. C'est important pour Vicente de s'intégrer dans ma famille, parce qu'il n'a plus la sienne. Ses parents sont décédés depuis des années, ainsi que son frère, et le dernier rescapé de cette pagaille n'est autre que Gidéon, son cousin.

— Enchantée, dit ma mère.

— Je suis ravi de vous rencontrer, Alice m'a tellement parlé de vous…

Mon père lui tend la main, qu'il s'empresse de serrer avec un large sourire

— Bonjour, Vicente, je suis content de rencontrer l'ami de ma fille ! Appelez-moi Brad !

Vicente porte les valises avec mon père, pendant que ma mère et moi les suivons jusqu'à la voiture qu'il a louée pour l'occasion. Une fois les bagages dans le coffre, nous nous installons, les femmes sur la banquette arrière, les hommes à l'avant.

— Alors ? demandé-je. Comment ça se passe à la maison ?

— Oh… eh bien, ce n'est pas…, commence-t-elle.

— Le voisin déprime, c'est tout, la coupe mon père.

— Le voisin ? demandé-je.

Elle grimace puis mon père me regarde avec insistance. C'est à ce moment que je comprends qu'il parle du capitaine et de la mission.

— Oui, Christobal est dans une mauvaise passe, continue-t-il. Sa femme l'a quitté…

— Quelqu'un que tu connais, ma chérie ? demande Vicente.

— Oui, il habite la maison d'à côté depuis au moins dix ans… Je ne savais pas qu'elle était partie…

— Tout le monde dans le quartier a peur qu'il déconne, renchérit ma mère.

Je hausse les épaules. Face à l'œil de Vicente dans le rétroviseur, il ne faut pas que je paraisse troublée ! D'un autre côté, le capitaine n'a pas été tendre avec moi ! C'est lui qui a commencé les hostilités en me balançant ses horreurs au visage, en disant qu'Alice était la femme de sa vie alors qu'il venait juste de me faire l'amour. Merde !

— Comment se sont-ils séparés ? demande Vicente.

— Il avait une petite copine, lâche ma mère.

Et là, c'est mon cœur qui en prend un coup. Je m'étais juré de ne plus rien ressentir pour lui, surtout que, maintenant, j'ai le bébé de Vicente dans le bide !

— Ah ! Putain, déjà que c'est difficile avec une, je n'imagine même pas avec deux !

Un silence de mort s'abat sur la voiture ! Ma mère et moi dévisageons Vicente qui, lui, ne semble pas se rendre compte de ses paroles. Lilly sort de son coma et commence une autre conversation, sur le boulot de Vicente. Je souris intérieurement face aux mensonges de mon très cher petit ami.

— Alors, où va-t-on ? demande ma mère.

— Chez nous, répond Vicente.

Je déglutis difficilement. Qu'est-ce qu'il me fait ? Nous nous étions mis d'accord sur le fait de ne pas dire que nous habitions ensemble, afin de respecter les traditions de ma soi-disant famille !

— Chez vous ? demande mon père sur un ton limite agressif.

— Oui. On espérait tellement votre visite parce que nous voulons nous marier, mais pas sans votre bénédiction !

Je suis bouche bée ! Je crois qu'il n'a pas compris ce que sont des valeurs et traditions familiales. Et puis merde ! On avait un plan, pourquoi change-t-il tout d'un coup, comme ça ?

— Je n'ai plus de famille et je souhaite de tout mon cœur en fonder une avec votre fille. Et qu'Alice m'offre la chance d'en avoir une nombreuse.

— D'abord, on se marie, dit mon père, et après on en vient au bébé !

— C'est prévu, renchérit Vicente. Vous êtes là pour ça…

Putain ! Je commence à avoir un sérieux mal de crâne. Je me frotte les tempes pendant que mon père tourne la tête pour regarder par la fenêtre et ne plus rien dire du trajet. Ça commence fort !

***

Nous sommes à table. Lilly a voulu me parler de cette histoire de mariage discrètement, mais elle sait que nous ne pouvons pas nous permettre de discuter en toute liberté. Nous avons donc laissé cette conversation de côté et profitons du repas que Vicente a cuisiné pour nous.

— C'est vraiment très bon, Vicente ! Qui vous a appris à cuisiner ? demande-t-elle en finissant sa bouchée de poulet basquaise.

— C'est ma mère, elle nous montrait dès qu'elle le pouvait…

— Et Alice ne cuisine pas pour vous ? le questionne mon père, sans vraiment s'intéresser.

— De temps en temps, réponds-je pour me défendre.

— C'est important pour une femme de savoir faire à manger, continue ma fausse mère, qui commence légèrement à m'irriter.

— J'aime bien le faire pour la soulager, dit-il en me faisant un clin d'œil.

Je n'aime pas faire la cuisine, à part la pâtisserie, ce n'est pas ma faute. Je n'ai pas ce don, tout ce que je fais crame ou le goût attendu n'y est pas.

— C'est à la femme de cuisiner ! intervient mon père.

— Les années 1920, c'est du passé, papa, et Dieu merci !

— Votre mère vous a appris d'autres recettes ? demande Lilly.

Il secoue la tête. Un jour, il faudra que l'on parle de sa famille. Enfin, je veux dire, vraiment en parler, pas comme la première fois où nous sommes partis à Atlantic City. Je vois que ça lui pèse de ne pas avoir de parents, alors que moi, je ne les connais pas, du moins je ne les connais plus. Quelquefois, je me dis même que, peut-être, Lilly et Brad sont les vrais… ou pas ! Je ne sais pas. Le saurai-je un jour ? Ce constat me brise un peu plus le cœur. À chaque fois que j'ai cette pensée, j'ai l'impression de perdre à nouveau mon identité. Et puis, l'ai-je vraiment retrouvée ? Parce que, plus le temps file, et moins je sais sur quel pied danser… Un coup, j'ai l'impression d'être la vraie Alice, un autre, je me dis que ce n'est pas possible que je sois cette personne. Pourtant, les rêves, les souvenirs, le journal et certaines paroles de Vicente me transportent dans un endroit qui me paraît si familier… Alors que cette histoire de parents agents de police qui se sont sacrifiés pour moi… m'est complètement inconnue. Donc, je préfère ne pas y penser, parce que ça fait trop mal.

— Elle n'a pas eu le temps…

— Le sort s'acharne sur certaines familles, dit Brad.

— Alice a eu un accident de voiture il y a cinq ans, elle a perdu la mémoire, déclare ma mère.

— Je lui ai déjà raconté, maman…

Elle soutient mon regard, mais n'en fait qu'à sa tête. Je suis sûre que c'est pour le tester.

— C'était traumatisant pour nous aussi. Lors de ton réveil, tu m'as regardée comme si tu ne m'avais jamais vue de ta vie…

— Elle ne se souvenait de rien ? la questionne Vicente.

Lilly secoue la tête. Je sais que ça l'intéresse. Voilà pourquoi il leur pose des questions sur ma convalescence, notre retour dans le Delaware et notre départ plus ou moins précipité pour Guadalajara.

— Elle avait un petit ami, à l'époque ? demande-t-il.

— Oh, non, aucun ! Alice était très studieuse, elle avait des résultats impressionnants en classe. Elle préférait les livres aux garçons…

— Une petite fille modèle, dis-je en souriant. D'ailleurs, pendant mon coma, j'ai pris un sérieux retard en lecture, que je comble maintenant.

— Ah ? Et que lis-tu en ce moment ? s'enquiert-elle.

— *Les Hauts de Hurlevent*, d'Emily Brontë. C'est une très belle histoire.

Elle acquiesce pendant que je me sers de l'eau. Vicente me regarde faire et me montre la bouteille de vin. Je lui fais signe que je n'en veux pas. Cela n'a rien à voir avec mes parents, mais plutôt avec un petit intrus qui squatte mon ventre. Quelque chose comme la progéniture d'un gros trafiquant. Mais ça, il ne le sait pas encore ! Putain, j'en ai la nausée. Il me sourit doucement, comme si je m'amusais à jouer à la gentille petite fille à son papa et sa maman.

Non, mec, je porte certainement ton bébé.

Il n'y a rien de sûr. Reste cool, Alice ! C'est vrai, je peux avoir du retard, ça arrive ce genre de chose, même si je prends la pilule et que je n'ai eu aucun retard par le passé.

— Alors, vous avez décidé de vous marier quand ? demande mon père en faisant tourner son verre de vin entre ses mains.

— Avant la fin de l'année, tranche Vicente.

Mais il est barge ! C'est beaucoup trop court !

— C'est trop rapide, réplique ma mère. Il faut au moins un an pour tout préparer…

— Il y a des professionnels qui font ça très bien et en moins de trois mois !

— D'une, c'est hors de prix, de deux, c'est une joie pour notre famille d'organiser un mariage.

— C'est moi qui prends en charge l'intégralité de la noce, continue Vicente.

— Non ! beugle mon père. On doit faire moitié-moitié.

— Sauf le respect que je vous dois, je gagne très, très bien ma vie…

— Et ? dit Brad.

— Je veux qu'Alice ait le mariage dont elle rêve…

Super, je rêve de rien à la base, putain… Et encore moins d'un truc de princesse.

— Je crois, mon garçon, que tu ne la connais pas bien encore…, lâche mon père.

Vicente le fusille du regard. J'assiste, impuissante, à un combat de coqs. Je sais que mes faux parents sont là pour m'aider dans la mission. Je sais pourquoi James s'acharne autant, c'est juste pour me protéger et que cette union n'ait pas lieu… En plus, l'idée en elle-même me fait flipper, mais avec Vicente… ce n'est pas la même vision du couple qu'il m'offre et la perspective est bien plus tentante… Je regarde ma mère et lui fais un signe. Elle hausse les épaules. Super… Les deux hommes continuent à se dévisager, on dirait qu'ils vont se sauter dessus pour s'entretuer.

— Au bout de cinq mois de vie commune, on a encore beaucoup de choses à apprendre sur la personne avec qui on partage son existence. Tu ne la connais pas, le mariage que tu veux lui offrir ne lui conviendra pas.

— Justement, je sais exactement ce qu'elle désire et je n'ai pas besoin d'attendre de vivre avec elle pendant vingt ans pour le savoir !

La moutarde me monte au nez, j'en ai plus que marre de cette conversation qui devient totalement stérile.

— Il me semble que c'est à moi de décider de ce dont j'ai envie, lancé-je.

Tous les deux se retournent vers moi, interdits. Mon intervention ne leur plaît pas, ni à l'un ni à l'autre.

— Donc fin d'année, se résout ma mère. Ça ira, la famille sera déjà là pour Noël.

— Sauf de mon côté, la contredit mon père.

— On peut s'arranger pour les faire venir à la maison, Brad.

Vicente penche la tête sur le côté. *Aïe.*

— On va se marier à New York, déclare-t-il en buvant une longue gorgée de vin.

— Quoi ? s'exclame Lilly.

— Oui, c'est à New York qu'aura lieu le mariage…

Je pose la main sur mon front. Là, ça ne va pas passer.

— Je ne suis pas d'accord, tonne mon père.

— Pour New York ? rétorque Vicente en s'amusant.

— Non, pour ce mariage !

Ce séjour ne s'annonce pas bien du tout... un vrai cauchemar !

***

— Ils me détestent, dit-il en enlevant sa montre.

Je suis déjà couchée, j'attends qu'il arrête de râler et vienne s'allonger à mes côtés. Je suis moins à l'aise maintenant que Lilly a confirmé mes soupçons. Il a bien réalisé une vente la semaine dernière… dans mon dos. Je n'ai pas réussi à sauver ces filles. Je culpabilise de plus en plus, mais qu'aurais-je pu faire, puisque je ne fais pas encore partie de sa société ? Il n'a pas assez confiance en moi pour ça. C'est à moi de mettre les bouchées doubles pour qu'il n'y ait plus de ventes de jeunes femmes. Cette pensée m'attriste, parce que, d'un côté, je ne veux plus qu'il y ait ce trafic d'êtres humains, mais d'un autre, je n'ai pas envie qu'il soit emprisonné, éloigné de moi…

Putain, je ne sais plus où j'en suis ! Et lui me regarde avec insistance pour que je lui donne mon avis sur des parents qui ne sont pas les miens... Enfin, je ne sais plus non plus...

— Tu les as agressés, Vicente !

— Mais quand ?!

— À peine arrivés ! Tu leur annonces qu'on va se marier, qu'on habite ensemble et qu'on veut un bébé, ça fait beaucoup à digérer d'un coup !

— Et ton père qui veut payer la moitié du mariage, non, mais je rêve !

— C'est comme ça dans ma famille, mon lapin…

Il se met à rire très fort puis s'approche de moi et me caresse le visage comme s'il redessinait mes traits.

— Je gagne trois fois ton salaire annuel en une heure donc ton père ne paiera pas un centime… Pourquoi fais-tu cette tête ?

— C'est indécent de gagner autant d'argent, putain !

Il m'embrasse doucement puis touche ma main et entrelace nos doigts.

— Ouais, et je m'en tape, si tu savais. J'ai envie que ton rêve se réalise, ma chérie, quoi qu'il m'en coûte.

— Je veux un mariage avec mes proches, Vicente, pas un truc organisé à la sauvette par des gens qui ne nous connaissent pas.

Il ferme les yeux. Eh oui, mon lapin, je sais ! Mais j'essaie juste de gagner du temps parce que je suis perdue dans ma vie. Je ne sais plus qui je suis, qui je dois être, un bébé grandit dans mon ventre et ça me terrifie. Si je peux faire une pause et réorganiser tout ce merdier, je la prends sans hésiter.

— Dis-moi que tu veux te marier au Mexique et je te jure que je fais une crise cardiaque.

— Cancún, sur la plage, réponds-je en me mordant la lèvre.

— Merde, Alice !

— C'est un rêve de petite fille ! Parce que c'est la plus belle plage du monde, mon lapin !

Je fronce les sourcils pendant qu'il entre dans les couvertures sans rien dire. Il se rapproche de mon oreille et me murmure enfin :

— Tu auras le mariage que tu veux, ma chérie ! Si nous devons partir au Mexique, eh bien, nous irons, d'accord ?

Je lui souris, l'attire contre moi et l'embrasse comme une demeurée. Ses mains partent à l'aventure sous mon débardeur et, lorsqu'il touche mes tétons, durcis de désir, je gémis sans retenue.

— Chut… N'oublie pas que tes parents sont à quelques mètres de nous…

Je me mets à glousser comme une gamine, mais suis vite interrompue par les vibrations d'un portable. Vicente retire ses mains, ce qui provoque mon grognement de frustration.

— Oui ? OK, OK, ne touchez à rien. J'arrive !

Je m'assieds sur le lit et le regarde s'habiller à la hâte.

— Tout va bien ? demandé-je prudemment.

— Oui, rien de grave. Je dois partir rejoindre Freddy. Il y a un problème au boulot.

— À cette heure-ci ?

Il me sourit, me plante un baiser sur les lèvres et souffle dessus doucement.

— Je reviens vite, ne t'inquiète pas, ma chérie.

41

Alice

Je gratte ma guitare depuis hier soir. Enfin, ce n'est pas la mienne, mais celle de Nicolay. Ça fait des jours que Vicente est parti et je n'ai aucune nouvelle. Tous mes messages sont restés sans réponses, et lorsque je l'appelle, je tombe directement sur son répondeur. Donc il n'a pas besoin de moi. Il est peut-être mort ?! Telle une épée, cette idée me transperce le corps. Je pense que s'il lui était arrivé malheur, Gary ou Flinn seraient venus me chercher pour me dire que la mission était terminée…

Je regarde ma montre, j'étais censée aller au bureau, mais j'ai des préoccupations beaucoup plus importantes aujourd'hui. Heureusement que je peux compter sur le télétravail… Je chantonne *Clandestino* en jouant encore de la guitare pour avoir l'accord parfait, la tonalité parfaite… J'essaie de provoquer des souvenirs, de me rappeler Nicolay autrement que par le journal, autrement que par les rêves que je fais. Je me résigne et me lève. Je m'arrête net lorsque mon regard tombe sur Vicente et ses trois employés. Mon cher et tendre est bouche bée. Oui, j'ai pris la guitare de son défunt frère et, de ce fait, je pense que tout un tas de souvenirs le submergent.

— Bonjour, ma chérie, dit-il finalement.

— Bonjour, réponds-je en accrochant la guitare au mur.

Freddy, Jones et Sofia sont à ses côtés. Ils affichent des têtes de personnes qui n'ont pas dormi depuis un siècle.

— Tu vas où ? me demande-t-il lorsque je le dépasse pour partir.

— Au travail, Vicente, je vais être en retard…

— Et tes parents ?

— Mes parents sont au Mexique depuis quelques jours déjà.

Il écarquille les yeux. Je ne me démonte pas.

— Tu es parti pendant des jours, donc oui, ils sont repartis, comme convenu.

— Oh, merde, ma chérie…, lâche-t-il.

Je déglutis.

Je ne vais pas t'épargner. Tu viens de m'abandonner pour quelque chose dont tu me caches tout, alors, t'inquiète, je ne te ménagerai pas.

— Ils ne sont pas d'accord pour le mariage, alors ?

— Disons qu'après ta dispute avec mon père, tu t'es barré. Tu as voulu les faire venir ici pour les rencontrer et passer du temps avec eux, mais tu es parti sans aucune explication. Donc, non, ils ne sont absolument pas d'accord pour le mariage. Ne te pose plus la question parce que oui, je pense qu'ils te détestent vraiment beaucoup maintenant.

Hum… ça fait mal !

Je ne suis pas fair-play, mais merde, j'estime avoir le droit de l'envoyer sur les roses. Il pince les lèvres. Même éreinté, il reste magnifique. C'est vraiment un bel homme… Quel gâchis…

— Je peux peut-être me rattraper ?

— Bon courage, dis-je en attrapant mon sac à main et en quittant la pièce.

Une fois dans la cuisine, je bois une gorgée de mon jus de fruits et me tourne vers lui. Les trois autres ne sont plus dans les parages, et tant mieux pour eux. Lorsque je serai partie, ils vont en prendre pour leur grade si leur patron est énervé, et là, je peux dire que je m'en tape. J'ai autre chose de plus important à régler aujourd'hui…

— Pourquoi tu n'es pas fâchée, Alice ?

Je le regarde droit dans les yeux. Je veux qu'il se sente minable, qu'il ressente ce que moi, j'ai pu ressentir face à son abandon.

— Eh bien, il y a des moments où ça ne sert à rien de lutter, donc je ne lutte pas.

— Pourquoi j'ai l'impression que tu es blessée ?

— Parce que je le suis certainement…

— Je suis vraiment désolé, ma chérie, j'avais un problème urgent à régler… Je t'assure que je ne voulais pas te laisser seule avec tes parents…

— Lequel ?

Vicente se raidit puis ouvre la bouche et la referme. Il cherche quelque chose à me dire sans se griller, en essayant de ne pas trahir la confiance que j'ai en lui.

— Un truc au boulot, rien de passionnant. Maintenant, c'est réglé.

Je ricane en reposant mon verre, j'attrape ma veste et la mets.

— C'est ce que je disais...

— Alice, ne t'occupe pas de mon boulot, tu ne sais pas…

— Je ne m'en occupe pas puisque tu ne me fais pas confiance, ce n'est pas la peine d'insister.

— Non, ce n'est pas ça, ma chérie. Je ne veux pas t'ennuyer avec ça…

— Ouais, écoute, je dois y aller, je vais être en retard.

Je lui fais un léger bisou sur la joue et sors de l'appartement pour ne pas continuer cette conversation dénuée de sens. Dans l'ascenseur, je respire fort plusieurs fois. Putain, ça va être chaud aujourd'hui, je suis censée travailler de chez moi, donc ne pas me rendre au bureau. Je regarde si quelqu'un me suit, personne à l'horizon, tant mieux. Ils sont tous crevés de leurs folles aventures des derniers jours. Je pense qu'ils vont me foutre la paix jusqu'en milieu d'après-midi. Je bifurque et rentre dans la première pharmacie. Je déambule dans les rayons, la peur au ventre, je prends une boîte de paracétamol et un test de grossesse. Je déglutis à la vue de cette boîte et du résultat qui m'attend. La pharmacienne me regarde de travers en scannant mes produits. Je n'en fais pas grand cas. Je n'ai pas envie de me polluer l'esprit avec ce genre de comportement. Je paye et ressors tranquillement, mes achats bien cachés dans mon sac à main. Je m'installe dans un café isolé du centre. Je n'ai pas envie d'être vue, c'est pourquoi je m'installe tout au fond de la salle, dans le coin le plus reculé de l'entrée. Je suis un peu plus tranquille que les autres jours parce qu'ils sont tous à la maison en ce moment. Ils doivent dormir, vu les têtes qu'ils affichaient tout à l'heure…

— Vous désirez, mademoiselle ?

Le serveur me tire de ma rêverie. Je réfléchis quelques secondes à une boisson qui n'est pas affreuse à vomir… Parce que je peux dire que je deviens une experte en nausées.

— Un jus de fruits, s'il vous plaît. Fruits rouges, si vous avez, merci.

— Bien, dit-il en partant vers le comptoir.

Je me lève et prends la direction des toilettes, mon sac à main collé contre ma poitrine. Je m'enferme dans la cabine, ouvre cette boîte de malheur et lis les instructions. J'ai fait la prise de sang hier à la clinique, mais je refuse de voir les résultats avant d'avoir vu le gynécologue. J'ai rendez-vous avec lui en fin de matinée. Si jamais le résultat est négatif, j'annule et je rentre à la maison boire une bouteille entière de Coca ! Je regarde ce bâton et fixe la boîte où une femme sourit de toutes ses dents.

Elle ne devait pas être enceinte d'un mafieux, certainement, celle-là, sinon elle n'aurait pas ce sourire dentifrice.

Putain, je deviens folle !

Une fois l'opération « bâtonnet » terminée, je pose le test, reboutonne mon jean et ne peux pas attendre ces foutues trois minutes réglementaires.

Positif.

Il n'a pas eu besoin de beaucoup de temps pour virer au prune… Le truc n'a même pas tout absorbé que les deux lignes sont bien distinctes et violacées. Donc il n'y a plus aucun doute.

Mais comment ? Comment ?

Je n'arrête pas d'y penser, je n'ai oublié aucun de mes cachets, je n'ai pas fait d'écarts, je n'ai rien… Non, mais sérieusement, pourquoi moi ? Il y a des femmes qui mettent des années à tomber enceintes, et moi, même avec un contraceptif, je chope une lentille ! C'est quoi cette poisse ?!

Je serre le test dans ma main à en faire blanchir mes phalanges. Merde, ces deux traits me font suffoquer. D'un geste magistral, je jette ce bâton de malheur à la poubelle et essaie de reprendre une respiration convenable. Je ferme les yeux, fais le vide autour de moi pour me concentrer sur l'essentiel. Je suis enceinte, j'ai un bébé dans le ventre, un petit être qui grandit, le mélange de nous deux, de Vicente et moi, de mon lapin. Je pleurerai plus tard. En même temps, il n'y a pas de quoi pleurer. Avoir un bébé, c'est la plus belle chose qui puisse arriver dans ma vie. Cette pensée annihile le reste. Vicente m'aime, il sera ravi d'avoir ce petit. Et moi ? Je ne suis pas prête à avoir des enfants, mais peut-être parce que c'est partir à l'aventure, sur un terrain inconnu, voilà pourquoi bon nombre de parents ont peur, parce que c'est quelque chose qu'ils ne maîtrisent pas… L'inconnu. Alors que moi, j'y baigne depuis ma sortie de coma. Je retourne à ma table, le cœur un peu plus léger qu'au début de la matinée. Je sirote mon verre en regardant le journal local. Tout à coup, je m'étrangle en voyant l'article des faits divers qui me saute aux yeux.

« Le corps d'une jeune femme vient d'être découvert dans un coin reculé du Wave Hill[1]. D'après les premières consta-

1. Le Wave Hill est un grand jardin public de plusieurs hectares situé dans le Bronx.

tations de la police, elle serait connue de leurs services. L'autopsie est en cours pour déterminer la cause du décès et son identité. »

Ce sont eux... C'est lui...

Je me frotte les yeux pour m'enlever les images du parc et de l'endroit où le corps a été retrouvé. Je sais que c'est lui, voilà pourquoi il n'était pas là pendant ces quelques jours... Il était en train de planquer un cadavre. Une pointe d'électricité me prend soudainement au ventre, quelque chose de pas du tout agréable. Je froisse le journal, paie mon jus de fruits et sors du café.

Arrivée devant la clinique, je commence à paniquer. J'ai une boule dans la gorge et une drôle d'impression me suit depuis que j'ai vu le résultat du test. La dernière fois que je suis venue ici, c'était pour voir mon neurologue à la suite de l'accident... Enfin, accident... je ne sais même pas si c'est vrai... Une fois les grandes portes vitrées passées, je me retrouve dans une énorme bulle. La cafétéria est sur ma droite, elle est pleine, comme à chaque fois, avec ses tables et chaises en fer forgé et ses menus pas du tout appétissants. Sur la gauche se trouvent les bureaux des enregistrements. Je patiente, le temps qu'une femme m'oriente vers le service concerné. Dans l'ascenseur, je n'en mène pas large. Plus je vois les étages défiler, plus ma respiration s'accélère. Lorsque je pénètre dans le service, mes nausées redoublent d'intensité. J'ai le cœur au bord des lèvres, les larmes menacent de dévaler.

Plusieurs femmes attendent sur des bancs, le ventre tendu au maximum, comme si elles allaient accoucher dans la minute... Remarque, c'est peut-être le cas ! On est ici pour une bonne raison, si moi, je suis au début de la grossesse, elles sont loin devant moi. Je m'approche de la banque d'accueil et tends mes papiers à la secrétaire.

— Bonjour, j'ai rendez-vous avec le Dr De Luca. Mlle Degan !

— Oui. Parfait, installez-vous sur un banc, il va venir vous chercher.

Je hoche la tête et m'installe à côté d'une femme qui lit un magazine sur la décoration de chambres de bébés. J'attends à peine quelques instants qu'un homme d'une quarantaine d'années appelle mon nom de famille. Je me lève et le suis jusqu'à son bureau.

Le Dr De Luca est… Il ressemble à Eros Ramazzotti lorsqu'il était plus jeune. Il a un charisme de dingue et, lorsqu'il ouvre la bouche, je ferme la mienne d'un geste sec.

Ce n'est pas possible, je suis poursuivie…

Il a cet accent chantant qu'a Vicente, donc il est italien. Je lis son badge qui me le confirme : Mario De Luca.

— Bonjour, mademoiselle Degan. Vous venez pour une première grossesse, c'est bien ça ?

— Oui, dis-je d'une petite voix.

— Bien. J'ai récupéré vos résultats sanguins. Il n'y a pas de doute, les hormones sont assez importantes.

— Ce n'est pas bon ?

— Non, non, du tout. Juste, nous allons faire une échographie pour bien confirmer la grossesse. Avez-vous eu des grossesses gémellaires dans votre famille ?

— C'est quoi ça ?

— Des jumeaux, triplés…

— Oh, non, dites-moi que non ! Un seul, c'est déjà bien.

Il se met à sourire. C'est la fin des haricots si j'en ai plusieurs là-dedans ! Il regarde ma main, alors je lève les yeux au ciel.

— Votre mari…, commence-t-il.

— N'est pas au courant pour l'instant, je voulais être sûre avant de le lui dire.

— Très belle bague, répond-il en pianotant sur son ordinateur.

— Je ne sais pas comment je suis tombée enceinte… enfin, je veux dire, je prenais la pilule et là…

— Ce sont des choses qui arrivent souvent.

— Et ça n'inquiète personne ? C'est-à-dire, c'est censé être un moyen qui évite ce genre de chose, non ?

— Êtes-vous contrariée d'être enceinte ?

— Non, c'est juste que nous avions décidé de nous marier avant de fonder une famille. Mon fiancé préférait faire un bébé avant, mais je… C'était mieux le mariage avant !

— La médecine n'est pas une science exacte et, quelquefois, la nature reprend ses droits, comme pour vous aujourd'hui… On y va ?

— Où ?

— Le voir.

— OK.

Il se lève et traverse la pièce jusqu'à un recoin que je n'avais pas remarqué en rentrant. Il y a un paravent qui cache une table d'auscultation et un échographe. Le Dr De Luca s'assied puis me fait signe de m'allonger sur le dos. Je me sens tellement seule à cet instant…

— Alors, nous ne pouvons pas vraiment dire à combien vous êtes par rapport à vos dernières règles, vu que vous étiez sous pilule… Je vais le calculer en fonction du fœtus. Vous pouvez relever votre haut, s'il vous plaît, et baisser votre pantalon ?

— Oui, bien sûr.

Lorsque je prends le bas de mon tee-shirt, je me rends compte que je tremble comme une feuille. Ma bouche s'assèche, mon cœur s'emballe, je ne me sens pas bien. Je crois que je vais faire un malaise.

— Je… J'ai…, commencé-je.

— Des nausées ?

— Oh oui ! Tout le temps !

— Je vais vous donner quelque chose pour les calmer. Ne vous inquiétez pas, les tout premiers moments d'une grossesse sont stressants, tout est remis en question, surtout dans votre cas…

— Mon cas ?

— Une petite surprise…

Je respire de plus en plus vite, c'est certain, je vais faire un malaise et dégobiller sur sa table d'auscultation.

— Je voulais savoir… Je fais beaucoup de cauchemars, je ne sais pas si c'est lié, mais je… Enfin, je suis à fleur de peau, je ne me sens pas bien, et cette annonce, enfin, je veux dire que…

— Les émotions de la femme enceinte sont exacerbées, ce qui est normal parce que vous accueillez la vie. Votre corps change et les hormones modifient certaines choses, comme les sautes d'humeur, les envies, l'explosion de la libido… Tout ça, c'est quelque chose de nouveau dans votre quotidien et les angoisses de la maternité prennent le pas sur tout le reste. Si j'ai un conseil à vous donner, essayez de le vivre sereinement, sans vous mettre la pression, d'accord ? Depuis la nuit des temps, vous, les femmes, vous donnez la vie et c'est un travail que vous faites magnifiquement bien, n'ayez pas de doutes là-dessus. C'est à ce moment-là que notre boulot d'homme commence… enfin normalement.

Je souris timidement. Lorsque j'imagine Vicente en papa… Je ne sais pas si je dois rire ou pleurer. Je finis par défaire et ouvrir la ceinture de mon pantalon puis relever mon tee-shirt. Le docteur enduit alors mon ventre de gel. Il allume son appareil et place une sonde sous mon nombril.

— Il est là !

Je regarde l'écran… C'est bizarre. Ce n'est ni humain ni… Il appuie sur un bouton et là, je l'entends. Pour la première fois, j'entends son cœur battre. Il va vite, trop vite.

— Rassurez-vous, ça va et il n'y en a qu'un…, dit-il en riant un peu.

— Alors, le taux d'hormones ?

— Vous êtes dans le troisième mois de grossesse… C'est pour ça qu'il est aussi élevé.

— Mais les symptômes…

— Ah ! Toutes les femmes sont différentes, vous pouvez avoir des nausées à partir de la troisième semaine de grossesse comme ne pas en avoir jusqu'à la naissance.

C'est censé me rassurer ?

— On se revoit la semaine prochaine ? Je vous ferai un joli cliché pour votre mari et peut-être que l'on pourra voir le sexe.

Je hoche la tête tout en regardant ce petit bout de nous deux évoluer dans mon ventre…

42

ALICE

J'ai décidé d'écourter ma journée et de retourner à l'appartement. Je vais feindre une migraine ou autre chose. De toute manière, je suis quasiment certaine qu'ils doivent dormir à cette heure-ci. Discrètement, j'entre dans la maison et ôte mes escarpins. J'avance lentement vers la cuisine où je prends une bouteille d'eau minérale fraîche. Je déambule dans le couloir et prête l'oreille. Je les entends parler tous les quatre, Jones, Sofia, Freddy et Vicente. Moi qui pensais qu'ils dormiraient…

— Elle a quitté le centre plus tôt. C'est ce connard de Flinn qui a signé sa sortie, dit Freddy.

— Et merde ! répond Vicente furieux.

— Elle n'a rien sur vous, reprend Jones. Il n'y a pas de soucis à se faire…

— Entre ça et la merde qu'on a eue, y'a quelques jours, putain ! s'exclame Freddy.

— Polly n'est pas importante, continue Jones.

Allez, on va se mêler un peu à la foule parce que j'ai envie de les déranger, j'ai envie de les bousculer sur quelque chose qui va les déstabiliser. Je pousse la porte du salon, ils sont tous assis sur le canapé. Je hausse un sourcil lorsque Jones se lève brusquement, comme pris sur le fait. Les deux autres sont bouche bée. Vicente, quant à lui, reste de marbre, assis à côté de Sofia…

Ben voyons !

— Tu rentres plus tôt ! Un souci ? demande-t-il sans bouger de place.

— J'ai mal au crâne, réponds-je.

— Vous voulez que je vous amène des cachets ? me questionne Sofia.

Je secoue la tête. *Je ne peux pas, pétasse ! Ce n'est pas bon pour le bébé.* Vicente se lève, s'approche de moi et m'embrasse sur le haut de la tête. Je sais qu'il sait que je sais… Autant jouer franc jeu.

— Qui est Polly ? dis-je en le regardant sans cligner des yeux.

— Une ex, répond-il sans montrer ne serait-ce qu'une petite émotion.

Je me détache de lui. Je n'ai pas oublié que nous sommes quelque peu en froid depuis qu'il est rentré à la maison ce matin, mais ce qui me réjouit le plus, c'est que la sœur de Flinn a retrouvé les siens. Elle n'est plus sous le joug de Vicente et, même si ça le contrarie, pour moi, c'est une bonne nouvelle, j'ai l'impression de ne pas avoir tout fait foirer. C'était un peu ma dernière bulle d'espoir depuis qu'il a vendu les quatre filles…

— Pitié, pas aujourd'hui, j'ai trop mal à la tête. Je ne supporterai pas une discussion sur une ex…

Freddy finit par sourire en se balançant sur ses pieds.

— J'ai acheté du Coca pour vous, Alice, déclare-t-il nonchalamment.

— C'est gentil, merci Freddy, mais ça va aller, je vais me contenter d'eau pour le moment !

Sachant que ce n'est pas bon pour le mini-nous, je préfère m'abstenir.

— Je n'aime pas quand tu es comme ça…, murmure Vicente.

— Je suis comment ?

— Blessée… Je te promets que je vais me rattraper, ma chérie. D'ailleurs, samedi prochain, ma société organise un gala de charité en faveur des orphelins de New York.

La bonne blague ! Un gala de charité pour les orphelins de New York ! Est-ce que c'est comme ça que tu les recrutes ? Tu profites du fait qu'ils n'ont plus de famille, pas d'attache ? Ou est-ce que ce sont des orphelins dont tu as tué les parents ? Aurais-tu des remords, Vicente Mancini, ou c'est seulement pour te donner bonne conscience ?

— J'aimerais que tu..., commence-t-il avant d'être interrompu par son téléphone portable.

Lorsqu'il répond, son regard change. C'est à ce moment-là que mes pensées paranoïaques reprennent le dessus. J'ai été suivie et le responsable de la filature en informe Vicente. Je commence à ne pas me sentir bien dans mes baskets. Outre le fait que j'ai la nausée de manière perpétuelle, là, j'ai la trouille pour ma sécurité, pour ma vie... La conversation semble ne pas lui plaire. Il fait craquer sa nuque plusieurs fois et ne me lâche pas du regard, comme si mes yeux allaient lui crier la vérité. On se détend, je n'ai pas séché le taf pour aller baiser avec un amant. J'ai fait un test de grossesse et une échographie...

— Bien. Non. C'est intéressant... merci beaucoup. Faites le nécessaire pour l'aborder... Voilà, parfait. Je ne veux personne d'autre que vous sur cette fusion. Si vous avez du nouveau avant demain, dites-le-moi. Bonne soirée.

Ouf, rien à voir avec moi, je suis sauvée. Il me prend dans ses bras, puis me fait un gros câlin. Oui, c'est sûr, je n'étais pas l'objet de ce coup de téléphone. Vicente semble beaucoup plus détendu que lors des premiers mots échangés. Mais maintenant, l'idée d'une nouvelle fusion-acquisition me trotte dans la tête. Serait-ce un nouveau contrat ? Un nouveau client qu'il tente d'approcher ? Tant de questions qui se bousculent dans ma tête et qui ne trouvent pas de réponses.

— Donc, je te disais, on organise un gala samedi prochain...

— Hum... On est combien ?

— À peu près trois cents.

— Combien ?!

— On a invité pratiquement tous les contacts du patron, précise Sofia en se levant. Ainsi que vos parents.

Je grogne… *Tu parles d'une invitation, ils vont être enchantés, tiens !*

— Sans vouloir t'offenser, Sofia, je doute qu'ils répondent favorablement, rétorque Vicente, le ton légèrement agacé.

— Qu'ils répondent tout court ! m'exclamé-je.

Il se niche dans mon cou et souffle doucement tout contre, me procurant quelques frissons agréables.

— C'est important pour toi ? me demande-t-il.

— Quoi donc ?

— La bénédiction de ton père…

— Oui, plus que tu ne l'imagines…

Il lève la tête vers le plafond et émet un grognement, tel un animal sauvage.

— Je te promets qu'il nous dira oui, d'accord ? Je ferai tout pour…

Je hoche la tête doucement et la pose contre la sienne en souriant. Il y a autre chose qui va me faire retrouver le sourire…

— Ça veut dire qu'il faut que je fasse du shopping pour samedi prochain !! Avery va être ravie, dis-je en frappant plusieurs fois dans mes mains comme une petite fille contente d'elle.

— Je me suis déjà occupée de votre tenue, déclare Sofia en passant à côté de Vicente et en s'arrêtant à quelques centimètres de lui, ce qui a le don de m'exaspérer.

Je me pince les lèvres, Freddy hausse les sourcils et Jones retient un fou rire. Il n'est pas discret pour un sou celui-là !

— Je n'ai besoin de personne pour m'habiller, rétorqué-je sèchement.

Non, mais l'hallu, quoi ! Elle croit réellement qu'elle va me gâcher mon plaisir à faire du shopping avec ma copine ? Je ne crois pas, non…

— Je me doute, mais vous êtes occupée en ce moment et je me suis dit que ça pourrait vous débarrasser d'un poids.

Pétasse. Depuis quand faire une virée shopping avec ma copine est un poids ?

— Voilà qui est une jolie attention, réplique Vicente.

Je lui fais un regard qui veut dire : « *Je vais te pulvériser la gueule* » qu'il comprend immédiatement.

— De quelle couleur l'avez-vous choisie ? poursuit-il de plus belle.

— Jaune poussin ! C'est très tendance. Elle a un joli décolleté pas trop plongeant et elle est près du corps. Je sais que vous les aimez comme ça, dit-elle en continuant sa diarrhée verbale.

Je vais me la faire.

— Qu'en penses-tu, ma chérie ?

— Je déteste le jaune.

Jaune poussin ! Jaune cocu, oui !! Non, mais elle n'a qu'à se la mettre où je pense, sa tenue !

Sofia se ratatine. Vicente se tourne enfin vers moi et me touche délicatement le visage.

— J'aimerais que tu l'essaies, murmure-t-il.

— Si tu veux la porter, vas-y, je t'en prie, fais-toi plaisir, mais je ne mettrai jamais de jaune, hors de question !

— Alice, s'il te plaît, c'est une soirée importante et je sais que, quoi que tu portes, tu seras la plus belle de l'univers…

— Quel manipulateur ! dis-je, excédée.

Il se met à rire puis hausse exagérément les sourcils plusieurs fois.

— Tu me prends par les sentiments, mais je préfère le rose…

Il place la tête dans mon cou et déplace lentement son nez en me caressant jusqu'à l'oreille. J'adore quand il est câlin comme ça, j'ai l'impression d'être la reine du monde, en tout cas, je suis celle de son cœur et c'est le plus important.

— Tu peux l'essayer et, si elle ne te plaît pas, tu iras avec Avery faire du shopping…

— Non, mais je t'arrête. Même si j'essaie cette… robe jaune, j'irai quand même faire du shopping avec Avery. Tu m'as contrariée, et le seul remède, c'est un nouveau sac à main et des chaussures.

Jones se met à rire, le sourire de Sofia se désagrège, ce qui agrandit le mien. Freddy me regarde et hoche la tête.

— J'ai fait des sushis pour ce soir, je sais que vous adorez ça, patron, reprend-elle en le bouffant du regard.

Puis elle se tourne vers moi et continue sur sa lancée.

— Je sais aussi que vous n'aimez pas ça, alors j'en ai fait sans poisson cru dedans.

Je n'ai pas le droit de consommer de sushis en étant enceinte et hors de question que je mange un truc préparé par elle. Elle serait capable de m'empoissonner, cette conne, juste pour avoir Vicente pour elle toute seule. J'ai un sixième sens pour ce genre de choses…

— Ne fais pas affaire avec lui ! crié-je du premier étage.

— Merde, Alice, on en a déjà parlé !

Vicente dévale les escaliers sans me lancer un seul regard, ce qui a le don de me provoquer des envies de meurtre. N'y tenant plus, je descends quelques marches et le toise lorsqu'il ouvre la porte.

— Regarde-moi bien, mon lapin. Si jamais tu fais affaire avec lui et qu'il t'envoie en taule, parce que je te le répète, je suis persuadée que c'est un flic, je ne viendrai pas, je ne témoignerai pas pour toi et je m'occuperai du bébé sans toi.

— Alice… Tu ne peux pas…

Il referme la porte devant lui et me fait enfin face.

— Tu le sais que j'ai un sixième sens pour ces choses-là, n'est-ce pas ?

Il déglutit, passe une main dans ses cheveux, qu'il ébouriffe, et jette ses bras en avant.

— Si je n'y vais pas, je vais rater une affaire super importante et lucrative... Il a le bras long, si Nicolay le sait...

— Tu ne trouves pas que c'est louche ?

— Quoi donc ? dit-il en croisant les bras sur son torse, me faisant signe de m'expliquer.

Je descends encore quelques marches en me tenant à la rampe. Cette grossesse me fatigue...

— Nicolay est en Colombie, tu le rencontres comme ça, sans avoir été présenté par un de tes contacts... Je me fais du souci pour toi, pour le bébé. Je ne veux pas qu'il t'arrive quoi que ce soit.

Il ouvre les bras, alors je m'y réfugie et hume son odeur à pleins poumons.

— Je vais décommander, j'attendrai que Nicolay rentre. Je sais que tu as du nez pour ça, ma chérie, et je te fais confiance...

Ce voile devant mes yeux disparaît, mon pouls s'emballe ainsi que ma respiration...

Wow ! C'était quoi ça ?! C'était un souvenir, un souvenir d'Alice... De ma vie... Avec lui...

— Alice ? Tout va bien ? me demande-t-il.

— Oui, je n'aime pas les algues qu'il y a autour donc je n'en mange jamais, même sans poisson cru. Je te préviens, la dernière fois que j'en ai avalé, j'ai vomi tripes et boyaux pendant deux jours.

Il lève les bras en l'air en signe de défaite.

— Je vais te commander une pizza, déclare-t-il en souriant.

— Tu vas me commander une pizza ? répliqué-je en riant aux éclats. Un Italien qui n'est même pas capable de m'en faire une ? Tu rigoles là ?

Jones ne se retient plus et pouffe en partant vers la cuisine. Je sais que j'aurai sa bénédiction, à lui, il ne jure que par son estomac…

— OK, OK, je vais t'en faire une… Que veux-tu dedans ?

— Du pepperoni ! Quelle question !

— On n'a pas ça dans le frigo…

— Et après, ça se dit italien… Lucenzo en a dans son épicerie…

Il secoue la tête et sourit, conquis par ma détermination.

— Je reviens et je te prépare ça…

Je frappe dans mes mains puis rejoins la salle de bains pour me détendre et forcer ce souvenir à revenir…

43

Alice

Je suis dans le dressing et me tiens debout face au grand miroir qui occupe tout le mur du fond. Je n'ai passé que mes dessous en dentelle blanche, très sexy. Je regarde mon corps qui, d'ici peu, va se transformer grâce au bébé Mancini – ou à cause de lui. Rien ne se voit pour l'instant. Je n'ai pas pris un gramme.

Avec ce que je vomis…

J'enfile mes stilettos, achetés pour l'occasion. Je suis fière de ma trouvaille. Ils sont magnifiques. La pointe de l'escarpin est couleur bois de rose et se dégrade jusqu'au noir, arrivé au talon. De plus, ils me font prendre dix bons centimètres. Lorsque je les ai enfilés au magasin, Avery est devenue verte de jalousie. Elle est addict aux chaussures et encore plus lorsqu'elles dépassent les mille dollars… Je fais quelques pas tout en les admirant. Je passe en revue les robes exposées dans ma penderie et me saisis de celle que j'ai réservée pour ce soir. Elle est juste sublime... Le bustier est blanc avec des dessins roses, ajusté jusqu'à la taille, pour ensuite partir en volants roses transparents de hauteurs différentes, laissant entrevoir mes jambes, mais pas trop, ce qui évite le côté vulgaire. Je la décroche du cintre et la passe. Je colle le bustier contre ma poitrine et sens deux mains se poser sur la fermeture Éclair.

— Je retire ce que j'ai dit… Celle-là est faite pour toi, murmure-t-il dans le creux de mon oreille.

Nos yeux se croisent dans le miroir, il recule un peu et me détaille sans retenue.

— Tu es divine dedans !

— Fais-moi confiance la prochaine fois… Le jaune est à bannir !

— Je ne suis plus sûr de vouloir t'emmener, maintenant.

— Ce serait dommage d'avoir déboursé une fortune et de tout laisser au placard…

— Et combien ai-je déboursé pour tout ça ?

— Tu n'as pas envie de le savoir, je t'assure…, lui déclaré-je en m'écartant et en attrapant ma pochette, rose également.

Lorsque je me tourne enfin vers lui, je le vois nonchalamment adossé au mur, le sourire aux lèvres.

— Tu as raison, je verrai la surprise dans tes yeux lorsque j'arracherai ton string avec mes dents, cette nuit, au retour de la soirée !

— Non, tu ne peux pas !

— Oh que si, je te jure que je me retiens, là…

— Il est trop cher pour le détruire !

Il s'avance vers moi et effleure mes lèvres des siennes.

— Dès qu'on rentre, je veux que tu t'installes dans notre chambre, en string, avec tes talons, sur notre lit. Je vais te faire l'amour jusqu'à ce que tu sois trop épuisée pour prononcer mon nom…

— T'es en train de m'allumer !

— Et encore, tu n'as rien vu…

— Oh, Vicente…

Il m'embrasse tendrement et me donne son bras, que je prends sans hésiter.

***

Nous entrons dans la salle de bal. Tout est en marbre blanc, du sol au plafond. Le long du mur du fond, des tables nappées et des chaises sont disposées pour le repas et sur le devant se trouve une estrade sur laquelle joue un groupe de musiciens très concentrés sur leur tâche.

Vicente est dans son élément. Moi, j'ai abandonné mon âme de gentille fille à la porte. Je suis en présence de personnes au courant de ce que trafique mon futur époux au sein de sa société : des filles et de la drogue qu'il vend, des personnes qu'il exécute ou fait exécuter pour être tranquille, bref, de toutes ces mauvaises activités dont il est capable. Il me montre son monde et me fait sienne aux yeux de son entourage. Nous sommes bientôt envahis par tout le gratin de cette assemblée, venu faire la discussion avec Vicente et faire plus ample connaissance avec moi, jalousie pour les femmes et curiosité pour les hommes. Je reconnais quelques têtes présentes que m'avait montrées le capitaine lors de mon entraînement.

Un coup dans le plexus m'aurait fait moins de mal que de repenser à lui...

Je zieute et enregistre toutes ces personnes qui croisent ma route, afin de bien me souvenir d'elles et de pouvoir les reconnaître sur les fichiers de mes collègues. Le grand barbu dans le fond, qui ne se mélange pas trop à la foule, est suspecté d'avoir acheté une trentaine de filles rien que pour lui, filles qui ont terminé à moitié mutilées dans un caniveau en Thaïlande. Et le blond, là-bas, qui a l'air encore plus dans son élément que Vicente, est surveillé depuis trois ans parce que son dada à lui, ce sont les jeunes... vraiment très jeunes filles.

— Tout va bien, mon amour ? me demande Vicente en se penchant vers moi.

J'affiche un sourire qui se veut rassurant et hoche doucement la tête. J'observe tout le monde dans cette pièce et, dans le fond, je remarque Jones, droit comme un piquet, aux côtés de Sofia.

Tiens donc, elle est habillée en jaune, cette conne.

Je ne vois pas Freddy. Où est-il ? La main de Vicente se pose dans le creux de mes reins et, lorsque je plonge les yeux dans les siens, j'oublie ce que l'on fait ici. J'ai envie de jouer un peu avec lui, ce soir, parce qu'il me fait confiance pour m'amener dans un tel endroit. Je me hisse sur la pointe des pieds et chuchote à son oreille :

— Sofia est magnifique dans cette couleur.

Il fronce les sourcils puis met la tête en arrière.

— Tu as dit que tu détestais le jaune…

— Hum…, réponds-je, le regard moqueur.

Il lève les yeux au ciel et tourne le dos à ses invités afin de créer une bulle d'intimité rien que pour nous.

— Tu te transformes à nouveau en dragon ?

Je parle tout bas pour que personne ne nous entende.

— Ça t'excite lorsque je suis une mauvaise fille…

— Alice !

— Ne fais pas le choqué, je suis sûre que tu es déjà en érec…

— Monsieur Mancini ! Quel plaisir de vous voir encore vivant…

Cette voix me fait l'effet d'une douche froide. Mon pouls s'accélère, ma respiration se coupe et lorsque mes yeux trouvent ceux de l'inspecteur Gary King, accompagné de Flinn, le sol se dérobe sous mes pieds. Vicente crispe la mâchoire, passe une main derrière mon dos pour me rapprocher de lui, en signe de protection.

— Tiens donc, quel bon vent vous amène, inspecteur ? rétorque-t-il avec animosité.

— Vous êtes donc la fameuse Alice, relève Gary en me regardant dans les yeux.

— Je crois que nous ne nous sommes pas encore rencontrés, réponds-je, un sourire carnassier sur les lèvres, en lui tendant la main.

Il la prend et y dépose un baiser pendant que Vicente bout intérieurement. Flinn me dévisage et lâche tout simplement :

— Heureux de vous avoir rencontrée autrement que dans un sac…

Ma respiration se coupe, mes doigts ont agrippé ceux de Vicente. Je me reprends comme je peux parce que je sais qu'il fait référence au commerce de mon petit ami et au fait que je ne donne plus autant de nouvelles depuis que le capitaine m'a ruiné le cœur.

— Je vous demande pardon ? dis-je, troublée.

— Excusez-le, intervient Gary. Nous sommes inspecteurs de police et ces derniers temps ont été assez… rudes. Des histoires de prostituées…

— Êtes-vous en train d'insinuer que j'en suis une ? rétorqué--je, choquée.

— Non, me détrompe immédiatement Gary. C'est juste que les partenaires de Mancini sont…

— Ne confonds pas toutes les filles qui ont de la classe avec des putes, Flinn. J'ai déjà donné avec ta sœur…, assène Vicente.

Oh la vache ! Ça, c'est envoyé !

Jamais je n'ai entendu Vicente parler comme ça d'une femme devant moi. Il vient de me scotcher sur place. Flinn, quant à lui, reste bouche bée. Sans que je le voie arriver, Freddy pose la main sur mon bras et plonge les yeux dans les miens.

— Alice, Sofia vous demande… Vous pouvez me suivre, s'il vous plaît ?

— Moi ? Pour quoi foutre ? Qu'est-ce qu'elle me veut ? demandé-je en retirant sa main de mon bras.

Et là, je comprends ! Je comprends qu'il veut m'éloigner de cette confrontation, de cette scène qui se déroule sous mes yeux. Vicente ne lâche pas ses deux interlocuteurs du regard, il sourit subtilement et me dit :

— Va voir ce que Sofia te veut, mon amour, je te rejoins dans quelques minutes…

— OK, à tout de suite alors, mon lapin.

Je fais volte-face pour m'éloigner, mais avant que je ne sois trop loin, Gary s'adresse encore une fois à moi :

— Ce fut un plaisir, Alice…

— Le plaisir n'est pas partagé, réponds-je en relevant la tête et en suivant Freddy vers le fond de la pièce.

Alors que je me trouve loin d'eux, j'expulse tout l'air contenu dans mes poumons. Je presse ma pochette. Pourquoi m'avoir provoquée de la sorte ? Pourquoi aujourd'hui ? Ici ? Enfin, je veux dire, c'est…

— Elle vous attend ici, m'annonce-t-il en s'écartant.

— Non, mais elle est sérieuse de me faire aller là-dedans ? répliqué-je en pinçant les lèvres.

— Je n'irais pas, à votre place, ce n'est pas un endroit pour vous ! Mais le patron…

Je ferme les yeux, contrainte et forcée d'entrer dans une espèce de toile de tente faite de tissus de toutes les couleurs où se trouve une diseuse de bonne aventure. Ce qui m'angoisse énormément ! Je ne veux pas qu'elle parle du bébé, si elle a vraiment ce don ! Lorsque j'entre, l'atmosphère change du tout au tout. Le lieu est plongé dans l'obscurité et le brouhaha extérieur ne semble pas s'y introduire. Des milliers d'étoiles peuplent le plafond, et des voilages, de part et d'autre. Au centre se tient une femme aux longs cheveux noirs qui me regarde avancer vers elle. Je ne vois pas de Sofia dans les parages… C'est bizarre.

— Venez, Alice, dit-elle.

— Comment connaissez-vous mon prénom ?

Elle me sourit en réponse et me propose de m'asseoir en face d'elle, ce que je fais, tout en posant ma pochette sur mes genoux. Elle met plusieurs cartes sur la table puis ferme les yeux.

— Tout est flou autour de vous…

Ben voyons ! Je ne crois pas trop à ce genre de trucs…

— Alice, ton passé est noir et ton avenir incertain.

De mieux en mieux…

— Je vois beaucoup de froid, le froid d'un cadavre...

— Je crois qu'on va s'arrêter là parce que je n'ai pas envie de faire des cauchemars, j'ai mon lot en ce moment... C'était gentil de vous...

— C'est une fille... qui aura les cheveux noirs bouclés et une bouche rose bonbon. Son père saura la protéger...

Mon souffle se coupe. Elle parle du... bébé. J'en mettrais ma main à couper.

— Je vous demande pardon ?

Elle me sourit et reprend tranquillement son petit manège avec ses cartes. Elle en retourne une et se mordille les lèvres.

— De l'eau, un bateau.

— Et je serai ton capitaine.

Je sursaute comme une folle au son de la voix de Vicente, que je n'ai pas entendu arriver.

— Bonsoir, Sofia, dit-il en s'asseyant à mes côtés.

Sofia ? C'est une blague, putain ! Elle s'appelle comme ça, elle aussi ?

— Bonsoir, Vicente, ton amie est charmante et sa vie dans les cartes est passionnante, déclare la diseuse de bonne aventure.

— Elle le sera encore plus une fois que nous serons mariés... Alors, quoi de neuf chez moi ? demande-t-il à la femme, comme s'il faisait ça tous les jours.

— Tu vas grandir d'un seul coup, mais je ne veux pas te parler de cela... Je préfère te laisser la surprise...

Il grogne puis se penche vers moi.

— Il ne faut pas l'écouter, elle sort de clinique psychiatrique...

Elle éclate de rire et le fixe droit dans les yeux.

— Méfie-toi, Vicente, ou je te jette le mauvais œil !

C'est à son tour d'éclater de rire. Cette femme est... flippante.

44

Alice

Nous sortons de cet endroit, main dans la main. Vicente a l'air détendu, mais je ne résiste pas à lui poser des questions, parce que je ne veux pas laisser passer ce qu'il vient d'arriver avec mes collègues sans un minimum d'explications, je ne peux pas me contenter de son silence. Je me penche vers lui avant d'arriver à notre table et lui glisse :

— C'était quoi, ça ?

— Sofia ?

— S'il te plaît, ne me prends pas pour une cruche…

Il lève les yeux au ciel, grimace un peu puis s'humidifie les lèvres.

— Ce sont des flics, comme ils te l'ont dit. Je suis sorti pendant un moment avec la sœur du jeune, c'était une…

— Pute ?

— Entre autres… Elle aimait beaucoup la came aussi… Je l'ai envoyée dans un centre de désintoxication, mais son frère est assez rancunier…

— C'est de cette ex dont tu parlais le jour où je suis rentrée plus tôt du bureau ? Cette Polly ?

— Oui.

Je hoche la tête. Vicente tire ma chaise pour que je m'installe à table. La décoration est simple, mais élégante, tout en blanc et rose. J'adore ! Une multitude de vaisselle revêt la nappe, des assiettes de diverses grandeurs, des couteaux et fourchettes à poisson, à viande, à fromage, des verres de différentes contenances, à eau, à vin blanc et à vin rouge…

Vicente rit de bon cœur. Il se fiche de moi, mais lorsque mes yeux rencontrent les siens, moqueurs, je fronce les sourcils.

— Qui donc te fait rire comme ça ?

— Toi. Si tu voyais ta tête !

Il se penche et m'embrasse du bout des lèvres.

— Ton innocence me déstabilise et pourtant, j'adore ça…

Il m'embrasse encore et je glisse la main dans ses cheveux soyeux.

— Pourquoi tant de couverts ?

— Pour chaque mets… Il faut un menu de choix, tous les dons sont reversés à l'association, ce gala ramène beaucoup d'argent.

— C'est toi qui gères ?

— Non, c'est Bryan.

Je hausse les sourcils, chose qu'il ne loupe pas.

— Bryan est mon chargé d'affaires. C'est une de ses tâches d'organiser ce gala et de récolter des fonds pour les orphelins.

— Pourquoi cette cause ? Je veux dire, il y en a beaucoup d'autres, les animaux, les enfants, la maladie, les accidents…

— C'est parce que j'en suis un, mon amour…

Sa phrase brise quelque chose dans ma poitrine. Je sens nettement mon cœur se fendre lorsque ses yeux empreints de tristesse me regardent comme si j'étais la huitième merveille du monde.

— Vicente…, soufflé-je.

Il finit par sourire et, de son pouce, me caresse la joue. Ce geste m'électrise, je suis dans du coton. Je savais que Vicente pouvait être câlin, attentionné et tendre, mais je n'avais jamais vu cette blessure grande ouverte qu'il me montre sans retenue, au milieu des convives.

— Sauf que, à moi, c'est arrivé plus tard que certains…

Il détourne la tête lorsque Jones s'installe à table, suivi de Sofia, Freddy et d'un homme qui n'est autre que ce Bryan. Les assiettes de hors-d'œuvre sont apportées. C'est tellement délicieux que je dévore tout. En plus, je commence à avoir faim. Vicente est en grande conversation avec Jones lorsque la lumière se tamise et qu'un maître de cérémonie parle distinctement dans le micro.

— Bonsoir, mesdames et messieurs, je vous souhaite la bienvenue pour notre cinquième gala au profit des orphelins de New York. Grâce à vos dons de l'année dernière, deux centres d'hébergement avec toutes les commodités, des salles de cours, un gymnase et une piscine ont été construits et plusieurs enfants ont trouvé des familles dignes de ce nom, qui les ont adoptés, et nous les en remercions. Inutile de vous préciser que nos enfants sont heureux.

Les applaudissements emplissent la salle de réception. Alors que Vicente me fait face, mon regard plonge dans le sien. Je me mordille la lèvre, tout est en train de se mélanger en moi. Ce sentiment de vide que je ressens continuellement semble s'amenuiser. Quelque chose de chaud, de doux et de réconfortant vient le remplacer. J'occulte le discours du maître de cérémonie pour me concentrer sur lui, cet homme avec qui je partage ma vie… Quelques notes au piano résonnent et mon cœur fait une embardée. Ma tête se tourne vers le mur derrière l'estrade, où la projection d'un film commence, avec, en fond sonore, *I Will Follow Him*. Cette chanson que le capitaine a jouée la première fois qu'il m'a enfermée dans la cave… Dans cette vidéo, une jeune fille joue ces notes au piano, une jeune fille aux cheveux noirs bouclés et, en face d'elle, c'est Vicente, Vicente adolescent. On ne voit pas le visage de la demoiselle, mais je sais en mon for intérieur qui elle est… Il la contemple comme si elle était la plus inestimable et la plus parfaite des pierres précieuses, comme si elle était indispensable à sa survie. Des images d'enfants de tous âges, de toutes nationalités se succèdent, et eux. Eux deux. Vicente et Nicolay.

Cette image me retourne le cerveau et le bide.

C'est moi qui ai pris cette photo. Je le sens au plus profond de mon âme.

Je ferme les yeux et les images sous mes paupières se succèdent comme un film qui ne semble jamais vouloir s'arrêter de tourner.

— Tenez-vous tranquilles ! Vous êtes impossibles ! dis-je en soufflant devant ma énième tentative d'avoir les deux frères Mancini en photo.

— Ne râle pas, princesse ! crie Nicolay en s'affalant de tout son long sur le vieux canapé de mon studio.

— Si, je râle. Parce que je veux une photo de nous trois et de vous deux. Mais vous, vous vous en fichez !

Vicente se gratte la nuque, puis attrape son frère par le cou. Il sourit et Nicolay, après avoir un peu grogné, affiche un sourire à son tour.

C'est à ce moment précis que j'ai immortalisé la scène. On était dans mon studio, garni de vieux meubles qu'on avait récupérés par-ci, par-là, on n'avait pas beaucoup d'argent et on faisait avec les moyens du bord. C'était juste avant que les deux frères ne récupèrent l'héritage de leur père, bien après l'accident… Je reconnais l'appartement que Vicente avait acheté pour nous et qui sert maintenant de lieu d'échange… Une remontée de bile me brûle la poitrine. Une main se pose sur mon genou et, en regardant à qui elle appartient, je fais tomber mon verre qui se brise en mille morceaux sur la table. Mes yeux croisent ceux de Vicente, qui fronce les sourcils.

— Tout va bien ? me demande-t-il.

Je me reprends et ravale de justesse cette acidité dans mon œsophage avant de dégobiller devant tous les invités.

— Oui, oui, je suis maladroite, je suis désolée, je vais arranger ça…

— Non, quelqu'un arrive pour changer ton verre à vin, dit-il, ne me lâchant pas des yeux.

Je décide de tenter quelque chose afin qu'il soupçonne mon trouble.

— Ça m'a déstabilisée de te voir comme ça… Tu sembles si… Qui est avec toi ? Et…

— Hey, ma chérie, chuchote-t-il, m'attrapant et me rapprochant de lui.

Ses bras me réconfortent, je sens son cœur cogner contre sa poitrine. Ce geste m'apaise et le son qui s'en dégage me rassure. Tout est en train de s'imbriquer, et pas de la façon dont on m'a présenté les choses… Au bout de quelques minutes, je me ressaisis et dissipe ce moment de panique totale.

— Je dois ouvrir le bal, j'aimerais que tu le fasses avec moi, mais si tu ne t'en sens pas capable, je demande à Sofia…

— Non ! Enfin je veux dire, je vais le faire avec toi, bien sûr.

Nous nous levons, mes jambes flageolent un peu, pourtant je n'en fais pas plus cas que ça. Je ne veux pas lui faire honte, pourtant je ne…

— Je ne sais pas danser…, chuchoté-je, encore plus retournée maintenant que nous sommes au milieu de la piste de danse.

— Laisse-moi faire, OK ?

Je hoche la tête en réponse. Ses prunelles s'ancrent aux miennes et, lorsque la musique s'élève autour de nous, il n'existe plus rien, à part lui, moi et mes souvenirs. Cette musique que je joue sans cesse au piano, c'est celle-là, et maintenant je comprends. Lorsqu'il fait les premiers pas, tout me revient naturellement, comme si nous avions fait ça des centaines de fois. Mais pas que cette musique et cette danse…

« Far away, long ago
Glowing dim as an ember
Things my heart used to know
Things it yearns to remember

And a song
Someone sings
Once upon a December[1] »

Je suis amoureuse de Vicente, je suis la vraie Alice, je le sais, ils m'ont tous menti. J'ai fait une overdose, je n'ai pas eu un accident avec un soi-disant collègue de travail, je n'ai pas de parents, je suis orpheline, comme lui. Le capitaine a tout reprogrammé pour que je ne me souvienne pas de Vicente et de mon adolescence, pour que je le fasse tomber parce qu'il en avait besoin, alors que je suis celle qui a vécu tout ça. Voilà pourquoi le test ADN était positif… Je me souviens de tout, de Vicente adolescent, de ses nuits bordées de cauchemars lorsqu'il appelait son père comme un perdu. Je me souviens de l'héroïne que l'on s'injectait tous les trois, avec Nicolay, dans l'appartement. Je me souviens de ce jour-là aussi… Notre première fois, et pas celle décrite dans le journal. La vraie, celle que je n'ai pas écrite, celle que je n'ai pas embellie, celle que j'ai cachée au plus profond de mon cœur. Dans les pages du journal, ils rentraient d'une soirée tous les deux, et elle avait préparé ça depuis des semaines, elle voulait lui offrir sa virginité de cette façon, alors que non. Je m'en souviens comme si c'était hier… Je suis partie dans la salle de bains me changer pendant qu'il se déshabillait dans notre chambre. J'avais acheté de la lingerie couleur bois de rose… Lorsque je me suis montrée à lui, je savais que c'était l'homme de ma vie, que je l'aimais et que c'était lui, le bon. Celui dont je ne me séparerais jamais. Ça s'est fait naturellement, il a été doux, attentionné et amoureux, comme l'homme qu'il est aujourd'hui. Cette phrase en italien que Vicente m'a soufflée à l'oreille, c'est celle qui a embelli notre première fois, le jour où je lui ai offert ma virginité. Je revois

1. « Très loin, il y a très longtemps / De faibles lueurs sous les braises / Des choses que mon cœur connaissait / Des choses qu'il désire se rappeler / Et une chanson / Que quelqu'un chantait / Une fois en décembre », traduit de l'anglais. *Once Upon a December*, Deana Carter, 1997. Chanson connue avec le dessin animé *Anastasia*, en 2005.

tout, tout se débloque maintenant en entendant cette chanson qui me berce depuis toutes ces années, alors que c'est la seule chose qui me reliait à mon passé, à mes souvenirs.

Je ne le quitte pas du regard, pourtant je pars tellement loin, loin de cette salle de réception, de ce gala pour orphelins. Je me retrouve dans mes plus profonds souvenirs, ceux que j'ai refoulés, mais maintenant, je comprends pourquoi j'ai été choisie par le capitaine. C'est moi, Alice, je suis la seule qui puisse détruire Vicente. La seule et unique faiblesse de Mancini. Quelque chose change en moi, ils m'ont tous manipulée, tous autant qu'ils sont, mes faux parents, le capitaine, Flinn et Gary… Tous ces soi-disant collègues de travail, j'aurais dû me concentrer sur l'essentiel, au lieu de vouloir retrouver les souvenirs de mes parents… Si je n'en ai pas maintenant, c'est tout simplement parce que je n'en ai jamais eu. Je suis orpheline, comme Vicente, sauf que lui, ça s'est produit plus tard que moi. Je le regarde et réponds à son sourire pendant qu'il nous guide dans cette danse qui a déclenché en moi toutes ces révélations. Je sais qu'il n'est pas mauvais, il est à moi comme je suis à lui. Il possède mon corps, mon cœur et mon âme. Vicente a été et restera l'homme de ma vie. Je le sais, je le sens, je n'ai plus aucun doute. Mes doigts serrent son dos et ma bouche s'ouvre toute seule.

— Ça va ? me demande-t-il.

— Je suis amoureuse de toi.

Ses yeux s'écarquillent. La chanson prend fin. Les applaudissements retentissent pendant que mon cœur bat la mesure. Il se penche vers mes lèvres et murmure :

— Tu es mon oxygène, même si tu me coupes le souffle. Je t'aime, Alice.

Il pose ses lèvres sur les miennes et scelle enfin notre amour comme il se doit.

45

Alice

Je passe la porte de l'appartement, Jones et Vicente sur les talons. Le gala a été une franche réussite, ils sont tous contents. Vicente a le sourire qui s'agrandit à chaque fois que Jones lui annonce le montant collecté.

Moi, je suis sonnée, étonnée et contrariée par tous les souvenirs qui m'ont assaillie pendant cette danse. Maintenant, quand je pense au capitaine... un sentiment de dégoût me prend. Il m'a menti, manipulée à sa guise pour faire de moi une machine à détruire Vicente. Et Gary et Flinn, on en parle ?! Flinn, égal à lui-même, ne peut toujours pas m'encaisser, il me le fait sentir depuis qu'on se connaît et ne s'arrêtera pas en si bon chemin. Quant à Gary, je ne sais pas quoi en penser…

J'ôte mes talons, les range dans le dressing et enlève toutes les épingles à cheveux plantées dans mon chignon. J'attrape ma pochette, en extrais mon portable et l'éteins. Je n'ai absolument pas envie que mes faux-parents-agents, qui se foutent de moi depuis tout ce temps, eux aussi, m'appellent pour prendre des nouvelles. Ils n'ont qu'à aller se faire foutre, tous autant qu'ils sont ! Quand je pense que je les ai crus… Toutes leurs belles paroles sur mes souvenirs, sur l'activité de Vicente, sur mes soi-disant parents… Tout ça, c'était un subterfuge. Pour quoi faire ? Réussir une mission ! Je viens, encore une fois, de perdre mon identité, mais je suis sûre d'une chose : la seule personne dont je me souvienne, qui était dans mon passé, est encore là dans mon présent, c'est

Vicente. Ça, je ne peux plus le nier. Il a fait partie intégrante de ma vie jusqu'à l'overdose que j'ai faite avec son frère… Putain, Nicolay… Voilà pourquoi je sais comment faire fondre des cristaux, voilà pourquoi les rêves que je fais sont tellement réels… c'est parce que je les ai vraiment vécus. Je commence à faire glisser la fermeture Éclair de ma robe pour la quitter quand je sens des mains sur ma nuque.

— Tu veux de l'aide ?

Un sourire se dessine sur mon visage, j'ai envie de jouer avec lui. Il est de bonne humeur et moi, j'ai besoin de faire disparaître ce nuage gris, alias le capitaine, qui plane au-dessus de ma tête. J'espère qu'il voudra s'amuser un peu. Je le fixe dans le miroir et me lèche les lèvres. Il porte sa chemise et son pantalon, a déjà enlevé sa veste. Je souris discrètement en feignant l'innocence.

— Mon mari n'est pas très loin…

Il desserre sa cravate, la jette contre le mur et avance dans ma direction avec ce regard qui ne me trompe pas. Je vois son corps onduler au rythme de ses pas et cette vision commence à ruiner le peu de neurones qu'il me reste. Lorsque je pense à ce qu'il pourrait me faire… je défaille. Il colle son torse contre mon dos et souffle sur mon épaule nue :

— Quand je veux quelque chose… je l'obtiens, à n'importe quel prix !

— Tu es un mauvais garçon alors…

— Tu n'as pas idée…

Ses doigts experts font descendre la fermeture de ma robe, qui tombe à mes pieds dans un fouillis de tulle. Vicente remonte les mains sur ma nuque et les fait glisser sur ma peau comme s'il redessinait mes courbes. En lingerie devant lui, ses épaules montent et descendent au rythme de sa respiration qui affole mon cœur. Je lui fais face, le souffle court et la raison qui s'est enfuie. Je caresse un morceau de peau découvert par sa chemise entrouverte. Il déglutit, je souris. Quel effet je lui fais ! J'ai vraiment envie de jouer, maintenant, sans attendre, mais j'ai compris quelque chose lors de cette danse, quelque chose qui me tord le ventre et gonfle mon cœur d'amour. J'approche mes lèvres des siennes en le regardant droit dans les yeux et murmure :

— Je t'appartiens, Vicente.

Il ouvre la bouche, mais aucun son n'en sort. Il a l'air le plus ahuri du siècle.

— Tu…, commence-t-il.

Je suis la seule chose qu'il ne possède pas, pourtant… je suis en train de lui donner mon corps et mon âme tout entière. Parce que je le veux, lui, Vicente, peu importe ce qu'il se passe autour de nous. Je me souviens de lui à présent et ce n'est pas le personnage que l'on m'a dépeint toutes ces années, depuis ma sortie du coma. Il s'écarte un peu de moi, mais je ne le laisse pas faire. Je veux qu'il prenne le contrôle sur moi, sur nous, sur notre couple et notre avenir. Je ne veux pas le laisser réfléchir, et moi, je veux être l'ancienne Alice, celle d'avant l'overdose, je veux redevenir moi, avec tout ce que ça comporte. Je frôle ses lèvres des miennes et le mords doucement.

— Montre-moi…

— Te montrer quoi ? dit-il, troublé.

— Que tu es l'homme de la situation.

En quelques secondes, ses mains agrippent mes hanches, sa bouche se colle à la mienne. Son baiser est passionné, dur et pressant. Mes doigts se glissent dans ses cheveux et les tirent. Vicente grogne dans ma bouche et ce son fait flamber le peu de tissu que j'ai entre les jambes. Il descend les lèvres sur mon cou en me mordillant par-ci, par-là. J'en veux plus, encore plus, je veux être moi, être nous, notre couple d'avant, je veux qu'il me montre qu'il est toujours aussi passionné, toujours aussi amoureux, voire plus, qu'il ferait n'importe quoi pour moi, même les trucs les plus fous.

— Vicente !

Il se redresse et ses yeux me crient tout l'amour qu'il me porte, ce qui me fait sourire. Je me lèche les lèvres pendant qu'il reste comme ça, bouche bée, à attendre que je dise ou fasse quelque chose.

Je te retrouve, mon lapin.

— Attache-moi !

— Quoi ?

— Attache-moi, s'il te plaît, montre-moi que je t'appartiens.

Il crispe les mâchoires, ses yeux deviennent noirs et je sais que c'est le signe d'une nuit mémorable. Il ne me laissera pas sur ma faim.

— Va dans notre lit !

— Non. Ici, pas ailleurs. Tous les deux !

Il se rapproche de moi et murmure contre mes lèvres :

— Tu veux voir le mauvais garçon, Alice ?

Je n'ai pas le temps de finir de sourire qu'il me pousse violemment. Mon dos heurte la commode dans un bruit sourd. Ses yeux me sondent.

Non, tu ne m'as pas fait mal, et puis, on s'en fout de la douleur.

Sa main emprisonne ma mâchoire, il écrase ses lèvres sur les miennes et se retire, aussi vite qu'il est venu, me laissant là, le souffle court et pantelante. Vicente défait sa ceinture, alors je joins mes poignets devant moi. Avec des mouvements rapides, il attrape mes mains, les attache et les lève d'un coup sec vers la tringle de la penderie, où il m'immobilise, me lacérant les chairs. Lorsque mon regard revient à lui, je me mordille la lèvre, en signe d'impatience. Il s'éloigne, et là, mon cœur s'emballe. Il ouvre un tiroir pour en sortir de grands ciseaux affûtés. Mon pouls s'accélère, j'avoue ne pas en mener large devant cet objet qui est une arme potentielle entre ses mains.

Il s'approche de moi et fait glisser les ciseaux sur ma peau en descendant lentement. D'une pression, il découpe mon soutien-gorge. Un cri de stupeur sort de ma bouche. Je suis scandalisée !

— Vicente !

Il regarde les lambeaux de ma lingerie hors de prix, sourit comme un enfant fier d'avoir fait une bêtise tout en jetant les ciseaux au sol. Puis tout va très vite, sa bouche se colle sur moi, ses dents mordillent mon téton et sa main agace l'autre pendant que je gémis à n'en plus finir. Je tire sur mes liens jusqu'à ce que ma chair s'échauffe. Je jette la tête en arrière en haletant face à ses caresses de plus en plus insistantes, torturantes et délicieuses. Ses mains partent à l'aventure et, lorsqu'il bute sur mon string, je ne sens plus ses lèvres sur moi.

— Regarde ! tonne-t-il.

Mes yeux captent les siens, orageux, fiévreux, amoureux. Son petit sourire en coin me fait fondre. Il s'écarte un peu et me montre l'emplacement de ses mains.

— Non, tu ne…

Je n'ai pas le temps de finir ma phrase que je ressens la brûlure du tissu se déchirant sur ma peau.

— Je suis content de mon achat…, dit-il en haussant exagérément les sourcils.

— Tu es…

— Je ne t'ai pas autorisée à parler, alors arrête-toi tout de suite, sinon je serai obligé de te bâillonner.

Je pince les lèvres pendant que les siennes jouent sur mon corps. Il embrasse chaque centimètre carré de ma peau, ce qui l'échauffe encore plus. Vicente fait monter la température, pourtant je suis presque au seuil des flammes de l'enfer… Je risque la combustion spontanée s'il continue son petit jeu. Ma tête heurte le placard lorsque je sens ses lèvres sur ma chair si sensible à cet instant. Sa langue commence une longue et douce torture tout autour de mon bouton, je tire sur mes liens pour pouvoir pousser sa tête dessus et me libérer de cette tension qui me brûle entièrement, mais il bloque mon corps contre la colonne, m'empêchant tout mouvement.

Le plaisir que je ressens me transporte dans un autre monde, je gémis de plus belle, jusqu'à jouir dans sa bouche. Mon cœur bat tel un forcené et j'essaie de calmer ma respiration, sans succès. Vicente me retourne violemment, entaillant encore plus les poignets avec sa ceinture. Il empoigne mes hanches qu'il serre de toutes ses forces et me pénètre de toute sa longueur. Je lâche un hoquet de douleur lorsque mes chairs sont mises à rude épreuve, mais j'en demande encore en me cambrant un peu plus. Vicente va et vient en moi à un rythme effréné, comme si j'allais disparaître dans l'instant et que c'était la dernière fois que nous faisions l'amour. Le plaisir monte *crescendo*, je me délecte de sa douce brutalité, de sa force, de son endurance et de son amour.

— Alice… Alice…, souffle-t-il entre deux assauts.

Sa main descend le long de mon ventre et atterrit là où lui seul a accès. Je gémis de plus en plus et, lorsqu'il presse fortement mon bouton, j'exulte en criant tout le bien qu'il me fait. Ses coups de reins deviennent de plus en plus brutaux et, lorsqu'il jouit, je tire de toutes mes forces sur mes liens. J'ai besoin de le toucher, de le caresser, de lui prouver que je suis de retour, que c'est bien moi, que je ne suis pas cette voisine, mais bel et bien Alice, l'amour de sa vie. La tringle de la penderie lâche et nous nous écroulons par terre. Vicente me retourne puis me regarde avec attention.

— Tout va bien ?

— On a cassé le dressing, dis-je en éclatant de rire.

Il me caresse le visage et m'embrasse du bout des lèvres.

— Je t'aime.

— Je t'aime aussi, mon lapin.

***

Deux semaines plus tard

Je sors de réunion et entre dans mon bureau pour finir de traiter les dossiers en cours. Cette après-midi, j'ai un rendez-vous de la plus haute importance, celui que je ne raterais pour rien au monde. Je vais voir notre bébé et obtenir une jolie photo de lui. J'ai hâte d'en parler à Vicente. Des coups donnés sur la porte me sortent de ma rêverie et, lorsque Avery se montre, mon sourire s'accroît.

— Tu sembles si… heureuse, dit-elle en jetant mon courrier sur le bureau et en y posant les fesses, par la même occasion.

— C'est bientôt l'anniversaire de Vicente, je pensais au cadeau que j'allais lui prendre.

— Tu as jeté ton dévolu sur quoi ?

Un cadre photo de notre bébé et une sucette. Je sais, c'est cliché, mais j'adore cette idée !

— Je pense à un bracelet, mais je n'ai pas encore trouvé le bon…

— Vous partez bientôt en vacances, non ?

— Oui, la semaine prochaine. J'ai hâte !

— Je me demande pourquoi, tiens… Les Caraïbes, ça doit être tellement ennuyeux !

— Oh ! Arrête de faire ta rabat-joie ! dis-je en pointant un doigt vers elle.

Elle éclate de rire puis se penche vers moi et fait des mouvements de supination avec les bras et les mains, comme pour implorer un Dieu.

— Prenez-moi avec vous, s'il te plaît.

J'éclate de rire puis secoue la tête en réponse.

— Je me ferai toute petite, vous ne me verrez pas.

— Je te jure que tu ne veux pas assister à ça, dis-je en riant bêtement.

— Oh…, répond-elle en se relevant.

— Je vais l'avoir pour moi toute seule pendant deux semaines, alors crois-moi, on va manger, bronzer, boire des cocktails et baiser jusqu'à épuisement.

— C'est un voyage de noces ?

— Non, de prénoces.

— De prénoces ? C'est un nouveau truc de riches pour dire que tu vas en voyage ?

— Ah ah ah, jalouse !

— Je plaide coupable, rétorque-t-elle en soufflant comme un bœuf.

Elle s'éloigne un peu et, avant de passer les portes de mon bureau, me lance un sourire puis déclare distinctement :

— Son bras droit, comment est-il ?

— Lequel ? demandé-je, un peu curieuse qu'elle me questionne sur un truc pareil.

— Le crâne rasé, l'autre il fait pas du tout viril, mais coincé du cul.

J'éclate de rire. Bordel de merde, elle a trop bien décrit Freddy.

— Jones est… flippant.

— Flippant ? Genre dur à cuire ? Mauvais garçon ?

— Ouais, mauvais garçon, mais je dois te prévenir tout de suite, la nourriture passe avant tout le reste…

Elle éclate de rire à son tour et sort de mon bureau en fermant la porte derrière elle. Mon portable émet un son, rompant le charme de cette conversation invraisemblable. Lorsque je vois l'expéditeur du message, je fonds comme du chocolat en plein soleil.

L'appartement s'est fait agresser par des renoncules couleur bois de rose, y'en a partout, je ne sais pas quel fou les a commandés, mais c'est sûrement un type trop amoureux de toi…

Je réponds aussitôt.

Certainement celui qui a des doigts de fée et qui fait les meilleures tartes aux noix de pécan…

Le message est passé ;)

Je t'aime, à tout à l'heure.

Je t'aime, mon lapin, à tout à l'heure.

Je me concentre à nouveau sur mon dossier et attrape machinalement le courrier. Mon pouls s'accélère immédiatement à la vue de cette enveloppe marron.

Le capitaine.

Je les reconnaîtrais dans une marée d'enveloppes. Je l'approche de mon nez et inspire fort pour y retrouver son odeur. Consciente de mon geste, je la retire vivement et l'enfonce dans le destructeur de papier, sans même l'ouvrir. Je ne veux plus aucun contact avec eux. Vicente a essayé de me questionner sur le fait que je ne reçois plus d'appels de mes faux parents depuis quelque temps. Je lui ai inventé une dispute entre ma mère et moi, mais je ne suis pas sûre qu'il ait mordu à l'hameçon. Simplement, ça l'arrange, donc il ne cherche pas la petite bête. Je me sens un peu mal, toutefois l'alarme qui sonne pour m'indiquer mon rendez-vous me fait tout oublier.

46

Alice

Lorsque j'entre chez nous, je remarque immédiatement que l'appartement est calme et silencieux. J'enlève mes chaussures dans l'entrée et passe le petit hall, mon sac à main contre moi. Ce qu'il y a dedans est bien trop précieux. Bon, difficile de trouver un cadeau pour un mec qui gagne autant d'argent, mais je crois que celui-là, il ne risque pas de l'oublier. L'odeur de la tarte plane autour de moi, je suis impatiente d'en manger un morceau. J'ai une faim de loup ! Je pénètre enfin dans la cuisine et m'arrête net. Vicente est assis, les mâchoires serrées, les prunelles noires, dignes du maître des enfers. Il est comme ça quand il est en colère ou quand il va… tuer. Sofia, qui me défie du regard, est assise à ses côtés, et Freddy, qui se mord furieusement la lèvre, est debout. Rien à voir avec une attitude normale, loin de là.

— Hey, ça va ici ? dis-je doucement en posant mon sac, comme si de rien n'était.

Vicente me regarde à peine. Il a l'air hors de lui, vraiment hors de lui. Vu l'attitude de Sofia, je sais déjà que tout vient d'elle. Et là, je perds un peu contenance en repensant à la lettre du capitaine que je n'ai pas ouverte. Que contenait-elle ? Si jamais il a envoyé la même à Vicente… lui révélant mon soi-disant poste, le fait que je suis là pour une mission ? Je déglutis et souris un peu pour cacher mon trouble.

— Qu'est-ce qu'il vous arrive ? Vous semblez veiller un mort…

— Assieds-toi, Alice, m'intime Sofia.

Je rêve où elle m'a tutoyée ! Et le pire, c'est que Vicente ne dit rien.

— Pour quoi faire ? J'ai envie de prendre une douche surtout, avant de faire quoi que ce soit…

Vicente se lève puis tire la chaise et me la montre d'un geste sec et froid.

— Assieds-toi !

Son ton est menaçant, pas question que je me laisse faire encore une fois. Soit c'est le capitaine, soit c'est elle qui l'a mis dans cet état.

— Non, et certainement pas demandé comme ça !

Freddy ferme les yeux. Sofia affiche un grand sourire démoniaque lorsque Vicente balance la chaise à travers la cuisine. Elle termine sa course dans le salon, sous mes yeux effarés.

— C'est la deuxième fois que tu sors en avance de ton boulot, sans pour autant arriver plus tôt à la maison. Pourquoi ? hurle-t-il.

Hum… donc j'étais bien suivie, putain. Je pensais qu'il avait arrêté tout cela depuis le gala. J'étais dans le faux, encore…

— Comment tu peux savoir ça, toi ?

Je garde mon calme, il vaut mieux, sinon il va me tuer avant que j'aie pu lui donner une seule explication.

— Sofia t'a suivie. Cette semaine, c'était son tour, répond-il, les narines dilatées.

— Son tour ? M'a suivie ? Tu me fais suivre ?

Il ricane et lève les yeux au ciel. Cette attitude me donne envie de le tuer, de le brûler. Je ne supporte pas le comportement qu'il adopte, parce que je sais d'où ça vient.

— Depuis le tout début, ma chérie, m'apprend-il en exagérant sur ce dernier mot.

— Pourquoi tu me fais suivre ?

— Parce que je ne sais pas si je peux avoir confiance en toi.

Je suis bouche bée. OK, ça, c'est fait. Je hoche la tête, un peu choquée par ce qu'il vient de me révéler. Je pensais que l'on était au-delà de tout ça… Je devrais arrêter de penser, parce que mon esprit se prend claque sur claque.

— D'ailleurs, ça vous prouve que non, intervient Sofia.

— Exactement ! Alors, ma chérie, tu t'assois pour me dire ce dont tu te souviens ?

— Mais de quoi tu parles ?!

Sofia se lève d'un bond et se poste aux côtés de Vicente comme un toutou qui attend sa gâterie.

— Tu es allée à la clinique du Nord voir le neurologue, et deux fois ! déclare-t-elle, toute fière.

— Le neurologue ?

Je pouffe et me déplace pour aller ouvrir le frigo afin de cacher les tremblements qui secouent mes mains.

— Le neurologue que tu as vu après ton coma…

— Oh, mon Dieu, tu es à des années-lumière de la vérité, rétorqué-je, lasse.

Je prends une cannette de Coca. *Mea culpa*, bébé, j'en ai besoin là.

— Alice, ne joue pas avec mes nerfs, dis-moi tout de suite ce que tu foutais dans cette putain de clinique !!

Il hurle. Comment vais-je pouvoir le calmer ? Ça va être le merdier après tout ça. Je pense que Vicente va m'avouer tout le bordel de sa vie et de sa société, il n'aura pas le choix pour se faire pardonner de ce qu'il est en train de faire ! C'est le jour J ! À moi de lui montrer que je suis l'ancienne Alice.

— J'ai passé des examens médicaux, rien de plus ! Et arrête de me hurler dessus, je ne suis pas ton employée, compris ?!

Vicente me fusille du regard, regard que je soutiens et que l'autre conne interrompt avec sa phrase à deux dollars :

— Ils ont rien voulu me dire, là-bas, à cause du secret médical, dit-elle, ennuyée.

Puis elle se tourne vers moi et me défie du regard.

Tu veux te la jouer comme ça ? Pas de soucis.

— Donc tu n'as pas confiance en moi ? lancé-je à Vicente.

— C'est moi qui pose les questions, pas toi. Qu'est-ce que tu foutais là-bas, je te laisse une dernière chance, Alice, une seule et dernière chance ! aboie-t-il de plus belle.

— De toute manière, Jones est sur place, il va récupérer ses résultats, patron, ne vous inquiétez pas.

— De mieux en mieux, répliqué-je en ouvrant ma cannette. Tu veux vraiment savoir ce que je suis allée faire à la clinique ?? Eh bien, je vais te le dire ! Ce n'est pas comme ça que je comptais m'y prendre, mais puisque tu m'y obliges, je vais tout t'avouer, tant pis pour toi ! Je suis allée chercher ton cadeau d'anniversaire.

Sofia s'esclaffe ouvertement. Quand j'imaginais un couteau dans le dos venant d'elle, je ne m'étais pas trompée. Freddy ferme les yeux, il semble avoir compris, mais pas Vicente. D'ailleurs, comment a-t-il pu comprendre ?

— Un cadeau dans une clinique, se gargarise Sofia.

— La ferme, putain ! beugle Freddy. Depuis quand es-tu au courant, Alice ? me demande-t-il doucement.

— Quelque temps ! J'attendais juste son anniversaire pour le lui annoncer, révélé-je sans quitter Vicente des yeux.

Sofia ouvre les lèvres pour dire quelque chose, mais je l'en empêche, et de la plus violente des façons.

— Ferme ta putain de gueule, Sofia !

Je regarde enfin Vicente et grimace.

— C'est la seule chose que tu me demandes et que je peux t'offrir, murmuré-je.

Je penche la tête, déçue. Je suis blessée et je le lui montre. Je veux qu'il se sente minable, qu'il regrette de ne pas m'avoir fait confiance.

— J'avais besoin d'y aller sans toi pour en avoir la confirmation et ensuite, te faire la surprise.

Freddy met une main sur son front. Ouais, Sofia va en prendre plein la gueule. Bien fait pour elle !

— C'est quoi ? dit-il calmement, trop calmement.

Vicente se contient trop et ça, c'est parce qu'il voit que je ne cille pas. Ça le déstabilise, parce que j'étais comme ça avant. Je n'avais pas peur de lui, de ses accès de colère, de ses actes, de sa société et de son caractère.

— La première photo de notre bébé…

— De quoi ?! crie Sofia.

— Félicitations, Alice, déclare Freddy.

— Merci, réponds-je sans quitter Vicente des yeux.

Il me dévisage, il ne s'y attendait vraiment, mais vraiment pas. Ses épaules s'affaissent. Ses mains tremblent, il est dans un tel état, là, maintenant. Il vient de passer de la fureur au contentement en une fraction de seconde. C'est quelque chose qu'il ne supporte pas.

— Tu… Alice… Je vais… enfin, on… Merde, c'est... vrai ?

— Prends le cadre, maintenant que la surprise est gâchée, qu'elle le soit jusqu'au bout…

— Oh, non, dit Sofia en posant les mains sur sa tête.

Eh oui, ma cocotte, tu t'es foutue dans une merde... Ne compte pas sur moi pour t'en sortir, cette fois !

Le téléphone de Freddy sonne, il répond sans attendre, pendant que mon cher et tendre est toujours abasourdi par la nouvelle.

— Oui, merci, Jones, on est au courant. On t'attend.

Vicente est tout calme maintenant. Il ne sait plus ni quoi faire ni quoi dire. Il s'approche de moi et lève la main vers mon ventre. Je la lui dégage d'un revers avant qu'il ne l'atteigne.

— Certainement pas, tu ne le toucheras pas, putain. Maintenant, je vais prendre ma douche, si tu veux vérifier le numéro de lot de mon shampooing, vas-y, je t'en prie !

Je suis en colère et c'est mérité. Parce que là, je viens non seulement d'apprendre que mon petit ami ne me faisait toujours pas confiance, mais qu'il me faisait suivre chaque jour que Dieu fait, et en plus, la surprise pour son anniversaire a été gâchée par cette pétasse de Sofia ! Je suis tellement déçue ! Je ne comptais pas lui apprendre comme ça. Quel merdier !

— Oh, Alice..., dit-il doucement, ne me prive pas de ça, s'il te plaît.

— Mais je ne t'en prive pas ! D'ailleurs, quand tout ce petit monde aura débarrassé le plancher, il faudra que l'on ait une conversation sérieuse ! Sinon, là, effectivement, je te jure qu'il va s'écouler de l'eau sous les ponts avant que tu me touches !

La porte s'ouvre en grand sur Jones, tout sourire. Moi, je ne quitte toujours pas Vicente du regard.

— Félicitations, patron, dit-il, tout fier.

— Merci, Jones, lui répond-il en se pinçant les lèvres.

Jones s'approche de moi et me met une petite tape dans le dos. Je le dévisage pendant qu'il déverse sa bonne humeur.

— Vous l'avez vu ? On ne peut pas dire à qui il ressemble encore, enfin... ça ne ressemble pas trop à un... bébé d'ailleurs, et c'est bizarre quand même..., continue-t-il en se mélangeant les pinceaux.

— Pas encore vu, lui annonce Vicente.

Il s'avance encore plus près de moi, mes poings se serrent tout seuls. J'ai envie de lui mettre la plus belle droite de mon existence. Il colle son front au mien en respirant anarchiquement. Je ne céderai pas et il le sait. Je suis têtue, bornée, obstinée, curieuse et jalouse.

— Va prendre ta douche, je t'attends dans le salon, j'ai pas mal de choses à te dire...

— Tu ne te défileras plus…

— Non, promis. Je vais tout te raconter.

Je tourne les talons et prends la direction de la salle de bains, le cœur au bord de la rupture, les jambes qui flageolent. Lorsque je ferme la porte derrière moi, je m'y adosse en essayant de calmer ma respiration. C'est le moment et je ne lâcherai rien. Je veux qu'il me dise tout, je veux qu'il m'avoue tout, de sa société à notre vie ensemble. Je veux qu'il me montre la noirceur de son âme jusqu'au bout.

47

Alice

Je tremble encore, même après la longue douche que je viens de prendre. Je sais que la discussion que nous allons avoir va être décisive pour notre couple… et pour ma vie, par la même occasion. Vicente va me révéler son activité parce qu'il est mis au pied du mur, parce qu'il n'a tout simplement plus le choix. J'inspire et expire plusieurs fois pour essayer de détendre mes muscles et m'oxygéner le cerveau. Je me dois d'être sereine, car je vais apprendre la vérité et il faut lui prouver qu'il peut avoir entièrement confiance en moi. Je pousse la porte, entre dans le salon. Il est posté devant la baie vitrée, seul, sans ses comparses. Vicente ne se tourne pas, il reste droit comme un piquet et attend que je dise quelque chose, parce qu'il sait que je suis dans la pièce.

Comme je reste muette, il se décide à prendre la parole.

— Pourquoi étais-tu si troublée au gala ?

— Je croyais que nous allions avoir une conversation sur…

— Lorsque tu nous as vus, mon frère et moi, tu t'es mise à trembler, tu as renversé ton verre, tu avais cet éclat dans les yeux… Je ne pensais plus jamais lire cette émotion dans ton regard.

Il se retourne, sa façon de se comporter a changé. Il semble… serein, ce qui me terrifie. Là, maintenant, il devrait être en colère, ou juste angoissé d'avoir à me faire des révélations, mais non, il est calme, comme s'il allait m'annoncer qu'il travaille comme boulanger en bas de la rue.

— Tu te souviens de lui, n'est-ce pas ?

En piste !

— J'ai l'impression de l'avoir déjà vu, en effet, mais il a un visage…

Il lève le doigt pour que je me taise, et ricane.

— Tu te souviens de lui, mais pas de moi… C'est tellement ironique comme situation, putain.

— De quoi tu parles, bon sang ?! On est censés parler de ton comportement de psychopathe !

Vicente s'avance vers moi, je perds toute contenance lorsque ses yeux devenus noirs me sondent. Je me sens oppressée, et plus il avance, plus j'ai l'impression d'avoir une corde autour du cou dont il tient les deux bouts. Je suis à l'agonie. Je ne sais pas comment me tirer de cette situation. Le capitaine m'avait donné un travail, ça devait être simple, je faisais tomber le plus gros mafieux du coin, mais voilà, j'ai découvert que j'étais la vraie Alice, celle qui a ôté des vies pour Vicente, celle qui se camait avec eux lorsqu'ils étaient jeunes, celle qui a perdu leur bébé et qui a fait une overdose dans leur ancien salon pour une raison que j'ignore.

— Nicolay… Mon frère et toi…

— Écoute, soit tu t'expliques, soit je te prends rendez-vous avec un psychiatre, parce que t'es clairement en train de péter un câble, mon pauvre vieux.

— C'était ma plus grande hantise, tu sais…

— Le psy ?

Il éclate de rire et me met une chiquenaude. Ça ne lui ressemble tellement pas…

— Que tu baises avec Nicolay…

— OK, je crois que le rendez-vous s'impose. Je suis désolée, mon lapin, mais tu as un discours tellement confus, tellement incohérent… Qu'est-ce qu'il t'arrive ? Enfin, je veux dire… tu me fais suivre, tu me hurles dessus parce que je ne suis pas allée au boulot alors que t'es le premier à vouloir que j'arrête de travailler… Je ne te comprends plus… Tu es ambivalent en ce moment, alors que c'est moi qui devrais être dans cette position avec les hormones de la grossesse ! Eh bien, non, c'est toi !

Il se déplace avec aisance puis s'installe sur le canapé et le tapote pour que je prenne place à ses côtés. Je lève un doigt, parce que je ne veux pas qu'il prenne cette conversation pour un règlement de comptes. Vicente s'en aperçoit alors il regarde vers le plafond et souffle.

— Tu as toujours était impatiente… Tes parents t'ont menti.

— Mes parents ? Mais qu'est-ce qu'ils ont à voir dans cette histoire ? lui demandé-je en m'approchant et en m'asseyant.

— Tu n'as pas eu un accident, il y a cinq ans, tu as fait une overdose, avec mon frère Nicolay.

Je pars dans un éclat de rire et applaudis pour masquer le fait qu'elles tremblent.

— C'était très drôle, Vicente, mais je n'ai jamais, jamais touché à la drogue. Qu'elle soit douce ou dure.

— Tu avais un penchant pour la *brown sugar* plutôt que pour la bonne came de riche, comme la coke ou la méthamphétamine… Avant, tu n'avais pas la classe que tu as aujourd'hui, et puis, il n'y a plus Nicolay pour t'entraîner…

— N'importe quoi, dis-je en me levant d'un bond. En quoi la cocaïne est-elle meilleure que l'héroïne ? Parce qu'elle est plus chère ?!

Son visage redevient dur et, sur le coup de la colère, je me rends compte que je viens de lui délivrer une information capitale qui, moi-même, me surprend. Comment je peux savoir ça ? Il se lève et me fait face en attrapant ma mâchoire entre ses doigts.

— Explique-moi comment tu peux savoir que la *brown sugar* est de l'héroïne ? Comment sais-tu que l'héroïne est moins chère que la cocaïne, si tu n'en as jamais pris, ni acheté, ni vu ?

— Je… je… suppose.

Il me sourit à moitié, ses yeux me sondent. Ils reflètent toute la tendresse dont Vicente est capable.

— Sur ton bras gauche, tu ressens une gêne, voire une petite douleur, lorsque tu touches la partie la plus extérieure. C'est cette veine que tu prenais en permanence, voilà pourquoi elle ressort plus que les autres.

Il me lâche et, instinctivement, je passe les doigts sur cet endroit qui me lance lorsque j'insiste un peu sur la partie saillante.

— Je n'y crois pas ! Je ne suis pas une putain de camée ! Je n'ai jamais touché à la drogue, bordel, et je ne connais pas ton frère. Tu étais mon voisin, l'histoire s'arrête là !

Il se poste à nouveau devant la baie vitrée, le silence s'installe, creusant un fossé entre nous.

— Regarde à côté de la table, dit-il sans prendre la peine de se retourner.

Je souffle tout l'air contenu dans mes poumons et remarque un carton, peint vulgairement en rose, entre le canapé et la table basse. Je l'attrape puis l'ouvre d'un geste vif. Lorsque mes yeux tombent sur le contenu de cette boîte, mes genoux cèdent et je tombe à terre, les larmes dévalent mes joues sans que je puisse les arrêter. La première chose que j'attrape, c'est la peluche rose vieilli posée sur le reste des affaires. C'est un singe avec de longs bras et une longue queue.

Il me l'avait gagné à la fête foraine. Je m'en souviens comme si c'était hier.

— Je t'observais jouer, mais tu n'arrivais pas à dégommer le dernier personnage. J'ai pris la carabine et j'ai tiré en te regardant. Tu étais encore bouche bée lorsque je te l'ai offerte. Tu l'as appelée…

— Donkey Kong, le coupé-je en la serrant contre moi.

Je hume son odeur et ferme les yeux pour que les souvenirs m'assaillent encore. C'est un mélange de poussière et de quelque chose d'étrange, un parfum un peu vanillé qui me réconforte.

— Lorsque j'ai vu ton regard, ce soir-là, je suis tombé amoureux de toi. J'étais à peine majeur, et toi, t'étais tellement jeune, mais cette sensation dans le ventre, ce petit truc qui me poussait vers toi grandissait à chaque fois que je me retrouvais à tes côtés.

Je relève les yeux, regarde les photos éparpillées dans la boîte, des clichés de nous faisant des grimaces à l'objectif, s'embrassant, se serrant l'un contre l'autre, des instants que l'on a voulu immortaliser. Je me saisis d'une pochette violette, mais avant que j'aie le temps de l'ouvrir, Vicente pose la main sur la mienne.

— Pas maintenant, pas ça…

— C'est quoi ? demandé-je prudemment.

Il déglutit et, lorsqu'il retourne la pochette, je remarque le nom de la clinique inscrit dessus.

— Comment… Qu'est-ce que… Je ne comprends pas, je… Comment se fait-il que je ne m'en souvienne pas ? Enfin, je veux dire, ce n'est pas possible, il faudrait peut-être que je prenne rendez-vous chez le neurologue, pour voir si ça pourrait s'expliquer par… je ne sais pas...

— Alice, tu as fait une overdose et, à ton réveil, ils t'ont donné une version qui n'était pas ta vraie vie !

— Non ! Ils ne m'auraient pas fait ça !

Si, c'est exactement ce qu'il s'est passé… Ils ont profité de mon amnésie pour reprogrammer ma vie, mon boulot, mon cœur et ma tête.

— Si, pour te récupérer.

— Mes parents ne m'ont jamais parlé de tout ça…

— Tu as fugué du Delaware et tu as atterri à New York. On s'est rencontrés dans une fête foraine, j'étais là, avec mon frère et des copains de l'époque. J'ai entendu tes éclats de rire, tu riais parce que tu n'arrivais pas à tirer et tu voulais cette peluche à tout prix. Tu menaçais gentiment le forain. Tu m'as redonné le sourire alors que ça faisait un moment que je l'avais perdu… Regarde-moi et dis-moi que tout ce que je te dis te semble irréel ?

— Non…, soufflé-je. Mais pourquoi ? Je ne comprends pas ! Pourquoi ai-je fugué ? Et pourquoi tu ne m'as rien dit avant, putain !?

Sa bouche s'ouvre, mais aucun son n'en sort. Il finit par pincer les lèvres et inspire un grand coup.

— Je voulais te protéger…

— De quoi ? Mais pourquoi ? C'est pour ça que tu me fais suivre ?

— Je suis un…

Mon cœur bat à tout rompre. Il va me l'avouer, c'est maintenant ! Il s'approche de moi, si près que son souffle picote mes lèvres.

— Je suis un trafiquant, Alice.

— Quoi ?!

Putain, il l'a fait ! Je suis sur le cul, et dans tous les sens du terme. Je me relève vivement, le dévisage tandis qu'il ne cligne pas une seule fois des yeux.

— Je suis quelqu'un de très respecté parce que je fais du bon boulot et, depuis quelque temps, j'ai agrandi mon affaire…

— Mais tu fais quoi ?

Je commence à faire les cent pas, marmonne dans ma barbe.

— Impossible…

— Ma société ? réplique-t-il en riant. Je vends beaucoup de produits, je te l'ai dit, je suis dans l'import-export…

— Tu deales ??!!

— Oui, ma chérie, et je ne fais pas que ça…

— Non, non, je ne te crois pas, ce n'est pas possible, je m'en... enfin, je l'aurais vu !

Il réduit la distance qu'il y avait entre nous et prend mes mains dans les siennes.

— Comment ? Comment tu l'aurais vu ? Je te laisse voir uniquement ce que je veux, tu ne sais rien sur ma vie, rien du tout, juste ce que je ne peux pas te cacher…

Je me libère et recule de plusieurs pas, m'éloignant de lui jusqu'à toucher du dos la porte de la chambre.

— Tu comptes aller où comme ça ?

— Je... je pense que je vais prendre l'air, je...

Il se met à rire, me rattrape en deux enjambées et me presse contre lui, provoquant en moi une douleur qui irradie jusqu'en bas de mon ventre. La peur s'immisce dans tout mon être. Les yeux de Vicente noircissent, son regard me colle encore plus la frousse.

— Je crois que tu n'as toujours pas saisi que je suis quelqu'un de totalement incontrôlable. C'est moi qui commande ici, Alice, personne d'autre. Tu es à moi, je te l'ai déjà dit.

— Non, je ne peux pas rester avec toi, c'est impossible, rétorqué-je en hoquetant.

— Alice, ma petite chérie, déclare-t-il calmement, je suis le même homme qu'hier...

— Qui deale. Super !

Je me dégage de son étreinte et touche mon ventre plusieurs fois. J'ai tellement peur de lui en cet instant, tellement peur qu'il s'en prenne à moi ou au bébé...

— Je fais plus que ça, mon amour... Je m'occupe de femmes aussi.

— Oh, mon Dieu ! Qu'est-ce que..., soufflé-je, mes mains agrippant mes cheveux.

Il attrape mon bras et le secoue pour m'obliger à le regarder.

— Lâche-moi ! hurlé-je. Parce que, là, j'ai peur pour mon bébé.

— Jamais, ma chérie ! Jamais, et encore moins maintenant que tu portes notre fils !

Je respire anarchiquement. Je déglutis, la bile remonte lentement dans ma gorge et menace de venir éclabousser le carrelage. Avec un regain de courage, ou de bêtise, je lui lâche méchamment :

— Et si c'est une fille, tu vas la vendre aussi ?!

— Non. Jamais je ne vous ferai de mal, à toi ou à notre enfant.

Je lève les yeux au ciel, comme si ses paroles n'avaient aucune importance. Ses mâchoires se serrent et ses prunelles brillent d'une lueur de fureur.

— Ce sera ma fille, ce n'est pas pareil.

— Quelle différence Vicente ?

Il me lâche et me dévisage. Puis il ferme les paupières, il se contient. Je pense que le fait d'être enceinte me sauve beaucoup la mise.

— Tu ne vas pas travailler cette semaine, va dans notre chambre. Je n'ai plus envie de te voir pour aujourd'hui.

— Ça va être ça, ma vie ? T'obéir au doigt et à l'œil ?

— Exactement, crie-t-il.

— Je ne suis pas ta putain d'employée !! hurlé-je à mon tour.

Il attrape le vase sur la table du salon et l'explose contre le mur, à quelques centimètres de ma tête. Je suis terrorisée, mes jambes flageolent, mon cœur est au bord de la crise. Je ne l'ai jamais vu dans cet état. C'est parce que je suis enceinte qu'il ne me frappe pas, sinon je pense qu'on serait déjà en train de m'enterrer.

— Va dans cette putain de chambre, Alice !! Ne me fais jamais répéter !

Je pars en trombe et m'écroule sur le lit en y déversant mes sanglots. Dans ma tête, tout se bouscule, mes souvenirs, mon avenir, mon passé, les flics, mes parents, Vicente et Nicolay, ma vie, tout simplement. J'ai tellement peur ! Je suis terrorisée ! Je calme les spasmes qui m'envahissent pour ne pas vomir mes tripes, me recroqueville et finis par m'endormir en serrant les coussins dans mes bras.

48

Vicente

Je détruis tout ce que je trouve dans le salon puis prends la direction de la cuisine. Jones est debout avec Freddy, mais ils ne bougent pas. Sofia ne se montre pas, et cela vaut mieux pour elle. J'attrape mes clés sur la console dans l'entrée, ouvre la porte de l'appartement en grand. Avant de la claquer, je me tourne vers eux et prends une voix claire dénuée d'émotions.

— Si jamais elle passe la porte, tuez-la.

Jones écarquille les yeux, mais je ne lui laisse pas le temps d'ouvrir la bouche, je suis déjà devant l'ascenseur. Je joue avec mes clés de bagnole, réfléchissant à l'endroit où je vais me rendre. Lorsque les portes s'ouvrent, je me rue dedans et, avant que j'aie le temps d'appuyer sur le bouton, Jones est à mes côtés.

— Il me semble que je t'ai donné un ordre, aboyé-je.

— Je n'ai pas entendu, dit-il.

Je hausse un sourcil et le fusille du regard. Il cherche quoi, là ? Parce que je sens que je suis juste capable de tuer quelqu'un à cet instant ! Et c'est ce que je compte faire. Je vais sortir dans des rues malfamées, trouver un petit con qui va me chercher des noises, l'emmener dans un entrepôt, le torturer et, enfin, le tuer pour évacuer toute cette colère que je ressens et que je ne maîtrise pas. Jones appuie sur le bouton du rez-de-chaussée. Lorsque les portes se ferment, il se tourne vers moi.

— Alors, quel est le programme ?

— Tu dégages, je veux être seul…

— Hum, ça, non. Parce que, tout d'abord, vous êtes bien trop énervé pour faire quoi que ce soit. Ensuite, je sens qu'il y a de l'amusement dans l'air, amusement dont moi, j'ai l'habitude, avec des cris, de la peur, etc., et ça, je ne le raterais pour rien au monde. Donc on commence par quoi ? Sport de combat, alcool et sexe ? Ça me semble être bien…

Je me masse les tempes et frappe un grand coup sur la porte de l'ascenseur. Celui-ci stoppe sa descente et fait un bruit de ferraille qui interrompt les battements effrénés de mon cœur.

— Par contre, je n'ai pas envie de crever dans un ascenseur, c'est trop glauque, continue-t-il.

— Elle m'a jeté, murmuré-je.

Je me mords la lèvre, je ne sais pas pourquoi je me confie à ce mec. C'est mon employé, mon second, je ne devrais pas lui raconter mes problèmes de couple.

— Mais non.

Je relève le regard vers lui et serre le poing.

— Si, elle m'a jeté comme une merde !

— Elle vient de perdre une seconde fois son identité, elle a le droit d'être chamboulée ! Si vous ajoutez les hormones à toute cette merde existante, vous obtenez un dragon.

Je grogne de frustration, mais ma fureur est retombée comme un soufflé raté.

— Alice vous aime et elle attend votre bébé… N'ayez aucune crainte. Elle ne partira pas. D'ailleurs, félicitations, le premier mois où on trafique sa pilule et elle tombe enceinte !

— Il faut que j'appelle Freddy, qu'il ne…

— Il ne la touchera pas, même si elle le gonfle, il n'est pas suicidaire. Il sait très bien que vous avez dit ça sous le coup de la colère !

Je hoche la tête pendant que l'ascenseur redémarre doucement.

— Alors, le programme ? reprend-il avec un sourire dentifrice.

— On va au club…

— À la bonne heure ! On va d'abord s'échauffer les poings et après, on va baiser ! J'en ai bien besoin, et vous aussi.

***

Je regarde le plafond pendant qu'un corps chaud et humide se déhanche sur moi. J'ai la tête lourde, la bouche pâteuse. Je suis bourré, j'ai les poings en feu, coupés à plusieurs endroits. La douleur me rappelle toute la colère que j'ai déversée sur le petit nouveau qui a voulu se mesurer à moi. Après avoir chauffé nos poings, nous sommes allés au club de strip-tease que je possède dans l'État voisin. Je ne sais pas comment Jones a pu m'amener ici, et depuis, je bois. Je bois pour oublier ma conversation avec ma chérie, pour oublier qu'elle m'a rejeté comme je l'avais prévu. Pourtant, je m'imaginais qu'elle se souviendrait de nous, de son amour pour moi et qu'elle occulterait le reste, comme avant… Mais non, elle m'a envoyé sur les roses ! Mes mains attrapent les hanches de cette petite brune et je la serre jusqu'à marquer sa chair de mes doigts. Elle se raidit puis approche sa bouche de la mienne. Elle a certains traits d'Alice, mais ne possède pas sa beauté.

— J'ai envie de te baiser brutalement.

— On est sur la même longueur d'onde, patron, répond-elle.

Ça me suffit pour me lever et l'entraîner dans un des coins réservés aux meilleurs clients. Je suis chez moi, alors je fais ce que je veux. Jones hoche la tête avec approbation lorsqu'il me voit traverser la salle, et lève son verre dans ma direction pendant qu'une jolie blonde s'active entre ses jambes. Ce mec est le meilleur, il a su ce qu'il me fallait à l'instant où j'ai commencé à péter un câble. Je devrais penser à l'augmenter, ou à le récompenser pour sa loyauté et son… amitié. Parce que c'est ce qu'il est à cet instant : un ami. Et c'est ce dont j'ai le plus besoin. D'un ami et d'une distraction, que je vais baiser comme un malade pour décharger le reste de ma colère, pendant que je penserai à ma petite chérie d'amour. Je pousse le grand rideau rouge qui fait toute la largeur de la pièce et pénètre dans l'espace réservé aux clients les plus fortunés. Je dégage une serveuse d'un revers de main et lui ordonne qu'on ne me dérange pas pendant au moins une heure.

L'endroit est splendide et luxueux. Tout est fait pour que l'on sente l'argent et le pouvoir dont je dispose. Encore une chose à laquelle Alice ne prête aucune attention. Pourtant, tout ça lui appartient à elle aussi. J'installe la fille en plein milieu de la pièce, sur l'estrade où trône une barre de pole dance avec un miroir au sol et au plafond. Moi, je prends place sur le fauteuil qui lui fait face. Elle se tourne et inspecte la pièce, elle n'a peut-être pas l'habitude de se retrouver ici. Cette petite brune semble nouvelle. Je lui fais un signe de tête et enlève ma chemise pendant qu'elle commence à danser. Elle respire la grâce et la beauté, mais je n'ai qu'Alice dans la tête. Tout le temps, c'est cette femme qui s'insinue dans mon crâne. Alice, ma précieuse petite chérie qui porte notre bébé. Je serre les poings. C'est la même fille qui vient de me dégager en une seule phrase. Ses yeux m'ont insulté à la place de sa bouche. Si elle ne s'était pas retenue, elle aurait dit que j'étais un monstre, et elle n'aurait pas eu tort. La chose dont elle ne se souvient pas, c'est qu'elle aussi, elle a fait des choses innommables avant. Si elle savait qu'elle s'est retrouvée dans cette même salle, devant moi, en train de danser pour me charmer… Si je ferme les yeux, je peux revoir la scène. Je me lèche les lèvres, un son rauque emplit ma gorge lorsque je me souviens de ce qu'elle a pu me faire une fois que nous nous sommes déshabillés. Je rouvre les paupières et fixe la brune. Je suis déjà en érection, alors je lui fais un signe pour qu'elle vienne à moi, ce qu'elle fait rapidement. Arrivée à ma hauteur, elle se lèche les lèvres à son tour, et je n'ai d'yeux que pour elles, qui vont aller et venir sur mon membre pendant que je rejouerai, dans ma tête, la fois où j'ai baisé Alice ici même.

Je défais ma braguette, descends mon pantalon et mon boxer pour amoindrir cette pression que je ressens sous la ceinture. Elle s'approche, se met à genoux entre mes cuisses ouvertes et je me délecte de cette vision. Alors je l'attrape par les cheveux et la guide là où je veux la sentir. J'ai besoin de ça maintenant, que cette brunette se soumette à moi pour ne pas repenser à l'affront d'Alice. Lorsque ses lèvres entourent ma queue, je ne pense plus à rien, je commence à ressentir le plaisir qu'il m'a manqué aujourd'hui. À tel point que j'occulte complètement la sonnerie de mon téléphone. Et si jamais c'est Alice, il faut qu'elle comprenne que son futur mari a des attentes et des activités qu'il ne peut pas louper, comme celle-ci…

49

Alice

Je me réveille avec une migraine. À la vue du plateau posé sur la table de nuit, j'ai un haut-le-cœur, que je refoule. Je regarde au plafond en soufflant profondément pour faire passer cette vague de nausée. Je me relève sur les coudes et regarde le réveil. J'ai dormi plus que ce que je pensais. Je tâtonne, à la recherche de mon portable, il est peut-être tombé par terre…

— C'est le patron qui a votre téléphone…

Je sursaute comme une malade dans le lit au son de la voix de Sofia. Elle est dans ma chambre et me regarde dormir depuis certainement un moment. Cette pensée me dérange, je ne supporte pas ce genre de comportement fourbe… Et puis, qu'est-ce qu'elle fout ici ? Elle a interdiction d'entrer dans mes quartiers privés !

— Sortez de ma chambre tout de suite, dis-je vivement.

— Je tenais à m'excuser pour hier et je...

— Casse-toi de ma chambre ! crié-je.

Je relève le drap sur ma poitrine. Même si je suis en débardeur, je ne veux pas qu'elle m'approche ni qu'elle me parle. Je ne suis pas d'humeur à supporter une autre conversation houleuse, j'ai eu ma dose avec Vicente.

— Alice, écoutez-moi, je ne voulais pas vous nuire, vraiment pas...

— DÉGAGE DE MA CHAMBRE !!!

J'ai crié plus fort que je ne l'aurais voulu, mais je n'ai pas le choix, je ne veux pas qu'elle m'approche. Je ne la sentais pas depuis le début et j'avais raison. Dès qu'elle a pu, elle m'a poignardée dans le dos. Elle déglutit, la porte s'ouvre violemment sur Freddy dont le regard passe de Sofia à moi. Il semble en colère.

La blague !

— Sofia, sors d'ici, dit-il en lui montrant la porte.

— Je voulais juste m'excuser pour...

— Qu'est-ce que t'a dit le patron ?

— Je sais, mais je...

— Non, tu n'as toujours pas compris. C'est elle qui commande quand il n'est pas là. Il me semble qu'elle t'a dit de partir d'ici.

Elle soupire puis baisse la tête et sort de ma chambre. Je regarde Freddy, le souffle court. Peut-être qu'il me reste un espoir, un dernier. Vicente leur a dit que c'était moi qui prenais les commandes s'il n'était pas là, ça me laisse sur le cul…

— Merci, Freddy.

— De rien, c'est mon travail.

Je passe la main dans mes cheveux et respire fort. Je suis toute retournée par la situation et par les paroles de Freddy. Pourtant, Vicente n'est pas encore rentré, il s'est tiré, comme le parfait lâche qu'il est. Bon, vu son comportement, je préfère qu'il se calme avant de venir me voir… S'il veut bien revenir.

— Tout va comme vous voulez ?

— Non, mais ça ira, merci, Freddy.

— Bien, je suis dans le salon si vous avez besoin.

Je hoche la tête et m'enfonce dans les coussins. Je finis par me rendormir.

***

Je sors du lit en me massant la nuque. J'ai dormi dans une mauvaise position et j'ai un début de torticolis. Je prends une douche brûlante puis m'habille d'un jean et d'un haut ample.

J'ai du mal à fermer le bouton, ce qui m'irrite un peu. Une fois vêtue et présentable, je sors de la chambre, à l'affût du moindre bruit, mais je n'entends rien. Seule la télé, dont le son est bas, perturbe le calme de l'appartement. Mon ventre gronde et les nausées ne se calmeront pas tant que je n'aurai pas mangé un peu, alors je prends la direction de la cuisine pour me servir quelque chose à grignoter. Lorsque j'atteins mon but, je me fige, tétanisée par la présence de personnes que je ne m'attendais pas à voir ici. Freddy est dans le hall et fait volte-face lorsqu'il m'entend.

— Mademoiselle Degan, s'exclame Gary King en souriant. Ça tombe bien, on expliquait à M. Jared que nous avions besoin de vous.

— Besoin de moi ? dis-je en hoquetant.

Je suis stressée, mes jambes flageolent et mon cœur court le marathon de New York en quelques secondes.

— Vous voudriez bien nous suivre, s'il vous plaît ? Nous avons des questions à vous poser, poursuit Flinn.

J'ouvre la bouche et Freddy me regarde en me suppliant de les renvoyer, mais je ne peux pas.

— Je prends mon sac, accepté-je en l'attrapant et en mettant mes escarpins.

Je me tourne vers Freddy, avale cette boule d'angoisse qui m'obstrue complètement la gorge. Je peine à respirer, mais je ne peux pas continuer comme ça. Il faut que je m'explique avec eux sans pour autant dégager Vicente de ma vie. Je suis entre deux eaux et là, je ne peux pas faire autrement que de les suivre.

— Freddy, dites à votre patron que je suis au poste de police, s'il vous plaît.

Il hoche la tête, Gary referme la porte derrière nous sans prendre la parole.

Le trajet de l'appartement au commissariat se fait sans un bruit, sans une parole. C'est pire que la discussion que je viens d'avoir avec Vicente. J'ai l'impression que je perds le contrôle total de ma vie et c'est exactement ce qu'il se passe.

Allô, Alice, tout part en couille ici !

Une fois garés, je les suis sans un mot. On continue ce manège. J'entre dans le commissariat, où tout le monde me dévisage, comme si j'étais la pire des criminelles.

Bordel, c'est Vicente, le truand, pas moi ! Mais je suis sa future femme donc je suis considérée comme telle...

J'avance avec assurance parce que, comme le disait Nicolay : « Il ne faut pas leur montrer que tu as peur, sinon t'es cuite, ma pauvre vieille ! » Gary ouvre une porte, j'entre dans ce qui ressemble à une salle d'interrogatoire. Je souris discrètement. Je suis donc considérée comme une criminelle. Je m'assieds, mais je n'ai pas à patienter longtemps. Lorsque la porte s'ouvre, mon cœur fait un virage à 360 degrés.

Le capitaine.

Putain. De. Merde.

Mes mains tremblent encore plus lorsque son regard me pénètre. Il brandit une pancarte devant mes yeux, que je lis rapidement :

Tu as un micro sur toi ?

— Non, dis-je vivement.

— Bien.

Il prend la chaise en face de la mienne, la retourne et s'assied à califourchon. J'admire ses traits, je me perds dans la contemplation de sa beauté. Il m'a tellement manqué. Je suis faible, à peine me sourit-il que je tombe dans le panneau. Il porte un tee-shirt et un treillis noirs, sa plaque militaire est bien visible, pour une fois, et il a chaussé ses rangers. Donc il est en mission... Il me sonde quelques instants et je me sens gourde de lui laisser tant de bâtons pour me battre. Je détourne le regard pour rompre cet étrange échange entre nous. Je me suis juré que je ne le laisserais plus entrer dans ma cervelle et qu'il ne me manipulerait plus jamais.

— Bonjour, gamine.

Sa voix… Putain, je meurs à petit feu. Moi qui pensais que j'avais tiré un trait sur lui, je peux d'ores et déjà dire que c'est faux. Vu l'état des battements de mon cœur et de ma respiration, je sais que j'en pince encore pour lui, même après ses mensonges et…

— Ça fait un bail que tu ne m'as pas donné de nouvelles, continue-t-il, me coupant dans mes pensées.

Je hausse les épaules, sans pour autant parler, j'ai besoin de quelques minutes lorsque je suis en sa présence pour reprendre contenance et ne pas bafouiller. Je ne veux pas qu'il s'imagine qu'il me trouble, même s'il le sait déjà.

— Tu as reçu mon enveloppe ?

— Je l'ai détruite avant même de l'ouvrir, réponds-je, pince-sans-rire.

C'est décidé maintenant, je veux vivre avec Vicente, parce que je sais que je ne peux pas espérer quoi que ce soit avec le capitaine, qui ne m'a jamais rien donné d'autre que de la peine et un espoir qui me tue à chaque fois, alors que Vicente ne s'occupe que de mon bonheur et de mon bien-être.

— Faith… Pourquoi tu…

— Je m'appelle Alice !

Il se relève légèrement, sa position exprime tout l'agacement que je lui cause.

— C'était une photo de tes parents et de toi, petite…

— Quels parents ? Ceux dont je n'ai aucun souvenir ? Ceux qui, je suppose, n'existent pas ?

— Qu'est-ce que tu… Faith, je…

— Je m'appelle Alice !

Il pince les lèvres et, finalement, tend la main vers moi. Mais je l'esquive en détournant la tête, je ne veux pas qu'il me touche, de quelque manière que ce soit. Je m'en fais la promesse et, celle-là, je vais la tenir, quoi qu'il m'en coûte.

— Pourquoi ce silence ? Est-ce dû à notre dernier échange ? Je ne comprends pas que tu puisses…

— Que je puisse quoi ? Dis-moi, vas-y, je suis tout ouïe !

Mon ton monte d'un cran et, si je continue, je vais lui hurler dessus. Je sais que ce n'est pas un bon moyen de communiquer, mais j'ai envie de le frapper comme jamais. Rien qu'à voir cet air innocent qu'il prend, ce sourire qu'il affiche et qui brise les putains de barrières que j'ai érigées tout autour de mon cœur.

— OK, OK, tu es en colère. Alors on va discuter de ça, parce que je ne comprends pas pourquoi tu as un comportement pareil…

— Oh, mille excuses que tu ne comprennes pas ! Tu veux peut-être que je te rafraîchisse la mémoire ?

Il ricane lorsqu'il me voit sortir de mes gonds et, finalement, ça me percute. Il se fout de ma gueule depuis le début, là, j'en ai la preuve devant les yeux. Si je n'ai pas voulu les ouvrir depuis tout ce temps, c'est parce qu'il exerce l'art de la manipulation comme personne.

— Oh, gamine… C'est quoi ce caprice que tu me fais ?

Je me relève d'un bond et le menace du doigt.

— Ce n'est pas un caprice ! Tu as raison, je suis en colère, furieuse même.

— Et qu'est-ce que je t'ai fait, Faith, pour que tu sois dans cet état ?

Je m'avance vers lui jusqu'à ce que mes lèvres frôlent les siennes. Son odeur m'enveloppe comme un halo de protection, mais je n'en veux pas et bloque ma respiration pour garder mes états d'âme loin d'ici.

— *Vai a farti fottere, capitano.*[1]

Je hausse exagérément les sourcils et relève la tête. Il devient livide parce qu'il a compris. Je vais l'achever et il va comprendre que toute sa mission ne rime plus à rien, qu'il n'obtiendra plus rien de moi, de cette fille qu'il appelle Faith, puisqu'elle n'existe pas et n'a jamais existé.

1. « Va te faire foutre, capitaine », traduit de l'italien.

— Je maîtrise l'italien et Vicente n'a même pas eu besoin de me l'apprendre. Tu sais pourquoi ? Parce que je m'appelle Alice, parce que je suis elle, parce que j'ai survécu à l'overdose que j'ai faite avec mon beau-frère. Tu vois, capitaine… je me souviens de tout ça, j'ai même vu le vrai journal intime d'Alice, le mien, pas le faux que tu m'as donné, mais bel et bien celui qui contient toute la vie d'Alice, ma vie. Ose me dire que je ne dois pas être en colère contre toi…

Il se lève et me fait face. Son visage change du tout au tout, son regard est noir et je jurerais qu'il sait que nous ne sommes pas seuls, mais bien entourés de plusieurs agents qui nous observent, prêts à intervenir si tout cela dégénère.

— Alors, capitaine ? Comment je m'appelle ?

— Faith Grahams.

— Menteur ! hurlé-je. Je suis Alice ! Regarde-moi dans les yeux et dis-le-moi ! Montre que tu as des couilles et avoue que tout ça, c'était fait exprès pour piéger Vicente, parce que tu savais que la seule capable de le faire tomber, c'était Alice, c'est-à-dire moi !

Je me mets à rire lorsque je le vois déglutir et qu'il ne prononce aucun mot.

— Tu délires à plein tube, gamine.

— Je délire ? JE ? DÉLIRE ? Et toi ? Tu t'es regardé dans un miroir ? Tu arrives à supporter ton reflet ?

Ses mâchoires se contractent, il serre les poings puis relève ses yeux teintés d'orage et me fixe un instant.

— Il te tient, il a réussi à te niquer le cerveau…

— C'est l'hôpital qui se fout de la charité… Et toi ? Tu m'as enfermée dans une cave et détenue contre ma volonté pour que je tombe amoureuse de toi. Pour quoi faire ? Que je succombe au syndrome de Stockholm et que je t'accorde tout ce que tu me demanderais ?

Il applaudit assez fort pour que mes poings me démangent. J'ai envie de le crever de mes propres mains ou de voir Vicente s'en charger.

— Le syndrome de Stockholm ? demande-t-il.

Il fait quelques pas en posant son index sur son visage.

— Alors, comme ça, tu es amoureuse de lui ?

Sa question me prend au dépourvu, pourtant, je ne me démonte pas.

— Ça te dérange ?

— Ça devrait ?

— C'est toi qui as clamé haut et fort qu'Alice était la femme de ta vie…

Il déglutit puis je m'approche, jusqu'à ce que l'on se retrouve nez à nez.

— Tu aurais dû le dire depuis le départ, capitaine. Tu as laissé ta place à bien plus fort que toi et, crois-moi, il la mérite amplement. Donc, soit tu as un mandat contre moi, soit tu me laisses retourner à ma jolie petite vie et tu ne t'approches plus jamais de moi.

— C'est une menace ?

— Un avertissement…

On se regarde en chiens de faïence depuis une bonne dizaine de minutes. J'ai maintenant la certitude que je n'ai pas de parents, que je suis bien Alice et que le capitaine m'a menti et manipulée depuis le début, qu'ils m'ont tous menti dès que je suis sortie du coma. Je ne suis pas flic, je ne l'ai jamais été.

— Alors, comme ça, il a réussi son coup avec toi… Je ne te pensais pas aussi faible…

— Tu ne me feras pas sortir de mes gonds. Ne sois pas mauvais joueur, capitaine. La jalousie ne te va pas au teint.

Je me déplace et frappe un coup sur la porte.

— Vous avez un mandat ? Je suppose que non, donc ouvrez et laissez-moi sortir.

— C'est lorsque je l'aurai décidé, Faith, rétorque le capitaine.

Et c'est là, à ce moment précis, que je décide de lui asse-ner le coup fatal. Parce que je suis certaine qu'il n'a aucun sentiment pour moi, que tout ceci était une mission, que j'étais sa mission, une fille qu'il devait manipuler à sa guise pour pouvoir abattre Vicente.

— Je m'appelle Alice.

— Non, c'est Faith !

— Pour un mec qui m'a étranglée afin que je change d'identité, c'est bizarre de maintenir le contraire aujourd'hui ! Maintenant, fais-moi sortir, tu n'as aucun droit de me retenir.

Il me contourne puis attrape la poignée et ouvre la porte en grand.

— Tu passeras le bonjour à nounours de ma part…

Je le dévisage. Je ne sais ni de qui ni de quoi il parle. Je hausse juste un sourcil et le dépasse. Avant de le perdre de vue, je me retourne pour la dernière fois.

— Tu ne sais pas qui c'est, je me trompe ? Tout comme tu ne sais pas qui est vraiment Vicente.

— J'en sais plus que toi, je le connais bien mieux que ce que toi, tu m'en as appris.

— Alors tu lui as demandé des nouvelles d'Alaïs ?

Je recule d'un pas à l'évocation d'Alaïs, cette fille qui était présente le jour où j'ai perdu notre bébé. Je ne me souviens pas d'elle ensuite, je ne sais pas ce qui lui est arrivé ni où elle se trouve aujourd'hui…

— C'est ça… Tu le connais mieux que moi…, dit-il en ricanant. Je suppose que tu sais aussi comment sa famille est morte.

— Bien sûr ! crié-je.

Il secoue la tête en souriant de plus belle. Un étrange sentiment me traverse, une émotion dont je ne m'explique pas la venue… Une pulsion meurtrière me prend et ne me lâche pas. En deux enjambées, le capitaine me rattrape et me toise. Il se penche vers moi et murmure distinctement :

— Je suis persuadé que tu ne sais pas comment son père est mort… Et, pour la petite histoire, il a vendu Alaïs au plus offrant juste avant ton overdose…

Je frôle sa joue et souris pour le troubler plus encore qu'il ne semble l'être, puis je lui chuchote à l'oreille :

— J'ai toute la vie devant moi pour apprendre à le connaître dans les moindres détails… Ne m'énerve pas trop, capitaine, ce n'est pas bon pour mon bébé.

Je relève la tête devant sa mine déconfite. Ses yeux font des allers-retours entre mon visage et mon ventre. Et là, je l'entends… Lui. Hurler à la mort, menacer les flics présents dans le commissariat. Je fixe une dernière fois le capitaine et prends un air hautain. Dans son regard, je veux voir qu'il a mal… qu'il souffre autant qu'il m'a fait souffrir pendant ces trois années de captivité, ce temps où je lui aurais donné mon cœur et mon âme s'il me les avait demandés, s'il avait pris la peine de faire attention à moi autrement que comme le vulgaire jouet que j'étais pour lui.

— Mon mari est venu me chercher et je ne veux pas le faire attendre… Adieu, capitaine.

50

Alice

Je passe devant le capitaine et sors du couloir réservé aux interrogatoires. J'entends les policiers discuter entre eux, mais lorsque le hurlement de Vicente me parvient à travers le commissariat, tout le reste devient secondaire. Je ne serais pas étonnée s'ils le coffraient pour outrage à agents. Ils en seraient capables, ces connards de flics ! Je fais claquer mes talons sur le carrelage en me dirigeant vers sa voix, de plus en plus distincte. Il commence même à jurer en italien…

Ouh là là... Ce n'est vraiment pas une bonne idée de l'énerver encore plus qu'il ne l'est déjà !

Flinn sort d'un bureau et s'appuie contre l'encadrement de la porte en me fixant. Je soutiens son regard sans baisser la garde. Je ne suis pas en terrain conquis, bien au contraire. Je viens de me les mettre à dos et je vais en subir les conséquences.

— Donc la reine a repris son poste…, dit-il tout bas.

Je m'humidifie les lèvres. Sa phrase ne me dérange pas, parce que j'ai pris ma décision. J'ai enfin trouvé ma place et elle est auprès de Vicente…

— Va boire un café, Flinn, s'exclame Gary derrière moi.

Lorsque je me retourne, ce dernier me gratifie d'un sourire un peu forcé. Le voir, lui, me remue un peu les tripes, en pensant à ce qu'il s'est passé avec Mary… Si, bien sûr, c'est la vérité. Encore un point que je vais éclaircir avec mon cher et tendre, une fois que le nuage de notre dispute sera passé. Parce que je ne crois plus un mot qui sort de la bouche du capitaine. Je vais donc devoir faire avec ce qui se présente à moi. Je n'accorde plus ma confiance à quiconque, c'est terminé. Toutes les personnes qui ont fait un passage dans ma vie m'ont menti à un moment ou à un autre. Et ça, c'est rédhibitoire pour moi !

— *Vai subito a prenderla.*[1]

Il ne hurle plus, il s'égosille ! Si je n'apparais pas dans l'instant, il va trancher des gorges en plein milieu du commissariat, parce que ce fou en est capable…

— Je ne comprends pas ce qu'il dit, mais la secrétaire en prend pour son grade, déclare Gary.

Je ne réponds pas et me tourne, comme aimantée, vers l'endroit que je viens de quitter. Je reste debout à le contempler une dernière fois. Le capitaine est contre le mur et m'observe en silence. Un sentiment de culpabilité me prend. Ce qui ressemble à de la douleur s'insinue dans mes veines et se répand dans mon âme tout entière.

Mon capitaine…

Lorsque je secoue un peu la tête pour revenir à la raison, j'en ai fini avec lui. Le dernier regard que je lui accorde me scotche sur place. Il fait un signe dans ma direction. Le capitaine lève la main droite, pointe son pouce contre sa tempe puis touche son autre pouce resté devant son cœur. Je déglutis et pars loin, tellement loin d'ici, dans mes souvenirs.

C'est la dernière nuit que je passe ici, avec lui, après trois ans de vie… commune. Demain, je partirai pour New York, pour cette mission et la nouvelle vie qui s'offre à moi. Je traverse le salon, m'arrête à l'entrée de la cuisine, le reluquant, l'admirant. Je reste là à enregistrer ses mouvements une dernière fois, à apprécier la vision qu'il m'offre, même s'il est de dos, sa carrure, sa façon de se mouvoir aisément dans cette cuisine, cette odeur qu'il dégage et

1. « Allez me la chercher maintenant », traduit de l'italien.

dont je me délecte. Mon cœur se gonfle d'amour lorsqu'il se tourne et que nos yeux s'accrochent, lorsque mon âme part rejoindre ses bras. Le plus dur pour moi, c'est de le quitter, pas cette mission. Quoi qu'il me demande, il l'aura. Mon corps et mon âme lui appartiennent, et ce, pour l'éternité.

— Tu te sens prête ?

— Pour la centième fois, oui ! Pourquoi es-tu aussi rigide, maintenant que l'entraînement est terminé ? Tu as peur que je retourne ma veste pour un truand ?

— Alice, je t'assure que tu ne mesures pas totalement qui il est...

— Et bla-bla-bla, dis-je en allant dans le salon et en me vautrant sur le canapé.

— T'es une petite peste doublée d'une gamine !

C'est sur cette note légère que nous prenons notre dernier repas ensemble. Notre ultime soirée consiste à regarder un film d'action puis nous partons nous coucher chacun de notre côté. Je me tourne et me retourne sur ce lit, sans pouvoir me détendre ni m'endormir d'épuisement. Alors je me lève et fais la seule chose qui me va. J'ouvre la porte de la cave et m'allonge sur ce matelas. Je sens l'humidité, la poussière et la moisissure des murs. J'écoute les bruits de la nuit, du vent, je ressens cette solitude de nos débuts dans cette maison, jusqu'à ce que la porte s'ouvre en grand et qu'il apparaisse dans l'encadrement, dans un halo de lumière et vêtu d'un simple boxer. Il est tellement beau et brut...

— Qu'est-ce que tu fais là ? demande-t-il de sa voix rauque et ensommeillée.

— Je me souviens...

— Viens, dit-il en me tendant la main.

Je me lève, avec cette pointe dans le ventre, ce petit quelque chose qui me fait chavirer, qui me prend aux tripes, qui me donne des étoiles dans les yeux lorsque je le regarde, qui me pousse à toujours aller plus loin, plus haut, ce sentiment qui ne se taira pas, même en mission :

l'amour. Arrivée à sa hauteur, je baisse la tête, regarde son torse se soulever et s'abaisser au rythme de sa respiration. Sa main presse mon dos et je me retrouve blottie contre lui, son corps nu et chaud contre le mien. Je me love entre ses bras. Je veux être tellement proche de lui à cet instant, tout ça parce que je sais que c'est la dernière fois que je le vois ! J'entends les battements de son cœur s'accélérer lorsque ses mains remontent le long de ma peau, sous mon débardeur qu'il ôte en même temps. Ses yeux plongent dans les miens et tout mon monde s'écroule, plus rien n'existe, plus rien à part lui, son corps, sa chaleur et le « nous » que nous formons aujourd'hui. Cette relation est malsaine, interdite, dérangeante, mais peu m'importe, moi, je la considère comme la plus belle de mes histoires. Je me fais la promesse de tout mettre en œuvre pour faire tomber Mancini et, lorsque ce sera chose faite, je reviendrai le chercher et nous pourrons... former ce nous qui est mon moteur de vie et d'espérance depuis que je suis entrée dans cette cave et que j'ai compris pourquoi j'y étais.

— Arrête de réfléchir, dit-il, la voix de plus en plus rauque.

— C'est un peu difficile avec tout l'entraînement que j'ai reçu...

Il rit et ce son me rend encore plus amoureuse de lui. Au cours de ma préparation, même si elle a duré trois ans, je ne l'ai pas entendu rire souvent. Pourtant, lorsque je le regarde, je le trouve encore plus beau avec ses lèvres étirées. Il penche la tête et, quand je sens sa bouche sur mon cou, je défaille. Je me liquéfie et me mords la lèvre. J'ai tant espéré ce dernier moment entre nous, je l'ai tellement rêvé, j'ai tellement fantasmé... J'hésite un instant puis lève les mains et entoure son cou. Délicatement, il me soulève, alors mes jambes s'accrochent à ses hanches pendant qu'il nous fait avancer jusqu'à sa chambre. Lorsque mon dos rencontre le matelas, j'ose un regard vers lui, de peur que ce soit un mirage ou encore un rêve. Ses yeux reflètent quelque chose que je ne lui connaissais pas et j'adore voir cette expression sur lui, voir des sentiments se dégager de sa personne, parce que le capitaine n'est pas quelqu'un qui affiche fièrement ses émotions, bien au contraire. De son pouce, il caresse ma joue et chacune de mes terminaisons nerveuses s'enflamme, tout comme mon corps. Je m'enivre de lui, je me donne entièrement, je l'aime encore plus lorsqu'il est comme ça avec moi. Ses lèvres se posent sur les miennes et mon cœur explose d'amour, mon corps tremble. Sous mes paupières, je peux voir l'univers peuplé d'étoiles. C'est une explosion de sentiments, une consécration, comme si nous allions disparaître à jamais, comme si tout ceci s'arrêtait enfin, comme si demain n'existait plus. Mes doigts entrent dans ses cheveux et je l'attire encore plus vers moi pour qu'il ne me lâche plus, pour que nous restions à jamais comme ça, enlacés, tous les deux, sans rien. Lui et moi. Faith et le capitaine. Je me dégage de ses lèvres, il me sonde quelques secondes puis j'ouvre délicatement la bouche et me lance :

— Comment tu t'appelles ?

Il caresse mon nez du sien et sourit discrètement.

— Capitaine...

Je baisse les yeux et secoue la tête. Même maintenant, il ne dira rien, il ne lâchera rien pour que nous nous retrouvions tous les deux. C'est toujours lui et mon nouveau moi durant toute cette mission. Ses lèvres se posent sur mon cou et descendent sur ma poitrine, il agace de sa langue mon téton et titille l'autre avec sa main. Pendant que je gémis, j'oublie tout, parce que c'est lui, parce que c'est l'amour de ma vie, l'homme que j'aime le plus au monde, pour qui je donnerais mon existence entière s'il me le demandait ! J'attrape le coussin et le maltraite pour ne pas trop tirer sur ses cheveux. Le plaisir que je ressens inonde tout mon corps, ce sentiment m'accompagnera pendant ces longs mois de mission.

C'est la dernière fois...

Sa bouche fait une pluie de baisers sur mon corps brûlant de désir pour lui, et lorsqu'il s'approche du point ultra-sensible, je défaille. Il passe les doigts sur les rebords de ma culotte et la fait glisser le long de mes jambes sans rompre notre contact. Il me regarde comme si j'étais la huitième merveille du monde, comme si j'étais le plus succulent des desserts. Une fois débarrassée de mon sous-vêtement, le capitaine se penche à nouveau et embrasse ma cheville puis remonte en baisant chaque parcelle de ma peau.

Je fonds…

Mon cœur bat à une allure inhumaine, je suis au bord du précipice et, lorsque je sens la pointe de sa langue sur mon clitoris, je gémis sans aucune discrétion, parce que personne ne peut m'entendre. Il me dévore comme si j'étais son dernier repas et moi, je serre les draps entre mes doigts lorsqu'il aspire mon bouton, le tourmente. Le plaisir monte en moi comme une flèche et je jouis en criant tout le bien qu'il me fait. Mon corps se relâche progressivement pendant que le capitaine se débarrasse de son boxer et remonte lentement vers mon visage. Il s'allonge sur moi et me sourit. De mon pouce, je caresse sa joue où sa barbe commence à pousser, me râpant la peau. J'apprécie cette sensation provoquée par l'homme qui a partagé ma vie pendant tout ce temps, je la chéris encore plus maintenant. Ses lèvres s'écrasent sur les miennes et je retrouve mon goût sur sa langue, ce qui accroît mon désir pour lui, mon plaisir. Mes jambes s'écartent pour lui laisser la place et je l'emprisonne entre mes cuisses. C'est les yeux dans les yeux qu'il me pénètre de toute sa longueur, m'emplissant entièrement. Un long frisson dégringole de ma nuque jusqu'en bas de mon dos et, au moment où il enferme mes mains dans les siennes, je gémis de bonheur. Il prend un rythme de croisière tout en m'embrassant, comme si sa santé mentale en dépendait. Je me perds dans son regard, dans notre étreinte, j'enregistre la moindre parcelle de sa peau, son odeur, ses gestes, ses mimiques, je les garde à tout jamais en moi, gravés dans ma mémoire. Ses coups de reins deviennent plus brutaux et, lorsqu'il gémit discrètement, je me lâche.

— Faith... Faith...

L'entendre murmurer mon prénom provoque mon propre orgasme. C'est quelque chose que je ne croyais pas possible ! Et si, en entrant ici, on m'avait dit que je tomberais amoureuse de lui, j'aurais été horrifiée, j'aurais crié au scandale. Pourtant, me voici, trois ans après, dans ses bras, à pleurer sa future absence, à jouir de son corps, à imaginer n'importe quel scénario qui nous permettrait d'être ensemble. Je me tends lorsque je sens un nouvel orgasme venir et l'enlace en collant ma bouche contre son oreille.

— Capitaine... Capitaine... Je...

...t'aime. Oui, c'est ça ! Je l'aime, mais non, je ne lui dirai pas, pas maintenant, pas comme ça. Je jouis en taisant cette phrase qui me brûle les lèvres et, quelques coups de boutoir plus tard, il me rejoint en murmurant des paroles incompréhensibles. Nous restons là, enlacés, sans rien dire, sans bouger, jusqu'au moment où il décide de se retirer. Il se lève, se débarrasse de la capote, et là, je m'attends au pire, à ce qu'il me renvoie dans la cave ou dans ma chambre. Ailleurs qu'en sa présence. Mais il n'en fait rien, il se recouche et, avec le sourire, me lance :

— Un jour, tu crieras mon prénom, je te le promets.

Je ris doucement, parce que ce jour n'est pas encore arrivé ! Il se mord la lèvre puis fait un geste dans ma direction. Son pouce gauche est contre son cœur, relevé, et l'autre effleure sa tempe puis descend toucher celui resté devant son cœur. La traduction du mot « souvenir » en langue des signes !

— Pourquoi tu...

— Si jamais tu doutes de la mission, de toi, de moi... Souviens-toi de ce moment. Souviens-toi de nous deux, maintenant, pas dans la cave, ici, tous les deux. Promets-le-moi !

— Capitaine, ce n'est qu'une mission...

— Ce n'est pas un jeu, Alice.

Je suis redevenue Alice. Il n'y a plus de Faith, cette femme n'existe plus à partir du moment où il parle de la mission, même s'il a prononcé mon prénom pendant que nous faisions l'amour... Alors, pour alléger la situation et la scène, et parce que mon cœur est en train de saigner, je décide de faire dans l'humour.

—L'amour et la jalousie, Bambino, Bambino / Ne sont pas des jeux d'enfant, Bambino, Bambino[1]

Je reviens ici, dans le commissariat, avec le souvenir de cette nuit folle et tendre, de cette nuit qui m'a vraiment ouvert les yeux sur lui. Pourtant...

Je ne me ferai plus avoir par toi, capitaine. Tu as volé mon cœur et détruit mon âme, mais maintenant, j'ai décidé que c'était terminé. J'ai besoin d'un homme qui prenne soin de moi, qui m'aime comme je suis, et non qui me façonne à sa guise.

Je souris et chante distinctement :

—Et tu as toute la vie, Bambino, Bambino / Pour souffrir comme les grands, Bambino, Bambino.

Il serre les poings puis entre dans la salle d'interrogatoire sans un regard. Le bruit qui s'ensuit me dit qu'il a cassé une chaise ou le bureau. Peu importe... Tout ceci n'a plus d'importance. Gary me jauge de son regard insistant, alors je lui souris.

— Vicente me cherche.

---

1. *Bambino*, Dalida, 1957, parolier : Jacques Larue .

51

Alice

On l'entend crier de plus belle. Il faut aller le calmer. Je passe un sas, Gary et Flinn sur les talons. Lorsque je l'aperçois, Vicente s'immobilise et me dévisage. Il redevient de marbre quand il croise mon regard. Je ne lâche pas ses yeux parce que, dans sa tête, je sais ce qu'il se passe. Il se demande si je viens de le trahir et de le vendre aux flics.

Mais il n'en est rien, mon lapin.

Tu es le père de mon bébé... Je suis fidèle et je te suis, quoi qu'il m'en coûte...

Ce qui m'étonne, c'est qu'il est tout seul, il n'y a ni Freddy, ni Jones, ni l'autre tache... Pourquoi tout seul ? Il est toujours entouré d'au moins un de ses sbires, mais pas aujourd'hui... De mon côté, est-ce une erreur d'avoir suivi les flics au poste ? Je peux mettre ça sur le compte de mon innocence ? Il ne peut pas me blâmer. Si avant, j'étais une habituée, maintenant ce n'est plus la même chose. Une sonnerie retentit et le sas s'ouvre, me laissant passer. C'est à ce moment qu'il se rue sur moi et prend ma tête entre ses mains.

— Ça va, ma chérie ? Tu vas bien ? Dis-moi !

— Oui, ça va, ne t'inquiète pas, tout va bien.

Il m'embrasse comme un fou et me serre contre lui. Il a une de ces dégaines ! On dirait qu'il est passé sous un bus... Il sent l'alcool, ce qui me provoque des nausées que je calme en respirant par la bouche. Sa chemise est vulgairement rentrée dans son pantalon, comme s'il s'était déshabillé...

Quel enfoiré !

On se dispute, et lui, il se barre baiser et picoler ailleurs, pendant que moi, je suis au commissariat pour passer un pseudo interrogatoire sur ses putains d'agissements au sein de sa putain de société ! Je suis folle de rage. Je me crispe dans ses bras. Vicente le sent et se recule. Je murmure pour que lui seul entende :

— Tu me donnes la nausée avec cette odeur d'alcool !

Il acquiesce d'un hochement de tête et fait quelques pas en arrière en me tenant la main. Je lui adresse un sourire discret pour qu'il se détende. Nous sommes dans un commissariat et je ne veux pas lui rappeler son… activité. Ce n'est ni le lieu ni le moment d'avoir une discussion houleuse avec lui. Parce que, concrètement, je n'ai pas envie qu'il tombe à cause d'un élan de jalousie. Sa respiration se calme un peu. Il fronce les sourcils et se tourne vers Gary et Flinn.

Aïe ! Je reconnais ce regard de tueur. Il fulmine.

— Vous n'aviez pas le droit de venir chez nous comme ça, dit-il le plus froidement du monde.

— Elle nous a suivis sans discuter, répond Gary.

— Elle ne connaît pas ses droits, ça ne se passera pas comme ça !

T'es bien mignon, mon lapin, mais je ne suis pas niaise non plus ! Bref, ce n'est pas le moment !

— Vicente, elle est venue de son plein gré, tu ne peux rien faire, et tu le sais, continue le flic.

Tiens donc, il le tutoie ? Depuis quand ? Enfin, je veux dire, ils se connaissent depuis longtemps, mais de là à se tutoyer comme des copains… C'est peut-être pour déstabiliser Vicente, tout simplement.

— Elle est enceinte !

Oh, le con ! Il leur balance ça comme ça, là, comme si j'avais envie que la terre entière soit au courant, merde ! Flinn éclate de rire et se casse plus loin pendant que Gary ne fait aucun geste ni n'émet aucune parole. Il est sous le choc. J'étais dans le même état que lui lorsque je l'ai appris. Il relève les yeux vers moi et j'y lis tout un tas de choses qui me déplaisent. Je pense qu'il vient de comprendre que la mission est un échec. Alors il peut dès maintenant me condamner en avouant tout ce qu'on a fait dans le dos de Vicente pour le faire tomber, ou se taire à jamais pour que je ne périsse pas dans d'ultimes souffrances et tortures.

— Oh… et bien, je ne le savais pas, félicitations ! Un nouveau Mancini en ville, c'est... intéressant, finit-il par dire en esquissant un sourire diabolique.

Je souffle de soulagement tout l'air que contenaient mes poumons. Il ne m'a pas vendue, il aurait pu me lâcher, comme je l'ai fait plus tôt avec le capitaine, mais Gary n'est pas comme ça. C'est peut-être à cause de sa femme et de l'espoir qu'il place encore en moi. Cette pensée me donne un haut-le-cœur, je me dégoûte parfois… Je me tourne vers Vicente, parce que je suis en train d'étouffer, j'ai besoin d'air, besoin de partir d'ici, besoin de m'éloigner du capitaine, de tous ces flics qui me regardent comme si j'étais la pire criminelle du siècle, et j'ai besoin de ne plus voir le regard accusateur de Flinn et celui, désespéré, de Gary. Ça me tord les tripes.

— *Andiamo*[1], dis-je en lui serrant la main.

Il me regarde et hoche la tête, conquis que je m'adresse à lui en italien et non dans une langue que peuvent comprendre les hommes autour de nous. Au moment de nous retourner, Vicente s'adresse à Gary une dernière fois en pointant son menton vers lui.

— Tu as touché à quelque chose qu'il ne fallait pas, là.

— C'est une menace, Vicente ? rétorque-t-il.

— Non, affirmé-je. Ce n'en est pas une. On s'en va, mon lapin.

1. « Allons-y », traduit de l'italien.

On traverse le commissariat, la tête haute et le regard au loin. Une fois les portes passées, je me sens plus légère, un poids vient de m'être retiré, mais je ne saurais dire ce que c'est.

***

Nous rentrons dans la voiture sans un mot. Je me place sur la banquette arrière aux côtés de Vicente, Jones est au volant. Donc il nous attendait. Il était avec Vicente lorsque j'ai suivi Gary et Flinn au commissariat. Et les deux autres, où sont-ils ? Mon regard se perd au loin lorsque Jones démarre puis avance dans la circulation. Je n'ai pas le cœur à discuter ni à penser. La tête sur le point d'éclater, je sens une vilaine migraine arriver et une barre traverser mes tempes de part en part. Je les masse légèrement du bout des doigts en appuyant sur les points les plus sensibles. La douleur s'estompe doucement, mais lorsque j'ouvre à nouveau les paupières, elle gagne en intensité.

— Jones, arrête-toi dans une chocolaterie, s'il te plaît. Alice a besoin de chocolat noir…

Je tourne la tête vers Vicente qui ne me lâche pas des yeux. Il lève la main et touche de son pouce le grain de ma peau. Je me dégage d'un geste brusque. Il serre la mâchoire et regarde par la fenêtre.

— Je n'ai pas besoin de chocolat, Jones, dis-je, piquée au vif.

Comme si le chocolat allait me faire oublier qu'il tue des gens, qu'il m'a menacée, qu'il a ordonné que l'on me frappe, et toutes les horribles choses que j'ai certainement oubliées dans une partie de mon cerveau.

— J'ai besoin d'être chez moi…, murmuré-je.

— On va dans une maison que je possède. On y sera plus tranquilles et toi, tu pourras…

— Je parlais de chez moi, pas chez toi…

Je le vois déglutir, mais je soutiens son regard. Ses pupilles sont dilatées. C'est certain, il est encore alcoolisé, et je ne parle même pas de sa tenue. Je mettrais ma main à couper qu'il a baisé avec une nana… Je ne devrais pas, mais je suis tellement déçue de son comportement. Un coup, il passe pour un prince charmant, à me porter secours comme si j'étais la chose la plus précieuse au monde, et l'instant d'après, il baise à tout va et se met la tête à l'envers pendant que je me retrouve dans une salle d'interrogatoire…

— Ils t'ont posé un micro ? demande-t-il sans une once de délicatesse. Parce que, si c'est le cas, je le verrai de suite…

— Non, je n'ai aucun micro sur moi.

Il ne me regarde plus, se contente de hocher la tête.

— Ils t'ont posé des questions ?

— Non, on a pris une tasse de café en discutant du dernier défilé Ralph Lauren à la Fashion Week…

Ses yeux noirs me lancent des éclairs et je suis contente qu'il n'ait pas d'arme sur lui…

— Pourquoi tu n'étais pas à l'appartement à cette heure-ci ? Où sont tes bureaux ? Qui sont tes collaborateurs ? Est-ce que je pense que tu fais quelque chose d'illégal ? Si j'ai accès à une liste de tes clients et si j'ai peur de toi ?… C'est à peu près ce genre de questions qu'ils ont évoquées, et d'autres tellement futiles que je ne m'en souviens pas. De toute manière, je ne suis pas restée longtemps dans la salle d'interrogatoire.

— C'est oui, la réponse ?

Je fronce les sourcils, mais ne comprends pas où il veut en venir. Je n'ai accès à aucun fichier client, je n'ai pas parlé de lui et…

— Tu as peur de moi ?

J'ouvre la bouche, mais la referme immédiatement. Je baisse la tête. *Bien sûr que j'ai peur, je suis même terrorisée. J'ai peur que le capitaine ou un de mes collègues me vendent, à toi ou à tes sbires. Je perdrais mon bébé et ma vie.*

— Dois-je avoir peur ?

— Non ! dit-il en prenant ma main dans la sienne. Je suis le même qu'hier, que la semaine dernière, je suis ton premier amour. Tu ne t'en souviens pas, mais je te jure que notre amour n'est pas fondé sur le mensonge. Tu savais qui j'étais lorsqu'on s'est rencontrés.

Je retire ma main et le dévisage.

— On va retourner où l'on habitait à l'époque. Je suis sûr que tu auras plus de souvenirs, là-bas. Tu as la boîte que je t'ai donnée à la maison, il y a ton ancien journal intime et des objets, lettres, photos qui nous appartiennent. Imprègne-t'en et tout te reviendra, j'y crois fort.

— Pas moi. Depuis que j'ai 19 ans, je ne me souviens de rien et ce n'est pas un vieux journal intime qui va déclencher tout ça.

— Tu t'es souvenue de Nicolay au gala…

— J'avais l'impression d'avoir vu sa tête, ce n'est pas non plus la révélation de l'année.

Je porte la main à ma bouche et inspire un grand coup.

— Jones, arrêtez-vous ! dis-je sèchement.

Il stoppe la voiture, alors j'ouvre la portière et vomis le peu qu'il me reste dans l'estomac. Une fois que je me relève, j'ai toujours des haut-le-cœur, mais je ne sais pas si c'est à cause du bébé ou de la situation dans laquelle je me trouve aujourd'hui.

— Est-ce que le gynécologue t'a donné des comprimés ?

— Des vitamines, dis-je en prenant le mouchoir qu'il me tend, avant de m'essuyer la bouche.

— On va aller à la pharmacie. Il te faut des cachets contre les nausées et du gingembre.

— Du gingembre ?

Il fait un signe à Jones et, quelques minutes plus tard, nous déambulons dans une pharmacie. Lorsque je me retrouve dans le rayon bébé, je commence à paniquer. Vicente pose sa main dans le creux de mes reins, mais je ne bouge pas. Je reste debout, à faire l'inventaire de toutes les tétines, biberons, couches et autres accessoires qu'il va me falloir, alors que je ne connais rien aux bébés…

— Alice, on va…

— *Je* vais avoir un bébé !

— Oui, ma chérie. Qu'est-ce que tu…

— Je ne suis pas une maman… enfin, je veux dire, je ne suis pas prête, je n'y connais rien, je… Putain, on va être les plus mauvais parents du monde ! dis-je en le sondant.

Il esquisse un sourire puis attrape une sucette où un lapin blanc est dessiné dessus.

— Je crois que toi et moi, on a vu bien pire qu'un petit être qui tient ça dans sa bouche, non ? Et puis, nous serons de bons parents, je t'assure qu'il ne manquera de rien, tout comme toi et que nous…

— Comment ? On va l'élever comment ? Entre tes plants de beuh et les passes de tes filles ?

Il écarquille les yeux et regarde dans tous les sens. Oui, bon, j'ai peut-être parlé un peu fort, mais quand même ! J'ai choisi de vivre avec lui, ce truand, et maintenant, je réalise ce que j'ai fait, ce que j'ai choisi, quelle vie je vais offrir au bébé qui grandit en moi, le bébé de Vicente. Il m'entoure de ses bras et chuchote contre mon oreille :

— Je te jure sur ma propre vie qu'il n'y aura aucun danger, aucune mauvaise situation, que rien de mal ne lui arrivera, à part tomber de vélo, OK ?

Nos regards se croisent et mon cœur s'emballe lorsque je vois l'amour qu'il nous porte emplir ses yeux. Ses paroles réconfortantes me percutent, rien ne se passera comme avant, parce que maintenant, il est plus expérimenté, parce qu'il s'est entouré de plus de personnes et parce qu'il a déjà vécu ma perte… Et sur ce point, je sais déjà qu'il ne veut pas revivre ça.

— Je ne sais pas si je peux…

— Toi et le bébé, vous passez avant ma propre vie, Alice. On va à la maison maintenant, d'accord ?

Je hoche la tête et récupère la sucette qu'il tenait dans ses mains. C'est avec l'esprit embrouillé que nous sortons de la pharmacie, à destination de mon ancienne vie.

52

ALICE

Deux mois plus tard

Depuis que j'ai découvert le pot aux roses, je ne peux m'empêcher de rire, c'est plus fort que moi…

— Mais arrête ! Ce n'est pas ma faute ! Mes parents m'ont donné ce surnom ridicule et depuis, il m'appelle comme ça.

Une bouffée d'adrénaline me prend lorsque ce « il » sort de sa bouche. « Il » me manque tellement… J'aimerais vraiment qu'il revienne me voir, qu'il discute avec moi comme avant que j'atterrisse ici. Une boule se forme dans ma gorge et m'empêche de continuer à m'amuser sur ce surnom ridicule.

— Il va revenir, ne t'inquiète pas. Il est très occupé, c'est tout. Et puis, on est tous les deux et on s'amuse bien, non ?

J'acquiesce d'un hochement de tête et me concentre à nouveau. Lorsque mes yeux voient l'objet qui se trouve entre mes mains, j'ouvre la bouche et souris. Je braque l'arme devant moi puis vise la cible qui se trouve dans le fond du jardin. Il s'approche de moi et son odeur m'enveloppe, quelque chose de fruité, comme un cocktail au bord d'une plage…

— Il faut que tu aies un alignement parfait, contrôle ensuite ta respiration pour ne pas trembler, sinon la balle va dévier, alors que si tu gardes ton calme et le contrôle, tu taperas dans le mille… Montre-moi, Alice, que tu sais tirer comme une pro !

Lorsque la détonation retentit, la pastèque éclate en dizaines de morceaux. Je n'ai pas eu de mouvement de recul et j'ai touché le point qu'il avait dessiné dessus. Je m'améliore de jour en jour. Lorsque je me retourne vers lui, il me sourit et fait une révérence. Jones.

Je me relève en sursaut et observe les lieux. Tout se mélange dans ma tête. Je crois que j'ai crié. Jones est devant moi, son sandwich dans les mains, il me dévisage. Je me racle la gorge et prends une expression que j'espère naturelle.

— Excuse-moi, dis-je en ramenant mes cheveux en queue-de-cheval et en attrapant l'élastique que j'ai laissé sur la table basse.

Je me fais une vulgaire coiffure pendant qu'il s'assied en face de moi. Ce rêve me poursuit. Pourquoi ai-je vu Jones ? J'ai même senti son odeur. Je sais que la grossesse exacerbe mes pulsions, mes rêves et mes émotions, mais quand même. C'est bizarre, c'est comme si je l'avais connu avant… Ça me semblait tellement réel. Pourtant Jones ne faisait pas partie des contacts de Vicente et je n'ai jamais voulu savoir…

— Tout va bien ? me demande-t-il en mâchant son sandwich.

Je le regarde en souriant. Si moi, j'ai pris quatre kilos en deux mois que je suis dans cette maison, lui fait carrément une couvade. Il se paye un bon petit bidon, ce qui me fait mourir de rire. Il est tout le temps en train de grignoter et, lorsque j'ai des envies de nourriture, il ne se prive pas et mange avec moi, même s'il est 2 heures du matin ou si je me gave de cornichons dans du gros sel…

— J'ai faim…, réponds-je.

— Vous voulez quoi ?

Je réfléchis et vide tout l'air que j'ai dans les poumons.

— Des enchiladas avec du fromage gratiné dessus et, en dessert, une tarte Tatin de mangue. Et en apéritif, j'aimerais manger les nems de Changpu…

— Putain, j'adore la grossesse ! dit-il en se levant du canapé. J'envoie un message…

— Qui est ce mystérieux livreur ? C'est vrai, dès que je veux un truc, il l'apporte !

Il esquisse un sourire puis hausse les épaules pour ne pas me répondre. Je sais que ce n'est pas Vicente, je n'ai aucune nouvelle de lui depuis presque deux mois, quelques jours après qu'il m'a amenée ici. Je reçois très rarement des textos, auxquels je ne réponds pas. J'ai tout vu, tout regardé, tout appris sur notre couple d'avant. Des souvenirs me reviennent même fréquemment depuis que je suis dans cette maison. Il avait raison sur ce point, être ici stimule ma mémoire, je revis toutes les nuits des moments que j'ai vécus avec Vicente, et même avec Nicolay. Ceux-là sont moins fréquents. Peut-être que j'ai débloqué un truc en renonçant à la mission et en reprenant ma vie avec mon mafieux.

— Jones ?

— Oui ? demande-t-il en passant notre commande.

— Depuis combien de temps travaillez-vous pour Vicente ?

Il hausse les sourcils et je sais qu'avec cette question, je l'ai déstabilisé. Il finit de commander auprès de notre livreur mystère et raccroche.

— Il arrive d'ici une heure maximum.

— Alors ? insisté-je.

— Ça fait quatre ans.

— Et les autres ?

— Vous devriez poser toutes ces questions à votre mari…

— Eh bien, ce n'est pas encore mon mari, et puis, il est aux abonnés absents… Je ne sais même pas s'il est vivant.

— Bien sûr que oui !

— Donc vous avez plus de nouvelles que moi…

Il fait les cent pas et se mordille les lèvres. Jones devient de plus en plus expressif. Je suis sûre que c'est d'être en contact avec moi depuis tout ce temps. Vicente l'a retiré de toutes ses missions et ça, il ne le supporte pas trop.

— Il est très occupé, Alice. Il pense tout le temps à vous et sera bientôt là.

— Et bla-bla-bla et bla-bla-bla…

Je me lève, un brin énervée. Vicente me cloître ici avec un de ses hommes de main et voilà. Je n'ai plus aucune nouvelle, plus rien ! Je suis juste là, à attendre que le bébé grandisse et naisse enfin ! Lorsque je regarde Jones, avant de partir, il serre la mâchoire et se racle la gorge.

— Il a un contrat important, c'est bientôt fini. Il arrivera vite, je vous le promets, Alice.

La moutarde me monte au nez et je pointe un doigt accusateur vers lui.

— Arrêtez de le défendre ! C'est un connard ! Il préfère faire ses petites affaires plutôt que de s'occuper de moi et de sa future progéniture ! Il n'est même pas venu à l'échographie ! Qui fait ça, hein ?! Un connard doublé d'un enfoiré !

Je m'énerve, commence à remuer dans tous les sens. Jones s'approche de moi et me tend une tablette de chocolat que j'avais laissée sur la table basse. J'ai envie de le buter de me faire chanter avec du noir pur cacao. Parce que c'est mon préféré et parce que Jones sait que le chocolat est le remède à tous mes maux. Alors je me mets à arpenter la pièce de long en large en maudissant Vicente.

— Je vais sortir, dis-je enfin.

Mais Jones reste interdit face à ma menace.

— Euh…, bégaye-t-il.

— Y'a pas de « euh », Jones. J'ai envie de manger des enchiladas, alors je vais prendre la voiture et je vais aller dans un restaurant mexicain où, en plus, je pourrai boire des tequilas qui me seront servies avec du sel et du citron !

— Le patron ne veut pas…

— Je m'en tape le coquillard de ce que M. Mancini le Tout-Puissant veut ou pas !

Je gesticule et balance les mains en avant, je sens la colère emplir tous les pores de ma peau.

— *È un peccato ! Mi lascia marcire qui e inoltre non posso uscire !*[1]

J'enrage et attrape un vase que je balance à travers la pièce, sous les yeux moqueurs de Jones. Si jamais il ouvre la bouche, je le brûle vif.

— Vous avez quelque chose à ajouter, Jones ? dis-je en insistant sur son prénom.

— Vous êtes belle lorsque vous parlez en italien…

— Quoi ? demandé-je en sentant ma colère retomber comme un soufflé raté.

— C'est la première fois que je vous entends vous exprimer dans la langue du patron et il avait raison…

Je m'arrête de bouger et ouvre la bouche en grand. Un vent de panique me submerge quand quelque chose de magnifique se produit, quelque chose que je n'ai pas remarqué avant… Jones me dévisage.

— Je l'ai senti…, murmuré-je.

— Senti quoi ?

— Le bébé !

Je pose les paumes sur mon petit bidon maintenant bien rebondi et essaie de percevoir à nouveau cette agréable sensation. Jones s'approche de moi et, lorsqu'il est tout près, j'attrape sa main et la mets sur mon ventre. C'est à ce moment que le bébé se révèle à nouveau, pile-poil sous les doigts de Jones qui les retire vivement. Lorsque nos regards se croisent, je lis tellement de choses dans le sien que ça me met mal à l'aise. Il a l'air admiratif et un brin paniqué. Ça me fait fondre, alors que ça ne devrait pas être lui, mais Vicente…

— C'était…, commence-t-il.

— Oui ! C'était lui, mon bébé ! Il nous a dit bonjour !

Le sourire qui inonde mon visage ne me quittera pas de sitôt et, pour prolonger ce bonheur, je m'installe confortablement

1. « C'est un comble ! Il me laisse moisir ici et, en plus, je ne peux pas sortir ! », traduit de l'italien.

sur le canapé, les mains de part et d'autre de mon ventre pour ne pas louper le prochain coup de pied de bébé.

Au diable la tequila !

***

J'ai très mal à la tête depuis deux jours. Je ne dors plus correctement parce que je suis réveillée sans arrêt. Le bébé appuie sur ma vessie et il n'est pas rare que je me lève une dizaine de fois pour aller faire trois gouttes. Et quand ce n'est pas lui, ce sont ces rêves bizarres, plus vrais que nature, qui prennent le dessus dans mon cerveau, et je m'éveille en sursaut, trempée de sueur. Là encore, il m'est impossible de me rendormir. Alors je me réfugie toute la journée dans ma chambre, dans le noir, sans aucun bruit et je me repose le plus que je peux. Je serre les coussins contre moi et reproduis les différentes techniques de respiration dispensées sur Internet par un maître yogi. Ça apaise mes migraines, mais le mieux, c'est encore lorsque je fais une nuit de sommeil complète, sans me réveiller. Aujourd'hui, je m'allonge de tout mon long, fais le vide dans ma tête et ne tarde pas à sombrer dans les bras de Morphée.

Je cours vers la petite rivière. Il y a des cygnes en cette période de l'année. Et si nous avons de la chance, nous pourrons donner à manger aux lapins. Ils s'approchent facilement. C'est papa qui me l'a dit la dernière fois. Je me tourne et les regarde marcher main dans la main.

Qu'est-ce qu'elle est belle, maman, dans sa nouvelle robe rose...

J'adore cette couleur et elle m'a promis de m'acheter la même. Ses cheveux noirs virevoltent dans le vent et les regards d'amoureux qu'ils échangent me font sourire. Peut-être qu'un jour, ils décideront d'avoir un deuxième bébé... J'aimerais avoir une sœur ou un frère. Nous pourrions jouer aux policiers et aux voleurs ou prendre les habits de maman et faire semblant d'être des parents...

— Mon petit cœur, regarde ! s'écrie papa en pointant son doigt derrière moi.

Lorsque je me retourne, j'aperçois tout un tas de lapins en train de gambader, juste là, à mes côtés. Ils sont mignons, il y a des bébés aussi. Il y en a des blancs, des noirs et des marron, mais ceux que je préfère, ce sont ceux qui sont noir et blanc. Je les trouve magnifiques. Je m'assieds et attends qu'ils s'approchent lentement. Je ne quitte pas des yeux les lapins, même lorsque papa et maman s'installent à côté de moi. Une main se pose sur mon épaule gauche et mes yeux croisent ceux de ma mère.

— Tu vois, Faith, papa avait raison. Si tu ne les brusques pas, ils se laissent approcher...

J'ouvre les yeux et me lève précipitamment. Je traverse la chambre puis entre dans la salle de bains. Je n'ai pas le temps d'allumer, je m'accroupis devant la cuvette des toilettes et vomis tout ce que contient mon estomac. Je dégobille et je sanglote. Une fois que les spasmes se sont calmés, je me relève lentement, m'essuie la bouche et fonce sous la douche. J'ouvre les robinets à fond et pleure tout mon soûl.

C'était un souvenir... un souvenir heureux de mes parents. Mes parents... Ils m'ont appelée Faith... Je pleure de plus belle en essayant d'être le plus discrète possible. Je n'ai pas envie que Jones se réveille et m'entende déverser mon chagrin. Je ne sais plus où j'en suis. Pitié, il faut que tout ça s'arrête. Je veux que tout soit clair, je ne veux pas de souvenirs erronés, je ne veux pas de souvenirs créés de toutes pièces. Je veux être moi, et moi, je sais qui je suis. Je suis Alice et je n'ai pas de parents. Faith n'existe pas... enfin, je crois.

53

Alice

Il est droit comme un piquet et me dévisage. Je hausse un sourcil, agacée, énervée qu'il se pointe comme une fleur après autant d'absence. Ça fait quoi ? Deux, peut-être même trois mois que je ne l'ai pas vu… Je sais qu'il les a vendues. S'il est là, c'est qu'il a terminé son boulot avec sa salope d'employée. J'ai tiré un trait sur le capitaine et mes collègues de travail. Je suis Alice, je le sais, je le sens jusqu'au plus profond de moi, je n'avais pas besoin d'entraînement. Tous ces souvenirs qui affluent chaque nuit, exacerbés par les hormones de la grossesse, me le hurlent au visage. Mais j'ai beau le détester parce qu'il n'était pas là, mon cœur s'emballe à chaque fois que je vois son visage, à chaque fois qu'il est près de moi. Et nous avons le bébé qui grandit en moi…

— Bonjour, ma chérie.

Je ricane, alors il ferme la bouche et crispe la mâchoire.

C'est tout le mal que je peux te faire. Vas-y, mets-toi en colère ! Je n'attends que ça !

— Tu t'es souvenu que j'existais ?

Je passe à côté de lui, mais il attrape mon bras et me fait pivoter vers lui. Mes mains s'écrasent sur son torse et je le repousse immédiatement pour toucher mon ventre.

Oui, j'ai toujours ces réflexes de protection envers ce petit être, niché dans mes entrailles.

— Je ne vais pas te faire de mal… Alice…

— T'embête pas, c'est déjà fait.

Il lève la tête vers le plafond et pousse un gros soupir.

Les murs de la cuisine semblent se rétrécir, mais je ne le laisserai pas gagner, j'ai besoin de me prouver plusieurs choses, j'ai besoin qu'il s'affirme et qu'il arrête de me laisser de côté.

— Je suis désolé, OK ? Je ne voulais pas te laisser seule, mais je devais... J'avais un... boulot à terminer.

— Non, ce n'est pas OK. Tu t'es barré comme un voleur et tu m'as laissée pourrir ici, seule entre quatre murs, avec ta progéniture dans le bide !

Ma voix a pris plusieurs octaves et je sais que, si je ne me contrôle pas un tant soit peu, je vais finir par lui hurler dessus. Plus j'avance dans la grossesse et plus mes pulsions me terrifient. J'ai l'impression d'être la méchante de l'histoire et si je laisse mes pensées paranoïaques prendre le dessus...

— Tu étais avec Jones !

— Oh pardon ! Mille excuses ! Je n'ai pas eu vent que mon petit ami était Jones !

— Alice, t'es en train de m'énerver et franchement, je ne suis pas d'humeur à supporter tes hormones aujourd'hui.

J'éclate de rire. Le comble de l'ironie, ce mec va me faire péter une durite... Déjà que j'en suis pas loin...

— C'est la meilleure de l'année ! En plus, je devrais fermer ma gueule et ramper devant toi. Dans tes rêves.

J'avance, mais il me bloque le passage. J'attrape le couteau posé sur le plan de travail, objet fréquemment utilisé par Jones pour ses dix-huit sandwichs quotidiens, et le pointe dans sa direction.

— Dégage de ma route sinon je te dépèce, *mon lapin.*

Il sourit, lève les mains et recule. Je pose le couteau sur le plan de travail et le dépasse pour aller finir de mater mon film.

— Je te retrouve enfin..., murmure-t-il.

Je m'arrête net, lui tournant toujours le dos.

— Tu as remarqué que ton ventre s'arrondit plus vite ?

Je sais… C'est une des raisons pour lesquelles je sais que je suis Alice. C'est parce que cette grossesse n'est pas la première. Il essaie de me blesser et il y arrive, mais l'entraînement avec le capitaine m'a permis de cacher mes émotions, donc…

Je fais volte-face et penche légèrement la tête sur le côté.

— J'ai perdu le bébé de Nicolay quand j'avais dix-huit ans. Merci de me le rappeler.

— QUOI ???

S'il ne me bute pas maintenant, je ne crains plus rien de toute ma vie.

— NOTRE bébé ! À tous les deux ! Notre enfant ! C'était mon bébé et le tien, putain !

— Si tu le dis…

J'entends des pas derrière moi, je sais que c'est Jones qui vient prendre la température. Pauvre de lui, il devrait se barrer le plus loin possible de cette cuisine, ça va être un vrai bain de sang. Il commence à comprendre comment je fonctionne en ce moment, et son patron est un tant soit peu dans mon champ de tir, donc… il vaudrait mieux pour lui qu'il dégage, je n'en ai pas fini avec Mancini.

Vicente s'avance vers moi et attrape mon visage entre ses doigts. La lueur dans ses yeux est indescriptible. Il transpire la haine, pourtant je n'ai pas peur, je ne le crains pas. Si, avant d'être enceinte, il me terrorisait, entre autres après la soirée avec les filles, maintenant je m'en contrefous.

— Regarde-moi ! hurle-t-il.

— Patron ! tente Jones.

Laisse-moi faire, Jones ! Je veux le pousser à bout, je veux voir jusqu'où il est capable d'aller.

Je ne le lâche pas des yeux, il tremble. C'était sa plus grande peur : que je me barre dans les bras de Nicolay. Plusieurs clients lui ont demandé si c'était le bébé de son frangin et il a fait couler beaucoup de sang pour faire taire cette rumeur alors que, de son côté, Nicolay s'en foutait royalement. Ça l'amusait même…

— Tu te souviens de quoi au juste ? me demande-t-il. T'en parles comme si…

— T'as vraiment envie de le savoir ?

La pression de ses doigts se fait plus insistante, je vais avoir les marques de ses phalanges sur le visage.

— Dis-moi ! crie-t-il.

— J'ai un souvenir où il embrasse mon ventre en souriant.

Il me lâche et recule comme si je l'avais brûlé, comme si j'avais prononcé des mots interdits, comme s'il revivait des souvenirs pas du tout agréables, et tant mieux. J'ai envie de le blesser parce qu'il m'a abandonnée ici, entre ces quatre murs, parce qu'il m'a laissée avec Jones comme nounou pendant que lui s'envoyait certainement en l'air avec sa poufiasse d'employée.

— Tu as couché avec lui ?

— Je ne sais pas, je ne m'en souviens pas. Je sais juste qu'il a tué ce Russe pour sauver le bébé…

Il bute contre la table et s'y agrippe. Seule sa forte respiration rompt le calme olympien de la pièce. Je n'entends pas Jones, mais je suis certaine qu'il est encore là. Il ne partira pas tant que je ne serai pas en sécurité. Ce que j'ai pu apprendre en le côtoyant toutes ces semaines, c'est qu'il est loyal envers Vicente, mais si je lui demande quelque chose, il exécutera le moindre de mes ordres et je pense que c'est dû à une forme de sentiments qu'il a développés à mon égard pendant cette promiscuité.

— Tu n'étais jamais là, Vicente. J'étais constamment seule avec lui, tout le temps. J'ai grandi avec lui et toi, tu baisais à droite et à gauche. J'ai des souvenirs de ça juste avant…

— L'overdose, finit-il dans un murmure.

— Tu as perdu ma confiance, Vicente. Tu as baisé avec d'autres femmes et tu sais ce que j'en pense… C'est pareil pour aujourd'hui…

— Tu veux dire que…

— Que je ne suis pas niaise et que la confiance ne règne plus entre nous.

Je n'ai pas le temps de continuer ma litanie qu'il balaye d'un revers de main tout ce qui se trouve sur le plan de travail de la cuisine et sur la table. Il hurle à s'en déchirer les poumons. Les chaises volent, se fracassent un peu partout, faisant un boucan de tous les diables. Je reste sur place, ne bouge pas d'un millimètre pendant qu'il termine sa colère. Il détruit tout pour ne pas me toucher, pour ne pas me frapper jusqu'au sang, pour ne pas m'étrangler, me torturer, chose qu'il aime faire aux personnes qui ont osé le trahir. Il se met à genoux, frappe le meuble de ses poings en jurant en italien. Je m'approche doucement.

— Alice ! me prévient Jones.

Je me tourne vers lui et souris tendrement. Ses traits sont tirés, il n'en mène pas large, je peux le sentir de là où je me trouve.

Jones, je n'ai pas à avoir peur. Vicente vient de me prouver que je suis la chose la plus précieuse pour lui, il ne tentera rien, surtout parce que je porte son fils.

Je pose la main sur sa tête. Il arrête immédiatement, ses épaules montent et descendent en suivant le rythme de sa respiration. Il halète comme un malade, ferme les yeux, alors je profite de ce moment de calme pour continuer à parler, à m'exprimer sur cette chose qui nous a tant blessés à l'époque.

— On était jeunes, Vicente, trop jeunes pour être des parents responsables.

— C'était notre bébé, pas le sien.

Je souffle puis secoue la tête. Je n'ai jamais couché avec Nicolay, mais je ne lui dis pas explicitement.

— J'étais amoureuse de toi, pas de lui. Si tu as perdu ma confiance, c'est parce que j'ai toujours été fidèle, et toi…

Il lève la tête, son regard rencontre le mien. Je le soutiens, ce n'est pas le moment de lui montrer mon trouble. Parce que, oui, à l'époque, ça me blessait plus que ce que j'avouais à Nicolay. Vicente a toujours été comme ça, c'était un homme à femmes, à plusieurs femmes, et même en grandissant, il n'a pas changé. C'est à moi de faire avec, parce que lui, malheureusement, ne changera jamais.

— Nicolay ne l'a pas tué dans la boîte.

— Si… Il a frappé sa tête contre le carrelage des toilettes, j'ai des souvenirs où il…

— Non. Il n'était pas mort quand Nicolay t'a sortie de là pour t'emmener à l'hôpital. Il m'a laissé le plaisir de le finir. Il savait que c'était à moi de le faire, que je voulais le terminer de mes propres mains.

— Tu l'as…

— Je l'ai emmené dans un entrepôt désaffecté, lui ai tranché les deux poings et la bite. J'ai attendu qu'il soit conscient pour lui mettre un masque et j'ai fait flamber l'entrepôt.

Il se relève et me fait face. Une remontée de bile me brûle le fond de la gorge. Je ne dois pas craquer, pas maintenant, je dois tenir et entendre ce qu'il a à me dire. Je dois lui prouver que je suis digne de confiance, que je n'ai pas peur de son… boulot, de ce qu'il pourrait être, ni de lui, le monstre qu'il est, de cette noirceur au plus profond de son cœur.

— Je lui ai mis un masque parce que je ne voulais pas qu'il meure d'asphyxie. Je voulais qu'il ressente la douleur des brûlures comme moi j'avais mal. Il avait touché à mes deux bulles d'oxygène : toi et notre bébé. Il devait payer de la plus horrible des façons. Et puis, souviens-toi, c'est aussi pour toi que j'ai choisi le feu, parce que c'est toi qui l'adores…

J'avale *in extremis* cette remontée acide et ferme les paupières pour refouler mes larmes. J'ai l'impression de revivre cette soirée, de le perdre à nouveau, de me sentir vide comme une coquille, de ressentir cette douleur au plus profond de mes entrailles.

— Pourquoi tu ne me l'as jamais dit ?

— Parce que tu venais de perdre notre bébé et je voulais que ce soit ma punition.

Je fronce les sourcils, je ne comprends pas ce qu'il dit.

— Je ne vous ai pas protégés, ce jour-là, alors ma punition était de voir ton regard accusateur toute ma vie. Voilà pourquoi tu as cru que c'était Nicolay qui avait fait le travail à ma place.

— Tu n'avais pas à te punir, tu as aussi perdu le bébé, cette nuit-là…

— Et je t'ai perdue, toi aussi… Tu n'as plus jamais été la même, à part tout à l'heure avec le couteau.

Je ricane et secoue la tête.

— Les hormones… Ce n'est pas si simple de…

— Je t'aime, Alice, tu es mon premier amour, je ne te ferai jamais de mal. Ni à toi ni au bébé.

Il me tend la main et se mord la lèvre.

— On fait table rase du passé ?

Je regarde sa main en suspens. C'est le moment…

— Non. Je… je ne veux pas vivre comme ça, Vicente…

Il baisse le bras et referme sa mâchoire brusquement.

— Je ne supporte pas ton absence, dis-je sans interrompre notre contact.

— Quoi ?

— Tu pars, je ne te revois pas avant des mois, ce n'est pas viable comme relation. Tu as loupé l'échographie, tu as même raté son premier coup de pied… Enfin, je pense que je mérite mieux que d'être délaissée dans un coin pendant que tu continues ta petite vie tranquille.

— Je…

— Vicente, soit tu me laisses partir, soit…

— Attends, tu veux travailler avec moi ? demande-t-il en mettant les mains devant nous.

— Je ne sais pas… Je dis juste que je ne veux pas que tu me mettes de côté. Tu m'as demandée en mariage et je ne sais pas si ça tient…

— Bien sûr ! Je veux que l'on se marie tous les deux, je veux élever notre bébé, me disputer avec toi parce que tu veux regarder une comédie romantique et moi un film d'action, et surtout, je te veux… toi.

Je me mordille la lèvre puis souris.

— *Tu sei il mio ossigeno anche se mi togli il respiro.*

— Tu…, commence-t-il.

Je hoche la tête et souris de plus belle. Oui, je me souviens de notre première fois, je me souviens de lui me répétant en boucle cette phrase, me déclarant sa flamme à chaque minute.

— Tu es encore plus belle lorsque tu t'exprimes en italien… Ça n'a pas changé…

— Après avoir lu la moitié du journal, j'ai des mots qui me sont revenus. Alors je suis allée faire un tour sur Internet et finalement, je me suis souvenue de beaucoup de choses naturellement…

— Tu n'avais pas mis beaucoup de temps pour apprendre.

— J'avais un bon professeur, à l'époque…

— Marche à mes côtés, ma chérie. Tous les deux, comme avant, dit-il en me tendant la main.

— Plus mise de côté ?

— Plus jamais.

J'attrape ses doigts et me blottis dans ses bras, où je retrouve sa chaleur, son odeur et les battements effrénés de son cœur.

54

ALICE

Un mois plus tard

Je me prélasse sur notre terrasse et attrape mon bouquin que je feuillette pendant que Vicente fait sa spécialité : la tarte aux noix de pécan. J'en salive d'avance. Mon ventre gargouille et notre bébé s'amuse à me bastonner dès qu'il est réveillé, ce qui arrive plus souvent que je ne le pensais. Parce que celui-là est toujours en activité. Si jamais ça reflète sa personnalité plus tard, je commence à prendre peur. Je relève mon débardeur et regarde mon ventre bouger dans tous les sens. J'adore cette sensation, j'adore ressentir sa vitalité, sa force. Mon sourire s'agrandit à chaque fois et je resterais des heures à l'admirer, à profiter de ce moment où je ne l'ai que pour moi.

— Alors, j'ai une assiette composée d'une belle part de tarte nappée de sirop d'érable, d'une boule de glace à la vanille et d'une au caramel, dit-il en s'asseyant sur le transat à mes côtés.

Je me redresse et attrape l'assiette. La première bouchée me tire un gémissement de contentement, la seconde me fait monter au septième ciel. Si je continue, je vais avoir un orgasme sans que Vicente me touche.

— Oh, arrête ! Je te jure que tu vas réveiller tout le voisinage…

J'éclate de rire. Entre nous, ça s'est arrangé. On a fait table rase du passé, il ne sort plus sans moi et je sais qu'il n'a pas couché avec une autre depuis qu'il est revenu à la maison.

Nous avons longuement parlé de ses aventures extraconjugales. Plus d'une fois et après maintes et maintes crises de jalousie, j'ai réussi à relâcher la pression. Il essaie d'être un mari exemplaire et moi, je me laisse porter par ma grossesse et par le fait que, dès que je demande quelque chose, que ce soit à Jones ou à Vicente, je l'ai presque instantanément.

Et ça, c'est le pied ! J'ai l'impression d'être une reine.

— Où est Jones ?

— Quoi ? C'est quoi cette question ? Je te parle de baiser et toi, tu…

— Il y a un truc qui cloche. D'habitude, quand il y a de la nourriture, soit il est là, soit il rapplique de suite…

— Il travaille.

Je me relève et le sonde. Il lève les yeux au ciel puis pose le journal qu'il avait dans les mains.

— On est en train de finaliser un nouveau contrat et il s'occupe des filles.

— Et tu ne…

— Non, je ne voulais pas t'embêter avec ça… Tu es tellement rayonnante en ce moment.

— Quand tu dis s'occuper… ?

— Il leur fournit…

Il se lève et se dégourdit les jambes.

— Alice, tu sais, on peut aussi ne pas parler de…

— Tu m'avais promis ! Tu m'avais juré de ne plus me mettre de côté ! dis-je vivement en posant violemment mon assiette.

— OK, OK, répond-il en s'asseyant et en murmurant.

Je me rapproche de lui et humidifie mes lèvres. Il se confie enfin à moi. Depuis le temps que j'attends ça…

— Il leur fournit l'héroïne…

— C'est comme ça que tu fais ?

— Elles viennent à nous toutes seules, elles savent qu'elles auront une meilleure vie que dans la rue et lorsqu'elles sont assez accros, Freddy organise la vente.

— Et Sofia ?

Il déglutit puis se reprend et me sourit.

— Elle les attire.

— Qui se débarrasse des corps ? Parce que je suppose qu'il y a des overdoses, non ?

Et là, je me souviens de quelque chose, sa mère. Sa mère a fait une overdose, Nicolay aussi, et moi…

— C'est Jones avec… moi.

— Pourquoi tu le fais ? Jones ne peut pas le faire avec Freddy ?

— C'est juste quand c'est une overdose.

— Mon lapin, est-ce à cause de…

— Oui.

— Tu ne sais pas ce que j'allais dire.

— Si, ma chérie, c'est à cause de ma mère, de Nicolay et de toi. Je veux être là à chaque overdose, parce que je veux voir de mes propres yeux les ravages que fait cette merde…

Je fronce les sourcils. Il est sensible à ce genre de mort, mais pas pour ce qui est des accidents de voiture… bizarre !

— Et les voitures ? Enfin, je veux dire, ton père… Tu conduis et tu n'as pas eu peur de prendre le volant après la mort de ton père ?

— Alice, mon père n'est pas mort dans un accident de voiture !

Je fronce les sourcils. Il m'a pourtant bien dit que son père était mort dans un accident ! Je ne comprends pas… Le capitaine s'invite dans ma tête et je jure de ne pas me mordre la lèvre.

Je suis persuadé que tu ne sais pas comment son père est mort...

Maintenant, sa phrase tourne en boucle dans ma tête. Moi qui étais persuadée qu'il avait péri dans un accident de voiture...

— Je pensais que…

— Il est mort dans un accident d'avion, Alice. Il allait en

Colombie chercher de la came, parce que c'est lui qui nous a légué tout ce qu'il savait. Mais l'avion s'est crashé avant d'arriver…

— Quand ? Quand est-il mort ? demandé-je en tremblant.

— Je n'étais pas majeur. J'avais 17 ans. On s'est rencontrés un an après, ma chérie. On a dû attendre que Nicolay ait 21 ans pour toucher l'héritage.

Mon cœur s'accélère, la nausée me prend d'un coup. Je me lève, prise d'hyperventilation. Je n'arrive pas à me calmer. Je sens ses mains sur moi et, finalement, il m'enlace pendant que je pleure à m'en meurtrir les cordes vocales.

C'était lui ! C'était la mission du capitaine… C'est pour ça qu'il m'a posé cette question…

— Calme-toi, ma chérie, ce n'est rien. C'était il y a longtemps maintenant. Ne te mets pas dans des états pareils, ce n'est pas bon pour le bébé.

— Il était seul ? continué-je, la respiration bloquée par l'oppression.

— Non. Ce n'était pas un accident. J'ai su plus tard qu'il y avait des flics à bord…

— Oh, Vicente… Je suis tellement désolée…

— Ce n'est rien, mon amour. Le principal, maintenant, c'est que nous soyons ensemble tous les deux.

Anna et Marlon Grahams ont tué le père de Vicente !

Lorsque tu auras compris pourquoi c'est toi qui as été choisie pour cette mission, nous pourrons avoir cette conversation.

La réponse du capitaine à ma question lors de mon premier voyage au Mexique me percute. Même en fermant les yeux, je le revois me le dire, je revois son expression d'appréhension et de désir. Il voulait que je me souvienne de ça, de cette partie de l'histoire.

Mon Dieu, qu'ai-je fait ? Qui suis-je ?

***

10 jours plus tard

— Alice, s'il te plaît, dépêche-toi !

Je hoche la tête et enfile mon jean de grossesse. Je m'attache les cheveux en queue-de-cheval puis me regarde une dernière fois dans le miroir.

Ma nouvelle vie commence aujourd'hui.

Vicente se matérialise à côté de moi et m'embrasse du bout des lèvres sur l'épaule.

— Nos affaires sont prêtes ? me demande-t-il.

— Oui, Jones les a déjà mises dans la voiture.

— Donc, on répète le plan ?

Je hoche la tête et souris de plus belle lorsqu'il se lèche les lèvres.

— On prend la voiture, on part au rendez-vous, déclaré-je.

— Quel endroit ?

— L'appartement que tu as acheté il y a six mois. Celui qui est complètement à rénover. Mais on restera là-bas trente minutes maximum. Je vérifierai si l'argent a bien été transféré sur ton compte des Îles Caïmans.

— Parfait, ensuite ?

— On fait l'échange…

— Combien de filles ?

— Trois. C'est Freddy qui les ramène à l'appartement.

Il hoche la tête puis fait une pluie de baisers jusqu'à mon cou.

— Et ? continue-t-il.

— Ensuite, on prend la voiture et on part à l'aéroport.

— On s'envole où ?

— Aux Bahamas, pour se marier et prendre des vacances.

— Ouais. Putain, j'ai hâte de t'avoir à moi tout seul.

— Profite, parce que lorsque le petit sera là…

Il m'enlace et, alors que je tourne la tête vers lui, m'embrasse de plus belle. Je fais volte-face, Vicente me prend dans ses bras.

— Je t'aime, ma chérie.

— Je t'aime, mon lapin.

Cette phrase remue quelque chose en moi, quelque chose qui brise mes ailes, qui brise une partie de mon enfance, qui m'a enfin permis d'ouvrir les yeux sur ma véritable identité, sur mon véritable moi.

55

Le capitaine

C'est un jour sombre aujourd'hui, comme tous ceux que je passe depuis des semaines, depuis qu'Alice m'a jeté ce regard froid et dénué de sentiments…

— Tu crois que c'est elle ?

Nous nous faisons face, avec Gary, et je secoue négativement la tête. Ce n'est pas le mode opératoire d'Alice, elle ne tue pas pour rien et je ne vois pas l'intérêt d'une telle mise en scène. Ça ne ressemble pas tellement à celui de Vicente non plus. À part s'il a voulu faire plaisir à sa chérie. Rien à voir avec elle et, en même temps, ce n'est pas totalement lui... c'est très bizarre. Est-ce une de leurs nouvelles recrues ? Je sais qu'il les teste avant de les engager… Toutes ces questions qui restent sans réponses… Ce n'est pas Jones ni Freddy. Je serre la mâchoire parce que je n'y arrive plus. Je crois qu'il est temps que je décroche de cette mission, que je passe la main à un de mes collègues. Je ne le coincerai jamais et maintenant qu'Alice fait partie de son équipe… je n'ai plus aucun espoir de le coffrer.

Je m'imprègne des lieux, de ce parc isolé du centre-ville, puis reporte mon attention sur les restes du cadavre que j'ai devant les yeux. Il s'agit d'une femme défigurée. Je revêts les habits des sentinelles de la criminelle pour apprécier de plus près son état et m'approche du ravin. Elle a été balancée là comme un vulgaire mégot de clope.

Ce qui ne ressemble vraiment pas à Mancini… Il affiche fièrement ses victimes, comme des trophées sur une cheminée. Lui, c'est aux yeux de tous.

La légiste est déjà sur les lieux et constate l'état de décomposition de ce corps. Elle me regarde et sourit. Elle aussi n'a plus aucun contact avec Alice. Je serre les poings. Je pensais que, comme elles étaient amies, elles continueraient à se parler au moins par textos ou au téléphone, mais jamais je n'aurais cru qu'Alice romprait le contact avec tout le monde, avec son travail, avec la brigade et, surtout, avec moi. Je serre les poings encore plus fort, jusqu'à ce que mes phalanges blanchissent, et lorsque nos regards se croisent, elle sait, elle pige tout. Angelina comprend tellement de choses, on fait partie de la même famille, qu'elle soit privée ou professionnelle.

— Hey, me dit-elle en s'approchant de moi doucement.

— Ça va, ne t'inquiète pas, j'ai un coup de mou, c'est tout. Ça arrive…

— Justement, non, ça ne t'arrive pas à toi ! Et ça m'inquiète !

Je secoue la tête et lui intime de continuer à bosser. Je descends les quelques mètres qui me séparent du cadavre pour constater les dégâts. Angelina me rejoint.

— Femme ?

— Oui. La trentaine maxi. Je n'arrive pas à savoir exactement parce qu'elle a une tête... enfin, soyons contents de l'avoir, déjà ! dit-elle en riant, ce qui me crispe encore plus qu'à mon arrivée.

Je la regarde de travers, elle pince les lèvres et me donne un coup d'épaule pour détendre l'atmosphère, mais rien n'y fait. Je suis encore plus tendu, parce que je ne sais rien de cette victime, parce que je ne suis même pas sûr qu'il s'agisse de l'œuvre de Mancini.

— Quoi ? Allez, capitaine, sois cool avec moi, je n'ai pas souvent l'occasion de faire dans l'humour…

— Désolé, c'est juste que je ne suis pas dans mon assiette.

— Tu crois qu'elle...

— Alice a pris sa décision et elle ne revient jamais dessus. J'ai perdu sa confiance. Pour elle, c'est rédhibitoire.

Et j'ai mal, putain, si elle savait pourquoi je lui ai caché toutes ces choses, pourquoi elle me manque autant, pourquoi je crève de douleur chaque jour qui passe et m'éloigne encore un peu plus d'elle.

Si tu savais, gamine, comme tu me fais souffrir depuis toutes ces années, comme je me contrôle pour ne pas venir te chercher et t'emmener avec moi. Pour ne pas le tuer de mes propres mains et t'arracher à son emprise…

— Je garde espoir. Alice est quelqu'un de réfléchi…

— Pas moi. Je la connais comme le fond de ma poche. C'est terminé. J'aurais dû le voir arriver, il l'a coincée avec le bébé, comme à l'époque… Et puis, j'ai fait en sorte qu'elle s'oriente dans cette direction. J'ai eu peur pour elle, je la voyais se mettre en danger et je ne voulais pas qu'elle…

— Tombe amoureuse de lui ?

Je hoche la tête car, finalement, c'est exactement ce qu'il s'est passé. Elle est tombée si facilement dans ses bras… Pourtant, c'est un homme de la pire espèce, putain !

— C'était le bébé de Vicente ?

— Oui. Elle n'a jamais couché avec Nicolay. Elle ne se serait jamais rabaissée à ça. Elle l'appréciait, mais il lui faisait peur, encore plus que Vicente. Elle n'arrivait pas à le cerner, jusqu'à ce qu'ils se droguent ensemble, et lorsqu'ils ont vendu Alaïs, ça a été leur première erreur. Alice a voulu faire souffrir Vicente de lui avoir pris sa seule copine, le seul lien qui lui restait avec... moi.

Elle fronce les sourcils, alors je souris et repense à tout ça.

— Alaïs était une jeune étrangère tombée dans les bras de Nicolay, mais elle avait surtout un joli penchant pour la poudre. Elle avait donné plusieurs infos à Flinn, sauf que

Vicente l'a su.... On n'a jamais retrouvé ni où elle avait été emmenée ni son cadavre. Flinn ne s'en est jamais remis...

— C'est pour ça qu'il est hostile envers Alice ?

J'éclate de rire et secoue la tête. C'est une histoire qui me fait toujours marrer, même si elle commence à dater.

— Non, il a essayé plus jeune de... la draguer et il s'est mangé le pire râteau du siècle ! C'est resté dans le commissariat pendant plus d'un an…

— Alors que toi...

Je déglutis. Alice et moi, c'est une longue histoire qui, maintenant, est terminée, parce qu'elle en a fini avec moi.

— C'est différent, Angelina…

— Elle est amoureuse de toi, je le sais, capitaine. Ce n'est pas lui qu'elle aime, j'en mettrais ma main au feu !

— Mais c'est lui qu'elle a choisi...

Elle ouvre la bouche, seulement je l'empêche de parler. Je n'ai plus envie de discuter de ça, j'ai envie de souffrir comme je l'ai fait souffrir, j'ai envie de ressentir sa douleur et de mourir en sachant qu'elle ne sera plus jamais avec moi, qu'elle sera heureuse avec lui alors que j'aurais pu lui offrir tout ce qu'elle désirait. Ce sera ça ma vie dorénavant…

— Non, s'il te plaît, dis-je en la suppliant du regard.

Je tourne la tête, admire le lever du soleil sur New York qui s'éveille doucement en cette heure matinale.

— J'espère qu'elle... enfin, tout est ma faute. C'est moi qui l'ai renvoyée en mission. J'aurais dû faire l'égoïste, la garder à mes côtés. Dès son réveil, j'aurais dû tout lui dire, tout lui avouer et peut-être que nous...

Elle pose la main sur mon bras, prend un air compatissant, puis souffle.

— Ne t'autoflagelle pas, ça ne sert à rien, elle...

— Oui, c'est exact. Elle a choisi maintenant ! J'ai toujours été en compétition avec cette raclure, putain !

— Elle ne le sait pas encore, mais elle perd au change, vraiment… Laisse-lui le temps de s'en apercevoir !

— Je pensais qu'elle allait finir la mission. Comme ça, ils seraient rentrés à la maison tous les deux…

Elle soutient mon regard et ses yeux s'emplissent de larmes. Ça aussi, ça me fait mal.

Ma petite sœur…

— Nounours t'aime, tu le sais, hein ? dis-je en lui prenant la main.

— Ça fait tellement longtemps maintenant...

— J'ai foi en lui, réponds-je.

— Comme moi en Alice.

Un ange passe et mon regard se perd de nouveau au loin.

Où es-tu, ma belle amnésique ? Que fais-tu ? Penses-tu encore un peu à moi ?

— C'est bon, je l'ai ! s'exclame-t-elle. Alors, elle est morte il y a plusieurs jours, semaines même, je dirais ! Et elle semble avoir été congelée... et balancée ici hier, dans l'après-midi. Putain, elle a été congelée ! C'est quoi ce mode ? Parce qu'avec les chaleurs de l'été, elle se serait décomposée encore plus vite. Et ce ne sont pas des brûlures causées par le feu, mais par le froid.

Elle se frotte les yeux et regarde en l'air avant de revenir sur la tête de cette pauvre fille.

— C'est de l'azote liquide. Il lui a brûlé le visage avec de l'azote. Putain ! Ça a dû être douloureux.

— C'est…

— Tiens, regarde, on a laissé sa carte d'identité… Bordel, mais c'est fou quand même. Je te jure, je dirais que ça ne vient pas de lui, parce que je ne comprendrais pas sa motivation là…

— Qui c'est ?

Elle tourne plusieurs fois la carte dans ses doigts en haussant les sourcils et me répond tout simplement :

— Mlle Wiggins Sofia.

Je siffle d'admiration. Alors là, je suis sûr d'une chose, ce cadavre est bien l'œuvre de Vicente Mancini. C'est lui qui l'a butée. Mais pourquoi ? C'était son bras droit, sa chouchoute. Sa chérie numéro 2, puisqu'il la sautait… Mais ce n'est pas Alice qui a fait ça, c'est certain. Ce ne peut être que lui !

— Il a buté Sofia ? Je suis... sans voix ! dit Gary en haut du ravin, tout aussi choqué que nous tous.

— Donc, c'est pour Alice, mais je ne sais pas pourquoi…

— Elle est jalouse, s'exclame Flinn en s'avançant. Elle a dû faire une crise et il a réglé le problème.

— Non, ce n'est pas une exécution forcée, il a pris plaisir à la tuer, comme il le fait avec les traîtres. Il a juste changé son mode opératoire, et ça, ce n'est pas normal, répond Angelina.

— Je sais…, commencé-je.

Je regarde au-dessus du ravin et remarque les journalistes.

— C'est un cadeau pour Alice !

— Un cadeau ? répète Angelina.

— Tu as raison, Flinn, Alice est extrêmement jalouse et, pour se faire pardonner de ses écarts de conduite, il a orchestré tout ça pour qu'elle s'en rende compte, parce qu'Alice…

—... lit le journal, termine Gary.

Un bip régulier attire mon attention et, lorsque je réalise d'où il vient, je sors rapidement mon portable de ma poche. Je tremble comme une feuille à la lecture du message.

Joue avec moi, petit capitaine.

— C'est elle !! m'exclamé-je en remontant rapidement vers la voiture.

— Elle qui ? demande Gary.

— Alice. Elle a rallumé son portable. Flinn, trace sa ligne immédiatement !!

56

Alice

Plus la voiture avance, plus le stress me gagne. Mes mains sont moites. Vicente, quant à lui, est égal à lui-même. Rien ne le trouble, il a tellement l'habitude de faire ce genre de choses… Il me parle, mais je ne suis pas disposée à communiquer. Là, je suis dans ma bulle. Il pose ses mains sur mon ventre. Je le regarde faire, comme si j'étais hors de mon corps, et sens ses lèvres effleurer mon cou. Ce geste me dérange, je ne suis pas à l'aise. Cette situation m'horripile… Qu'est-ce que je suis en train de faire ? Je n'arrive plus à discerner le mal du bien. Qui suis-je, finalement ? Ai-je vraiment envie de tout ça ? Envie de me retrouver dans cette vie-là ?

— Qu'est-ce que tu as ?

— Ça me met mal à l'aise devant Jones ! S'il te plaît, je n'aime pas ça...

Il se lèche les lèvres puis abdique en hochant la tête.

— Une fois l'échange fait, on récupère cette voiture et, Jones, tu nous rejoins à l'aéroport, dit-il à l'intention de son employé.

Je me tourne vers Vicente. Ce n'était pas ce que l'on avait dit. Nous devions partir tous les deux, pas avec un de ses bras droits. Il me caresse le visage, son regard se veut rassurant.

— Tout va bien aller, ma chérie ! J'ai fait ça des tas de fois, OK ? Tu me fais confiance ?

— Oui, je te fais confiance, mon lapin.

La voiture s'arrête et je remarque déjà le vieil immeuble qu'il m'a montré en photo il y a quelques semaines, lorsqu'il a enfin voulu me révéler la date de l'échange. La rue semble malfamée, pas fréquentable du tout. Il n'y a aucun passant, tout est calme, délabré, lugubre… C'est glauque, putain, autant que ce que nous nous apprêtons à faire. Ça me fait froid dans le dos. Et de penser à ce qu'il va se passer dans quelques minutes, je suis encore plus fébrile. Je suis en train d'entrer dans la gueule du loup et je ne me sens pas bien.

— Tu es sûr que c'est une bonne idée dans ce genre d'endroit ? demandé-je en posant la main sur la portière.

— Oui, on a déjà changé nos lieux habituels, ne t'inquiète pas. Respire, ma chérie, ce n'est qu'une transaction, rien de plus. Ensuite, on s'envole pour les Bahamas pour se marier. OK ?

Il m'embrasse et je prends la liberté de faire durer l'instant quelques secondes de plus. Je veux me souvenir de ce moment, si jamais l'affaire se termine en eau de boudin… Vicente ouvre la portière lorsque Jones éteint le contact. J'attrape mon sac à main, mais il secoue la tête.

— Non, ne le prends pas, laisse-le dans le coffre.

— OK, réponds-je en sortant de voiture.

Je fais le tour de la bagnole puis récupère mon portable que je cache dans une poche de mon jean. Hors de question que je me retrouve dans un endroit aussi mal fréquenté que ce vieil immeuble, sans pouvoir communiquer. Mon regard cherche la moindre chose qui cloche dans ce lieu si tranquille, mais rien ne bouge, tout a l'air normal, donc je suis Vicente qui me sourit pour me rassurer. C'est main dans la main que nous entrons dans le bâtiment, Jones sur nos talons.

— Sofia n'est pas là ? demandé-je rapidement dans la cage d'escalier, d'où une forte odeur d'urine se dégage.

— Non, grommelle Vicente.

Je n'insiste pas. Ça fait un moment que je n'ai pas entendu parler d'elle ni ne l'ai vue et je crains que tout ça ait un rapport avec la découverte de ma grossesse. Je pense que Sofia n'est pas là, car elle n'est plus de ce monde… Je déglutis très fort et me racle la gorge pour masquer mon trouble. Vicente en serait capable. Ma relation avec elle n'a jamais été bonne, nous n'avons pas d'affinités – après, Sofia reste ce qu'elle est –, mais je ne souhaite certainement pas sa mort. Le fil de mes pensées est interrompu par le tintement des clés. Vicente ouvre la porte du troisième étage et, lorsque nous entrons, ma vue se brouille. Je m'arrête net pour observer les lieux. Je connais ces meubles... Ce sont ceux de mon ancien appartement ! Il l'aurait donc vendu et aurait récupéré le mobilier ? Dans la pièce se trouvent un canapé vieilli et une table basse noire d'un autre temps. Il y a une seule porte, fermée, d'où proviennent des pleurs étouffés.

Bon Dieu, j'ai envie de vomir !

Je me tourne vers Vicente. Il tend la main vers l'homme en costume trois-pièces qui se tient devant nous. Je le reconnais. Le capitaine me l'a montré plus d'une fois, ils avaient des soupçons sur lui. Ce type fait PDG tranquille alors qu'en réalité, il les aime jeunes, très jeunes, si j'en crois ses dires. C'est l'homme qui était présent au gala... Un des plus gros clients de Vicente.

— Bonjour, Boris. Comment allez-vous ? Je vous présente ma femme, Alice.

Il me tend la main et, d'un geste, je la broie en le défiant du regard.

— Vous avez... une jolie épouse, répond-il en retirant sa main de la mienne.

Vicente se penche et effleure mon cou de ses lèvres.

— Tu peux aller dans la cuisine, s'il te plaît ?

— Pourquoi ?

— Parce que je te le demande...

Son ton me donne envie de le castrer, pourtant, je m'exécute en traversant la pièce. Alors que je m'approche de la cuisine, la porte s'ouvre et Freddy en sort. Je remarque trois hommes à la mine patibulaire assis autour de la table. Certainement des comparses de Boris. Je me mets à trembler, peu rassurée. L'homme de main de Vicente me regarde puis hausse les sourcils. Il s'avance vers moi et me tend le portable de son patron. Devant ma mine déconfite, il lève les yeux au ciel et je comprends.

L'application...

Je déverrouille le téléphone, tape machinalement les numéros de compte de Vicente et son mot de passe à huit chiffres. Une fois dans l'application, j'ouvre l'échéancier des ventes et ma gorge se serre. Les millions qui s'affichent me donnent encore plus le sentiment d'être du mauvais côté. Je fais défiler les sommes et tombe sur celle qui m'intéresse. Le virement de Boris Trevonde, d'un montant de 600 000 dollars. 200 000 par fille. Ce n'est même pas le prix de sa voiture... Lorsque je relève la tête, Vicente me sourit et, d'un geste, je lui signale que l'argent a bien été viré.

Les trois hommes de Boris passent derrière moi et entrent dans la pièce où sont gardées les filles, laissant la porte grande ouverte. Une forte odeur d'urine s'en échappe. Je me tiens au bar, m'y agrippe de toutes mes forces pour ne pas m'évanouir. Les adolescentes sont assises à même le sol, les mains ligotées dans le dos, bâillonnées, et elles portent un bandeau sur les yeux. Elles ont les cheveux détachés et sont habillées de petites robes fluides. Elles sont toutes mineures, il n'y a aucun doute. Je suis même sûre qu'elles n'ont pas 15 ans et je parierais tout ce que je possède qu'elles sont encore vierges. Je m'élance dans la chambre, vers elles, lorsqu'un des trois hommes pointe son arme sur moi. Et tout va très vite. Je vois Jones se poster derrière lui et le menacer, son canon sur son crâne. Je me fige. Jones, quant à lui, ne me quitte pas des yeux. Je ne sais plus quoi penser.

— Tu comptes faire quoi ? dit-il à l'homme qu'il tient en joue. N'y pense même pas. Je donnerais ma vie pour elle, alors la tienne...

Et là, je remarque que tous les hommes présents dans la pièce ont leur flingue dans les mains, prêts à ouvrir le feu et à faire un carnage. Vicente me dévisage.

— Je t'ai dit de rester dans la cuisine ! beugle-t-il.

J'ouvre la bouche, mais je n'arrive pas à parler. Les deux hommes dans la pièce crient sur les filles et elles se lèvent en pleurant de plus belle. J'ai juste le temps d'entendre une détonation puis la pièce s'emplit de fumée.

— Un fumigène, crie Freddy.

Les vitres explosent, la porte vole en éclats. Les hommes se dispersent et les jeunes filles se jettent à terre.

Des flics...

Le SWAT...

Un des hommes de Boris se tourne et tire en direction des fenêtres, à l'image des autres personnes présentes dans la pièce. J'entends mon nom, mais ne capte rien, à part qu'il y a des flics partout, qui entrent dans l'appartement. J'entends des détonations et, lorsque mon regard croise celui de Jones, il me lance quelque chose que j'attrape au vol, par réflexe.

Un flingue...

— Comme avant, crie-t-il dans ma direction.

Je ne l'ai pas rêvé, c'était un vrai souvenir. C'était lui, lui, Jones, qui m'a appris à tirer sur une pastèque, avant de passer aux cibles humaines, c'est lui qui m'a appris tout ça... Je ne réfléchis plus et sors de la cuisine en tirant. Ma première balle atteint Freddy, il s'écroule au sol en gémissant. Ce n'est que l'épaule, il s'en remettra. Puis, lorsque deux des malfrats tombent, je tire sur Boris et sur un autre homme, que je touche à la jambe. Vicente se tourne vers moi. Et c'est à cet instant que je le vois...

Le capitaine...

Même avec la cagoule, je sais que c'est lui. Je reconnais ses yeux, son regard. Je devine son corps dans son uniforme et, surtout, je ressens cette émotion lorsqu'il est près de moi. Je ne me trompe pas. Il fait face à Vicente, ils se tiennent en joue tous les deux.

— Alice !! crie Vicente.

Je ne fais pas cas de lui. Je reste obnubilée par le capitaine, qui est venu. Il a répondu présent à mon message, ne m'a pas abandonnée, alors que moi…

Je lève le flingue, le pointe au niveau du cœur.

— Mon lapin…

Il lâche le capitaine des yeux et se tourne vers moi, un air choqué sur le visage. Je sens la présence de Jones à mes côtés.

— Espèce de traîtresse, beugle Freddy.

Vicente lève les mains en signe de défaite et là, je me sens obligée de lui faire une révélation.

— Je t'ai menti, Vicente. C'est une petite fille que j'attends et je ne veux pas qu'elle grandisse dans un monde où des pourritures dans ton genre évoluent.

— Alice…, dit-il en avançant d'un pas.

Jones le met en joue, alors il s'arrête et remue la tête pour faire craquer ses vertèbres.

— Je t'ai aimé, Vicente, mais je ne supporte pas l'homme que tu es ni la femme que je deviens en ta présence. Je me suis fait une promesse lorsque j'avais 16 ans, celle de venger la mort de mes parents et de boucler cette putain de boucle.

— Je ne comprends pas ce que tu…

— Ce sont mes parents qui ont tué ton père.

Son regard noir va me hanter jusqu'à la fin de ma vie, mais je continue, parce qu'il le faut.

— Et j'ai fait en sorte que ton frère crève d'une overdose. Et le pire, dans tout ça, c'est que je ne suis pas désolée, mon lapin. Je suis la seule qui puisse te mettre à terre et je vais tenir ma promesse.

La détonation retentit, me glaçant le sang. La balle part et entre dans sa cage thoracique, touchant l'organe qui battait pour moi, qui vivait pour moi, l'explosant en une fraction de seconde et terminant toute cette histoire en emportant mon amour de jeunesse.

Son corps tombe sur le sol, je me précipite vers lui. Ses yeux sont vides, son âme est absente. Je ferme les miens puis sens une main sur mon épaule. Celle de Jones. Mon regard reste dans le vague, pourtant, il capte celui du capitaine qui se décale en boitant. La pièce est silencieuse. Je ne sais pas ce que sont devenus Flinn, Gary, Jones ni même Freddy. Je crois qu'ils sont tous sous le choc de mon geste.

Je viens de tuer quelqu'un. Et pas n'importe qui… Je viens d'abattre Vicente…

Je me relève, le capitaine ôte sa cagoule et plonge les yeux dans les miens. Et je me souviens de lui, de sa protection, de ses paroles réconfortantes à l'hôpital, je me souviens de l'amour que je lui porte depuis toutes ces années.

— Tu l'as…, commence-t-il.

— Demande-le-moi, dis-je, la voix chevrotante.

— De ?

— Demande-le-moi, s'il te plaît, le supplié-je.

Parce que j'en ai besoin, j'ai besoin de retrouver mes repères, de retrouver ma vie, de me dire que je ne suis pas juste celle qui a buté le truand, que je suis bien plus que cela, que je n'étais pas qu'une mission.

— Demande-le-moi ! J'ai besoin que tu me le demandes, dis-je hors d'haleine.

Il lève la main et caresse ma joue tendrement.

— Comment tu t'appelles ?

Je souris, mon cœur s'emballe, je me sens fébrile, comme avant, comme à chaque fois qu'il est près de moi, comme à chaque fois qu'il me regarde avec ses belles prunelles.

— Je m'appelle Faith, Faith Grahams.

Il prend ma main et la pose sur son torse, à l'endroit de son cœur.

— Je m'appelle Tristan et je suis fou amoureux de toi.

57

Faith

Je reste devant le bâtiment, à regarder les jeunes filles partir dans une ambulance vers l'hôpital où leurs parents pourront les récupérer, une fois sevrées et soignées. Je vois aussi Freddy sortir, les menottes aux poignets, et les gars de la criminelle enlever un à un les corps des morts... Lorsque le dernier cadavre est déposé dans le camion, je ressens un pincement au cœur.

Tu es dedans, mon lapin...

— Il fallait que ça se termine...

Je me tourne vers Jones et souris tendrement.

— C'est du gâchis...

Je pose la main sur mon ventre et souffle en me contenant comme je peux.

— Faith, je suis sous ses ordres depuis quatre ans et je t'assure que tu as rendu un grand service à la société. Ce n'est pas mal ce que tu as fait, bien au contraire.

— Jamais je n'aurais cru que tu puisses faire partie des flics...

— Et encore, tu ne te souviens pas de tout ! dit-il en me faisant un clin d'œil. Je ne m'appelle pas Jones, mais James, comme toi Alice et Faith.

Je regarde l'ambulance en face de nous, où Flinn est en train de se faire soigner. James éclate de rire et me met un coup d'épaule.

— Il a pris une balle dans la cuisse et je te jure que c'est toi qui lui as tiré dessus !

— Mais non ! J'ai tiré sur Boris et sur Freddy et après sur…

— Non, non, t'as tiré sur Freddy, Boris et Flinn, et après, t'as tiré sur Vicente.

— Oh, mon Dieu, déjà qu'il ne me portait pas dans son cœur pour une chose qui m'échappe encore…

Il éclate d'un rire gras puis nous sommes interrompus par le médecin qui arrive dans notre direction.

— Mademoiselle, vous pouvez me suivre, s'il vous plaît ? Je souhaiterais vous examiner.

— Mais je n'ai rien, dis-je, sur la défensive.

— C'est le protocole, Faith, ne fais pas ta chieuse, me réprimande James.

Je lui lance un regard noir et, lorsque je le vois hausser les sourcils, je ne peux m'empêcher de sourire. Je suis le médecin puis m'installe sur un brancard, dans une des ambulances. Elle prend ma tension puis me pose tout un tas de questions sur le bébé.

— Vérifiez sa cervelle parce que, quelquefois, ça déraille là-haut, dit Tristan.

Lorsque mes yeux rencontrent les siens, mon cœur tape plus fort dans ma poitrine.

— Je te signale juste que je n'ai pas un âge avancé, contrairement à d'autres…

Même le médecin se moque gentiment. Tristan entre dans l'ambulance en boitant, alors je m'assieds et pointe sa jambe droite du doigt.

— Vous devriez…, commencé-je à l'intention du médecin.

— Ne t'inquiète pas, gamine, elle a déjà soigné la plaie. Comment tu te sens ?

— Je ne sais pas… Je crois que je ne réalise pas encore.

J'entends une femme crier, mon regard est attiré dehors, à la recherche de ce son. James se tourne et c'est avec le sourire qu'il prend dans ses bras une jeune femme, l'enlace puis finit par l'embrasser comme si sa vie en dépendait.

— Arf ! Mon frère en fait toujours des caisses…, s'exclame Tristan en secouant la tête.

Je regarde à nouveau James et réalise que la jeune femme qu'il tient dans ses bras n'est autre que…

— Avery…, murmuré-je.

— Non, Angelina.

Nos regards se rencontrent, il a dû voir mon trouble, car il ajoute, avant que je ne lui demande :

— Mon frère, sa femme et plein d'autres agents étaient auprès de toi… Tu ne croyais quand même pas que j'allais t'envoyer là-bas toute seule ?

— Pourquoi as-tu eu besoin de moi ? Enfin, je veux dire… tu fais partie d'une unité d'élite, tu as des centaines d'hommes sous ton commandement et je ne suis même pas un vrai agent…

Il réduit l'espace entre nous de manière considérable.

— Le jour où je devais t'emmener dans ce centre, tu as fait une promesse sur la tombe de tes parents. Celle de faire tomber ceux qui ont causé leur perte. Et, à mon tour, j'en ai fait une. Celle de te protéger. Je tiens toujours mes promesses. Tes parents étaient mes mentors, mes amis et toi…

— Moi quoi ?

— Et toi, la femme que j'aime.

Je rougis comme une adolescente parce que je ne reconnais pas le capitaine. Celui qui m'a fait vivre la pire des expériences, dans une cave, qui m'a entraînée à être la meilleure. Il a permis que je tienne ma promesse et il m'aime…

— J'attends un bébé et je…

— J'ai cru comprendre, la dernière fois…, dit-il en riant.

— Tu m'avais déçue…

— J'ai fait beaucoup de choses que je regrette, tu sais, et j'espère que nous allons en parler longuement, maintenant que tout ceci est derrière nous. À cœur ouvert, toi et moi…

***

Les rues défilent à toute vitesse et je peine à contrôler ma respiration. J'ai tellement mal, j'ai envie de le frapper, avec son air suffisant.

— On y est presque, gamine !

— Tristan, la prochaine fois que tu m'appelles comme ça, je t'éclate la gueule !

— OK, alors je vais faire comme le médecin m'a dit et t'encourager, même si tu veux me buter.

Je le regarde avec un air de tueur, ce qui ne lui fait ni chaud ni froid, et lorsqu'il dérape avec la voiture, je m'accroche comme une folle à la portière.

— Mais à quoi tu joues ? dis-je, excédée.

Il regarde sa montre et sourit.

— Regarde ! On a mis moins de temps que lorsque l'on s'est entraînés !

J'ouvre la portière avant de le zigouiller à mains nues. Il contourne la voiture puis avance vers moi en me tendant la main.

— Appuie-toi sur moi, s'il te plaît, laisse-moi t'aider…

Les larmes me montent aux yeux, que j'essuie d'un revers de main, et, lorsque l'infirmière arrive avec un fauteuil roulant, je m'installe, contrôlant comme je peux la douleur. Tristan pousse le fauteuil pendant qu'il explique à l'infirmière notre nuit mouvementée. Il est inquiet et moi aussi. Elle est trop petite, je ne dois pas accoucher maintenant.

— Mon frère s'est marié aujourd'hui et elle a tenu absolument à y assister alors que le médecin…

— Tristan ! l'interromps-je en levant la main.

— C'est important pour nous, parce qu'on a une relation particulière avec mon frère et on ne pouvait pas louper ça, même si je maintiens qu'il aurait été compréhensif.

— J'aimerais une chambre sans lui, m'exclamé-je en direction de l'infirmière qui sourit de toutes ses dents.

Tristan joue avec le fauteuil, le tournant de gauche à droite. Il commence à m'exaspérer, je savais qu'il ne tiendrait pas en place à l'hôpital. Putain, j'aurais dû prendre James avec moi. Au moins, lui, il serait allé chercher à bouffer, et du chocolat en plus…

Elle nous fait passer par une grande porte, nous entrons dans une salle d'examen où se trouvent un brancard et un plan de travail sur lequel tout est disposé pour les visites gynécologiques et obstétriques. L'infirmière nous laisse seuls, après m'avoir demandé de me déshabiller. Tristan m'aide parce que mon ventre est tellement gros que je ne vois plus mes pieds. Il faut dire que j'adore qu'il soit aux petits soins avec moi. Il défait ma robe et m'aide à ôter mes talons.

— Je suis persuadé que ce sont tes talons…

— Non, le contredis-je. Ne critique pas ces merveilles. Une fois que j'aurai accouché, je pourrai enfin les remettre tous les jours. Ce n'est pas pour maintenant, de toute manière, je suis sûre que ce sont des contractions parce que je suis restée trop longtemps debout.

Lorsqu'il ôte ma culotte, le regard qu'il me lance me fait rougir. Le médecin en profite pour entrer et nous lance un regard plein de douceur.

— Docteur De Luca, m'exclamé-je, contente de le retrouver.

— Comment allez-vous ? me demande-t-il.

— Elle a des contractions, dit Tristan en prenant un air sérieux.

— On va regarder tout ça.

Je suis contente parce que ce n'était pas gagné de l'avoir, lui, le jour de l'accouchement. Lorsque je suis retournée à son cabinet, j'ai vaguement évoqué le fait que j'étais un flic sous couverture et, depuis, nous avons une relation particulière, au grand désespoir de Tristan, qui ne comprend pas. Le Dr De Luca enfile ses gants puis s'installe en face de moi. Il m'examine et, lorsque je le sens me toucher, j'ai un mal de chien tout d'un coup.

— Vous avez perdu les eaux ?

— Non, c'est trop tôt encore. Il faut qu'elle reste au chaud.

— Elle n'est pas spécialement d'accord avec vous, répond-il en souriant.

— Si elle est comme sa mère…, murmure Tristan.

Je le fusille du regard pendant que le docteur rit avec lui.

— Vous êtes dilatée à quatre, vous êtes en train d'accoucher. On va vous installer en salle d'accouchement et vous poser la péridurale.

— Quoi ? demandé-je, ma voix montant dans les aigus.

Je vois Tristan blêmir, le docteur prend quelques secondes puis se lance.

— Ça va aller, d'accord ? On va faire ça tous les trois et vous allez très bien vous en sortir. Rappelez-vous ce que je vous avais dit : vous, les femmes, vous donnez la vie depuis la nuit des temps et vous le faites à la perfection.

Une fois installée dans la salle d'accouchement et l'anesthésie en place, je regarde l'homme qui se tient à mes côtés. Je vois ses yeux pétiller d'une lueur sur laquelle je fantasmais dans mes rêves les plus fous. Il se place à ma tête et chuchote :

— Je te le répète quand même, parce que tu en as besoin maintenant. Je t'aime tellement, et je l'aime, elle, plus que ce que tu peux penser.

— Tristan, elle est…

— Notre famille, finit-il.

Les larmes me montent aux yeux et je ne me cache plus. J'attrape Tristan, l'embrasse comme une malade. Ses bras me réconfortent et, lorsque je ressens une gêne au niveau du bas-ventre, je l'envoie chercher le médecin. Il m'examine encore, je ne peux plus me retenir.

— Il faut que je pousse, dis-je en relevant la tête.

— Allez-y, Faith, comme on l'a appris, retenez votre respiration puis poussez de toutes vos forces.

Je tiens mes genoux et sens les bras de Tristan m'aider à me relever. Il m'embrasse, tout va très vite. En quelques poussées, je l'entends… elle. Elle qui me dit bonjour en poussant son premier cri. Le Dr De Luca me la pose sur le ventre et plus rien n'a d'importance. Les larmes qui coulent sont faites de joie, je ne pensais pas ressentir un tel bonheur dans ma vie. Les lèvres de Tristan se posent sur mes tempes et je sens ses larmes à lui. Lorsque mes yeux rencontrent les siens, il me sourit.

— Comment s'appelle cette belle petite fille ? demande le médecin.

— Rose, répond Tristan. Rose Miller Grahams.

Épilogue

Alice

La fête bat son plein, je me pose contre l'encadrement de la porte. J'observe mes collègues de travail, ma famille – enfin, ce qu'il en reste – et mes amis. James est derrière le barbecue et ça me tire toujours un sourire de savoir que ce gros méchant n'est en vérité qu'un gros nounours qui ne manque jamais de faire un câlin à Rose. Lorsque je la regarde, elle, je vois tout l'amour que je suis capable de donner. Elle semble dans son élément, n'a peur de rien, mange plus que James et joue aux policiers et aux méchants avec Gary et Flinn.

— Tonton, on mange bientôt ? demande-t-elle en s'approchant du feu.

Mon cœur s'accélère, je ne veux pas qu'elle s'approche des flammes. C'est dangereux. Je m'élance vers eux, mais je suis retenue par mon sauveur.

— Mini gamine, reste loin du feu. J'ai envie de manger de la saucisse grillée, pas de la petite fille.

Je souris face à la réplique de Tristan, pendant que Rose s'égosille. Alors je m'approche pour servir une assiette à ma fille, mais Angelina s'en occupe déjà, sous les yeux de merlan frit de son mari. Nous nous asseyons tous lorsque Flinn se pointe et se met à table en uniforme.

— Eh bien, ça bosse dur en ce moment, dis-je en le taquinant un peu.

Entre lui et moi, c'est toujours un peu tendu. Il n'a pas voulu m'en donner la raison, mais si j'en crois James, c'est une histoire totalement puérile. Et je le crois, parce que Flinn est rancunier, mais je suis sûre qu'un jour, il me pardonnera ce que j'ai pu lui faire, comme de lui tirer dessus accidentellement. J'attrape le saladier et me sers une bonne assiette de salade. Gary et Rose sont en grande conversation sur le prochain jeu qu'ils veulent mettre en place après le repas. Je secoue la tête lorsque Rose veut jouer aux policiers et aux prisonniers.

— S'il te plaît, tonton James, tu fais le méchant avec moi ?

— Et pourquoi je devrais toujours faire le méchant ? Et papa ? Il ne peut pas prendre la place du méchant, un peu, et moi celui du capitaine ?

— Papa en méchant ? dit-elle avec une pointe de dégoût dans l'intonation.

— T'as raison, ça sonne trop faux, répond-il. Mais maman, oui !

Les yeux de ma fille se teintent d'une lueur d'orage, je jurerais retrouver ce regard, celui que j'essaie d'oublier.

— Elle a du sang de méchante maman, lance Flinn en attrapant la sauce.

— T'as envie que maman te castre en plein milieu du repas, Flinn ? Parce que maman est disposée à le faire, et avec plaisir.

— Stop, les deux, là, aboie Gary.

— Ne vous comportez pas en gamins, renchérit Tristan.

— Oui, capitaine, dis-je en passant délicatement ma langue sur ma lèvre.

Il sourit et pose la main sur ma cuisse, ce qui n'échappe pas à son frangin.

— Sinon, un deuxième bébé, non ? finit-il par demander.

— Eh bien, mon cher James, maman ne veut pas !

— C'est vrai ? me questionne Gary. Pourquoi ? La maternité te va si bien…

Parce que j'ai arrêté ma pilule sans que personne ne soit au courant et que le résultat de la prise de sang ne regarde que le capitaine et moi.

— Disons que Tristan n'est plus tout jeune et, tu sais, à cet âge-là, les têtards sont de moins bonne qualité...

Tout le monde éclate de rire lorsque le capitaine me mord l'épaule.

— Méfie-toi, de mal parler de mes têtards...

— Ouh, ça sent le deuxième dans pas longtemps, s'exclame mon beau-frère en piquant dans sa pomme de terre.

— Et toi, tonton ? le questionné-je du bout des lèvres.

Il sourit puis se mordille la lèvre.

— Angelina veut prendre son temps, dit-il en mâchant un morceau de viande.

— Nounours ! On avait dit qu'on le gardait pour nous !

— Quoi ? C'est vrai ! Je t'ai dit, tu enlèves ta culotte et je te fais un bébé !

— Stop, je n'ai franchement pas envie d'être traumatisée..., rétorqué-je en éclatant de rire.

***

J'entre dans notre chambre et souris lorsque je vois une multitude de papiers devant lui.

Sa nouvelle mission.

Je tiens une enveloppe dans les mains, celle qui changera tout. Les résultats ADN de Rose. Tristan lève les yeux et me sourit.

— Gamine, tu viens te coucher ?

— Oui, capitaine.

Voyant mon hésitation, il rassemble ses papiers et les range dans son dossier, qu'il pose sur la table de nuit.

— Faith, tout va bien ? me demande-t-il.

Je m'avance vers lui et lui tends l'enveloppe. Il la jauge quelques instants puis son regard se durcit.

— C'est..., commence-t-il.

— J'ai demandé à Flinn de me mettre en contact avec le gars du labo de...

— T'as pas fait ça, putain ! Faith, merde ! dit-il en se levant.

Il s'avance vers moi et me montre son torse nu.

— C'est quoi, ça ?!

— Tes tatouages...

— Et y'a marqué quoi, là ? crie-t-il en me montrant l'emplacement de son cœur.

— Rose.

— Exactement, parce que c'est sa place, tout comme la tienne !

Il déchire l'enveloppe qui contient les résultats en centaines de morceaux et m'enlace. Lorsque ses lèvres trouvent mon oreille, il chuchote :

— Le bébé que tu portes ainsi que Rose sont mes enfants. OK ?

— Comment tu sais que...

Il hausse les sourcils. Je me mets à rire lorsqu'il me porte dans ses bras et me baise le cou.

— Qu'est-ce que je t'aime, gamine.

— Moi aussi, je t'aime, mon capitaine.

Ses lèvres se posent délicatement sur les miennes, tout son amour inonde ma poitrine et réchauffe mon cœur. Ce petit être qui grandit en moi est le fruit de notre amour, tout comme Rose. Parce que Tristan a raison sur un point : Rose est bien sa fille.

Achevé d'imprimer en octobre 2020
sur les presses de la Nouvelle Imprimerie Laballery
58500 Clamecy
Numéro d'impression : 010060

Imprimé en France

La Nouvelle Imprimerie Laballery est titulaire de la marque Imprim'Vert®